MW00677212

Louise

Debra Magpie Earling

LOUISE

ROMAN

Traduit de l'américain
par Nadine Gassie

Ouvrage traduit avec le concours
du Centre National du Livre

TERRES D'AMERIQUE

Albin Michel

« Terres d'Amérique »

Collection dirigée par Francis Geffard

Titre original :
PERMA RED
© Debra Magpie Earling 2002
Traduction française :
© Éditions Albin Michel S.A., 2004
22, rue Huyghens, 75014 Paris
www.albin-michel.fr
ISBN 2-226-15105-2
ISSN 1272-1085

*À ma mère et mon père
qui me font le don généreux de leurs histoires
et à ma sœur Cheryl
en mémoire de sa mère, Louise.*

RÉSERVE DES INDIENS FLATHEADS
ÉTAT DU MONTANA

Louise et Yellow Knife[*]

L'ancien mariage

Lorsque Louise White Elk eut neuf ans, Baptiste Yellow Knife lui souffla une fine poudre au visage et lui dit qu'elle allait disparaître. Louise éternua tellement qu'elle saigna du nez, et Baptiste lui offrit son mouchoir. Elle dut s'allonger par terre dans la salle de classe et renverser la tête en arrière et même ainsi le sang ne cessa pas de couler. Il lui semblait que Baptiste avait ouvert la rivière menant à son cœur. Le tissu qu'il lui avait donné était mouillé de son sang. Elle avait très chaud et envie de dormir. Sœur Thomas Bernard la releva et lui ordonna d'aller se laver la figure aux toilettes. La sœur lui pinça l'arête du nez. Louise gardait le mouchoir pressé sur son visage, gênée d'être l'objet de l'attention de tous. Elle sentait son sang refroidir en filets lents entre ses doigts. Elle se souvenait qu'à un certain moment, Baptiste Yellow Knife s'était agenouillé près d'elle. Elle avait la tête vide. Elle imaginait ses veines palpitant à ses tempes. Sa peau se vidant de sa couleur. Son visage irradiant, œuf éclairé du dedans par un cierge. Souffrante. Une sainte. Baptiste le gauche. Baptiste le poussiéreux, qui marchait les pieds en dedans, était agenouillé près d'elle et berçait sa tête dans ses mains fraîches et sèches, et sa voix lui chatouillait l'oreille. Il se penchait au-dessus d'elle, parlant à mi-voix pour elle, chuchotant une

---

[*] Voir la note de la traductrice en fin de volume p. 339.

11

histoire. Sa voix était au creux de son oreille. Elle sentit sœur Bernard tirer Baptiste à l'écart. Des étoiles argentées dansèrent à l'arrière de sa tête et Louise rechuta dans la rêverie, poisson capturé puis rendu à son élément.

Grandma lui pressa la main lorsqu'elle s'éveilla en clignant des yeux. Les mains de Louise étaient froides. « Nous l'avons récupéré », dit Grandma. Elle montra le mouchoir que Baptiste lui avait donné. Il était chiffonné, raide et noir de son sang. Louise ne comprit pas tout de suite et puis elle se souvint que Baptiste se tenait tout près lorsque l'infirmière de l'école l'avait installée dans la voiture. Il avait timidement demandé à l'infirmière de lui rendre son mouchoir. Lorsque la voiture avait quitté la cour de l'école, Baptiste avait souri à Louise et brandi son mouchoir ensanglanté afin qu'elle vît bien tout ce qu'il lui avait pris.

Sa grand-mère lui avait recommandé de l'éviter. Il était le fils de Dirty Swallow, la femme aux serpents. La mère de Baptiste Yellow Knife pouvait ordonner aux crotales de faire sa volonté. L'été précédent, un crotale avait frappé la jupe de sa grand-mère, alors qu'assise sur le sol elle prenait part au jeu de bâtons. Sa grand-mère avait raflé trop d'argent à Dirty Swallow et Dirty Swallow voulait le récupérer. À présent son fils voulait quelque chose de Louise.

Baptiste avait quelque chose de particulier. Il était issu des lois anciennes et tout le monde espérait qu'il serait différent de sa mère. Il savait des choses sans les avoir apprises. Il savait bien avant quiconque que la première pousse de camassie avait percé. Il prévenait sa mère la veille du jour où la fleur allait s'ouvrir et jamais il ne se trompait. Il savait des histoires que seuls les plus anciens des Anciens connaissaient, mais il savait ces histoires sans les avoir apprises. « Il sait ces choses, avait dit la grand-mère de Louise, parce que les esprits les lui transmettent. Il est le dernier de nos Anciens, et il est dangereux. »

Le jour où l'arrière-grand-mère de Louise était morte,

Baptiste avait prédit sa mort. C'était au printemps, par un jour si clair que les nuages se dissipaient dans le ciel tels d'immenses spectres. L'arrière-grand-père de Louise marquait des chevaux au fer rouge dans le champ du haut et, Louise s'en souvenait, Baptiste avait accompagné son grand-père pour regarder. Elle avait six ans à l'époque mais elle se souvenait encore de Baptiste, parce que c'était l'une des rares fois où elle l'avait vu en dehors de l'école. Mais surtout, elle se souvenait de lui à cause de ce qui s'était passé ce jour-là. Et ce jour-là, Louise était assise sur le versant de la colline avec sa mère, sa grand-mère et Vieille Macheese, son arrière-grand-mère. Louise avait d'abord cru que Baptiste craignait Vieille Macheese et qu'il avait préféré s'asseoir à l'écart.

Vieille Macheese avait survécu à tout, même à la variole, mais sa grand-mère prétendait qu'elle avait toujours eu le visage grêlé. Louise se souvenait encore de son visage, ces endroits où la maladie était morte sous sa peau, ces endroits brunis où le sang avait définitivement stagné. Vieille Macheese se plaisait à frictionner de ses phalanges la colonne vertébrale de Louise, aimait à se moquer d'elle lorsqu'elle trébuchait ou pleurait, à chaque fois qu'elle se faisait mal. Et après la mort de la vieille femme, sa grand-mère avait confié à Louise que Vieille Macheese était ainsi, voilà tout, cruelle.

Louise s'était demandé si Baptiste avait quelque chose de travers ce jour-là, car il l'observait fixement, et même lorsqu'elle lui fit des grimaces, il ne cessa pas de la fixer. Elle avait entendu des histoires à son propos, qu'il était capable de voir et d'entendre des choses inaccessibles aux autres Indiens, que sa mère détenait le pouvoir du crotale. Assis à l'écart de tous, il se balançait d'avant en arrière, creusant la terre noire de ses longs doigts fins pendant que son grand-père travaillait. Il ne fut pas appelé, comme les autres garçons, à les rejoindre dans le corral. Son grand-père l'avait laissé en paix, seul sur la colline.

Vieille Macheese commençait tout juste de conter une

histoire lorsque Baptiste s'était dressé, si menu que le fond crotté de son pantalon lui pendait presque jusqu'aux genoux.

Vieille Macheese déclara qu'il devait avoir la tuberculose. Il portait une ceinture qui avait été jadis la bride du cheval de son grand-père. Deux auréoles blanches sur son visage lui brouillaient le teint et cependant il était l'Indien le plus foncé que Louise eût jamais vu, un garçon brun castor qui se tenait debout avec une certitude étrange que Louise percevait déjà comme maléfique. Lorsque son grand-père vit Baptiste se dresser, il dégagea le nœud coulant du poulain qu'il retenait et se dirigea d'un pas rapide vers lui. Louise se souvenait que le vieil homme s'était penché sur Baptiste, écoutant et hochant la tête. Mais Louise ne pouvait entendre ce que Baptiste disait.

« Baptiste a vu une salamandre, s'écria-t-il, un lézard devenu rouge. »

L'arrière-grand-père de Louise, Good Mark, ferma la barrière du corral et monta jusqu'à Baptiste. Les autres hommes avaient cessé de travailler et s'étaient retournés pour voir ce qui préoccupait Baptiste. Les chevaux se massèrent dans un angle du corral tandis que les ouvriers se rassemblaient au pied de la colline. Les hommes s'accroupirent soudain au sol. Ils palpaient la terre, cherchant quelque chose à tâtons. Louise vit Good Mark entrelacer ses doigts dans les herbes décolorées, il avait passé ses nattes blanches sous sa ceinture. La mère de Louise secoua la tête, puis posa ses deux mains nouées ensemble sur le sommet de sa tête. Sa grand-mère houspilla Louise. « Cherche ce lézard, lui avait-elle intimé à mi-voix. Vois si tu peux le trouver. »

Louise se baissa à quatre pattes avec les hommes. Elle ratissa l'herbe du bout de ses doigts. Elle ramassa une branche pour épousseter le sol mais elle ne vit rien. Baptiste Yellow Knife surgit sans bruit derrière elle et, levant les yeux, Louise vit ses cheveux tranchés au couteau, son visage mat. « Tu le trouveras pas », dit-il. Elle repoussa ses pieds mais ne put le déloger. « Sors de là », dit-elle. Elle n'aimait pas s'entendre dire par Baptiste, un garçon qu'elle connaissait à peine, qu'elle échouerait à quelque chose. « T'es dans mon chemin », lui dit-elle. Elle retourna des pierres, écarta l'armoise et l'herbe, les yeux rivés au sol. Elle lança un coup d'œil à Baptiste et remarqua que son regard était voilé. Ses yeux indolents. Ses cils battirent et elle vit le feu de ses iris noirs se retourner dans ses orbites, et ensuite rien que le blanc de ses yeux, spectral, presque bleu. « Ça donnera rien de bon, dit-il, ses yeux noyés clos à présent. Quelqu'un va mourir. » Louise vit la terre dans le mince revers du pantalon de Baptiste Yellow Knife. Elle vit les nuages blanchir sous le vent, une brume de poussière altérer la lumière comme la vase altère l'eau. Elle vit son arrière-grand-mère dressée sur la colline, et ensuite Vieille Macheese tombant à la renverse, tombant, tandis que le vent soulevait son foulard vert olive sur sa tête.

Louise demanda à sa grand-mère comment elle s'y était prise pour récupérer le mouchoir. Comment la vieille femme avait-elle réussi à subtiliser son sang au poing serré de Baptiste Yellow Knife, à son déplaisant sourire ? Grandma ne répondit pas. Louise imagina maintes choses et s'en tint à Sœur Bernard et ses dures phalanges tambourinantes. Sœur Bernard n'était pas du genre à laisser les garçons jouer avec des cadavres de serpents à sonnette ou tâter de la pointe d'un bâton les oiseaux morts. Pas du genre non plus à laisser Baptiste conserver un mouchoir imbibé de sang.

Louise fit un rêve qui la poursuivit tout au long de la nuit jusqu'au matin. C'était un rêve qui lui était familier. Elle entendait une voix indienne qui n'était ni celle d'un homme ni celle d'une femme. Cette voix ne s'adressait pas à elle mais au rêve que Louise tenait dans le creux de ses petites mains tel un million de perles de verre couleur d'eau.

Il fait froid. Les serpents sommeillent dans des trous profonds, piégés par la neige. Nous contons nos histoires à présent. Les crotales se taisent. Cela remonte si loin dans le passé que ton sang fleure l'huile sur la langue de tes grands-mères. La neige gelée est si dure qu'elle peut meurtrir. Les congères sont effilées comme des rasoirs. La neige scintille. Nous sommes enfermés ici. À l'extérieur de la maison de Grandma, un homme nu se tient debout près d'un feu de flammes rouges. Il a un visage de femme, lisse, aux arêtes saillantes. On voit ses côtes sur son dos maigre. Il a les hanches étroites. La lueur des flammes monte haut sur le toit de la maison de Grandma. Des langues de feu à base bleue brûlent du bois de tamarack à écorce de daim. Poussière de bois noire en cendre de bois blanche. L'homme nu souffle entre ses dents, ses lèvres gercées sifflent vers le feu. Son sifflement fait sourdre un grand vent de neige.

La lueur du feu devient une petite flamme unique. Elle vacille puis faiblit et blanchit, faiblit encore, faiblit et blanchit en fumée. Un vent continu éparpille la cendre blanche en nappes suffocantes de poussière brûlante. Neige et poudre de bois, chaud et froid. L'homme est dressé devant les étoiles blanches, la neige à perte de vue.

Sa lumière blanche devient l'aube.

Louise n'a plus jamais questionné sa grand-mère au sujet du mouchoir. Elle savait qui l'avait rapporté. Elle se souvenait d'histoires contées par son arrière-grand-père : les rituels d'apprentissage des personnes-médecine envoyées en quête d'une simple aiguille, de nuit, par près de moins quarante, une aiguille profondément enfouie dans la neige à des kilomètres du lieu où ils se tenaient, frissonnants et nus. Son grand-père l'avait sauvée. Il s'était arrangé pour ôter son sang des mains brunes de Dirty Swallow. Et elle savait qu'il lui en avait énormément coûté. Elle n'adresserait plus jamais la parole à Baptiste Yellow Knife.

Lorsque Louise eut quatorze ans, Baptiste se coula furtivement derrière elle et, avec la prestesse habile d'un petit vent qui passe, lui glissa dans la main une queue de serpent à sonnette. Louise ne savait trop qu'en faire. Elle la regarda longuement, puis la plongea au fond de sa poche d'où elle espérait qu'elle tomberait par le trou qu'elle n'avait pas reprisé. Mais la queue de crotale se changea en un pouvoir qui l'effraya, une sensation qu'elle n'avait jamais éprouvée avant.

« Pourquoi ne t'en es-tu pas débarrassée quand il te l'a donnée ? » questionna sa grand-mère.

Louise ne répondit pas. Elle regardait ses pieds tandis que sa grand-mère parlait. Elle ne savait comment lui expliquer que la cascabelle, une fois introduite dans sa poche, s'était mise à remuer, comme si le serpent tout entier y était encore attaché. Elle la sentait frémir sur sa jambe, semblable à un nouveau muscle, et la frayeur qu'elle en retirait la rendait forte.

Sa grand-mère lui fit enterrer la queue du crotale sur la colline et marquer l'emplacement de trois pierres rouges. « Ainsi nous pourrons l'éviter », dit-elle. Louise prit son temps pour l'ensevelir. Elle chercha l'endroit le plus joli de la colline, à l'ombre d'un genévrier. Elle creusa un trou profond, tout suave de l'odeur des jeunes racines. Elle enveloppa soigneusement la cascabelle dans un de ses gants usés presque jusqu'à la trame afin de lui faire accroire qu'elle était toujours près d'elle. Puis elle combla le trou aussi vite qu'elle put en ramenant la terre avec ses bras et ses ongles. Elle s'éloigna lentement du petit tumulus de pierres, mesurant ses pas, prenant soin de ne pas regarder en arrière et trahir ainsi un quelconque désir de rester.

Toute cette nuit-là, des rêves l'engouffrèrent. Elle tombait. De hautes herbes montaient autour d'elle et murmuraient dans la chaleur. Des rochers plats et lisses près de Magpie Hill étincelaient au soleil. Elle sentit l'haleine tiède de sa mère sur elle et se lova dans un sommeil obscur.

Louise

Louise trouva un certain pouvoir à ignorer Baptiste Yellow Knife. Il n'existait plus pour elle désormais. Elle feignait de ne pas l'entendre ni le voir. Elle cessa de guetter les bruissements d'écaille sous les minces degrés en planches de la maison de sa grand-mère. Baptiste Yellow Knife avait moins de présence pour elle que le fantôme du chat mort de sa sœur. Son sommeil était bon, et elle commença de se sentir bien. Lorsque Baptiste s'approchait d'elle par-derrière, de n'importe quelle direction, elle faisait un pas de côté pour l'éviter et continuait de parler comme s'il n'était pas là. La seule fois où il parvint à capter son attention fut le jour où il monta son cheval, Champagne. Il avait même donné ce nom au cheval pour elle, après l'avoir entendue dire qu'elle avait envie de goûter à ce vin. Quand Louise avait cessé de flatter le cheval, Baptiste avait commencé à raconter aux Ursulines qu'il allait l'épouser. « Ne l'approchez pas, disait-il. Elle m'appartient. » Plus elle niait sa présence, plus il la poursuivait. Elle le guetterait, se dit-elle, afin de pouvoir l'éviter. Lors du tournoi de jeu de bâtons de Dixon, elle se dissimula derrière la voiture de police de Charlie Kicking Woman pendant près d'une heure, le regard de tous braqué sur elle, car Melveena Big Beaver lui avait dit que Baptiste la cherchait. Elle resta à demi tapie sous le moteur brûlant de la voiture dans une auréole d'huile qui gâcha sa bonne robe, pour voir finalement Baptiste passer devant elle main dans la main avec Hemaucus Three Dresses. Lorsque Louise se releva pour secouer l'herbe sèche de ses cheveux, Baptiste ne se retourna pas ni ne jeta le moindre regard dans sa direction. Seule sa mère, Dirty Swallow, épia Louise. Elle était assise à même la terre sur la ligne du terrain de jeu de bâtons, sans couverture. Ses yeux étaient petits et ne cillaient pas et, bien qu'elle continuât de jouer, elle garda le regard fixé sur Louise, ouvrit sa paume pour laisser voir l'os cerclé de noir.

Baptiste était animal et ténébreux et lorsqu'il sourit à Hemaucus, il parut presque beau. Louise se sentit soulagée et inspira à pleins poumons, mais l'instant de soulagement s'accompagna en elle d'un sentiment de perte. Elle alluma une cigarette et entreprit de rejoindre la cicatrice formée par les genévriers près de la route. Elle se retourna vers le couple. Baptiste frotta contre sa cuisse le dos de la main brune d'Hemaucus puis conduisit la jeune femme jusqu'à la ligne du jeu de bâtons. Louise les vit échanger un sourire.

Elle ne savait qu'éprouver. Elle se demanda si tous la plaignaient parce que Baptiste était parvenu à trouver quelqu'un de nouveau, quelqu'un de mieux. Elle savait qu'elle ne désirait ni Baptiste Yellow Knife ni ses attentions, qu'elle le fuyait depuis des années. Elle avait esquivé chacun de ses murmures, détourné chacun de ses regards. Debout près des arbres poussiéreux, elle avait les mains sèches. L'auréole d'huile s'épanouissait sur sa robe. Louise pensait que les gens la regardaient car selon eux elle aurait dû être jalouse d'Hemaucus. Et dans la lumière cinglante d'un jour d'été qui passe, la chevelure d'Hemaucus était une masse lourde, si luisante qu'on eût dit de l'eau. Hemaucus était une femme mûre mais elle étouffait son rire derrière ses mains lorsqu'elle regardait Baptiste. Elle avait la taille pleine et ses bras lisses étaient fermes et musclés.

Louise se sentit petite. Elle sentit les rangs durs de ses côtes. Elle eut l'estomac serré et creux. Les os de son bassin saillirent sous l'étoffe mince de sa robe. Elle avait entendu les vieilles femmes conseiller à sa grand-mère de la surveiller. « Assure-toi qu'elle n'ait pas la tuberculose », avaient-elles dit. Et, debout dans le champ, les herbes blanches et sèches à ses chevilles, elle sentit les gros os de ses genoux. Elle se sentit lasse et sotte. Peut-être s'était-elle stupidement crue plus jolie qu'elle ne l'était en réalité. Lorsque Melveena Big Beaver passa avec sa sœur Mavis, lorsque toutes deux la regardèrent et détournèrent la tête pour dissimuler leur sourire, Louise donna un coup de pied vers elles dans la poussière.

19

Louise

Louise prit conscience qu'elle n'avait mis aucune distance entre Baptiste et elle. Toute son attention, toutes ses
pensées avaient été et étaient encore dirigées vers lui.
L'ignorer n'avait servi qu'à le rendre plus présent dans sa
vie. Dès lors qu'il eut renoncé à elle, elle commença à se
demander s'il l'avait réellement pourchassée. Il était amoureux d'une autre et elle ne le voyait plus qu'occasionnelle-
ment mais il ne la regardait pas. Elle se dit que le problème
venait peut-être d'elle depuis le début. Elle n'avait rien à
craindre. Et lorsque Louise revit Baptiste Yellow Knife seul,
elle se trouvait à l'abri du magasin de Malick, en sûreté
parmi des rangées de conserves et de beurre de cacahuète,
des cagettes d'œufs frais. Elle longea l'allée principale, le
dépassa. Il prononça son nom alors qu'elle se dirigeait vers
le comptoir, et pour la première fois depuis des années,
elle se retourna et lui sourit. Elle n'avait aucun moyen de
savoir qu'elle venait de lui rendre le pouvoir, du moins tant
qu'elle ne lui eût pas décoché un regard au moment de
sortir, depuis la vitrine jaunie par la fumée. Il se tenait juste
à l'entrée du magasin, les bras ballants le long du corps.
Louise l'observa longuement, mais il ne bougea pas de sa
place. Il conserva sa posture d'affût. Elle se demanda s'il
attendait Hemaucus mais elle comprit trop tard que sa
grand-mère ne s'était pas trompée. C'était elle qu'il attendait. Elle aurait dû l'ignorer à tout jamais.

Louise avait fait un seul cauchemar au cours de tous ces
mois où elle avait nié sa présence. Dans son rêve, Baptiste
était un vieil homme nageant contre le courant de la
rivière. Ses épaules revêtues d'un harnais tiraient une
chose qu'elle ne pouvait voir. Il jaugeait chaque train de
houle, chaque vague hésitante. Aux aguets. Elle entendait
l'eau battre contre les cavités de son corps, contre roche,
contre eau, contre roche. Émergeant d'une vague, couleur
d'argent comme la pluie en hiver, il tendit la main vers
elle. Il ne l'avait pas saisie alors et il ne la saisirait pas maintenant. Louise inspira une profonde bouffée d'air vicié de

l'épicerie et franchit le seuil pour affronter le soleil brûlant et Baptiste Yellow Knife.

« Louise », dit-il, et elle hésita. Le printemps avait été sec. Elle flairait l'âcreté automnale des feuilles. Les champs s'abandonnaient le matin à de grandes pulsations de chaleur. Elle sentit le désir de Baptiste dans la chaleur dense de ses seins, mille petits crochets plombés alourdissaient la pointe de ses mamelons, le lobe lourd de ses oreilles. Elle se posa la main sur le crâne et sentit battre son sang. Le soleil était si chaud qu'elle pouvait compter les mèches de cheveux sous sa paume. Un poids envahit ses poumons telle une eau verte. Elle s'arrêta et écarta les pieds pour affermir sa résolution contre le fils de Dirty Swallow. Sa présence était étrange, comme un vent insistant contre lequel elle devait incliner pour gagner en force.

« Tu ne me parles pas, dit-il. M'entends-tu te parler ? »

Louise savait que quelque chose ne tournait pas rond. Elle se sentait lourde à l'endroit où elle se tenait. Elle plaqua sa langue contre ses incisives et s'efforça de penser à Roger Mullan, à ses longues dents jaunes. La propre mère de Roger disait qu'il pouvait manger des pommes à travers une clôture. Elle se cramponna à cette image.

Baptiste tripotait le renflement de son entrejambe tout en lui parlant. Elle se concentra de toutes ses forces sur la distance à mettre entre elle et lui. Il craqua une allumette sur la braguette de son pantalon et avec la flamme jaune alluma une pipe de feuilles de kinnikinnick. Maintenant qu'elle avait regagné son entière attention, il ne ressemblait plus au Baptiste qui avait tenu Hemaucus par la main. Il était clair qu'il avait bu. Il avait passé plusieurs jours à boire. Son haleine était aigre. Elle jeta un coup d'œil à son visage mais évita de croiser son regard. Soudain la pensée la frappa, comme une bourrade, que Baptiste pouvait être à la fois beau et laid à ses yeux. Sa voix était une eau lente remuant au fond du lit de la rivière, l'attirant. Elle savait qu'il ne la touchait pas mais sa langue gonflée et râpeuse effleurait son sein gauche. Elle se tourna vers lui et il avait un petit sourire aux lèvres. Il souffla de la fumée comme on souffle un baiser et les yeux de Louise s'emplirent de larmes. Elle était sûre de savoir ce qu'il pensait. Autour du noyau brun de ses yeux, le blanc faisait un cercle jaune comme s'il avait été bouilli. Elle ressentit un pressant désir de se rapprocher de lui, une étrange urgence qu'elle ne comprenait pas, la même impulsion qui l'incitait à scruter le dedans des petites bouches d'animaux morts. Elle retraversait toujours la route pour aller regarder de plus près les cerfs à la carcasse disloquée. Et elle savait qu'elle se rapprocherait de Baptiste.

« Louise », murmura-t-il. Son nom était pâteux dans sa bouche. Elle percevait la chaleur humide qui montait du col de sa chemise. Elle s'étonna elle-même lorsqu'elle se pencha en avant pour toucher du bout de sa langue le lobe épais de son oreille. Il avait un goût âcre de vieille sueur salée. Il pressa sa joue contre la sienne, laissant son empreinte moite. Louise recula. Elle ne l'embrasserait pas. Il dégageait une odeur différente de près. De terre tiède et suave, et aussi l'odeur ténue et insolite de chaux brûlée qui recouvre toute chose pas propre. Il pencha la tête vers elle comme s'il pouvait entendre battre son cœur. Il ouvrit la bouche pour laisser voir sa langue aussi rouge qu'une salamandre.

Louise éprouva une tension dans sa nuque comme si tous ses pores s'étaient refermés. Elle tâcha de ne pas regarder en arrière. Elle respira lentement et écouta. Le vent était immobile. Elle imagina que sa tête était aussi lisse que la lune ronde et translucide qui montait haut au-dessus d'eux.

Et comme la lune, elle vit le monde comme de très très loin. Les champs bruissaient d'herbes sèches. Elle vit Baptiste au-dessous d'elle, plus petit qu'un colibri, son cœur minuscule battant entre les parois minces, si minces de son cœur. À cent mètres de lui, la boutique de Malick dissimulait des boîtes de soupe soigneusement rangées, des légumes, des paniers de sucreries. Il ne pouvait plus la toucher désormais. Cette pensée la laissa sans souffle comme les nuages. Elle regarda en bas, les collines d'argent sous le soleil, et vit quelque chose bouger. Retenant son souffle, elle aspira une pleine bouffée de vent. Elle aperçut la cave de sa grand-mère, creusée dans les racines, le tumulus de pierres adoucies par la pluie, et dans les profondeurs de la cave, le crotale repu qui jouait à cache-cache avec sa famille depuis des années, se dissimulant derrière des bocaux de fruits et des sacs de jute emplis de viande séchée, laissant derrière lui le pâle fantôme de sa mue qui s'allongeait de plus en plus chaque année. Elle vit tous les serpents tapis dans leurs repaires.

Dans l'ombre moite du tas de bois de Grandma, un crotale au long corps élancé dormait. Elle vit l'école des Ursulines et les serpents dans le champ contigu à la cour de récréation. Lorraine Small Salmon, cinq ans à peine, faisait tourner une corde à sauter alors que, tout près de la pointe de ses souliers, un crotale brun vrombissait. Elle vit sa sœur chasser le coq vers le terrain d'en bas puis le chasser à nouveau de là, où les bouches munies de tendres crochets de cent serpents guettaient dans les herbes folles. Elle vit un pêcheur qu'elle ne connaissait pas sur la Jocko River, aussi vulnérable que son crâne dégarni rougi par le soleil, environné de toutes parts de rochers bruns et de serpents à sonnette aussi épais que des lichens. Elle vit le serpent mort que les garçons avaient suspendu à la croix sur la tombe de la religieuse française. Elle vit les serpents de la route hachés menu et écrasés par les roues des voitures, leurs yeux illuminés par le dos noir et dur des mouches, et derrière eux, d'autres serpents encore. Elle vit les yeux d'un blanc laiteux d'un millier de crotales d'août. Elle vit Dirty Swallow cheminer vers la porte cloquée par la pluie de sa grand-mère. Des serpents à sonnette la suivaient comme une traîne de mariée.

De très loin, elle entendit Baptiste Yellow Knife dire :

« Épouse-moi. » Louise s'éloigna de lui à reculons pour partir. L'air était limpide et chaud. Un vent soudain plaqua sa robe sur le dos de ses jambes. Elle abrita ses yeux noyés de larmes des particules de poussière en suspension. Baptiste n'avait pas cessé de l'observer et, durant un très bref instant, elle eut de la peine pour lui et de la peine pour elle-même. Elle était capable de le haïr assez pour l'attirer en elle, pour liquéfier ses os. Elle se détourna de lui et se mit à courir. Elle lâcha son petit sac d'épicerie afin de courir plus vite, courir chez elle, plus effrayée par la présence de Dirty Swallow dans la maison de sa grand-mère que par tous les crotales des routes et des champs.

Sa sœur Florence était perchée sur le toit de l'appentis à bois. Accroupie là-haut, Florence a posé un doigt sur ses lèvres et fait signe à Louise de s'arrêter. La porte était grande ouverte à l'arrière de la maison mais le jour était si étincelant que Louise ne pouvait rien distinguer dans l'obscurité de la cuisine. Les vitres resplendissaient de soleil blanc. Louise leva les yeux vers la bande d'ombre étroite sous l'avant-toit, vit la queue frémissante de moineaux réfugiés à l'abri de la chaleur. Elle sentit une tiédeur dans sa gorge, comme un poing douloureux, et elle voulut déglutir. Elle avança à pas comptés parmi l'armoise qui montait au genou, retroussant sa jupe hors d'atteinte des épillets d'ivraie. Elle vit l'ultime bordure d'herbe sauvage, le sentier creusé par les sabots traînants des vaches qui menait à la maison en contournant la mare. Il y avait un rythme d'eau remuant lentement du côté du ruisseau. Elle songea à des truites arc-en-ciel, leurs denses yeux fixes, leurs écailles vibrant le long de leur dos lorsqu'elles happaient au vol les petites ailes blanches de l'autre côté de l'eau. Il y eut un flottement parmi les joncs lorsqu'une forte brise entraîna la poussière en altitude. Les merles aux ailes rouges se taisaient. Elle observa plus attentivement les racines gonflées des peupliers carolins qui s'étiraient jus-

24

qu'à la lisière de la mare. Une onde lente serpentait, couleur d'argent puis verte, dans l'ombre assoupie. Elle lança une pierre en direction de la mare, vit un brusque clapotis d'eau, suivi par d'autres vagues, la familière ondulation soyeuse écartant l'herbe, sifflement discret. Elle avait appris à connaître le langage des champs, les minces entrelacs à la racine des herbes. Les serpents.

Louise savait que Dirty Swallow se trouvait à l'intérieur de la maison. Dirty Swallow était venue à la veillée funèbre de Vieille Macheese, comme elle avait fait une visite le jour où la mère de Louise était morte. Les herbes sèches avaient crépité de crotales. Les deux fois, Florence s'était réfugiée hors d'atteinte des serpents à sonnette. En se rapprochant, Louise perçut la voix de Dirty Swallow. La mère de Baptiste marchait, arpentait la cuisine de sa grand-mère en décrivant des cercles. Lorsque Louise posa le pied sur le perron, elle entendit la cascade de riz séché d'un serpent à sonnette reculant.

« Sors de chez moi », disait sa grand-mère à Dirty Swallow, mais celle-ci ne l'écoutait pas. Elle se tenait immobile au centre de la cuisine. Il y avait comme un mouvement autour d'elle, un courant d'air tourbillonnant. Sa jupe était souple sur ses hanches grasses et si usée par endroits que Louise se demandait si c'était sa chair qu'elle voyait au travers, certaine qu'elle parvenait à distinguer la peau brun terre de Dirty Swallow sous l'étoffe claire. La femme portait une ceinture en peau de serpent ornée de sonnettes, sa présence même était un froissement qui étouffait les bruits de la pièce. L'une des sonnettes ornant sa ceinture frôlait le sol et Louise tenta de visualiser la longueur du serpent à qui elle avait appartenu. Un murmure frais courait sur le revêtement en lino, un vague parfum de concombres éclatés au soleil montait des angles humides de la pièce. Louise entendit les cliquètements d'horloge des crotales remuant sous la maison.

« Va-t'en à présent, dit sa grand-mère à Dirty Swallow. Tu n'es pas bienvenue ici avec tes menaces. »

Louise avait entendu dire que Dirty Swallow portait un serpent vivant autour de la taille, un grand crotale brun aux yeux jaunes. Elle résista au désir d'épier avec trop d'insistance les hanches de la femme, de crainte d'apercevoir le mouvement ondulant d'un diamantin. Le regard de Dirty Swallow se dirigea vers la porte ouverte, et en se retournant Louise aperçut un serpent montant les marches en rampant vers elle. Dirty Swallow fit claquer sa langue et le serpent s'arrêta et se lova sur le perron, sonnette levée. Sa grand-mère avait les yeux rivés sur le balai posé dans l'angle. Dirty Swallow se tourna vers Louise, le sourire aux lèvres et prête à frapper, avec les yeux plissés d'une ivrogne au vin mauvais, imprévisible car elle n'en était pas une. « Je veux que tu donnes ta réponse à mon fils, dit Dirty Swallow. Accepte de l'épouser ; sans quoi quelqu'un de ta famille sera mordu.

– Vieille chienne, dit Louise assez fort pour être entendue.

– Je vois que tu n'élèves pas tes petites-filles correctement, dit Dirty Swallow. Cela ne me surprend guère.

– Je n'obligerai jamais Louise à agir contre sa volonté », dit Grandma.

Dirty Swallow tapa une fois dans ses mains. Le crotale glissa au bas des marches en abandonnant le sillon de son ventre dans la poussière, silencieux et bientôt invisible à la lisière des herbes folles, et Louise sut dès lors que Dirty Swallow avait pris sa décision.

Louise monta la garde, debout sur le perron, jusqu'à ce que la femme aux serpents eût atteint le bout du champ et rejoint la route. Elle se rongea les ongles en observant le ballet des libellules qui s'inclinaient à les frôler au-dessus des herbes folles. Nous sommes à l'époque moderne, avait dit sœur Simon à la classe, nous ne pouvons pas secouer des hochets d'os pour guérir les fièvres. Ce ne sont pas des mèches de cheveux et des rognures d'ongles qui vous sauveront des blizzards. Louise ne craignait pas Dirty Swallow. Elle ne craignait pas les serpents. Elle se dit qu'elle se craignait elle-même, craignait les sentiments que Baptiste faisait sourdre en elle. Elle ne tenait pas à vivre sur la réserve toute sa vie. Elle se demandait s'il y avait quelque chose au-delà de la petite maison de sa grand-mère, au-delà des routes qu'elle empruntait chaque jour, au-delà de Baptiste Yellow Knife. Elle regarda les collines. La rivière était figée. Sous la chaleur, le ciel était exténué, vidé de toute couleur, tout semblait assoupi sous le soleil d'après-midi. Elle distinguait encore Dirty Swallow marchant dans le lointain. Elle cheminait d'un pas régulier, et parfois l'élévation de la route la faisait disparaître à la vue, puis elle reparaissait un peu plus loin, et lorsqu'elle franchit la dernière colline, Louise la perdit de vue. Un vent calciné palpitait à la porte.

Louise s'attendait à une réprimande de la part de sa grand-mère mais la vieille femme sortit aider Florence à descendre de l'appentis. « Ne sois pas si trouillarde », l'entendit-elle dire, et un instant Louise crut que sa grand-mère lui parlait. « Tu ne peux pas fuir ce qui t'effraie », disait-elle à Florence.

Louise regarda au loin vers les Mission Mountains si incandescentes que des perles de sang dansèrent une sarabande noire devant ses yeux. Même paupières closes, elle voyait le soleil rouge. D'anciennes pensées revinrent. Elle se souvint de sa mère lorsqu'on l'avait transportée hors de sa chambre. Charlie Kicking Woman l'avait soulevée de son lit de mort et au moment où il s'était tourné vers la porte, Louise avait vu le visage de sa mère. Son visage était bouffi, couleur de bois lessivé, blême, gris. Elle était apparue si frêle à Louise, sainte pour ainsi dire, comme sainte Bernadette. Elle pouvait voir les veines délicates qui soulignaient la mâchoire de sa mère, les veines couleur de turquoise sur ses tempes. La fièvre avait défraîchi sa magnifique chevelure, et lorsque son corps était passé devant Louise, ses cheveux lui avaient effleuré le visage et Louise avait senti le toucher doux de sa mère encore une fois, pour la dernière fois.

Dans l'été de myrtilles qui avait suivi la mort de sa mère, elle se souvenait avoir écouté du dehors, par la fenêtre ouverte de la cuisine, sa grand-mère et sa tante parler du choix d'un homme, de la mauvaise médecine et du pouvoir de l'ancien mariage. Louise était une fillette alors, pieds nus à l'orée d'un été à peine entamé, et elle avait imaginé une pochette en peau, noire du contact graisseux de nombreuses mains, s'enroulant autour des pointes brûlées de ses cheveux. Même alors, c'était à Baptiste qu'elle pensait, Baptiste penché au-dessus d'elle alors qu'elle gisait sur le sol de la salle de classe et que son sang la quittait, une épaisse fumée noire montant toute blanche des dents du garçon, un chuchotement, son souffle inhalant son cœur bleu, si bleu. Louise voulait croire que si elle avait été encore en vie, sa mère aurait su lui dire quoi faire. Elle désirait bondir du perron, courir à perdre haleine vers les montagnes. Mais elle n'avait aucun moyen de savoir si elle courrait vers lui ou bien dans la direction opposée. Baptiste était partout.

Elles marchaient sur la route de Perma. Grandma avait promis à Florence une bouteille de soda à l'orange si elle couvrait tout le trajet sans se plaindre. Louise avait couru après sa sœur et toutes deux riaient si fort que Grandma disait qu'elles ne tarderaient pas à pleurer. « Madame Yellow Knife ! criait Florence à Louise. Madame Yellow Knife ! » Louise s'éloigna en courant comme si elle prenait la fuite. Son souffle était juché haut dans sa poitrine. Les pies caquetaient sur les poteaux de clôture, et le soleil miroitait sur leurs plumes. Des pieds de rudbeckias poussaient dru en bordure de route et Grandma s'était arrêtée pour cueillir leurs pousses tendres avant la floraison. Louise se souvenait s'être élancée pour sauter le fossé. Elle s'était retournée à l'instant précis où Florence bondissait derrière elle. Elle entendit le froissement de papier contre les herbes. Elle vit une sauterelle se poser sur l'épaule de Florence. Grandma pelait les pousses de fleurs et elle leur tendit à chacune un morceau de céleri indien. « Que j'aime le printemps », leur dit-elle. D'une tapette, Florence essaya de chasser la pousse de la main de Louise. « Ne lambinez pas », dit la vieille femme. Elle les avait distancées. Louise courut pour la rattraper. Elle chemina à ses côtés et se dit qu'il était bon de marcher.

La chaleur ondulait au bout de la route. « Pourquoi voit-on de l'eau au bout de la route, demanda-t-elle à sa grand-mère, alors qu'il n'y a pas d'eau ?

– C'est pour faire avancer les paresseux », dit Grandma.

Louise se retourna pour regarder Florence. Elle constata que sa sœur boitait. « Hé, paresseuse », lui cria Louise. Florence lui sourit mais sa démarche était mal assurée. Ses deux lourdes nattes pendaient devant elle. On eût dit qu'elle penchait vers l'avant, titubante. Son visage luisait de sueur. Grandma s'arrêta et, lorsqu'elle se retourna pour voir Florence, elle lâcha ses plantes et rebroussa chemin en toute hâte vers elle. Florence avançait à cloche-pied sur sa jambe droite et Louise se demanda si elle faisait semblant pour se rendre intéressante. « Je crois que je me suis fait piquer par une abeille », dit-elle à sa grand-mère. Sa jambe gauche était si enflée que son bas de laine avait commencé à craquer. Grandma s'accroupit devant elle et tira sur son bas pour le baisser. Louise arrivait en courant. Elle vit les deux petits trous de crochets ensanglantés sur la cheville de sa sœur. Celle-ci bougea avec lenteur pour s'asseoir. Grandma ôta son foulard de sa tête pour tamponner la morsure. La jambe de Florence était aussi violette que les Mission Mountains, et si enflée que Louise sentit le sang se retirer de sa nuque. Une plainte montait des champs.

« Est-ce que je vais mourir ? » demanda Florence. Louise remarqua que les yeux de sa sœur étaient lents et calmes comme si elle s'éveillait tout juste d'un sommeil de fièvre. Louise sentit la peur la gagner.

« Va chercher de l'aide, Louise. Cours », dit sa grand-mère.

Ses genoux semblaient trop faibles pour la porter, aussi lança-t-elle ses bras en avant. Elle courut pour rattraper l'eau au bout de la route. Elle courut pour sauver la vie de sa sœur. Elle courut et le soleil était si brûlant dans sa gorge que les kilomètres défilaient au ralenti sous ses pieds. Nous ne sommes plus au Moyen Age, entendait-elle soliloquer sœur Simon, les gens voyagent d'un bout à l'autre de la planète simplement pour prendre des vacances. Les hommes sont civilisés. Nous avons des téléphones et des machines à écrire. Des mixers et des lave-linge électriques. Les sanitaires à l'intérieur. Vous autres, Indiens, il faut que vous compreniez. Nous pouvons parler à perdre haleine aux bêtes sauvages, jamais un oiseau ne nous dira comment bâtir un nid. Les serpents ne piqueront pas nos ennemis parce que nous leur demandons de le faire. Je suis ici pour vous libérer des ténèbres de la superstition. Ouvrez les yeux, avait dit la sœur aux enfants indiens dont les lèvres tremblaient à ses idées, ouvrez les yeux et regardez le monde.

Charlie Kicking Woman

La morsure

Ce jour de patrouille avait traîné en longueur. Cela faisait des heures que je n'avais vu d'autre véhicule sur la route. Rien que les ultimes odeurs printanières d'armoise et de foin. J'envisageais de pousser jusqu'à la maison des Magpie. C'était une journée très chaude pour la saison. Mon uniforme cuisait comme de la paille de fer. J'avais peu vu Louise ces derniers temps. J'étais au courant de ce qui se disait sur elle et Yellow Knife, des histoires comme quoi il lui tournait autour, comme quoi il projetait de l'épouser. J'espérais bien que non. Baptiste Yellow Knife était devenu un type renfermé, déplaisant, un gars porté sur la boisson. Je me disais qu'avec un peu de chance, j'attirerais Louise jusqu'à ma voiture pour lui montrer mon journal de bord, lui faire voir toutes les fois où j'avais coffré Yellow Knife. Ivresse et trouble de l'ordre public. Voies de fait. Ivresse et trouble de l'ordre public. Nuisance à autrui. La liste était longue. Je pensais la montrer à sa grand-mère aussi. Louise n'était pas facile à convaincre.

Il m'est revenu à l'esprit que sous peu j'aurais toute latitude pour la traquer à nouveau. École buissonnière. Elle faisait partie des métis que nous devions rafler chaque année pour les ramener à l'école. C'était mon boulot de lui faire la chasse. Elle se sauvait souvent, jusqu'à deux fois par semaine, et au fil des années elle était devenue un vrai casse-tête pour moi. Je voulais la sauver. J'avais la conviction qu'en continuant de la ramener au bercail, je finirais par lui faire accepter l'école. Je ne sais si j'avais une idée de ce qu'elle pourrait devenir avec de l'instruction mais je savais ce qu'elle deviendrait sans. Je ne tenais pas à voir Louise White Elk dans la misère, battue toutes les fins de semaine par un mari tel que Baptiste, dix gosses étiques dans les jambes et un autre dans le ventre. Je voulais un avenir différent pour elle, et parfois ma femme m'accusait de la vouloir pour moi.

L'assistant social du Bureau des Affaires Indiennes, Mr Bradlock, avait tout tenté. Il l'avait placée à l'école de Dixon parmi des écoliers blancs. Puis il avait renvoyé Louise chez les Ursulines, avant de la remettre une nouvelle fois à Dixon. Elle ne se trouvait bien nulle part, et s'enfuyait à la première occasion. À l'automne dernier, elle avait fait équipe avec Georgette Small Salmon à St Ignatius et toutes deux s'étaient fait la belle ensemble jusqu'à Hot Springs. J'avais ramassé Louise deux jours plus tard, puant la cigarette et l'alcool. Elle portait des lunettes de soleil. Georgette lui avait balancé son poing dans la figure parce que Louise se croyait supérieure. Georgette me confia par la suite que Louise se comportait comme une Blanche. Je crois bien que Louise s'était pris la beigne quand elle avait demandé à Georgette ce qui lui faisait croire qu'on était supérieure quand on se comportait comme une Blanche. Le coquard sur l'œil de Louise ressemblait à la chair d'une prune éclatée.

Mr Bradlock avait dans l'idée que la grand-mère de Louise serait quelqu'un d'assez rétrograde, à qui il pourrait faire entendre raison. « C'est peut-être une vieille dame, l'avais-je prévenu, mais c'est une grand-mère indienne à qui vous parlerez.

— Exact, répondit Mr Bradlock, je m'en vais dire deux mots à la grand-mère de cette jeune fille. » Et je savais qu'il se représentait une femme stricte à col boutonné, une vieille dame attelée à son fourneau à cuire des biscuits. La grand-mère de Louise portait des jupes longues et des mocassins montants. Elle couvrait ses nattes noires d'un foulard coloré, et ses cheveux grisonnaient sur ses tempes. C'était aussi une joueuse invétérée, qui passait des journées et des nuits entières à s'adonner au jeu de bâtons. Elle prenait encore part comme cavalière aux courses de chevaux de Kalispel. Elle était capable de fendre du bois et de marcher trente kilomètres jusqu'à Mission pour assister à la messe. Elle subvenait seule à ses besoins, séchait sa viande, et pêchait été comme hiver. Elle mesurait un mètre cinquante mais elle savait bosser comme un homme. Elle avait des idées différentes concernant sa petite-fille. « Cette grand-mère-là, avais-je prévenu Mr Bradlock, ne nous livrera jamais sa petite-fille, quand bien même ce serait pour le bien de Louise. » Mais il n'avait rien voulu entendre.

Je dus accompagner Mr Bradlock jusqu'à la maison de Grandma Magpie. Ce fut une erreur. Mr Bradlock lui raconta que sa petite-fille était sauvage et incontrôlable, qu'il l'avait faite passer par toutes les écoles de Mission à Dixon afin de lui venir en aide, pour en fin de compte se voir remercier d'une fugue imbécile à Hot Springs. La vieille femme nous avait flanqués tous les deux à la porte.

Mr Bradlock avait raison sur certains points. Il y avait quelque chose de sauvage chez Louise. Je l'avais vue, au pow-wow estival, battre à la course les garçons les plus rapides. Une fois, sur un pari, elle avait nagé dans les vagues écumantes de la Flathead River. Je l'avais vue plonger entre les rochers que brassaient les courants furieux. Et elle n'avait pas hésité à sauter dans la profonde mare des Magpie pour sauver sa grand-mère lorsque celle-ci était passée à travers la glace. Il y avait des fois où j'aurais bien aimé pouvoir être comme Louise.

Je conduisais ce jour-là sans voir, mes pensées trop volumineuses sous mon crâne, sans imaginer que je verrais Louise sur la route lorsque je l'ai aperçue venant vers moi en courant. Une nouvelle fois, j'ai eu le sentiment que j'étais sa proie et non le contraire. Mon cœur tambourinait. J'ai baissé ma casquette sur mes yeux, certain qu'elle pouvait lire dans mes pensées. Mon cœur s'emballait chaque fois que je voyais Louise. Et chaque fois que je sortais en mission dans les environs de Perma, je la cherchais partout, que je sois censé le faire ou pas. Je me disais que c'était mon boulot de chercher Louise, et c'était généralement le cas, mais ce n'était pas mon boulot ce samedi-là.

J'ai baissé ma vitre. Elle respirait fort. Son cou ruisselait de sueur. Ses cheveux frisaient autour de son visage. Elle s'est penchée vers moi pour me parler tout en essayant d'ouvrir la portière arrière. « Laisse-moi monter », a-t-elle dit. J'ai hésité, quel tour avait-elle encore dans son sac ? Elle a mis un coup de pied dans la portière. « Charlie », et j'ai aimé la musique de mon nom sur ses lèvres. Je m'efforçais de ne pas sourire, car j'étais sûr de la tenir alors. « Je t'en prie », supplia-t-elle enfin.

J'ai mis pied à terre et l'ai faite monter à l'avant. Elle a désigné la route du doigt. Moi, j'avais toujours en tête mon journal de bord, et les trucs que je comptais lui dire.

« Par là », a-t-elle dit, la respiration presque sifflante. Elle regardait vers le bout de la route. J'ai esquissé un sourire. Moi aussi j'ai regardé loin au bout de la route, je connaissais ses combines. « Qu'est-ce que tu manigances, Louise ? » J'ai mis le frein à main. J'ai achevé de baisser ma vitre et inspiré longuement l'air de la journée, sachant que c'était elle que je humais. J'ai croisé mes bras et n'ai pu me retenir de sourire.

« Que fais-tu ? » a-t-elle dit, la respiration toujours précipitée. Elle m'a frappé l'épaule. « Charlie. » Ses yeux étaient écarquillés. J'ai porté le micro à mes lèvres pour informer la base de ma position. « Roule. » Sa voix était un soupir. « Roule. » Elle s'est penchée en avant pour saisir ses chevilles, et un instant je crus qu'elle voulait se dissimuler à quelqu'un. Elle a allongé le bras vers moi et a étreint mon genou d'une poigne solide. « Ma sœur a été mordu par un crotale », a-t-elle lâché si précipitamment que j'ai failli ne pas comprendre. « Fais vite. » Elle a désigné la route du doigt et j'ai vu son pouls battre dans sa gorge. J'ai senti le coup de pied de ma propre stupidité. J'ai lancé la voiture en avant, mais une partie de moi continuait de ne pas la croire. Elle m'avait roulé dans la farine avant. Elle scrutait la route, la main en visière, et je l'ai regardée du coin de l'œil. La journée avait pris un tournant rapide.

Nous avons parcouru huit kilomètres, et à chaque tour du compteur je ne pouvais m'empêcher de me dire qu'elle avait couru ce kilomètre-là, de mesurer ma force à la sienne et de me trouver court face à elle. Louise agita les mains pour me faire signe, mais je les avais repérées. Sa grand-mère et sa sœur. Florence n'avait pas l'air bien. J'étais partiellement soulagé, car Louise m'avait dit la vérité. Je mis pied à terre et ouvris grand la portière arrière pour leur permettre de monter. Je vis la jambe de Florence. Elle était si enflée qu'elle semblait être un prolongement de son torse. Mauvais signe. Le membre était si gros qu'il semblait sur le point de s'ouvrir comme un fruit trop mûr. Les yeux fixés sur elle, j'ai fouillé ma poche pour mettre la main sur mon bon couteau. Je me suis agenouillé à côté de Florence. J'ai demandé à Grandma Magpie de lui couvrir le visage.

Mes yeux ont vu la moindre parcelle de cette terre. J'ai marché le long de la Jocko River dans la chaleur d'orage de l'été. Mes chevilles ont frôlé les nids d'un millier de serpents, mais de toute ma vie je n'ai entendu qu'une seule histoire de morsure qui ne soit pas une légende. Un Blanc de Thompson Falls, mordu il y a huit ans environ. Le poison lui a paralysé le cœur. Il en est mort.

« Ça ne devrait pas faire trop mal », dis-je à Florence tout en sachant que ça ferait un mal de chien.

« Tiens-lui la jambe », dis-je à Louise. Le soleil était si étincelant que j'en avais la nuque douloureuse. Louise s'est aussitôt assise par terre près de sa sœur et a tenu sa jambe. Mon bras l'a effleurée en passant. J'ai entendu le crépitement sec de ma peau contre la sienne et cela m'a obligé à reprendre précipitamment mon souffle, et j'ai eu honte,

honte de négliger mon boulot, de penser à Louise alors que j'aurais dû penser à sa sœur et à la tâche qui m'incombait. Louise sentait le citron et le sel, un parfum presque suave. J'ai senti la chair de poule me hérisser les bras.

La grand-mère m'a signalé que la morsure se trouvait juste au-dessus de l'os de la cheville, sur la face interne de la jambe. J'ai fait pivoter le pied de Florence vers l'extérieur. J'avais l'impression que sa jambe allait crisser sous mes doigts tant elle était dilatée par le sang et l'eau. Mes empreintes sont restées imprimées sur sa cheville bien après que je l'eus lâchée. Je me suis servi du foulard rouge de la vieille femme pour faire un garrot. Je voyais les deux trous des crochets à l'endroit où le baiser éclair du crotale pouvait avoir injecté dans le corps de la petite assez de venin pour tuer un gaillard d'un mètre quatre-vingts. J'ai retenu mon souffle un instant en priant pour elle, en priant pour moi. Je n'avais jamais vu de morsure auparavant mais j'avais entendu assez d'histoires. Chez certains le venin frais imbibe le cerveau, chez d'autres il se répand dans le système nerveux telle de l'essence enflammée, provoquant des courts-circuits et interrompant les fonctions. Je n'avais jamais entendu dire qu'un Indien était mort à cause d'un serpent, et je ne tenais pas à être le premier témoin de la chose.

J'ai incisé profondément au niveau de la morsure en tâchant de concentrer mes pensées sur la truite saumonnée de deux kilos six cents que j'avais attrapée à Ninepipes la semaine précédente. La tête de ce poisson était si grosse que j'avais dû la détacher de l'arête centrale à la hache. Un poisson si gros que les canards étaient en danger. Je me suis cramponné à cette pensée en me courbant sur le sang rouge de Florence pour sucer le poison entre mes dents. J'ai fermé les yeux et aspiré fort. J'ai senti le goût froid et métallique du sang. J'ai revu cette truite dresser sa tête hors de l'eau en entraînant un petit sillage derrière elle. J'avais l'odeur du sang dans les narines. Mon estomac s'est soulevé. J'ai craché à trois reprises. J'ai craché jusqu'à ce que coule ma salive, puis je me suis essuyé la bouche sur ma manche d'uniforme, et j'ai sucé encore.

Je sentais le soleil brûlant sur mon crâne. Le bruissement sonore des herbes. J'ai fermement appliqué ma bouche sur la jambe et aspiré longuement, d'une seule traite, en laissant rouler mes yeux vers le ciel, et j'ai vu Louise me regarder. Ma langue était un bloc de sel. J'ai sucé plus fort encore. Un goût piquant s'est soudain répandu dans ma bouche. J'ai pensé à tout ce poison coagulant ma langue noyée de salive. J'ai levé les yeux et Louise me regardait encore, et je me suis trouvé ridicule de me préoccuper de ce qu'elle pensait. J'ai sucé du sang à en défaillir. Puis j'ai dû faire une pause. J'ai dû me mettre debout sous le soleil éblouissant et détourner mon regard de Florence. Je n'avais aucun moyen de savoir si je l'avais sauvée. J'ai regardé au loin vers les champs décolorés par le soleil, la longue route menant à Mission. Ma poitrine tremblait.

J'ai pris une forte inspiration et me suis accroupi à côté de Florence. « Passe tes mains autour de mon cou et accroche-toi », lui ai-je dit. Je l'ai attirée à moi puis l'ai soulevée et transportée jusqu'à la voiture. Sa grand-mère est montée derrière avec elle. Je n'avais pas encore posé un pied dans la voiture que Louise était déjà installée sur le siège avant. J'ai allumé la sirène, sans la moindre voiture en vue sur des kilomètres, seulement des pies éventant de leurs ailes les marais de basse altitude. J'ai roulé pied au plancher comme un shérif. Cent soixante kilomètres-heure tout du long jusqu'à Mission. Le vent faisait chanter les vitres.

Je voulais rester, m'asseoir en compagnie de Louise, mais j'avais un autre appel et je les ai laissées. Je pensais à la fois où Louise m'avait roulé dans la farine. J'étais une toute nouvelle recrue à l'époque et Louise s'amène, treize ans bien sonnés, et me baratine pour que je l'emmène chez elle en voiture. À un moment, je m'en souviens, elle a hissé ses pieds nus sur le tableau de bord et ouvert le cendrier, et j'ai compris qu'elle cherchait les emmerdes. Elle cherche encore les emmerdes. Je le vois bien. J'avais regagné mon bureau, convaincu d'avoir fait une bonne action, pour apprendre que Louise était en fuite, qu'on la recherchait depuis des jours. Le lieutenant, m'ayant entendu parler d'elle, me fit appeler dans son bureau, fier que je l'aie arrêtée, me félicitant même. Moi, jeune freluquet tout fringant d'autorité, jusqu'à ce que je pige que le chef pensait que j'avais encore la fille, que je l'avais mise en garde à vue ou livrée à la juridiction de l'État. Apparemment elle s'était enfuie du pensionnat. Elle est en cavale, m'apprit-on. Pas moyen de choper cette petite peste. J'étais là, soudain ballotté par le ressac de ma propre incompétence, ma casquette d'uniforme à la main, mon gros insigne étincelant sur ma poitrine, à me souvenir de la façon dont Louise m'avait souri en me faisant au revoir de la main. J'avais agité la main moi aussi, et je m'étais senti bien. Il fallait qu'elle rentre vite à la maison, m'avait-elle dit. Je me souvenais de l'empreinte poussiéreuse de ses orteils estampée sur mon tableau de bord.

Notre propriété était limitrophe de l'ancienne concession des Magpie, j'avais donc vu Louise grandir. Nous brûlions les champs en fin d'été, réparions les clôtures endommagées par le vent. Je me souviens avoir vu Louise galoper dans les champs, maigrichonne et futée, loin d'être une beauté vraiment. C'était un garçon manqué aux cheveux trop fins. Elle devait avoir dans les onze ans lorsqu'elle avait débourré le cheval de sa grand-mère. J'avais assisté à la séance, vu Louise escalader le large dos nu de l'étalon, sans la moindre bride, et le cheval lui faire passer un mauvais quart d'heure, le genre de moment par lequel j'ai vu bien des cow-boys passer, les yeux fixés sur la victoire, un quart d'heure de ruades salement mouvementées pour son petit cul osseux. Mais le lendemain elle chevauchait en souplesse, le cheval et Louise ne faisant qu'un. Ni mors, ni tape-cul, seulement de la grâce. Son nez était cassé presque au sommet, suite à un roulé-boulé infligé par cet étalon, mais la fracture est restée un emblème de la finesse de son ossature et de la trempe de son caractère. À cause de cette fracture, son nez paraît délicat à présent. Gamine, elle était casse-cou, vilaine même, mais aujourd'hui, je ne connais personne qui arrive à la cheville de Louise. Bien souvent je repense à ce jour où elle s'est moquée de moi, quand elle avait tout juste treize ans et que je l'ai raccompagnée chez elle, le vent brûlant s'engouffrant par les vitres ouvertes, son visage empourpré. Je me suis surpris à la contempler. Elle est belle, et elle n'est pas belle. Je compare Louise à notre terre, la relie mentalement à mon expérience d'enfant, quand nous devions nous rendre aux veillées funèbres à Camas Prairie. Bon sang, je détestais ce pays. Brûlant et sec, rien que des herbes folles ou alors un vent froid et mordant par moins trente. Deux, trois arbres. Une poussière d'août si fine qu'elle te poudrait les genoux quand tu marchais, ou alors de la neige comme du sable en tempête, balayant routes et maisons, brutale, aveuglante. C'était ainsi à Camas Prairie. Aujourd'hui, je patrouille sur cette portion de route, été comme hiver. Je pénètre dans cette vallée et les champs sont clairs, le ciel est paisible et s'orne d'un soleil qui illumine jusqu'aux herbes échevelées, la moindre colline au loin, la moindre roche chatoyant d'une couleur différente. Ma vue porte sur des kilomètres et je ne peux en détacher mon regard ni cesser de me répéter que j'ai une chance formidable de voir ce pays, de lui appartenir. Je ne peux détacher mon regard de cette terre et je suppose que c'est à elle que ressemble Louise pour moi. Elle est toujours changeante. Je n'arrive pas à la cerner. Mais parce que nous avons partagé pratiquement la même parcelle de terrain, parce que nous sommes de la même tribu, nous sommes semblables. Il y a quelque chose chez Louise, et quelque chose chez tous les Indiens d'ici, qui est identique chez moi, des liens de sang, une histoire personnelle et commune.

Aida, mon épouse, est une Yakima. Elle a grandi loin de la réserve flathead, et quelquefois cela me la rend lointaine, comme s'il manquait quelque chose entre nous. Aida peut vivre ici le restant de sa vie, parler à peu de chose près la même langue, sa terre natale est différente de la mienne. Je n'ai aucun souvenir lié au peuple et aux lieux du passé de ma femme. Louise, en revanche, a toujours fait partie de tout ce que je connais et aime. Elle fait partie de moi.

Quand j'étais jeune homme, mon oncle m'avait demandé de lui rendre un service. Son dos était faible et il avait besoin de moi. Ce n'est qu'en freinant devant la maison des Magpie que j'avais appris la tâche qui m'incombait, une tâche pour laquelle je n'étais pas de taille. Annie White Elk était morte. Pneumonie. Elle était partie à la recherche de son mari qu'elle croyait dans la nature en train de chasser. Il n'y était pas. Il était au pieu avec Loretta Old Horn. Annie était restée absente trois jours sous une pluie si torrentielle qu'elle se déversa du ciel bas en milliers de ruisseaux d'argent, sans s'arrêter. Puis le temps se mit à la chaleur, ce printemps de l'année trente-six. Les abeilles sortaient de toutes parts, bourdonnant autour des perrons et voletant sous les poutres des granges. C'est la pluie froide et la chaleur soudaine, dit-on, qui avaient emporté Annie White Elk à l'âge de vingt-neuf ans. Elle laissait deux fillettes, Louise et Florence, à la charge de sa mère. Je dus porter son corps dans l'escalier, jusqu'à la cuisine où Grandma Magpie attendait pour vêtir sa fille pour l'enterrement. Une table avait été préparée afin de recevoir le corps, des planches brutes reposant sur des chevalets à scier le bois.

C'est à peu près à cette époque que je me mis à observer des choses qu'un être humain ne devrait jamais observer. En entrant dans leur maison cet après-midi-là, je fus surpris du flot de soleil qui entrait dans la cuisine, une chaude lumière jaune inondant une pièce triste. Je ne connaissais pas grand-chose alors. Je pensais que tous les Indiens étaient pauvres, parce qu'apparemment nous l'étions, mais nous n'étions pas pauvres comparés aux White Elk. Mon père travaillait à la scierie de Dixon. Nous dormions dans la même pièce mais nous avions des lits, et des châlits. Eux avaient des sacs à farine garnis de roseaux et cousus ensemble, sans sommier. Ils dormaient à même le sol, le froid s'infiltrant par les interstices, des lambeaux de lumière passant à travers les murs dépourvus de plâtre. En guise de papier peint, il y avait des pages de vieux catalogues. Ils n'avaient pas de draps, seulement des couvertures de laine rugueuses qui avaient connu des jours meilleurs sur des chevaux. Je me retenais de regarder fixement.

Grandma Magpie désigna l'escalier. Mon oncle restait causer en bas avec elle. « Vas-y, fils », m'avait-il dit. J'avais besoin d'encouragements. L'escalier n'avait pas de rampe, c'était une simple échelle meunière débouchant sur un trou dans le plafond. Une odeur poudrée flottait dans la cage d'escalier, une odeur dont je savais qu'elle n'y était pas avant. J'avais assisté à maintes veillées funèbres. J'avais touché la main des défunts mais ceux que j'avais vus avaient été préparés pour être vus. Annie White Elk venait tout juste de rendre l'âme. Il flottait dans la pièce une odeur que j'ai appris à identifier à la mort. Mon oncle m'avait dit que nous étions semblables aux animaux car nous sommes capables de sentir la mort pour la première fois et de la reconnaître. En atteignant la dernière marche, j'ai regardé en bas et croisé le regard de mon oncle qui levait les yeux vers moi. Il a hoché la tête, puis détourné son regard.

J'entendais leurs voix. Ils racontaient que les Indiens se mettent à voir des fantômes juste avant de mourir. À ce jour, je déteste toujours autant les dictons qui accompagnent les visites aux défunts. Le couloir était obscur. Une lueur argentée filtrait par une fente dans le plafond car les poutres n'étaient pas cimentées. Lorsque le vent se mit à souffler, le son qu'il rendit m'oppressa, et là-dessus une senteur monta dans le couloir, suave et soudaine dans ma gorge. Ce n'était pas l'odeur familière d'une maison. Ce n'était pas le chuintement du café de la veille sur le fourneau brûlant. Pas cette odeur-là. Ce n'était pas le lent battement de cœur des horloges qui a sa propre odeur, lui aussi, ni l'odeur du pain frit plongé dans la graisse. Ce n'était pas ça non plus. C'était l'odeur d'humidité de la pluie froide, des auréoles mouillées et du bois gonflé d'eau. Je flairais une odeur d'aiguilles de pin et d'alcool. Je me souvins de ma mère me racontant qu'Annie White Elk avait déposé de la vanille au creux de son poignet, et ma mère avait froncé les sourcils à l'idée d'un tel luxe pour une femme qui avait à peine de quoi se nourrir. J'entendis le vent à nouveau et l'odeur disparut aussi soudainement qu'elle était apparue. J'avais la gorge serrée. Ils n'avaient pour habitation que cette petite maison dans laquelle le vent s'engouffrait comme dans un corridor. La pluie ensan-glantait les murs de rouille, et les pages de journaux au plafond se racornissaient. La longueur du couloir était ponctuée de zones, semblables aux ondes de chaleur dans l'eau, puis la fraîcheur à nouveau me faisait ravaler ma res-piration. J'ai longé le couloir à pas lents, retardant le moment, tâtonnant.

J'eus la surprise de découvrir que la porte de la chambre où reposait Annie était laquée et j'ai vu mon visage dans sa surface lisse, et je ressemblais à l'intrus que j'étais. Le corps était à terre. J'ignorais que Louise se trouvait dans la chambre. Elle avait dû se cacher derrière la porte à mon entrée. Je vis en premier les pieds d'Annie, petits, sans sou-liers. Ils brillaient comme du bois ciré. Une couverture grossière était remontée sous son menton. Je sentais la cha-leur me démanger sous les aisselles, et un flot de chaleur a empourpré mon cou lorsque je me suis penché au-dessus d'elle. J'ai tenté de la soulever, en me courbant en deux, mais je n'ai pas pu. Je me suis agenouillé sur le lit de for-tune, j'ai entendu craquer les roseaux secs sous mes genoux. Au moment où je la soulevais du sol, sa couverture a glissé. Elle était nue. J'ai tenté précipitamment de rattra-per la couverture mais j'avais peur de la lâcher, elle. J'ai dû la reposer pour ramener la couverture sur son corps. Je n'ai pu m'empêcher de poser les yeux sur ses seins foncés, mais toutes ces années après, la seule chose dont je me souvienne ce sont les os blancs de ses côtes saillant sous sa peau brune, au point que je pouvais les compter, une à une, comme si elle retenait une pleine respiration, comme si elle craignait encore qu'on puisse lui faire du mal. J'avais entendu dire que les morts étaient lourds mais elle était si légère qu'il me sembla qu'elle allait s'envoler de mes mains, si légère qu'il me semblait porter son esprit. En levant les yeux, j'ai surpris Louise cachée derrière la porte, une gamine petite et maigrichonne qui venait de perdre sa mère. J'ai emporté le corps dans le couloir puis au bas de cet escalier. Annie n'avait formulé qu'un souhait, avait dit Grandma Magpie, elle avait demandé à être ensevelie dans un cercueil en pin fait à la maison et garni de satin vert. J'ai aidé mon oncle à confectionner le cercueil. Je me suis senti fier d'être un homme. Je pense que cet événement a scellé en moi le désir d'aider les autres.

Je fais appel à ma mémoire, je cherche de toutes mes forces à revoir la fillette tapie derrière la porte, mais en vain, je ne retrouve pas le visage de la jeune Louise d'alors. L'image de Louise qui demeure gravée dans mon esprit date de quelques années plus tard. On m'avait appelé pour enregistrer le décès d'Ernestine Chief Spear, une jeune fille morte d'étouffement au cours d'une « crise », pour employer le mot des religieuses. Ernestine était morte chez les Ursulines. J'avais pris mon temps pour m'y rendre. Je n'étais pas prêt à affronter ça. J'ai contourné le bâtiment pour aller me garer à l'arrière. J'ai ajusté ma casquette et tiré ma feuille de rapport kilométrique. J'aurais fait n'importe quoi pour éviter l'inévitable. J'ai hésité à rester assis là une minute, respirer à pleins poumons l'air limpide d'avril. Je connaissais la famille Chief Spear, du côté de Pistol Creek. Il fallait aussi que je me rende là-bas, le flic qui freine devant la maison en faisant décamper les autres gamins dans les collines, pour annoncer à la famille d'Ernestine qu'elle était morte. Je n'avais jamais fait ça de ma vie, et je me disais qu'il aurait dû incomber aux religieuses d'aller porter la nouvelle à la famille, pas à moi, mais c'était bien moi qui allais devoir annoncer à Ray Chief Spear que sa fille était morte. Il faudrait que j'assomme cette famille avec la nouvelle de la mort d'une enfant de treize ans. En route vers chez eux, je savais que je devrais leur dissimuler mes visions. Ils pourraient voir leur fille dans mes yeux, leur sœur mourant dans une chambre obscure au parquet tellement ciré qu'il miroitait comme de l'eau. Je ne pouvais m'empêcher de voir Ernestine mourant étouffée dans une chambre noire comme un four pendant que les religieuses chantaient sans doute ou priaient à la lueur des cierges.

Lorsque j'ai déclaré à la famille Chief Spear que j'étais désolé, je me suis rendu compte que je n'étais pas aussi désolé que j'aurais dû l'être. Je n'étais pas désolé de conduire une grosse voiture officielle, car de derrière un pare-brise même les problèmes de la réserve prenaient un tour bénin. Je n'étais pas désolé d'avoir plus à manger dorénavant que je n'en avais eu de toute ma vie. Je ne serai jamais affamé au point de m'étouffer en mangeant ainsi que, je le soupçonnais, il était arrivé à leur fille. Je n'étais pas désolé d'être mieux traité par les Blancs lorsque je mettais mon insigne, ni par moments de me croire meilleur moi-même.

Le plus terrible c'est que tout au fond de moi je savais bien, même à l'époque, que je ne valais guère mieux que tout autre Indien doté d'un travail. Ma visite chez les Ursulines ne fit que me rappeler mes propres échecs, car au bout de quelques minutes seulement en compagnie des sœurs, je me suis surpris à reprocher à Ernestine Chief Spear sa propre mort. J'avais écouté les religieuses, et la conclusion de leurs propos était qu'Ernestine Chief Spear ne valait rien, et c'est parce qu'elle ne valait rien qu'elle était morte. Elles ne dirent pas les choses en ces termes. Elles me firent leur déclaration de leur bouche aux commissures tombantes, les bras sévèrement croisés. C'était la faute d'Ernestine si elle avait été enfermée, le corollaire brutal étant qu'Ernestine avait eu ce qu'elle méritait.

Et moi j'étais là, muet face aux religieuses. J'étais là, un

crayon et un rapport à la main, et rien de tout ça n'avait
de sens. Il me semblait que plus l'homme blanc cherchait
à nous faire du bien, plus nous avions des ennuis. Le gouvernement estimait qu'il était bon pour les Indiens d'aller
à l'école de l'homme blanc, d'être instruits par un groupe
de femmes qui n'avaient jamais connu l'amour. Des femmes qui étaient plus perdues que nous ne l'étions nous
autres, Indiens hébétés, nostalgiques, pouilleux, sentant la
fumée de feu de bois. Des femmes qui venaient de France,
des femmes qui venaient d'Allemagne. Des femmes qui
nous ressemblaient plus, à nous autres Indiens, qu'elles ne
voulaient bien l'admettre. Des femmes qui avaient perdu
leur identité elles aussi, et jusqu'à leurs noms, comme nous
avions perdu les nôtres. Des religieuses. Des sœurs qui
n'étaient pas des sœurs. Des mains si blanches qu'elles en
paraissaient grises.

Et quand j'étais petit, je pensais qu'elles nous haïssaient.
J'avais reçu des coups de la part de ces femmes, des claques
sur les oreilles quand je riais, des gifles si dures que je me
mordais la lèvre. Mais ces femmes et leur vie solitaire m'ins-
piraient de la pitié. Je m'aventurais derrière l'école et je
contemplais les tombes de toutes ces femmes enterrées loin
de leur famille, sachant que longtemps après que nous
aurions quitté les Ursulines, elles resteraient.

J'ai quantité de problèmes à traiter ici, trop à mon goût.
J'ai dû accepter la version des religieuses. Leur uniforme
en imposera toujours plus que le mien. Leur histoire
m'écorchait les oreilles, parce que je me racontais à moi-
même la même histoire, parce que d'une certaine façon la
faute me revenait, parce que j'étais indien moi aussi. Si
Ernestine Chief Spear était morte, me disais-je, c'est parce
qu'elle était indienne. Elle était morte parce qu'elle était
indienne, et que les Indiens sont stupides. Stupides, stupides, pendant toute ma scolarité chez les Ursulines, les religieuses n'avaient cessé de me dire à quel point les Indiens

étaient stupides, elles me l'avaient répété tant de fois que j'avais fini par croire que nous étions stupides. Cette idée me plombait le cœur et je rentrais chez moi me morfondre sur la vie de misère à laquelle je ne pourrais échapper, sachant que mes grands-parents devaient être stupides eux aussi, puisqu'ils étaient tellement fiers de parler une langue qui ne s'écrivait pas. Illettrés. Aux yeux des religieuses nous étions tous d'une stupidité crasse, irrécupérables, perdus.

Je ne sais même pas bien pourquoi j'ai choisi de croire ce que m'ont raconté les religieuses dans mon enfance ni pourquoi leurs propos me brûlent encore par moments. Même Baptiste Yellow Knife a refusé de croire la presque totalité de leurs propos. Les religieuses ne pouvaient l'atteindre comme elles m'ont atteint. Lorsque Yellow Knife est à jeun, il continue de dire que les lois anciennes de notre peuple sont les meilleures, que la voie juste est simple et que la voie juste consiste à vivre encore selon les lois de notre peuple. Je ne supporte pas sa suffisance vertueuse. Je vois trop de membres de notre peuple tituber trop jeunes vers la tombe et lui-même ne fait pas exception. Je vois trop d'Indiens qui sont peut-être bien aussi stupides que le prétendaient les religieuses. Si la voie ancienne est la meilleure, alors le meilleur est en train de perdre, et moi je veux gagner.

« Quand avez-vous vérifié pour la dernière fois qu'Ernestine allait bien ? » ai-je demandé.

Sœur Simon m'a informé que Chief Spear n'avait été contrôlée qu'une fois le matin même lorsqu'on avait déverrouillé sa porte à l'heure du petit déjeuner. « Nous les enfermons à clé, expliqua-t-elle, car Louise White Elk et Ernestine Chief Spear grimpaient sur l'échelle d'incendie ou descendaient en douce dans le couloir des garçons pour fumer. » Elle me regarda en plissant les yeux, insinuant autre chose. Elle me tendit une clé qu'elle tira de sa profonde poche noire et d'un signe de tête désigna la porte au bout du couloir.

Lorsque j'ouvris la porte, Louise bondit. Je la vis passer en courant devant sœur Simon. Elle était pieds nus et ma première impulsion fut de m'élancer à sa poursuite. Elle courait si vite qu'elle disparut en un clin d'œil. Je suis resté un instant sans bouger, les yeux fixés sur l'escalier désert. Je ne sais pas bien ce qui m'est passé par la tête sur le coup, j'ai idée qu'il ne m'est rien passé par la tête du tout même si, je m'en souviens, je n'arrivais pas à chasser cette image de Louise se sauvant de cette chambre. Je m'étais préparé seulement à voir une enfant morte. Il ne m'était jamais venu à l'esprit que les religieuses pouvaient avoir bouclé Louise à l'intérieur avec le cadavre après avoir découvert qu'Ernestine était morte. J'ai ôté ma casquette pour pénétrer dans la pièce.

Une odeur flottait dans la chambre, l'odeur familière de la mort encore, trop suave, non comme des fleurs, mais plutôt comme des pommes de terre, des pommes de terre gelées, comme nous en mangions quand il n'y avait rien d'autre. Ernestine Chief Spear était captive d'un enchevêtrement de draps. De vieux draps qui étranglaient ses bras, s'entortillaient autour de ses chevilles, l'enveloppaient si étroitement que la cambrure rigide de son dos suggérait une lutte pour se libérer de cet étau plutôt que pour reprendre son souffle. Sa chevelure était sèche et emmêlée. Une petite écume, semblable à du blanc d'œuf, perlait à sa bouche. Ses yeux ouverts étaient aussi limpides que du verre. J'ai ressenti un tressaillement dans ma poitrine et j'ai dégluti avec effort. Ma bouche était remplie de salive. J'étais oppressé. Je me suis retourné vers sœur Simon. Elle se tenait encore sur le seuil, les mains jointes devant elle. Son habit noir était taché de craie. Je la croyais en train de prier mais elle me dévisageait comme si j'étais censé nettoyer ça au lieu d'enquêter.

« Vous avez réenfermé Louise ici avec elle ? » ai-je dit en me tournant à nouveau vers Ernestine. Sœur Simon était calme et sûre de son bon droit. « Nous ne voulions pas d'elle dans les couloirs, dit-elle. Nous ne tenions pas à ce qu'elle affole les autres. » J'ai hoché la tête, sachant que la cruauté ne serait jamais un crime en ces lieux.

J'ai inspecté la chambre afin de distraire mes pensées. La lampe, sur la table de chevet, avait été cassée. Il n'y avait aucune autre source de lumière dans la pièce en dehors de la fenêtre, et celle-ci avait été partiellement condamnée par des planches ; une geôle sinistre pour un homme adulte, alors que dire de deux jeunes filles en proie aux tourments de la puberté. L'obscurité avait régné ici toute la nuit. Des traces de coups de pied étaient visibles dans le bas de la porte et le vernis avait été lacéré. Louise. Il y avait des griffures dans le mur. Des auréoles de sang. J'ai détourné les yeux. « Vous avez dû entendre quelque chose, dis-je, les coups dans la porte ?

— Rien, dit-elle. Si les élèves ont entendu quoi que ce soit, elles n'ont rien dit. »

Je me suis revu, petit garçon, l'oreille collée à la lourde porte, terrorisé et silencieux. J'imaginais Louise. La lune était pleine la nuit précédente, la lumière avait peut-être assez filtré par les interstices entre les planches pour que Louise voit le visage convulsé de Chief Spear. Louise avait dû appeler à l'aide. Elle avait cogné dans la porte. Elle avait griffé les murs jusqu'à ce que ses doigts saignent, et personne n'était venu. Et même lorsqu'elles étaient enfin venues, même lorsqu'elles avaient enfin vu la raison des appels de Louise, elles l'avaient cloîtrée à nouveau dans cette chambre obscure avec la mort. Elle était restée seule toute la nuit et toute la matinée dans cette chambre close. L'odeur. L'odeur d'une mauvaise mort dans une pièce condamnée. J'ai quitté les lieux avec un nœud dur dans la gorge, non pour Ernestine Chief Spear qui était morte sans confort, mais pour Louise qui avait vécu et survécu à la mort d'Ernestine. J'ai eu de la peine pour elle ce jour-là. Certains êtres semblent n'attirer que les ennuis et Louise est de ceux-là.

Louise

Florence s'est promptement rétablie. Je suis allée la voir plusieurs fois à l'hôpital, espérant, je suppose, voir Louise. Je l'ai trouvée là une fois sans sa grand-mère. Elle a gardé son visage dissimulé derrière un magazine de mode, et n'a même pas levé les yeux quand je me suis éclairci la voix pour lui proposer de la reconduire chez elle en voiture. L'été flamboyait derrière les grandes vitres de l'hôpital. La jambe de Florence avait été plâtrée dans une coque argentée qui reflétait la lumière. J'ai dû plisser les yeux pour apercevoir les jambes de Louise au-delà de cette coque étincelante. J'ai regardé jusqu'à ce que mes yeux soient noyés de larmes.

Florence est sortie de l'hôpital en juin. Je me suis fait un devoir de reconduire toute la famille chez elle, certain que je ferais le trajet avec Louise. Mais Louise s'est éclipsée pendant que Grandma Magpie signait la décharge. Je me suis donc retrouvé en compagnie de Grandma et de Florence. Mon cœur a tressailli lorsque nous avons dépassé Louise sur la route. Elle a levé la main, mais lorsque je me suis arrêté pour lui proposer de monter, elle s'est écartée de la vitre. « Je marche », a-t-elle dit. Je suis reparti à contrecœur en regardant la distance l'avaler, la ligne des montagnes pâlir, l'éclat de la rivière ternir dans le demi-jour, pour finalement faire face à la route déserte qui s'étirait devant moi sur des kilomètres. J'avais espéré qu'elle redouterait de marcher sur la route après ce qui était arrivé à sa sœur, mais je n'aurais jamais cette chance. Il était clair qu'elle avait d'autres pensées en tête.

Jules Bart et Louise

Le cow-boy

Après la morsure du serpent, Baptiste se fit rare. « Il doit avoir honte de lui, tu penses bien, confia Grandma à Louise. Leur mauvaise médecine se retourne contre eux. Ils vont se tenir à carreau pendant quelque temps. » Louise était lasse de Baptiste et des discours sur Baptiste. « Sois prudente tout de même, l'avertit sa grand-mère. Ces deux-là mijotent quelque chose. » Louise en avait sa claque de Baptiste. L'été s'étirait devant elle et elle se sentait exaltée. Elle passait du temps seule à soupirer dans les hautes herbes en regardant l'ombre des nuages passer sur les collines blondes de Perma. Sa grand-mère pressait régulièrement son poignet sur le front frais de Louise, lui faisait boire un tonique aux baies de genévrier. Louise avait la sensation d'être amoureuse, d'être amoureuse d'elle-même. Même Perma revêtait de l'intérêt. Louise allait se poster au-dessus de la maison de sa grand-mère, haut sur la colline, et ouvrait grand les bras pour attraper les brises fraîches des courtes nuits d'été. Parfois elle allait s'asseoir sur les marches du Dixon Bar et écoutait le juke-box. Elle aimait les chansons qui parlaient de chagrins d'amour. Elle aimait surtout écouter une chanson d'Eddie Arnold car elle lui rappelait l'homme qui habitait à la Borne 108, le champion de rodéo, rentré depuis peu vivre au pays dans la vieille ferme des Bart.

C'était un cow-boy et elle était une Indienne, et Louise

imaginait parfois qu'ils vivraient un jour ensemble parce qu'elle savait que cela n'arriverait jamais. Le cow-boy ne s'intéressait pas à elle et cela le rendait intéressant. Jules Bart le cow-boy et Baptiste Yellow Knife l'Indien se situaient aux deux extrêmes de son monde. Elle avait envie d'autre chose que d'un Indien poussiéreux de Perma qui passait ses journées à boire. Elle s'autorisait à rêver de fausser compagnie à Baptiste avec un homme qu'elle imaginait assez coriace pour lui flanquer une raclée, mais elle n'avait véritablement envie d'aucun des deux hommes. Elle avait envie de cet été-là pour elle. Elle avait envie d'aimer quiconque lui plaisait et pour l'instant c'était Jules Bart qui lui plaisait. Autant l'intérêt de Baptiste Yellow Knife pour elle lui répugnait, autant l'indifférence de Jules Bart l'attirait.

Son ranch était caché derrière les collines de Perma, mais ses champs s'étendaient le long de la route où elle l'apercevait souvent. Certaines nuits, les nuits tièdes, la brise ressemblait à de l'eau et Louise le regardait travailler au clair de lune. Il avait de longues jambes et des hanches étroites. Elle l'avait vu tomber sa chemise et en nouer les manches autour de sa taille pour la laisser pendre sur son blue-jean comme des jambières de cuir. Jules Bart était différent de Baptiste Yellow Knife. Une patience tranquille se dégageait de lui. La lune brillait sur sa peau lisse et faisait oublier Baptiste à Louise. Dans l'herbe sombre, Louise n'était qu'un frôlement, suffisamment proche pour entendre Jules respirer.

Tout sentait bon près de chez lui. Les touffes d'herbe drue se blottissaient dans la menthe poivrée et l'anis. Même le fourrage sentait bon. Ces odeurs de ferme sanguines et suaves attisaient une chaleur dans les poumons de Louise. Et toutes ces odeurs et toutes les choses qui entouraient son logis devinrent une partie de lui, un élément de la vie nouvelle qu'elle imaginait. Elle s'étendait dans l'herbe fraîche pour l'écouter aller et venir sous les étoiles. Les tuyaux d'irrigation qu'il transportait sur son dos étaient des gorges chantant dans le vent. Parfois elle l'entendait chanter lui aussi. Il grattait sa guitare, égrenait d'une voix mélancolique des chansons qui parlaient de femmes et de vaches.

Elle l'avait vu acheter des flocons d'avoine et des pièges à souris au magasin de Malick. Jules Bart avait des mains aux doigts longs et crevassées par les rênes, et les billets paraissaient petits dans ses paumes. Comme il s'appuyait au comptoir, elle avait vu les bottes dont il était chaussé, en cuir d'élan suédé orné de roses de cuir dorées. Elle avait remarqué les mêmes dans le catalogue du magasin, mais jamais elle ne les avait vues, ni aucune qui leur ressemblât, portées par quiconque. C'était des bottes cavalières fantaisie qui attiraient l'attention sur l'homme qui les portait, et elle supposa que, pour les porter, il fallait être un homme qui savait se battre. Mais Louise n'aurait su dire quel genre d'homme était Jules Bart. C'était quelqu'un dont les gens aimaient parler mais qu'ils ne semblaient pas connaître. Louise l'avait observé pendant qu'il quittait le magasin. La lumière rosée du soleil modifia la couleur de sa peau, la rapprochant de sa nuance à elle. Louise se tourna vers Mr Malick en sentant la chaleur lui monter au visage. Elle se demanda si Jules Bart était conscient qu'elle avait passé l'été à l'observer. Elle avait appris que les secrets étaient rares dans les petits villages de la réserve. Tout le monde était au courant de vos affaires.

« Il travaille pas loin de chez ta grand-mère », avait dit Mr Malick, et il s'était rengorgé en l'informant que Jules Bart était champion de lasso comme s'il revendiquait lui-même cet honneur. « C'est de notoriété publique », avait rétorqué Louise, et ensuite elle avait eu honte d'elle.

La même semaine, elle revit Jules Bart, assis sur le hayon du pick-up d'Eddie Taylor, mangeant un sandwich et portant une paire de bottes différente. Elle passa devant lui en donnant des coups de ses pieds nus dans la poussière tiède. Elle traversa la rue en feignant de se rendre au Dixon Bar mais la proximité de l'homme rendait son allure emprun-tée. Je me moque qu'il soit là, se dit-elle. Ses genoux s'entrechoquant, elle balança davantage les bras. Elle toussa, porta ses mains jointes à sa bouche. Elle le regarda une seule fois et feignit de regarder ailleurs car lui-même ne la regardait pas.

Eddie Taylor sortit du bar et la siffla. Jules Bart leva à peine les yeux sur elle et grimpa dans le pick-up avec Eddie. À cet instant précis, elle détesta Eddie Taylor et son drôle de nez pincé dont il prétendait qu'il le devait aux sabots d'un cheval lors d'une chute. Chaque fois qu'Eddie racontait cette histoire, ses yeux prenaient une expression si sérieuse que Louise était sûre qu'il mentait. Louise les suivit longtemps des yeux sur la route. Elle observa le véhicule jusqu'à ce qu'il se fondît dans les arbres dont les feuilles tombées tapissaient les collines de Perma.

Eddie l'avait laissée entrer dans le bar pour la première fois cet été-là. Il lui avait servi une bière si froide qu'elle avait fait chanter entre ses dents.

« Peu importe ton âge, lui avait-il confié. Ton joli minois fera venir les clients. » Il lui avait servi une autre bière, puis une autre, jusqu'à ce que l'air du bar se mît à tournoyer, frais et suave au-dessus de sa tête, et la conversation chaleureuse à bourdonner à ses oreilles.

Eddie avait fourré quelques pièces dans le juke-box et elle avait dansé avec un propriétaire de ranch dont les mains calleuses s'étaient accrochées au fond de sa jupe. C'était la première fois qu'elle consommait à l'intérieur du bar, et c'était les vacances scolaires. Baptiste semblait avoir disparu et le soleil brûlant de la journée filtrait à travers les vitres de la salle de bar. Elle éprouva une force nouvelle. Elle espéra vaguement que Jules Bart la trouverait là, qu'il l'attirerait à lui au son d'une bonne chanson dans le juke-box.

Cet après-midi-là lorsqu'elle avait quitté le bar, Eddie Taylor l'avait raccompagnée à la porte-moustiquaire et, avec un sourire gourmand, l'avait priée de revenir quand elle voudrait. Ce qu'elle fit, parfois pour un soda, parfois pour une bière, mais toujours avec l'espoir de voir Jules

Bart de près. Elle devint une habituée, si assidue que Charlie Kicking Woman commença d'y faire des descentes lorsqu'il la recherchait.

C'est par un soir froid, un de ces rares soirs d'été relevés d'une pointe d'hiver, qu'elle revit le cow-boy. Elle avait compté les jours entre les fois où elle l'avait vu, marqué chaque occasion fortuite sur le mur de planches des cabinets avec le mégot de sa cigarette. Le cow-boy était devenu pour elle un moyen de relever son train-train quotidien. Les gestes de Jules Bart étaient lents et circonspects ce soir-là. Il ne se mouvait plus de la façon qu'elle se rappelait, cette façon qui la détendait. Il n'était pas l'homme qu'elle avait observé dans les champs. Il était devenu presque laid et rébarbatif dans la lumière grise du bar. C'était un nouvel aspect de sa personne qui la fascinait par le désenchantement qu'il lui causait. Elle se demandait comment certains hommes pouvaient se métamorphoser si vite, devenir des individus entièrement différents sous prétexte que la nuit était longue ou solitaire, ou qu'ils avaient trop bu.

Les lèvres de Jules Bart étaient humides et ses dents si blanches qu'elles évoquèrent de la craie à Louise. Elle jeta un coup d'œil par-dessus son épaule, feignant de surveiller la porte, et le vit se pencher trop loin en arrière sur son tabouret de bar. Elle avala une solide lampée de bière. Le breuvage était insipide et lui laissa la gorge sèche. Elle entendit le craquement du bois lorsque l'homme frappa le plancher. Personne ne bougea pour lui porter secours. Elle se fit de nouveau la réflexion qu'il n'était pas l'homme qu'elle connaissait. L'homme qu'elle connaissait pouvait se relever d'un seul mouvement souple, un chat s'étirant au sortir du sommeil. L'homme qu'elle connaissait était anis et barbe de maïs, il était l'odeur âpre de l'eau ruisselant dans les abreuvoirs de terre profondément creusés par le bétail assoiffé. Il n'était pas l'odeur de la fumée, ni des salles de bar, ni des œufs conservés dans le vinaigre.

Elle repoussa le comptoir. Eddie Taylor lustra le même verre jusqu'à l'entendre gémir. Louise marcha jusqu'à

Jules Bart. Elle palpait la saleté sous ses orteils à travers la semelle de ses souliers, aussi marcha-t-elle délibérément en posant chaque pied bien à plat sur le sol. Jules était assis par terre, aussi mou que les bajoues d'une vieille femme. Sa tête dodelinait de l'avant. Louise inspira, glissa ses bras sous ses aisselles et tira vers le haut pour le soulever. Elle sentit dans son bas-ventre, dans le déplacement des os de son dos, le poids de l'homme l'entraînant. Il se pencha en avant, la respiration sifflante, rassemblant l'élan donné par ces quelques kilos supplémentaires.

« Si quelqu'un peut le faire, tu peux le faire », lança une voix à Louise.

Elle donna un bon coup de genou dans le dos de Jules Bart et il rota en se redressant sur son séant. Elle sentit ses propres muscles se tendre dans ses jambes. Elle abaissa son centre de gravité et resserra ses bras autour du torse de l'homme. Son visage était brûlant contre sa joue et tout râpeux de barbe. Elle le tira vers le haut et entendit le frôlement de ses belles bottes sur le parquet. Elle le tenait presque debout lorsque Dag Bailey prit sa place.

« Je le tiens », dit-il.

Et Louise le regarda redresser l'homme sur ses pieds. Jules Bart se tint debout un instant sans aide. Dans la lumière changeante, Louise vit de la fumée pâle s'élever, une brume entourée d'un halo derrière lui. La sueur faisait boucler ses cheveux bruns sur sa nuque. Sa mâchoire avait la mollesse de celle d'un enfant au bord du sommeil. Elle vit la tête de Jules s'affaisser sur l'épaule de Bailey. Un bref instant, ses yeux se posèrent sur elle puis roulèrent en arrière en laissant voir le blanc.

Une femme ricana dans le dos de Louise. « Je crois qu'il t'a à la bonne. »

Louise se retourna vers la femme hilare et vit Marjorie Canfield, une Blanche maigre souffrant de gingivite qui mangeait toujours des barres chocolatées et buvait des bières-tomate du milieu de l'après-midi jusqu'à la fermeture.

« Va pisser ailleurs », répliqua Louise.

Jules Bart avait bavé sur sa main et elle massa délicatement la salive pour la faire pénétrer comme de la glycérine. Tous les hommes présents la regardaient. Louise lissa sa jupe, se passa les doigts dans les cheveux, puis alluma une cigarette. Elle commanda une autre bière.

Dag Bailey avait emmené Jules Bart dehors. Elle vit les feux de son pick-up s'allumer lorsqu'ils partirent. Elle imagina le visage de Jules éclairé par la lueur du tableau de bord, un sommeil rageur au fond de lui et ses mains inertes aussi vulnérables qu'une large plaie ouverte. Elle reporta son attention sur Marjorie Canfield pour attendre sa réponse.

« Je cherche pas la bagarre, mignonne », dit Marjorie. Louise resta assise au comptoir assez longtemps pour que personne ne s'aperçût de sa déception amoureuse.

Elle savait désormais que jamais il ne toucherait sa cuisse ni ne cambrerait ses reins contre la brune maigreur de ses flancs. Elle n'avait pas besoin de se dissimuler dans les hautes herbes pour qu'il ne la vît pas. Elle imagina qu'elle était invisible à ses yeux. Il ne la voyait pas retrousser sa jupe tout en haut de sa cuisse soyeuse. Il ne voyait pas le bouton laissé ouvert ni l'ombre profonde entre ses seins lorsqu'elle se penchait en avant pour commander boisson sur boisson. Il regardait dans sa direction et ne voyait que la route au-delà, la fumée languissante de sa cigarette. Elle avait le sentiment d'être transparente près de lui, suffisamment transparente pour qu'il vît au travers. À cette pensée, elle se sentit loin d'elle-même. Méconnaissable. Elle se demanda si elle avait été définie par ces deux hommes. Baptiste parce qu'il ne voyait qu'elle, Jules parce qu'il ne la voyait pas du tout. Jules Bart et Baptiste Yellow Knife étaient un changement de lumière, deux façons différentes de voir. Chacun d'eux pouvait être beau, et laid. Elle aurait aimé que les choses fussent différentes. Elle ne voulait pas que Jules Bart fût seulement un homme, comme Baptiste Yellow Knife. Elle se revit contemplant son image dans l'eau à l'approche du crépuscule, dans les borborygmes de la mare sans fond. Si elle parvenait à se voir dans l'obscurité du soir, à l'instant précis où l'ombre éclipsait son visage, elle verrait son être véritable. Mais cet instant n'était jamais venu. Seul Baptiste Yellow Knife venait la trouver. L'homme qu'elle méprisait était le seul homme qui pensait à elle.

Avant de s'endormir, elle entendait les roseaux secs près de la mare, les peupliers carolins, les poissons-squaws remontant régulièrement à la surface pour respirer. Elle se levait parfois, délaissant le tiède sommeil de sa sœur, pour aller se servir un verre d'eau froide à la pompe, attentive aux mouvements de Florence. Au clair de lune, sa chemise de nuit luisait d'un bleu spectral qui la glaçait le long des bras. Elle chavirait contre la lumière blanche, une sensation de solitude au creux des genoux et dans la gorge l'odeur brûlante des orties blanches. Dans son oreille la respiration régulière de sa sœur endormie, ses brusques détentes, ses replis en chien de fusil, son front cherchant un dos, une quête de confort tendue vers l'absence de son corps.

Le matin grisait le ciel lorsqu'elle entendit quelqu'un l'appeler à la porte-moustiquaire. Elle savait que c'était Baptiste. Elle reconnaissait sa voix dure, insistante. Elle enfila sa jupe et passa ses bras dans un chemisier. Elle sortit sur le perron et fronça les sourcils en le voyant.

« Louise, ne prends pas la mouche, dit-il. Tu m'as manqué. Je t'ai apporté une surprise. » Il disparut derrière la maison et revint avec son cheval. Champagne était une bête magnifique, un étalon quarter-horse envié de tous. Baptiste possédait plusieurs chevaux mais il savait que celui-ci était son préféré. Louise voyait le soleil par-dessus les montagnes, des traînées de lumière d'or illuminaient les hautes collines. Sa grand-mère dormait encore mais elle n'allait pas tarder à se lever, elle aurait été debout depuis des heures si elle n'avait pas attendu le retour de Louise dans la nuit. D'un mouvement souple, Baptiste se retrouva à cheval. Il lui tendit la main.

« Viens, dit-il. Monte avec moi. »

Elle pensa à Jules Bart, ivre mort et dormant encore. Les hommes, songea Louise, étaient tous les mêmes. « Avant que j'aille avec toi, dit-elle, laisse-moi te mettre les points sur les i. »

Baptiste se pencha pour l'entendre.

« Si tu t'en prends encore une fois à quelqu'un de ma famille, dit-elle, je te tuerai. »

Il se cala de nouveau sur Champagne et lui sourit, et il apparut à Louise qu'il était différent. Il n'avait pas bu.

« D'accord, Louise, dit-il, je t'en crois capable. »

Là-dessus elle saisit sa main et il la hissa sur le large dos nu de l'étalon. Elle enlaça fermement sa taille et enfonça les genoux dans le ventre du cheval. Elle s'accorda une demi-seconde de réflexion et puis elle lui étreignit brusquement les couilles, assez fort pour le faire couiner. « Je suis sérieuse, dit-elle. J'aurai ta peau.

– Je comprends, dit-il. J'entends ce que tu me dis. »

Elle lui lâcha alors l'entrejambe, et Champagne fila. Baptiste fit claquer ses cuisses et le cheval accéléra. Ils galopaient à tombeau ouvert, le sol défilait à toute allure en dessous d'eux, rochers clairs, brindilles, armoise, route, voie ferrée miroitèrent sous eux. Elle se sentait légère. Ses cheveux fouettaient son visage. Jamais elle n'avait chevauché à cette vitesse. Elle entendait les projections de gravier, le sol dur défilait. Elle retint son souffle et tint bon.

Charlie Kicking Woman

Les vérités amères

Être policier tribal n'a jamais été facile, mais ce boulot fut un enfer lorsque je faisais équipe avec Cliburn Railer, un Blanc de Lake County. Il ne m'aimait pas non plus. Ce vieux Railer avait eu vent de ma parenté avec Baptiste Yellow Knife, qui n'est pas une chose que j'aime admettre même auprès des Indiens qui savent que nous sommes parents. Baptiste est mon cousin. Le mari de ma tante était un Yellow Knife et, conformément aux lois anciennes, cela me lie à lui. Pas plus tard que la semaine dernière, Railer a qualifié Baptiste de fauteur de troubles, mon frère de sang le fauteur de troubles. Cette remarque de Railer m'a permis de mesurer à nouveau combien j'ai en commun avec Baptiste Yellow Knife, et combien l'homme blanc peut être stupide. Railer s'imaginait que j'avais mêlé mon sang à celui de Baptiste par choix ; les boy-scouts derrière la cabane des cabinets frottant l'une contre l'autre leurs coupures volontaires en prêtant serment. Je me demandais comment les Blancs pouvaient être civilisés s'ils ne connaissaient pas leurs liens de parenté. Comment Railer savait-il que sa femme n'était pas sa sœur ; sa maîtresse, sa cousine ? Un instant, je me suis senti supérieur. Un instant, j'ai eu la conviction de savoir pourquoi les Blancs étaient devenus si fous. C'était à cause de la consanguinité entre eux. J'ai repensé à l'histoire d'Adam et Ève que les religieuses nous racontaient, cette histoire qui m'a couvert de honte quand j'étais un jeune garçon rêvant de jeunes filles et que je m'autorisais à m'imaginer écartant les cuisses tièdes de ma cousine Eileen. À une époque, j'avais conclu que si nous étions tous apparentés à Adam et Ève, nous étions tous frères et sœurs, cousins. Cette idée m'a permis de me couvrir de honte, de caresser durant quelques brèves années le projet de coucher avec toutes mes belles cousines. Et cette idée m'a souillé, elle a fait de moi un être sordide, concupiscent et irrespectueux. Une idée qui a encore le pouvoir de me couvrir de honte, de me faire baisser les yeux en présence d'Eileen, de fuir les réunions de famille.

Je ne pouvais nier même face à Railer que Baptiste était de ma famille. Je continue à me couvrir de honte en cherchant à nier notre lien de parenté. Ma mère avait coutume de m'encourager à venir en aide à Baptiste, à être un bon exemple pour lui. Lorsqu'il était plus jeune, j'ai tenté d'avoir une conversation d'homme à homme avec lui. J'avais vingt ans et des poussières, et Baptiste devait en avoir treize à l'époque. Il fumait du kinnikinnick devant le Dixon Bar. Je me suis assis à côté de lui sur le perron. C'était qu'un gosse rachitique mais il m'a tourné le dos. Il était torse nu et le temps commençait à se rafraîchir. Il avait la chair de poule, mais il a rentré les épaules pour lutter contre le froid, et probablement aussi contre moi. « Dis voir Baptiste, j'avais commencé. Ta mère me dit que tu as de petits problèmes. » Il a tiré sur sa cigarette roulée main, et j'ai entendu le craquement sec d'une graine explosant à l'intérieur. Il s'est tourné vers moi et a soufflé la fumée par le nez, comme un dur. J'ai cru que j'avais capté son attention. « Tu peux me parler tu sais, j'avais dit. Si tu as des problèmes, tu peux me parler.

– Ouais », qu'il m'a fait en haussant les sourcils, et je me suis senti rasséréné alors, plein d'espoir, comme si j'avais un rôle à jouer. « J'ai des tas de problèmes. » De nouveau, il a tiré à fond sur sa cigarette, puis il a écarté les doigts et l'a lâchée par terre. Avant que j'aie pu faire un geste, il avait posé le talon de son pied nu sur le mégot et l'écrasait soigneusement. Il n'a pas frémi, n'a pas trahi la moindre souffrance, et je me suis dit que c'était un sacré môme. « Un tas de problèmes », a-t-il répété en me regardant droit dans les yeux. Moi, je hochais la tête, l'incitant à poursuivre. « Et mon problème numéro un, c'est toi », qu'il a fait. Il m'avait bien eu. Il s'est levé et j'ai vu à quel point il était maigre, il n'avait que la peau et les os, des bras et des jambes interminables, un pantalon feu de plancher, usé jusqu'à la corde. Sa ceinture tenait à l'aide d'un foulard de femme rouge. Il faisait pitié.

J'ai posé ma main sur son épaule et il s'est écarté de moi avec une vigueur qui m'a fait sursauter. J'ai senti la chaleur de son corps, la puissance de son ossature. « Pas de gestes déplacés avec moi », qu'il a dit. Et il m'a planté là. Je ne saurais dire combien de temps je suis resté assis sur cette marche de perron, avec mes souliers cirés et ma chemise repassée, mes intentions charitables réduites à néant. J'entendais dans mon dos les clients du bar parler du prix du bétail, commenter leur guigne en riant, et je n'avais même pas les tripes de rentrer à l'intérieur avaler une bière pour lessiver les paroles aigres de Baptiste. Je n'avais même pas les tripes de m'élancer derrière lui. Je suis resté longtemps assis là jusqu'à ce que j'aie acquis la conviction que je n'avais plus rien à voir avec Baptiste. Je me trompais.

J'avais été appelé en renfort sur un accident de la route, à la sortie de Perma. Une Studebaker avait heurté un pilier du rail de sécurité et s'était retournée sur le toit. Railer était déjà sur les lieux. J'ai aperçu l'éclat rouge de son gyrophare. On était en début d'après-midi et le soleil tapait sur le pare-chocs. Le toit de la voiture était salement aplati. Ça n'allait pas être du gâteau, je me suis dit. J'ai arrêté mon véhicule et actionné mes feux de détresse.

« J'ai des cônes de signalisation dans ma voiture », a dit Railer. Il se tenait négligemment appuyé à la Studebaker accidentée, accoudé au bas de caisse comme à un poteau de clôture pour tailler la bavette avec un voisin. J'ai décelé un sourire sardonique sur ses lèvres et j'ai pensé que ce salaud était cruel en plus de tout le reste. J'évitais de regarder le véhicule retourné sur la chaussée. Il fallait d'abord que je reprenne mon sang-froid. Ça faisait bicher Railer quand je vomissais sur le bas-côté. Il m'avait vu plus d'une fois rejeter mon déjeuner dans les herbes folles. Et il ne se prive pas de commenter ma misère. « Je vois que t'as mangé des œufs durs à midi », me lançait-il, et ses commentaires redoublaient mes nausées. J'ai idée qu'il se croyait drôle. C'est un fameux connard. J'ai respiré plusieurs fois profondément. « Regarde dans la malle », qu'il me fait. J'ai pris les clés sur le contact. J'ai vu une pie voleter jusqu'à un poteau de clôture, le ciel était du bleu des veines, du bleu des yeux d'un Blanc. J'ai flairé l'odeur du goudron brûlant, et un effluve discret de roses sauvages. J'avais envie de me trouver là-bas dans ce champ. J'ai été submergé par une vague très particulière de solitude. Depuis que j'avais commencé à travailler dans les forces de l'ordre, je voyais le paysage différemment, jonché de chrome rutilant, de chapelets de panneaux « virage » bousillés, de phares explosés couleur argent sous le soleil, de volants oscillant dans les hautes branches des arbres, de vis de moyeux, de biberons, de feuilles de cahiers d'écolier, de tubes de rouge à lèvres, de cartes grises, de lettres d'amour. Nous retrouvions tout. Les kilomètres étaient hantés. Je me suis frictionné le cou et j'ai attrapé les cônes. Railer me dévisageait, les yeux plissés. C'est alors que j'ai entendu la voix perçante et suraigüe d'un homme. « Sortez-moi de là », glapissait-il. Railer s'est accroupi près de la portière et a souri dans un petit coin de vitre en miettes. J'ai promptement lâché les cônes, presque soulagé. J'apercevais le visage cramoisi d'un Blanc. Sa cravate se soulevait avec son souffle chaque fois qu'il parlait, pour nous cracher des ordres. Mes yeux ont passé en revue la portière.

« Vous souffrez ? » ai-je questionné l'homme en rejoignant Railer et en contrôlant encore la portière. « La colonne de direction me broie les couilles », dit-il. Railer se passa la main sur la bouche pour tenter de masquer son sourire. J'ai regardé le sol pour m'assurer qu'il n'y avait pas d'essence. Du liquide de refroidissement miroitait sur la route, et en flairant son odeur épaisse et douceâtre, j'ai senti le sang me battre les tempes. J'en étais arrivé à détester cette odeur.

« Sortez-moi de là, hurla l'homme. Sortez-moi immédiatement de cette putain de bagnole.

– Ne vous inquiétez pas, nous avons un brave ici, un vrai guerrier indien pour nous prêter main-forte, lui assura Railer, toujours pince-sans-rire. Nous allons vous sortir de là en un rien de temps. » J'étais trop fatigué pour éprouver même une once de colère. L'homme m'a dévisagé. « Je me fous que vous ayez la tribu au complet ou la cavalerie, dit-il, je veux juste que vous me sortiez de ce merdier.

– Pas de panique, a dit Railer. On va vous sortir de là illico. » Il s'est redressé et d'un petit coup de tête m'a fait signe de le suivre. Je l'ai ignoré. Je voyais bien que la portière était archi-coincée, tordue au point d'être soudée au chassis. J'ai tenté d'y passer les doigts mais Railer m'a attrapé par l'épaule. « Kicking Woman, qu'il a fait et de nouveau il m'a intimé l'ordre silencieux de le suivre. On a du matériel dans la bagnole, mon grand », il a dit. Le type a tendu le cou pour me voir, le regard éploré, les yeux exorbités.

« Monsieur, je lui ai dit, détendez-vous. »

Railer se tenait debout près de son véhicule. « J'ai appelé les pompiers, il a dit, mais ils sont sur un autre sinistre. On est juste toi et moi, l'ami. »

J'ai lancé un coup d'œil par-dessus mon épaule du côté de la Studebaker. J'entendais la respiration sifflante de l'homme. Je me disais qu'il allait se flanquer une attaque.

« T'as des idées ? » a fait Railer. Il avait sorti un cure-dents de la poche de son blouson et il le faisait aller et venir entre ses dents serrées.

« Il nous faudrait un pied-de-biche, j'ai dit.

– J'y ai pensé, a dit Railer. Ça marchera pas. T'as un treuil sur cette caisse ? »

Je commençais à transpirer. Je tenais pas à tuer un type qui avait toutes les chances de s'en sortir, à moins d'une intervention crétine de notre part. J'ai fait non de la tête.

« Écoute, a fait Railer. J'ai une chaîne dans la voiture. On peut l'attacher à un pilier du rail de sécurité pour faire levier et tirer avec ta voiture pour redresser le véhicule. »

Je savais que Railer suggérait l'utilisation de ma voiture par crainte d'endommager la sienne, mais à quoi bon s'opposer à lui. « D'accord », j'ai dit sans enthousiasme. Le début d'après-midi s'était changé en une journée interminable et nous nous trouvions en plein milieu. La main sur le ventre, j'ai fait demi-tour vers mon véhicule.

« Qu'est-ce que vous fabriquez ? » a demandé l'homme. J'ai décelé de la peur dans sa voix. Sa fureur s'était envolée. J'ai vu de la bave briller sur ses joues. Il était pas loin de chier sous lui.

« Vous en faites pas, j'ai dit. On va vous remettre à l'endroit. On devrait pouvoir vous remettre d'aplomb sans problème. » Je voyais ses mains cramponnées au volant. S'il avait eu une quelconque foi en nos capacités, il l'avait perdue, et moi aussi. Railer déroulait la chaîne et l'amenait vers le bas de caisse de la Studebaker. Toujours est-il que nous avions l'air affairé. J'entendis cliqueter la chaîne lorsqu'il la fit passer dans le train avant.

J'ai reculé ma voiture en scrutant la colline pour trouver un accès. Je devais me placer côté passager. J'ai aperçu une déclivité et m'y suis engagé. J'ai entendu racler les herbes, crisser les cailloux sous mon bas de caisse. Un instant l'idée m'est venue que notre plan marcherait peut-être. Railer a fixé la chaîne à ma barre de remorque puis m'a fait signe de commencer à tirer. J'ai empli mes poumons et retenu ma respiration. J'ai accéléré, entendu la chaîne se dérouler, puis senti la secousse de l'accroche. J'en ai été plaqué à mon siège. J'avais accéléré trop fort. Je flairais l'odeur d'huile de moteur brûlée. Je vis la voiture osciller puis être traînée. J'entendis le crissement du métal sur le bitume,

64

un hurlement assourdissant d'humain et de voiture. Des étincelles de feu jaillirent du toit. J'aperçus le visage fermé de Railer, ses bras de juge de touche. « Arrête, hurlait-il, arrête. » J'avais déjà levé le pied de l'accélérateur mais la tête de Railer me disait d'enfoncer la pédale de frein. Ce que je fis, de toutes mes forces, commettant en un quart de seconde une erreur d'appréciation qui me collera toujours à la peau.

Je vis la surprise se peindre sur les traits de mon coéquipier, la sentis me brûler la poitrine. J'avais enfoncé l'accélérateur au lieu du frein, comme un gosse au sourire benêt au volant de la camionnette de la ferme. La chaîne s'est cassée, détendue d'un seul coup pour venir heurter mon capot. La voiture aplatie a fait plusieurs tonneaux, une carcasse d'une tonne crachant des étincelles de métal. J'ai entendu son tournoiement syncopé, aperçu le visage atterré de l'homme par saccades successives, comme un tour de manège sadique, comme une ruse de coyote. J'ai senti monter dans ma gorge la panique du fou rire. Railer avait bondi sur le côté pour éviter d'être percuté. La voiture s'immobilisa. Je me suis pris à penser que l'homme incarcéré riait mais j'ai reçu comme une gifle le son de ses geignements plaintifs. Railer ôta sa casquette et la jeta à terre. Et soudain voilà qu'il vociférait à ma portière : « Espèce de bon à rien de nègre des plaines, hurla-t-il. Bon sang de bon à rien de nègre des plaines. » Mes mains tremblaient lorsque Railer m'arracha à mon siège. J'ai pensé qu'il allait me frapper mais il est resté planté devant moi, les bras ballants, la poitrine haletante. Il a porté ses mains à ses hanches et soulevé les doigts à l'adresse de l'homme qui n'avait pas lâché le volant de sa voiture. Un silence soudain s'est établi, seulement rompu par les sanglots de l'homme. Son visage écarlate était devenu blanc et bouffi, sa respiration rauque et douloureuse.

Je me suis redressé, raide comme la justice, regrettant que Railer ait cessé de me gueuler dessus. Les pleurs de l'homme étaient insoutenables, et j'en étais responsable. Nous étions plantés là, Railer et moi, victimes de notre plan imbécile et à court de solutions. Un vent brutal nous a malmenés, a secoué la voiture. Nous n'avons pas bougé. Le vent s'est jeté sur nous, a fait craquer l'herbe sèche. J'ai senti une présence derrière moi. J'ai regardé Railer mais lui regardait l'homme, l'épave dont nous avions fait un désastre. Railer n'avait pas conscience que nous avions de la visite mais moi je le savais. J'ai tordu le cou en sentant la contraction des muscles de ma mâchoire. Là sur le versant de la colline, grandeur nature, aussi grand qu'un guerrier de grand chemin, un héros de cinéma surgi à la rescousse, se tenait mon cousin Baptiste Yellow Knife monté sur son fidèle cheval indien.

Il se tenait droit sur sa selle, un sourire sardonique aux lèvres. Il me regarda et soutint mon regard. Je le croyais seul mais lorsqu'il bougea l'épaule, je vis Louise sur la croupe de l'animal. Elle n'avait jamais été aussi belle qu'à cet instant. Yellow Knife a mis pied à terre. Son cheval n'était même pas retenu par un mors. Il tenait les rênes du licol dans ses mains brunes et, ses yeux toujours plongés dans les miens, il a tendu les bras vers Louise pour l'aider à descendre. J'ai vu briller ses longues jambes. Railer s'est raclé la gorge et j'ai vu qu'il la regardait lui aussi, oubliant l'homme incarcéré.

Louise nous a jeté un bref coup d'œil à tous les deux et sans hésitation elle s'est dirigée vers l'homme dans la voiture. Elle s'est accroupie à côté de lui et a retroussé le bas de sa jupe pour essuyer les larmes sur son visage. Je ne pouvais comprendre ce qu'elle disait mais sa voix, basse et caressante, nous a tous apaisés. La respiration de l'homme s'est étranglée. Je l'ai vu sourire à Louise et enfouir son visage humide dans les plis de sa jupe. Lorsque à nouveau il a levé les yeux, il était ensorcelé.

Sous le soleil, la chevelure de Louise semblait incendiée de lumière. Nous étions tous béats devant elle mais elle s'est seulement tournée vers Yellow Knife. « Baptiste va vous aider, a-t-elle dit. Il va vous sortir de là.

— Merci, a dit l'homme.

— Ne vous en faites pas. Surtout ne vous en faites pas, a-t-elle dit.

— Oui, a dit l'homme, envoûté. Oui.

— Vous avez une corde ? » demanda Yellow Knife sans paraître s'adresser ni à Railer ni à moi. Je n'ai pas discuté. J'ai ouvert ma malle et rapporté une corde. « Nous avons déjà tenté de redresser la voiture », j'ai dit. « Je vois ça », a dit Yellow Knife. Comme toujours, il me clouait le bec. J'ai passé le poids de mon corps d'un pied sur l'autre, cherchant à me donner de l'importance.

« Tu ne l'aides pas ? m'a dit Railer. Aide-le donc.

— Les gars, a dit Yellow Knife, une aide comme la vôtre, il s'en passe.

— Que vas-tu faire ? » j'ai demandé avec trop d'empressement.

Le ton de ma voix dut lui paraître naïf, tout comme à Railer, un enfant trop content de se soumettre à son autorité. Je fus soulagé que Yellow Knife m'ignore. Il harnacha rapidement le cheval puis rassembla la corde dans sa main tout en se dirigeant vers le flanc de la voiture. « Tout doux », dit-il au cheval qui n'avait cependant pas bronché. Yellow Knife fit un nœud coulant à la poignée de la portière et le resserra soigneusement sous les yeux plissés d'admiration de l'homme. « Tout ira bien », le rassura Louise, et l'homme esquissa un salut.

« Recule maintenant, Louise. » Yellow Knife tendit le bras pour la ramener derrière lui. Il fit claquer sa langue et, sans autre incitation, le cheval se mit à reculer en tendant la corde. « Tout doux maintenant », dit Yellow Knife. Nous avons entendu la corde frémir. « Tout doux, tout doux », dit-il à nouveau. J'ai regardé le cheval reculer au doigt et à l'œil en rejetant la tête en arrière. Je voyais le grand étalon bander les muscles de son poitrail. Il tira encore en reculant et la portière grinça, puis bougea. Les gonds avaient cédé. Je craignis qu'elle ne se rompe d'un coup en blessant l'homme mais je décidai de la fermer. J'avais perdu mon pouvoir sur la situation. J'avais commis assez de dégâts pour me dispenser d'apporter mon grain de sel. La portière résistait.

« Bon sang », a dit Railer. J'entendis une voiture arriver mais avant que j'aie pu faire un geste, Railer était sur la route. Il récupéra sa casquette par terre et il en ajustait la visière lorsque la voiture franchit la crête de la colline. Railer lui intima de ralentir, paume brandie au bout de son bras tendu. La Studebaker accidentée craquait de toutes parts. Railer exécuta ensuite des moulinets du bras pour signifier à la voiture de passer. Il désigna la voie de circulation opposée mais la voiture s'arrêta. La famille Two Teeth se pencha au-dehors. « Baptiste », appelèrent-ils en agitant le bras. Je levai la main mais des visages fermés accueillirent mon salut. Je surpris Yellow Knife observant la scène cependant que la voiture nous dépassait. Je n'étais pas le héros ici. Je n'étais même pas assez important pour être l'ennemi. La famille m'avait ignoré. Je n'étais pas un Indien pour eux. J'étais un traître en uniforme bleu. Je forçai un sourire toutefois en espérant que Louise n'était pas occupée à m'observer elle aussi. La voiture a encore oscillé. L'homme a glapi, son visage à deux doigts de verser du côté de la chaussée. « Ça vient, dit-il. Continue, ça vient, dit-il au cheval. Continue, ça vient. » Je craignais que nous ne laissions Yellow Knife tuer le type.

« Hé, Charlie. Rends-toi utile, tu veux ? » m'a lancé Baptiste. J'ai vu alors que la portière cédait. Je me suis avancé pour la retenir et Railer m'a prêté main-forte. « Allez recule, allez recule », a dit Yellow Knife, et la pauvre bête s'est arc-boutée. Je voyais son encolure lustrée de sueur. « Vas-y, ouvre la portière », m'a dit Yellow Knife. Je me suis exécuté à contrecœur et j'ai eu la surprise de voir la portière s'ouvrir sans peine. L'homme a poussé un énorme soupir.

« Je vais vous porter, lui ai-je dit. Laissez-moi vous aider. »

Mais l'homme avait beau être suspendu tête en bas comme une chauve-souris, il m'a repoussé d'un coup d'épaule. « Non. Laissez-moi tranquille, a dit l'homme. Si quelqu'un doit m'aider ici, ce sera ce gars-là et pas un autre », a-t-il dit en désignant Baptiste. Je ne tenais pas à regarder Yellow Knife. J'avais perdu cette manche.

Louise

Années d'été

Louise dut retourner à l'école à la fin août, bien avant la reddition de l'été. Elle avait grandi, ses vêtements étaient devenus trop petits et les religieuses n'autorisaient pas les soutiens-gorge. Elles donnèrent à Louise du ruban adhésif pour maintenir ses seins, mais comme les journées étaient chaudes, l'adhésif glissait, et Louise sentait ses seins en liberté. Elle avait passé un long été loin de l'école. Elle avait bu avec des hommes deux fois plus âgés qu'elle. On lui avait dit qu'elle était belle. Le galbe de ses seins suscitait l'admiration. Ici, les sœurs lui disaient qu'elle était indécente. Couvre-toi, disaient-elles en croisant leurs bras sur leurs propres seins. Elle n'avait aucune défense, aucun sous-vêtement. Elle avait senti les métamorphoses dans son corps. Les métamorphoses semblaient survenir vite et fort. Du jour au lendemain, ses vêtements rétrécissaient. Elle sentait le grondement de ses os avant de s'endormir. Un nouveau et douloureux désir l'envahit peu à peu. Ce n'était pas seulement le sang de la puberté qui la rongeait en dedans et lui tachait ses vêtements. Elle avait changé. Elle était une femme.

Les garçons aussi commencèrent à prendre acte de sa féminité, mais aux Ursulines elle n'avait rien à craindre d'eux du fait de la menace permanente que représentait Baptiste Yellow Knife. Elle pouvait compter sur Baptiste pour lui porter secours. Lorsque Joseph Garlic avait tenté de l'embrasser, Baptiste l'avait sauvée. Il avait surgi de nulle part, racontait-on, et il avait flanqué Joseph par terre avec une telle force que le garçon était parti en glissade sur la chaussée. Lorsqu'il s'était relevé, Baptiste lui avait asséné un coup de poing si magistral qu'on avait vu l'envers blanc de ses yeux et que sa tête était restée un peu trop long-temps sur le bitume, ses bras écartés, les paumes tournées vers le ciel, sa joue gauche tuméfiée. Les autres garçons s'étaient tenus à distance en évitant de regarder Joseph, peu disposés à se mesurer à Baptiste Yellow Knife. Louise avait réintégré l'école en courant, sans même se retourner pour regarder Baptiste. Elle regrettait qu'il n'eût pas reçu une raclée lui aussi, été humilié, tête maintenue dans la poussière et culotte baissée. Elle craignait que Baptiste ne fût désormais la constante de sa vie, et pourtant elle était soulagée de savoir qu'il était devenu son sauveur.

Elle craignait le changement. Après un long été, Louise revint à l'école pour découvrir que tout le monde avait changé. Les garçons manqués de l'an dernier pouffaient de rire à présent, et les garçons étaient des durs. Tous avaient passé l'âge des jeux de cour de récréation et du couvre-feu. Ils avaient épuisé l'idée du paradis et de l'enfer et du péché de chair. Les filles plus jeunes qu'elle avaient des seins maintenant. La plupart des garçons étaient plus grands que la plus grande des religieuses. D'après la rumeur, Melveena Big Beaver n'était pas seulement grosse, elle était enceinte. Ils devenaient trop grands pour les far-ces enfantines. Ils devenaient trop grands pour une école qui dissimulait leurs désirs. Certaines filles se mettaient du rouge à lèvres pour les pow-wows. Et leurs culottes et leurs bas de soie ornaient les buissons avec les soupirs de leurs galants. Les garçons fumaient sans tousser à présent. Debout au fond de la cour, ils se racontaient des histoires inventées, leurs larges épaules rapprochées, leurs visages hantés par la fumée de cigarette et la pensée des femmes.

Les religieuses les tenaient tous en respect, claquaient les hanches rondes des filles, sanglaient leurs seins dans du ruban adhésif, reniflaient les draps des garçons, séparaient filles et garçons remuants en rangs silencieux qu'elles arpentaient inlassablement avec la menace des règles aux arêtes de fer.

Louise se surprenait à attendre Baptiste par moments, tenant d'une main la chaîne de clôture, laissant son corps ployer vers la chaussée tandis que ses doigts étreignaient les maillons métalliques, devenant un demi-cercle à la dérive, espérant être sauvée des religieuses, le dos tourné à l'école, attendant que quelque chose ou quelqu'un vînt la sauver. Et quand Baptiste se montrait, elle prit l'habitude de rester debout à l'extérieur avec lui, sans lui parler ni l'écouter, mais attendant sans bouger, jusqu'à ce que Mr Bradlock l'expédiât à l'école blanche de Dixon, pour la sauver.

De l'école blanche de Dixon, Louise fut transférée à l'école blanche de Thompson Falls, car les garçons de Dixon avaient soulevé sa jupe et découvert qu'elle ne portait pas de culotte. Elle s'était battue avec eux, avait giflé leurs mains et maintenu sa jupe étroitement plaquée sur ses genoux pendant que les maîtresses restaient à l'écart ou tapaient dans leurs mains mais ne faisaient aucune tentative véritable pour faire cesser les garçons qui l'agressaient. Louise s'était défendue à coups de pied, leur avait craché dessus, les avait boxés et griffés. Elle avait senti les doigts d'un garçon dans ses cheveux et lui avait appliqué la base de sa paume contre le menton jusqu'à entendre claquer sa mâchoire. Du talon de son soulier, elle avait atteint dans les parties un garçon au visage de fouine, et il s'était plié en deux, haletant, et toujours personne pour venir l'aider. Les garçons avaient levé haut sa jupe au-dessus de leurs têtes, une tente, un parapluie usé, et pour finir elle s'était tenue coite et les avait laissés se rincer l'œil, les avait laissés voir ses fesses à l'air. Et c'était elle qu'on avait renvoyée, pas les garçons braillards qui s'étaient pâmés devant sa nudité efflanquée.

Sa seule amie à Dixon était Myra Vullet, or Myra elle-même l'évitait à l'école en l'observant avec une face large aussi lisse qu'un galet de rivière. Louise n'avait pas sa place ici. Au moins aux Ursulines elle pouvait compter sur Baptiste. Elle n'était plus une enfant. Elle avait passé l'âge des écoliers et des écolières. Elle avait passé l'âge de la géographie, et l'économie familiale n'avait rien à voir avec sa vie. Elle se sentait plus à l'aise au Dixon Bar que dans la salle de classe.

De l'école de Dixon, elle se sauva trois fois. Chaque fois, la décision fut simple. Elle n'avait pas de bas. Sa seule paire de souliers était tellement usée qu'elle pouvait compter les cailloux à travers les semelles. Elle possédait trois robes et les trois ne lui allaient plus. Les boutonnières tendues à craquer de sa robe préférée laissaient voir la peau. Dix jours après la rentrée, elle était capable d'encaisser pratiquement n'importe quoi, mais elle était lassée d'être la seule Indienne de l'école exclusivement blanche de Dixon.

Cette école était si proche de chez elle que Mr Bradlock, l'assistant social, décida qu'il valait mieux la replacer à Thompson Falls, dans une famille qui la surveillerait, de sorte qu'elle devrait réfléchir à deux fois avant de fuguer. Il la conduisit lui-même à Thompson Falls. C'était un jour de début septembre, frais mais pas froid, et Mr Bradlock mit le chauffage tellement fort dans la voiture que Louise faillit se trouver mal. Elle passa ses paumes moites sur sa nuque. « Ne va pas te faire des idées », lui dit-il. Mais elle s'en faisait bel et bien, des idées. Elle voulait qu'il s'arrête rien qu'une fois pour la laisser sortir de la voiture et se sauver en courant, se sauver loin de son costume couleur arachide graisseux, se sauver loin de son gros crâne dégarni. Mais il ne s'arrêta pas. Pas une seule fois.

Lorsqu'ils dépassèrent la maison de sa grand-mère, elle regarda le plancher en espérant que Mr Bradlock ne verrait pas son visage. Elle vit les collines rocailleuses s'élever au-dessus de sa voiture. Elle sentit le mouvement des virages. La rivière était lente et verte. Elle sentit un tressaillement dans sa poitrine et elle se demanda si elle rentrerait un jour chez elle.

Dernièrement Louise avait rêvé que Mr Bradlock l'enverrait au loin et qu'elle ne reviendrait jamais, comme Dolores Pretty Feather. Dolores était mourante. Louise le savait parce que Baptiste le lui avait dit. Dolores avait été envoyée à Portland. Et chaque fois que Louise passait devant sa photo de classe dans le hall des Ursulines, elle pensait que le visage de Dolores ressemblait à celui d'un spectre, prisonnier pour l'éternité derrière le panneau de verre, ses yeux vitreux tournés vers le ciel comme si elle observait le passage d'un oiseau.

Louise avait appris par Octave Good Wolf que Dolores était si malade qu'elle avait perdu connaissance à Mission avant d'être emmenée. Elle avait toussé et craché tellement de sang qu'à ce qu'il paraissait Mrs Moniker s'était évanouie en voyant ça. Cette vieille chouette était tombée dans les pommes devant le Teepee Bar. Il y avait tellement de sang, avait dit Octave, que les chiens avaient léché l'endroit pendant des jours. Tellement de sang que la mère d'Octave lui avait conseillé d'emprunter une autre rue pour rentrer chez lui.

« Elle a peur que je l'attrape, dit-il. La tue-berculose. »

On racontait qu'ils plaçaient Dolores dans des baignoires de glace pour ralentir son sang, pour empêcher ses poumons de se rompre. Dans son sommeil, Louise voyait Dolores étendue dans une longue baignoire de porcelaine blanche remplie de glace transparente, la tête posée sur le rebord de la baignoire, le sommet rasé de son crâne gris de froid. Dolores dans une chambre sans fenêtre. Dolores avec des cils si longs qu'elle les avait recourbés à l'aide d'un couteau à beurre.

Louise se réveillait en pensant à elle et à la vieille femme blanche de Paradise qui avait placé son défunt mari dans une baignoire en fer blanc remplie de glace dans le salon pour s'économiser les frais d'obsèques. Tant d'Indiens que connaissait Louise étaient envoyés dans des hôpitaux à cause de la tuberculose. Ils disparaissaient et personne n'allait jamais leur rendre visite ni ne rapportait des nouvelles de leur santé. La nouvelle épouse de son père, Loretta, avait dans son porte-monnaie la photo de sa sœur Rosalie. Une photo tant de fois extraite du porte-monnaie et tripotée qu'on pouvait l'élever devant la fenêtre et voir à travers les plis et les craquelures du vernis. Ce n'était pas une vieille photo mais Rosalie paraissait loin, comme les gens peuvent paraître lointains et morts sur les photos.

Tous les Indiens commençaient à se demander pourquoi tant des leurs contractaient la maladie. Pourquoi tant des leurs disparaissaient. Sa grand-mère pensait qu'on les tuait tous à petit feu. Et il y avait des preuves. Le mois précédent, l'infirmière des services de santé lui avait apporté une fiole de teinture d'iode et lui avait conseillé d'en boire chaque jour une goutte dans de l'eau. « C'est une bonne idée, avait dit l'infirmière. Cela vous gardera en bonne santé. » Mais Grandma avait regardé la tête de mort figurant sur le petit flacon vert.

« Ces gens-là nous prennent pour des idiots », avait-elle déclaré.

Sa grand-mère avait dit à Louise que Mr Bradlock voulait la dresser comme un cheval, faire d'elle une femme blanche. Et Louise voulait bien croire que c'était vrai. Elle avait entendu Mr Bradlock parler d'elle. « C'est une très belle fille, avait-il dit à Charlie Kicking Woman. Je ne peux tout de même pas la laisser vivre comme une maudite Indienne. » Et lorsque Charlie l'avait regardé, Mr Bradlock avait tripoté les manches de son veston et s'était détourné de lui, mais il ne s'était pas excusé. Louise avait entendu Charlie dire d'une voix douce qui l'avait étonnée : « Tu es indienne. Tu l'es. » Elle n'avait pas besoin de Charlie pour savoir qu'elle était indienne mais d'une certaine façon cela l'avait rendue plus forte.

Mr Bradlock emmena Louise chez Mrs Shelby Finger dans le centre de Thompson Falls. Il arrêta sa voiture devant une petite maison rose située en plein centre ville et une jeune femme descendit les marches de la maison en claudiquant dans des escarpins blancs à hauts talons.

« Voilà Arliss Hebert, je présume, dit Mr Bradlock. Peut-être pourra-t-elle t'inculquer quelques bonnes manières. »

Louise sentit une petite serre de panique se refermer sur sa gorge. Elle connaissait trop bien ce nom. Arliss Hebert. Se pouvait-il que ce fût la même Arliss, celle qui vivait autrefois à Hot Springs ? Louise connaissait Arliss. Elle la connaissait depuis des années. Arliss, toujours assise dehors devant la maison de sa mère dans une robe pleine de terre, une petite laideronne qui invectivait les Indiens qui se rendaient à Camas Prairie pour enterrer leurs morts. Arliss était sale dehors et dedans, avait coutume de dire la grand-mère de Louise. Et voilà qu'elle se trouvait encore sur sa route. Et Louise allait vivre dans sa maison.

Lorsque Mr Bradlock s'en alla, Louise regretta de ne pas partir avec lui. « C'est la chance de ta vie », lui dit-il. Et Louise ne sut pas très bien ce qu'il entendait par là. Elle écouta sa voiture, la plainte aigüe du dernier changement de vitesse, puis Mr Bradlock disparut. Elle se tenait debout sous la lumière changeante d'un érable. Elle entendit le froissement de haillons des feuilles au-dessus de sa tête, mais lorsqu'elle leva les yeux elle vit que l'arbre était encore bien vert.

Mr Bradlock avait jeté les vêtements de Louise sur la pelouse mouillée, un petit ballot de vêtements roulés et liés à l'aide d'une corde. Arliss surplombait Louise, balançant un escarpin blanc au bout de son pied. Arliss la regardait fixement. Louise sentit la piqûre, le gonflement dans l'arrière-gorge. Elle s'éventa le visage et contempla la route. Elle était lasse. Elle se demanda combien de temps cela prendrait pour rentrer à pied à Perma. Longtemps, pensa-t-elle. Arliss fit un bruit avec sa langue, décroisa les bras, puis retourna à l'intérieur de la maison de sa mère. Louise s'assit sur ses vêtements et de nouveau contempla la route.

Mrs Finger ouvrit enfin la porte et lui fit signe « Entre, dit-elle. Qu'est-ce que tu fais ? »

Mrs Finger était une petite femme efflanquée. Elle évo-

quait à Louise un chat sauvage prêt à cracher. Sa bouche
était recouverte d'une telle couche de rouge à lèvres
qu'elle en paraissait meurtrie. « Ils ne nous donnent pas
assez d'argent pour te nourrir, annonça-t-elle à Louise,
mais je suis sûre que ton déjeuner sera de toute manière
plus copieux que ce dont tu as l'habitude. » Louise se
garda de confirmer à Mrs Finger la véracité de ses propos.
Parfois sa grand-mère servait du pain frit, parfois de la
viande séchée, ou des haricots, mais Louise avait toujours
faim. Aux Ursulines, c'était la même chose, en pire. Là,
elle s'était battue pour manger, elle avait cogné d'autres
filles affamées pour un morceau de poulet ou la moitié
d'un sandwich. Louise était affamée depuis des années.

Lorsque Arliss et sa mère s'installaient pour dîner,
Louise sortait s'asseoir sur les marches du perron dans l'espoir de voir passer quelqu'un qu'elle connaîtrait. Elle guet-
tait même Baptiste Yellow Knife, l'attendait, l'imaginait
remontant l'allée, imaginait des serpents à sonnette ondulant dans les herbes, se faufilant dans les galeries des tau-
pes, s'entortillant autour du treillis dans le jardin de
Mrs Finger, des sonnettes entrant dans sa cuisine, se lovant
pour dormir sur le tapis de sa salle de bains, s'enroulant
au pied de la coiffeuse rose d'Arliss. Louise avait la vision
de Baptiste dans ses vieux vêtements sentant le feu de bois,
regardant par les fenêtres pendant qu'Arliss se déshabillait,
regardant son vaste cul blanc, et souriant. Elle imaginait
Jules Bart passant par là, levant la main pour la saluer, ses
yeux réchauffés par la lumière du soleil, et ouvrant sa portière pour la laisser monter. Grandma et Florence lui man-
quaient. Sa maison lui manquait. Elle rêvait de Baptiste
remontant l'allée sur le dos de Champagne, sifflant entre
ses dents pour tenir Arliss en respect, enlevant Louise pendant que l'autre restait plantée dans ses souliers blancs éra-
flés, bouche bée et envieuse sur les marches de la maison
de sa mère.

À Thompson Falls, Arliss était devenue une demoiselle
portant socquettes blanches et robes à fleurs roses et mau-

ves. Louise observa que le front haut d'Arliss semblait se
décolorer et blanchir au soleil. Elle avait des veines pâles
en toile d'araignée sur les tempes, en filigrane le long de
la mâchoire. Il semblait à Louise qu'elle s'était craquelé le
visage à force de minauder devant le miroir, de se tapoter
les joues et de vérifier ses grandes dents tout en se barbouil-
lant les lèvres de vaseline. Sa peau fine était toujours tellement poudrée et enduite de crème qu'on aurait dit du
papier absorbant. Louise la trouvait sotte mais elle
commença à apprendre d'elle, Arliss Hebert aux petites
épaules et aux hanches larges, aux cheveux retenus par de
petites résilles de différentes couleurs qu'elle crochetait
elle-même. Aucun des garçons ne semblait l'aimer, ils se
moquaient même lorsqu'elle passait près d'eux dans le
couloir. Mais Arliss Hebert avait fait de sa mesquinerie une
valeur de poids dans la vie. Elle savait repérer les infortunes
d'autrui et retourner leurs malheurs à son avantage. Si nul
ne semblait l'aimer à l'école, Louise avait remarqué que
tous s'appliquaient à rester dans ses petits papiers.
Le premier jour d'école de Louise à Thompson Falls,
Arliss lui siffla : « Sale Indienne. Sale, sale Indienne, dit-
elle suffisamment fort pour être entendue des autres qui
se tenaient sur les marches. T'as rien à faire ici. Tu mérites
pas de vivre dans ma maison. » Louise savait qu'elle pouvait
prendre Arliss, l'envoyer rouler au bas des marches en
regardant sa jupe s'ouvrir en corolle autour de ses cuisses
potelées, bourrer de coups de poing sa figure poudrée et
lui mettre les yeux au beurre noir. Elle pouvait s'occuper
d'Arliss mais elle préféra se tenir tranquille.
Louise savait qu'elle n'avait rien à faire à Thompson
Falls. Le matin de bonne heure, elle s'asseyait sur les marches de l'école et fumait les cigarettes qu'elle avait volées
à Mrs Finger. Les élèves, postés aux fenêtres, la regardaient
en écarquillant les yeux jusqu'au moment où les professeurs sortaient et la faisaient lever en la tirant sans ménage-
ment par les coudes. Même si elle se tenait assise à son
pupitre, les mains sagement croisées, les autres élèves la

montraient du doigt et murmuraient. Les garçons se donnaient des coups dans les côtes et lui souriaient en coin. Et
lorsqu'elle avançait des lèvres boudeuses, ils s'approchaient
d'elle.

Par une longue journée où le soleil chauffait trop derrière les vitres, Mrs Teeter, le professeur, sourit en regardant Arliss et annonça à la classe qu'Arliss Hebert était une
dame. Louise regardait la poussière de craie planer dans la
lumière de la fenêtre et elle se souvenait du jour où, en
route pour l'enterrement de sa mère, ils étaient passés
devant la maison d'Arliss. Celle-ci se tenait debout, les
poings serrés, dans son jardin. C'était un jour étrange et
dur, un jour chargé de pluie qui ne se décidait pas à tomber. Un peu plus tôt, le ciel avait été bleu, l'air tiède, presque chaud. Pendant la traversée de Hot Springs, le ciel
était plombé de jaune et les cheveux abîmés d'Arliss se
découpaient sur les collines illuminées d'éclairs. Son visage
était convulsé par ses hurlements mais tout ce que Louise
entendait c'était le tressautement régulier du cercueil de
sa mère sur les planches de la charrette. Elle avait entendu
Arliss avant, trop souvent, lors d'autres expéditions à
Camas Prairie pour d'autres enterrements. Lorsque Louise
écrivit à sa grand-mère, elle se garda de lui dire qu'elle
vivait dans la maison d'une ennemie.

Elle projetait de s'enfuir. Elle quitterait l'école et suivrait
la rivière. Le temps qu'ils comprennent qu'elle était partie,
elle pourrait avoir rejoint Paradise. Elle commença d'invo-
quer Baptiste Yellow Knife, de l'exhorter à la retrouver.
Elle se représentait les détails de son visage, voyait clairement le contour anguleux de sa joue creusée de fossettes
quand il souriait, et qui le rendaient presque beau. Le soir,
elle voyait son visage avant de s'endormir, ses yeux étaient
ronds et avaient la noirceur des myrtilles. Elle s'imaginait
le retrouvant sous les saules de la rivière, juste à la sortie
de Plains, là où l'eau tournoyait et ralentissait et où de
grandes truites séjournaient, là où elle se dérobait souvent
au monde. Elle visualisait Baptiste, se le représentait inlas-

79

sablement avec elle à cet endroit. Et lorsqu'elle s'éveillait, elle chuchotait son nom. Durant la longue journée d'école, elle imaginait Baptiste Yellow Knife l'attendant au bord de la rivière. Elle savait qu'il la cacherait aux yeux de Charlie Kicking Woman et de Mr Bradlock.

Louise programma soigneusement le jour de son évasion de chez Mrs Finger, puis elle attendit que les jours passent. Elle se rappelait comment elle avait compté ses jours sans voir Jules Bart. Elle était forte pour l'attente. Les journées continuaient d'être chaudes et ensoleillées, mais les nuits portaient la morsure du froid. Mrs Finger confia à Louise qu'elle adorait l'automne. Elle lui raconta même que son père avait coutume d'appeler « été indien » ces journées tièdes et Louise eut la grâce de lui sourire. Elle savait qu'elle partirait bientôt. Les jours raccourcissaient mais c'était encore l'été pour Louise et elle n'avait pas envie d'aller à l'école. Mrs Finger se postait à la fenêtre, tripotant ses bagues, lissant sa jupe, tapotant sa chevelure, retouchant son rouge à lèvres. Chaque fois qu'une voiture passait, elle se détournait de son attente vigilante en faisant mine d'être occupée et distraite. Lorsque la voiture était passée, elle se tournait de nouveau vers la fenêtre. Elle aussi attendait, pensait Louise. Elle attendait sans cesse Warner Phillips, son galant.

C'était un homme maigre, plus maigre encore que Mrs Finger, et lorsqu'ils étaient ensemble, leur maigreur les faisait paraître pingres et dangereux. Il n'y avait pas la moindre chaleur en eux, de telle sorte que lorsqu'ils étaient assis côte à côte sur le canapé inconfortable, la pièce était froide et anguleuse. En présence de Warner Phillips, Mrs Finger avait cette habitude de croiser les jambes et de décrocher de son pied son escarpin à talon aiguille avec un frottement incessant. Elle semblait se plaire à dire à Warner Phillips qu'il était drôle mais elle ne riait jamais des choses qu'il disait. Si Arliss, Mrs Finger et Warner Phillips restaient ensemble dans la même pièce, l'un d'eux se morfondait ou bien tous trois succombaient soudainement au silence. Warner Phillips frictionnant ses petites mains l'une contre l'autre. Mrs Finger faisant cliqueter ses ongles. Arliss agitant son bracelet porte-bonheur.

Louise savait une chose sur eux qu'elle n'avait pas envie de savoir. À chaque fois que Warner Phillips se pointait, Louise avait observé qu'Arliss se précipitait dans sa chambre pour enfiler ses talons les plus hauts. Louise l'avait vue y introduire de force ses pieds nus. Arliss revenait au salon penchée en avant sur ses pilotis, les pieds tellement boudinés dans la pointe de ses souliers que ses orteils avaient un décolleté. Bien trop souvent, Arliss bondissait de sa chambre en simple combinaison lorsque Warner Phillips arrivait. Et à chaque fois, Mrs Finger la renvoyait dans sa chambre en la houspillant comme un vieux matou. Warner Phillips secouait la tête et ôtait sa casquette pour donner l'impression à Mrs Finger qu'il comprenait la compagnie des femmes. Il y avait anguille sous roche.

Louise décelait une odeur particulière dans la pièce lorsqu'ils se réunissaient ensemble, une odeur d'aluminium, ou d'eau provenant d'un récipient rouillé. Louise avait vu la façon dont Warner Phillips regardait Arliss en feignant le contraire. Elle l'avait vu se frotter à Arliss dès qu'il en avait l'occasion, sous couvert de prendre ses clés ou une autre cigarette. Mrs Finger les regardait sans broncher, un sourire affectueux aux lèvres. Avec toute l'attention qu'elle consacrait à Warner Phillips, Louise était surprise qu'elle n'y vît que du feu.

Elle fut surprise aussi lorsqu'elle commença d'éprouver une pointe d'affection condescendante pour Mrs Finger. Sa grand-mère lui avait toujours dit qu'il y a du bon en chacun. Avec Mrs Finger, Louise comprit qu'elle pouvait aimer quelqu'un qui n'en valait pas la peine.

Lorsque Arliss allait voir ses amies, Mrs Finger l'invitait parfois à la rejoindre à la table de la cuisine. Cela rendait Louise nerveuse de s'asseoir en face de Mrs Finger. Au début, elle garda les jambes croisées et les mains posées sur ses genoux. Mais après un temps, elle découvrit que Mrs Finger ne désirait rien d'autre que parler à quelqu'un, même si ce quelqu'un était elle. Et pendant que Mrs Finger parlait, Louise l'observait. Elle parlait sans reprendre haleine, enchaînant une histoire après l'autre. Elle parlait comme certains propriétaires de ranches au Dixon Bar. Elle parlait parfois avec urgence en se penchant vers Louise, en écarquillant de plus en plus les yeux comme si cela pouvait aider la jeune fille à comprendre ce qu'elle disait. Elle parlait comme si par la parole elle pouvait se comprendre elle-même. Louise imaginait Mrs Finger ressassant ces pensées dans sa tête étroite sans personne pour l'écouter, soupirant en appliquant son rouge à lèvres, en façonnant son pain de viande aux flocons d'avoine. Louise pensait qu'elle était devenue l'équilibre mental de Mrs Finger, une soupape de sécurité sans fin, une tête constamment acquiesçante.

Dans l'indolence de ces débuts de soirée, Louise se surprenait à rêver de Jules Bart pendant que Mrs Finger parlait de Warner Phillips. Elle remuait sur sa chaise lorsque les histoires de Mrs Finger suggéraient étrangement de trop nombreuses visions de Baptiste Yellow Knife. Mais Louise attendait avec impatience leurs tête-à-tête. Mrs Finger sortait des biscuits et de la confiture de fraise. Tant que Mrs Finger parlait, Louise pouvait manger.

Mrs Finger parlait de beaucoup de choses. Elle parlait de ses anciens galants, du père d'Arliss, de ses idées en matière de décoration intérieure, de ses secrets de beauté, de ses remèdes pour les boutons, mais toutes ses histoires et toutes ses pensées revenaient toujours à Warner Phillips comme s'il était la clé enchantée de sa vie. Tant de pensées ponctuées de soupirs si bien que peu à peu Louise finit par voir non pas l'homme en question mais celui que Mrs Finger avait inventé. Warner Phillips la star de cinéma, plus beau que Tyrone Power, aussi délicieux qu'un crépuscule d'été et tout aussi rare et évanescent, inventé pour ainsi dire par des années de désir et de solitude, non plus un homme mais le rêve d'un homme, de plus en plus semblable à sa propre vision brisée de Jules Bart.

Mais Louise connaissait l'homme en question. Elle savait qu'il ne recélait ni rêve ni magie. Il ne serait jamais un héros ni ne trimerait dur du matin au soir. Si Warner Phillips rêvait tant soit peu, il rêvait d'Arliss, de son gros derrière, de ses cuisses rebondies et de sa taille de guêpe. Il rêvait de sa peau fine et poudreuse, de ses cheveux dégringolant de sa résille pastel. Mrs Finger était trop investie dans ses propres idées pour voir ce qui se passait entre sa fille et son homme de rêve, trop absorbée par son propre désir pour croire que Warner Phillips glissait ses mains le long des jambes de sa fille, passait son pouce sous l'élastique de sa culotte. Mais Louise savait. Et le jour était proche où elle quitterait cette maison et Mrs Finger. Elle sentait cliqueter la tension dans la pendule de la cuisine, dans le murmure de la radio.

Louise n'avait espionné Arliss qu'une seule fois et regrettait de l'avoir fait. Elle regrettait de ne pas en être restée au stade des suspicions mais elle avait vu. Elle les avait vus ensemble. Warner Phillips et Arliss Hebert.

Mrs Finger était allée se coucher de bonne heure en proie à l'une de ses migraines. Elle n'était pas étendue depuis plus de cinq minutes dans sa chambre obscure dont elle avait demandé à Louise de refermer la porte qu'Arliss se glissait dehors. « Si elle demande où je suis, avait sifflé Arliss à l'adresse de Louise, dis-lui que je suis allée voir une amie. » Par la fenêtre, Louise vit Arliss traverser, d'un trot de dame dans ses talons hauts, le jardin rempli d'ombres. Warner Phillips n'avait même pas eu le bon sens de se garer plus loin ou de passer prendre Arliss pour l'emmener ailleurs.

Il avait garé son pick-up juste derrière le garage rempli de cochonneries de Mrs Finger, presque caché mais pas tout à fait. Louise était sortie les épier. Elle se dissimula d'abord à l'angle du garage et les observa jusqu'au moment où ils disparurent dans la cabine du véhicule.

Louise s'approcha à pas de velours, comme Baptiste le lui avait appris, si discrètement que les oiseaux ne s'envolaient pas sur ses talons. Elle regarda par la vitre arrière du pick-up et les vit ensemble.

Warner Phillips passait un collier de petits bonbons autour de la cheville épaisse d'Arliss. Il roula le collier le plus haut possible le long de sa jambe, jusqu'à ce que les bonbons soient largement écartés sur sa cuisse potelée. « Écarte les jambes, Princesse », lui dit-il. Arliss lui souriait benoîtement, sa jupe roulée en boule à hauteur de la taille, les jambes mollement ouvertes devant lui. Louise entendit le gargouillis dans la gorge d'Arliss tandis que Warner pressait sa tête sur sa cuisse. Son estomac se souleva. Elle s'accroupit près du pick-up pour se retirer et les laisser. « Je vais le manger, je vais le manger », répétait-il mais le seul bruit que faisait Arliss était un étrange gargouillement mouillé, comme un gloussement assourdi au fond de sa gorge. Louise regagna la maison au pas de course en retenant son souffle.

Elle sursauta à la vue de Mrs Finger occupée à repasser une robe bleue dans la cuisine. « Impossible de trouver le repos », dit-elle à Louise. Elle avait de petits yeux et le regard troublé. Un pot de café bouillait sur la cuisinière. De l'autre côté du mur de la cuisine, si près qu'elle aurait pu les entendre si elle avait écouté, l'homme qu'aimait Mrs Finger la trahissait. Louise savait que tout ce gâchis remonterait comme un poisson mort à la surface. C'était en train d'arriver : alors même que Mrs Finger attendait encore que Warner Phillips la capturât dans ses bras, l'embrassât comme au cinéma, rachetât sa vie pitoyable, sa fille se donnait à lui dans le jardin de sa maison.

Louise alla se coucher. Cette nuit-là, les draps frais de son lit, sous la véranda de derrière, furent un réconfort. Louise eut envie d'écrire à sa grand-mère mais elle se sentait sale, comme si c'était elle qui avait écarté les jambes devant Warner Phillips. Elle savait qu'Arliss ne tarderait pas à se présenter à la porte, empourprée, pleine de morgue et pressée de mentir. Warner Phillips la suivrait de quelques minutes, le dos rond et frémissant, tournant le regard vers la porte d'Arliss tandis qu'il se laisserait aller en haletant dans le corps parfumé de sa mère.

Louise se demandait si tout cela ne répondait pas à une certaine logique après tout. Mrs Finger ne se fatiguait pas à dissimuler ce qu'elle et Warner Phillips faisaient. Lorsque Arliss et elle étaient couchées, Louise entendait le lit cogner. Elle entendait Warner Phillips grogner. Pis encore, elle entendait les bruits que faisait Mrs Finger, de drôles de bruits comme si elle grignotait du gâteau en douce. Louise se mettait l'oreiller sur la tête. Elle se demandait à quoi pensait Mrs Finger quand elle faisait l'amour avec cet homme alors que sa fille était étendue à moins de deux mètres derrière une paroi si mince que les voix la faisaient trembler. Cela perturbait Louise de penser que sa fille les écoutait, car de sa chambre Arliss pouvait entendre bien davantage que ce qu'elle-même entendait. Louise pensait à sa sœur Florence. Elle pensait à la chaleur de leur lit de roseaux, au bonheur qu'elle avait à écouter sa grand-mère avant que le sommeil s'installe. La neige tomberait bientôt. Le poêle à bois ronflerait et leur grand-mère leur conterait des histoires. Mrs Finger et Warner Phillips avaient attiré ce désastre sur eux. Louise s'apprêtait à quitter cet endroit. Le soulagement envahit sa poitrine. Son séjour dans la maison d'Arliss Hebert touchait à sa fin. Elle était restée suffisamment longtemps pour endormir la méfiance de Mr Bradlock. Elle prit soin de faire savoir à son professeur qu'elle se plaisait à Thompson Falls. Et Mrs Teeter sauta sur cette idée et s'attribua le mérite de cette adaptation. Louise s'appliqua à les convaincre tous qu'elle était en train de changer. Elle fredonnait tout bas à présent lorsqu'elle s'asseyait dehors sur les marches, à l'heure du souper. Et il arrivait même que Mrs Finger lui tendît une assiette de restes avec un sourire. Louise les bernait tous. Les jours s'accumulaient en sa faveur. Elle s'en tenait à son projet de tenir encore une semaine. Mais trois jours avant la date secrète de son départ, le rêve de Mrs Finger nommé Warner Phillips explosa comme un feu de prairie au mois d'août.

« Je vais rendre visite à ma sœur, annonça Mrs Finger. Tout se passera bien, je ne resterai absente qu'une nuit », dit-elle. Puis elle rangea sa trousse à maquillage dans son bagage et mit une culotte propre dans une pochette en papier. Louise n'avait pas envie de la voir partir. Elle ne tenait pas à rester seule avec Arliss, même pour une seule nuit. Ce fut par un samedi matin ensoleillé que Mrs Finger les quitta. « Ne bouge pas de la maison, toi », dit-elle à Arliss avant de s'éloigner au volant de sa voiture.

Louise resta dehors sur son lit de la véranda, dans l'espoir d'éviter Arliss. Elle lut les magazines *True Romance* de Mrs Finger à s'en crever les yeux. Elle fit des parties de solitaire sur le lit. Le temps se mettait au froid et le vent sifflait par les interstices des fenêtres, chassait la poussière d'un bout à l'autre du plancher brut de la véranda. Louise sentait la morsure de l'hiver et elle se demanda si elle allait devoir rester là, si elles comptaient la laisser mourir gelée sur leur véranda de derrière. Sa lampe de chevet prodiguait un cercle ténu de lumière. Elle voyait monter son haleine à présent. Ses draps étaient si froids et si humides qu'elle les plaça par-dessus ses couvertures pour éviter leur contact glacial. La laine lui rapa le visage mais lui tint chaud. Elle remonta les couvertures sur son nez, ramena ses genoux sur sa poitrine, et ferma les yeux.

Lorsqu'elle entendit la porte-moustiquaire s'ouvrir puis se refermer en claquant, elle se demanda si Mrs Finger était de retour. Mais la maison était silencieuse, trop silencieuse. Louise roula sur le flanc et fit face au mur. Elle souleva sa tête de l'oreiller mais ne bougea pas. Elle écouta. Elle n'entendit rien. Mais elle sentit la présence de Warner Phillips dans la maison. Elle tendit l'oreille, les yeux ouverts. Elle sentit les pieds déchaussés de Warner Phillips peser sur le lino. Il lui sembla entendre glisser la fermeture Éclair de sa braguette, ses vêtements choir à terre. Elle entendit grogner les ressorts du lit lorsque Arliss se poussa pour lui ouvrir ses draps. Louise ramena sa couverture sur ses yeux mais tendit l'oreille pour les entendre chuchoter. Au bout d'un long moment, elle s'endormit.

Elle fut réveillée par un bruit semblable au glapissement d'un chat et soudain la maison parut trembler. Il lui vint à l'esprit que c'était Warner Phillips qui faisait trembler la maison avec ses assauts amoureux. Il y eut un bris de verre suivi d'un fracas. Louise crut entendre la voix de Mrs Finger, perçante et distincte. Elle se redressa. Un court instant, la maison fut parfaitement silencieuse. Puis Louise fut assourdie par la détonation caverneuse d'un coup de feu. Elle s'entoura les épaules d'une couverture et se glissa dehors par la porte de la véranda. Son cœur palpitait dans sa gorge. L'herbe gelée lui faisait mal aux pieds. Toutes les lumières de la maison étaient allumées. Toutes les lumières, y compris celles de la cuisine, incendiaient le matin noir. Louise courut sur la pelouse de devant puis s'approcha lentement de la fenêtre. Elle aperçut Mrs Finger tremblante sous la lumière, ses mains voletant autour de son visage. Louise vit le fusil pour la chasse au cerf déjà appuyé contre la porte de la chambre. Elle vit le visage blanc d'Arliss debout nue près de son lit. Et il y avait là Warner Phillips courbé en deux, le cul écarlate, se débattant pour fourrer ses jambes dans son pantalon. Les lumières s'allumèrent dans la maison d'en face, suivies de près par celles de la maison d'à côté. Si Louise voyait clairement la scène, elle savait que les voisins la voyaient aussi. C'était comme si le rêve de Mrs Finger s'était horriblement réalisé. Cela ressemblait à un écran de cinéma, à un film arrêté sur une scène sordide dont Mrs Finger, Warner Phillips et Arliss Hebert étaient les stars éblouissantes.

Warner Phillips passa la porte en trébuchant tout en finissant de remonter son pantalon. Louise ne put se dissimuler à temps. Mais il la croisa au pas de course sans la voir. Et il continua de courir. Il sauta dans son pick-up et, sans refermer la portière, il prit la route dans une embardée, laissant Arliss nue devant sa mère en pleurs, et les voisins continuant de regarder.

Louise n'ôta ses souliers que lorsque le soleil eut réchauffé la route. Le ciel était sans nuages. Elle marchait vite en regardant derrière elle. Quand elle entendait le grondement sourd d'une voiture, elle quittait la chaussée pour se cacher dans les broussailles ou s'allonger dans les hautes herbes. Les champs du matin fumaient. Elle avait envie de courir. Avant Paradise elle entra dans un verger en bordure de route et mangea tellement de pommes que sa bouche en devint râpeuse. Puis elle reprit sa marche.

C'est en milieu d'après-midi qu'elle atteignit les saules. Elle était lasse et un sentiment de solitude envahissait sa poitrine. Baptiste n'était nulle part. Elle mit ses pieds dans l'eau froide et se reposa. Elle ferma les yeux et respira l'herbe tiède d'automne. La journée serait courte. Elle suivrait la rivière.

Elle mit ses souliers et entreprit de longer la berge. Le vent fit cliqueter les ronces de la rive et fusa sur l'eau. Elle s'arrêta, un instant éblouie, pour contempler les rides sur l'eau étincelante. Elle entendit un bris sec de vieilles branches, la mue légère des graminées, un bruit de pas. Elle se tapit derrière un tronc gris. Baissa la tête, ramena ses cheveux sur un côté. Louise savait qu'on ne se lancerait pas de si tôt à sa poursuite. Arliss et Mrs Finger étaient trop occupées par leur propre déveine pour penser à elle en ce moment. Elle prit une longue inspiration et la relâcha lentement.

Sa grand-mère lui avait raconté qu'il existait au long de la rivière des endroits où l'eau désirait être entendue. Des histoires de rivière. Elles pêchaient sur la Flathead gelée après que sa grand-mère se fut assurée de la solidité de la glace. Louise se souvenait de l'eau gargouillant au milieu du trou fumant. Et juste avant le crépuscule, un son se répercutait sur la glace, toujours un puissant fracas comme

si la rivière craquait, puis une vibration métallique et surai-
guë tout près des oreilles de Louise, une plainte de femme.
Grandma souriait alors et annonçait qu'il était temps de
rentrer. Louise jetait sur son épaule la corde glissante de
poissons. Sur le chemin du retour, Grandma racontait que
c'était la voix de Mali, la femme tombée dans la rivière à
l'époque où elle-même était une fillette. « Une gour-
mande, disait-elle, qui cherchait à attraper des baies au-
dessus de la rivière. »

Louise avait toujours pensé que sa grand-mère lui contait
ces histoires pour l'effrayer et la tenir à l'écart de l'eau.
Au printemps précédent, lorsque la rivière était haute et
bourbeuse, elle s'était glissée sous la surface tourbillonnante pour échapper à Charlie Kicking Woman et l'eau
s'était refermée au-dessus d'elle telle la porte d'une pièce
obscure. Le courant avait comprimé sa gorge et l'avait attirée vers le bas puis repoussée vers le haut. Elle avait senti
les bras de l'eau, la piqûre des branches et des brindilles à
la dérive. Elle avait lutté, mais après un moment elle avait
laissé le courant la porter. Il l'avait ramenée à la surface en
aval. Elle avait entendu Charlie l'appeler mais il avait semblé très loin. Parfois, avant de s'endormir, elle se souvenait
du froid brûlant de la rivière. Pensait à une vieille femme
aux doigts comme des bâtons, penchée au-dessus d'elle. À
présent elle ne bronchait pas, assise, écoutant. Elle n'avait
jamais imaginé que les contes de sa grand-mère pussent
s'avérer réels.

Louise avait le désagréable sentiment d'être observée.
Elle regarda prudemment autour d'elle. Sentant sa respiration peser dans sa gorge, elle ferma la bouche. Elle attendit. Elle attendit longtemps et lorsqu'elle fut certaine
qu'elle s'était seulement fichu la frousse, elle se leva.

Elle ne l'aperçut pas d'abord. Il se tenait aussi coi qu'un
cerf. Baptiste Yellow Knife, assis sur la berge, les yeux fixés
sur la rivière. Elle se dit qu'en regardant ailleurs un instant,
elle le perdrait, qu'il se fondrait dans les herbes. « Je te
voyais », dit-il. Il lui fit un signe de la main. « Je te voyais

tout le temps. » Il lui sembla presque timide. Il était à jeun. Un flot soudain de soulagement gonfla sa poitrine. Elle saisit Baptiste aux épaules et l'étreignit. Elle avait eu foi en sa capacité à la trouver et il avait exaucé ses pensées.

« Je t'ai attendue ici tous les jours, dit-il. Je savais que tu reviendrais à cet endroit. »

Louise s'efforça de ne pas trahir son étonnement. Elle détourna les yeux. « Oh, dit-elle, je me disais que peut-être tu avais su que je pensais à toi. » Elle avait souhaité voir Baptiste ici en ce lieu, avait eu le sentiment que c'était elle qui l'avait convoqué là, mais comprendre que Baptiste l'avait espionnée à chaque fois qu'elle y venait la perturbait maintenant.

« Je savais que tu finirais par me revenir. Je le savais, dit-il et il lui entoura la taille de ses longs bras.

– Pas comme ça », dit-elle, même si pour la première fois elle se sentait bien près de lui. « Pas comme ça, non », dit-elle et elle se dégagea.

Il ne fit pas un geste pour la toucher. Il lança un regard en direction de l'eau. Un oiseau voletait sur la berge opposée. Les bras de Baptiste étaient raides le long de son corps, ses épaules carrées.

« Je te croyais différent, dit-elle, différent des autres. Comme ta mère. »

Il jeta un petit caillou rond dans l'eau. « Quoi ? dit-il. Tu crois que je peux lire dans tes pensées ? Allons donc, tu me fais trop d'honneur, dit-il. Si les Indiens comme moi avaient tant de pouvoir, nous aurions gagné. »

Elle croisa ses bras sur sa poitrine et regarda la courbe lente de la rivière. Baptiste avait su la trouver là parce qu'il était un homme ordinaire, un homme ordinaire obsédé par une femme. Elle ne savait quel sentiment éprouver. Elle était déçue. Baptiste avait raison.

Les oiseaux se tinrent éloignés des herbes folles où Baptiste et elle se dissimulaient au regard de Charlie Kicking

Woman. Ils étaient assis en haut de la colline sous un chaume d'herbe frissonnante d'où ils pouvaient épier la route et la Flathead River. À l'est, Louise apercevait les Mission Mountains, le lointain filigrane de neige qui les signalait. Elle apercevait le coin de la maison de sa grand-mère. Baptiste repéra Charlie le premier. Charlie dont le premier arrêt fut chez elle. Elle tendit l'oreille pour entendre la voix de sa grand-mère, le choc de la porte se refermant, mais elle n'entendit rien. Il reparut bientôt pour gagner à travers champs la cave ménagée sous terre entre les racines. Dans la lumière rouge du crépuscule d'automne, elle voyait l'éclat de ses cheveux noir bleuté.

« L'a eu tôt fait de renifler ta trace, dit Baptiste. Il te veut. » Il lui tapota le genou. Elle se sentit agacée par lui. Elle voyait bien Charlie, sa ronde autour des champs. Ils l'observèrent un long moment et Louise bâilla. Elle ne croyait pas qu'il se rapprocherait d'eux avant que l'obscurité bouclât la vallée, pour peu qu'il découvrît leur piste. Elle regarda le policier s'arrêter. Il se tint immobile un long moment, puis il rebroussa chemin vers la maison de sa grand-mère.

« Froid, dit Louise. Tu gèles. »

Elle se rallongea dans l'herbe. « Si c'est moi qu'il cherche, dit-elle à Baptiste, je ne pense pas qu'il ait le moindre indice. » Elle était lasse de fuir, lasse de tout cela. Le vent s'était levé et les hautes herbes somnolentes la caressaient. La lune poudrée était presque invisible. Elle se prit à souhaiter que Charlie Kicking Woman s'en allât sans tarder et pas seulement parce qu'elle ne voulait pas être prise. Elle ne tenait pas à ridiculiser Charlie encore une fois. Elle l'avait vu prendre un café au magasin de Perma. Assis avec un groupe de *suyapis*[*], tous en uniforme. Des policiers de l'État du Montana et Charlie l'Indien tout seul. Louise s'était arrêtée juste devant la porte-moustiquaire pour les écouter. Les Blancs parlaient des Indiens comme si Charlie

[*] Hommes blancs.

n'en était pas un, ou comme si peut-être il n'était pas flic, ou, pire encore, comme s'il n'était pas là. Louise s'était approchée en douce de la vitre pour observer Charlie. Tous parlaient fort. Bientôt, l'un des Blancs se leva et mit ses mains sur ses hanches. Là-dessus le policier indien se leva et fit de même. Il hochait la tête et riait avec ces types comme s'il était allé dans des coins où il n'avait jamais mis les pieds. Charlie Kicking Woman s'était lui-même mis à se moquer des siens quand, levant les yeux, il avait vu Louise. Il s'était arrêté de parler. Il avait ôté sa casquette et joué avec de la monnaie dans sa poche. Il s'était couvert de honte. Louise connaissait sa honte. Elle avait cherché à se faire passer pour blanche bien trop souvent afin de s'épargner malaise et ridicule. Elle avait renié sa famille, s'était reniée elle-même afin de pouvoir boire un verre en compagnie d'un Blanc. Elle ignorait ce qui arriverait si Charlie les découvrait. Avec lui Baptiste se débrouillait toujours pour prendre le dessus. Elle ne tenait pas à être témoin encore une fois des bredouillis et du rougissement du policier. Il vaudrait mieux pour eux tous qu'il ne la trouvât pas.

Baptiste montait toujours la garde, rigide et vigilant. Elle commença à éprouver de la gratitude pour lui, mais lorsqu'il lui tapota la jambe à nouveau, le crescendo dans sa voix apprit à Louise qu'il agissait en l'occurrence pour lui-même. Baptiste aimait se jouer des autres. Quand elle leva les yeux, elle le vit qui se balançait. Il se frictionna le dessus de la tête. Elle entendit le sifflement de sa respiration et lorsqu'elle se redressa, Baptiste se glissa derrière elle et l'entoura de ses jambes et de ses bras. Charlie avait soudain changé de direction. Il gravissait rapidement la colline, avec détermination. Comme il venait toujours dans leur direction, Louise se cabra entre les bras de Baptiste, prête à fuir, mais le garçon la maintenait solidement captive. « Tout doux », lui dit-il, et elle eut l'impression qu'il parlait à Champagne. Elle ne pouvait empêcher son cœur de battre la chamade. Elle sentait la voix de Baptiste dans sa nuque et elle tendit l'oreille pour saisir ses propos mais ce n'était pas à elle qu'il parlait alors.

Louise regarda le policier marcher en ligne droite vers l'endroit où ils étaient assis, cachés dans les herbes. Il sait où nous sommes, songea-t-elle et elle pressa la paume de ses mains sur le sol, prête à reprendre la fuite. Baptiste appuya son torse contre son dos, et coupa une tige de laiteron, la fendit de l'ongle large de son pouce jusqu'à en extraire une mousse blanche. Il recueillit le lait clair et s'en massa la main. Charlie passa non loin d'eux et s'arrêta. Un rets de sauterelles jaillit derrière lui. Les épaules du policier se soulevèrent et se plaquèrent contre ses oreilles. Il jeta un coup d'œil si bref en arrière qu'il dut sentir se distendre les muscles de ses yeux.

Charlie était proche. Elle se cacha le visage. Elle ne tenait pas à le voir. Elle entendit ralentir un pli de vent. Baptiste se tourna vers elle. « Il ne peut pas te voir, dit-il. Il est aveugle à nous. » Louise ne le croyait pas. Elle pressa ses doigts sur les lèvres de Baptiste pour le faire taire mais il continua de parler. Elle posa ses mains sur sa tête et s'aplatit dans les herbes folles.

La voix de Baptiste résonnait à son oreille. Charlie allait l'entendre et la ramener à Thompson Falls. Une faiblesse oppressa sa poitrine. Ses mains tremblaient comme les arbrisseaux mellifères au pied touffu de la colline. Charlie s'était arrêté. Sa main reposait sur son étui de revolver. Et Baptiste parlait toujours. Le policier était assez proche pour l'entendre, pour les voir dans les hautes herbes. Mais Charlie inclina seulement la tête comme s'il entendait quelque chose au loin. Louise le regardait en contrebas, debout et exposé dans le champ. Le vent soudain avait ramené la chaleur de l'été. Une chaleur limpide faisait frissonner les longues herbes de septembre, une chaleur qui paraissait mouillée à l'horizon, une chaleur diaphane et tremblotante qui semblait le submerger. Louise entoura ses genoux de ses bras et l'observa. Charlie reprit sa marche vers eux. Elle inspira par la bouche. « Il ne peut même pas nous entendre », lui dit Baptiste, mais le policier continuait à marcher vers eux d'un pas régulier.

Elle était sûre que Charlie s'amusait à leur jouer un tour. Il les laissait se cacher comme des enfants, les laissait jouer leur jeu, mais comme l'homme se rapprochait, elle distingua son visage et comprit. Il avait les yeux larmoyants dans l'éclat féroce du couchant. Baptiste tapota la main de Louise. « Nous sommes invisibles », dit-il. Il désigna du doigt les genévriers piquants qui bordaient la rivière. Elle regarda attentivement.

« Tu vois ça, dit Baptiste. Tu vois. »

Elle vit la harde de cerfs comme si elle l'imaginait. D'abord un frémissement. Puis une brume ondoyante. Un grand mouvement frissonnant comme le vent dans l'herbe.

Elle distinguait la route grise, la lumière morcelée sur le cours d'eau. Elle distinguait de la lumière nichée dans l'herbe douce. Elle ne se souvenait pas avoir jamais vu dans la lumière autre chose que simple lumière. Une lumière d'argent ruisselait sur la face rocheuse de Revais Hill, se reflétait sur le visage lisse de Charlie. Louise se demanda si le soleil lui-même muait pour cacher sous sa peau tous les animaux.

« C'est cela », dit Baptiste, et elle se demanda si c'était à elle qu'il répondait.

Dans ce champ, ces collines, le soleil s'escrimait sur les feuilles rouges, dissimulait l'ours et le daim. La truite dormait dans l'ombre floue du soir tombant, sauve. Louise voulait croire qu'elle aussi était sauve, qu'il existait pour elle un lieu où se dissimuler à tous, à Baptiste Yellow Knife, à Mr Bradlock, à la traque de Charlie Kicking Woman.

L'ombre du policier obscurcissait l'endroit où tous deux étaient assis. Louise était assez près de Charlie pour toucher son arme. Elle avait l'impression d'être un serpent lové prêt à frapper. Elle percevait la chaleur de sa jambe, flairait l'odeur de chaleur roussie de son pantalon de laine. Elle leva les yeux, vit le vent lui rabattre les cheveux sur le front. Baptiste aussi leva les yeux. Charlie était si près que

Louise percevait le couinement sec de son étui de revolver en cuir. Elle ramena ses genoux plus étroitement contre sa poitrine et entendit battre le sang dans sa gorge. L'homme secoua la tête et d'un coup de pied chassa un caillou à côté d'elle, lui frôlant la cuisse de sa botte. Elle sentit une envie de rire se figer dans son ventre. L'idée que Charlie ne pouvait pas les voir sous le couvert des herbes folles finit par pénétrer son esprit.

Le policier scruta la base de White Lodge Hill. Lorsqu'il repartit, ce fut à pas prudents en se retournant pour laisser errer dans leur direction un regard insistant et aveugle. Elle songea que Charlie ne retenait la vision que de certains arbres, qu'il ne pouvait distinguer que quelques élévations rocheuses de la terre, tout se fondant et s'annihilant. Peut-être Charlie voyait-il dans l'arrondi de sa hanche une simple courbe du terrain, dans ses doigts l'aspect naturel des herbes qui entouraient Louise. Peut-être le policier ne pouvait-il voir l'alouette dans les branches du pin, la chaleur blanche se dissiper au loin, les rochers disparates de la rivière, la saillie de schiste sombre et luisant qui montait de la colline. Louise sentit une brise capricieuse à ras de terre. Charlie leur tourna son large dos. Baptiste la maintenait sauve. Il lui parlait, lui contait une histoire. Elle avait envie de s'allonger dans le picotement de la végétation à côté de lui pour écouter le son sec de sa voix. Elle distinguait encore Charlie mais soudain il se mit à courir, courir comme pour fuir un lieu froid où le seul nom prononcé était le sien.

Le soleil s'était couché derrière eux, lumière déclinante à présent chargée d'un soupçon de fraîcheur. Louise se mit à croire qu'elle était là toute seule. Seule, à écouter son cœur, le bruit d'une eau lointaine.

Louise

Le lieu de la chute

Elle se sépara de Baptiste Yellow Knife à Dixon avec l'idée de se rendre à Missoula pour ébranler Charlie. Elle était étonnée que Baptiste lui eût conseillé de partir, l'eût laissée s'en aller. Si elle pouvait rester quelque temps à Missoula, se disait-elle, elle pourrait ensuite rentrer chez elle avec de meilleures chances de feinter Mr Bradlock. Les voitures ne s'arrêtèrent pas immédiatement et elle craignit que Charlie Kicking Woman ne la repérât, le pouce en l'air au bord de la route.

L'inconnu l'avait prise à l'heure où elle imaginait sa grand-mère se lavant le visage à la source. L'homme était de haute taille, les os épais, les hanches larges. La racine de ses cheveux dessinait une pointe sur son front ridé par l'anxiété qu'agrandissaient ses tempes dégarnies. Au sortir de chaque virage, il tapotait le volant de la paume de sa main mais ne disait rien à Louise. Elle ferma les yeux pour voir l'ombre verte de l'eau filtrant au creux des mains de sa grand-mère. Le crépuscule gris des troncs de peupliers prenant la couleur de l'argile salée.

Elle sentait la nuit rafraîchir la route. L'odeur capiteuse d'orties et de datura sifflait par la vitre entrouverte et accusait sa solitude. C'était le crépuscule et la nuit gagnait rapidement. On aurait dit que les choses se rapprochaient. Les champs et la route, les arbres et la rivière se fondaient en montant vers le ciel, puis de nouveau vers la terre. Louise porta sa main à son front et ramena ses cheveux en arrière. Ils finiraient par la retrouver et ils la ramèneraient à Thompson Falls, à la figure squameuse de Mrs Finger, au froncement de sourcils réprobateur d'Arliss qui trouverait le moyen de la rendre responsable de leurs démêlés avec Warner Phillips. Elle se souvint du jour où Mr Moxy, le professeur de musique, avait posé sa main sur son épaule et d'une voix feutrée, plus intime qu'un murmure, lui avait dit qu'elle pouvait passer pour blanche et de son doigt en crochet lui avait flatté le sein comme s'il lui pinçait le menton pour lui intimer d'être fière. Elle n'avait jamais parlé de Mr Moxy à personne. Elle avait appris à régler elle-même ses problèmes. Elle lui avait mis un bon coup de genou dans les parties. Après quoi il l'avait laissée tranquille, non sans lui adresser un sourire quelquefois, la discrète esquisse d'un sourire comme s'ils partageaient un secret. Ils pourraient bien la ramener cent fois à Thompson Falls, elle n'y resterait pas.

Son pouls palpitait dans sa gorge. Elle s'agita sur son siège et tendit rapidement la main pour déboutonner le col de son chemisier. Du coin de l'œil, l'homme lui sourit et lorsqu'elle se tourna pour lui rendre son sourire, il regarda ailleurs. La lueur verte du tableau de bord éclairait ses cheveux châtain clair, les plans anguleux de ses pommettes. Il avait paru plus âgé lorsqu'il s'était arrêté pour la prendre en stop. À présent elle voyait la peau douce de son visage, le menton luisant du feu du rasoir. Son front s'était déridé avec le chuintement des pneus, la longue route droite, la distance d'un jour qui s'achevait.

Il portait une chemise de cow-boy à la mode, mais non de confection. Sur les poignets étaient brodées à la main une paire de bottes, sur l'épaule gauche une tête de cheval avec un œil trop grand. La chemise présentait des détails de couture recherchés tels qu'une ganse de cordelette lasso à l'empiècement. L'étoffe, d'aspect humide, était couleur haricot. Il est fier de lui, songea Louise en pressant sa tempe et sa joue contre la vitre fraîche de la portière. Elle sentit le vent frôler son crâne, entraîner une mèche de ses cheveux à l'extérieur par la vitre entrouverte. Louise ramena sa tête contre le dossier et regarda la trouée des phares droit devant. La lune ne pouvait éclairer ces ténèbres. La terre s'étendait, aveugle à leur présence. Le conducteur roula trop près du bord d'une colline. Elle vit les yeux rapides d'un porc-épic, les piquants gris de sa robe, puis de nouveau la nuit, trous d'aiguille des étoiles, le défilement de la route, la lune blême.

Ils quittaient le hameau d'Arlee et elle avait hâte d'être à Missoula. Elle colla son dos au siège, alluma une cigarette, et ouvrit le cendrier. Il était propre. Elle le referma d'une tape et abaissa sa vitre. L'homme se cramponna au volant. Elle sentait la puissance souple de la voiture, la route gémissante et ferme.

« Comment vous appelez-vous ? » dit-elle. L'homme déglutit. « De mon vrai prénom, dit-il, Vivian.

– Et de l'autre ? » demanda-t-elle. Elle distinguait son reflet dans le pare-brise. Il se frottait le cou.

« Vance.

– Vance », répéta-t-elle, mais elle ne déclina pas son nom. Ils croisèrent une voiture dont un phare terne éclairait au ras du sol. L'autre phare cribla d'argent le pare-brise et un instant il n'y eut qu'une aveuglante blancheur, puis de nouveau le ciel au-delà, d'une densité de velours. Louise écouta l'homme respirer. Il alluma la radio. Une voix depuis Great Falls égrenait le prix des denrées agricoles des midlands, le prix du maïs, du blé, des pommes de terre. La radio crépita et bourdonna. Louise lécha la poudre d'une tablette de chewing-gum et la remit dans sa poche pour allumer une autre cigarette. Elle tendit la cigarette à l'inconnu, sans rien dire. Il aspira lentement une bouffée, emplit sa poitrine, exhala un soupir. Louise sentit l'odeur de ses poumons, sucrée de gorgées de Cola, et elle tenta de l'imaginer nu. Il devait vivre chez ses parents, songea-t-elle, avec une mère qui lui cousait des chemises de cow-boy, et brodait sur ses épaules à empiècement des chevaux et des lassos élaborés. Un homme qui ne devait jamais se trouver nu que derrière une porte de salle de bains, le postérieur rougi par un bain brûlant. Elle lui sourit et il lui adressa un regard sous des sourcils aussi fins que son nez. Elle éprouva une chaleur soudaine pour lui, assise ainsi dans sa voiture obscure, à fumer des cigarettes, à longer des routes qui trop souvent lui avaient brûlé la plante des pieds. Elle aurait pu l'aimer.

Ses phares décolorèrent un tunnel de lumière après la traversée de Sleeping Child. Louise distingua une mince clarté par-dessus la brume de la colline, un bord de son propre cœur s'ourlant d'argent. Des étoiles s'allumèrent plus près. Elle frictionna une douleur sourde sous ses côtes. Après avoir marché des kilomètres pieds nus pour fuir Thompson Falls, elle avait des fourmis dans les jambes. Elle sentait le lent rampement du sang dans ses mollets. Elle se pencha en avant pour délacer ses souliers. Un moment, elle garda la tête baissée. Elle flairait le cuir des sièges de l'homme, son eau de Cologne suave et boisée.

L'homme cria : « Regardez », et elle leva la tête, amenant ses yeux au niveau du bord inférieur du pare-brise. Le cerf emplit son champ de vision telle une lumière. Un instant suspendu en plein bond. Elle vit sa gorge blanche, le poil ébouriffé sur son dos. Elle entendit d'abord le cuir épais enfoncer les chromes lisses, puis la lente glissade de l'animal sur la carrosserie malmenée par le vent. Elle visualisa la rupture de l'insigne rutilant du capot, couteau éventrant maintenant le cerf, le capot pourpre de sang.

L'animal traversa le pare-brise et le temps passa au ralenti pour Louise. Elle entendit la respiration sifflante de l'inconnu lorsque les sabots du cerf firent voler le pare-brise en éclats. Elle entendit les gifles de chair sourdes sur le torse de l'homme, et elle songea à des sauts en mocassins dans la sciure, à des fruits mûrs tombant sur un sol dur. La voix de l'homme fut étouffée par le poitrail du cerf, petites exhalaisons de souffle, suivies d'un sifflement, d'une trépidation d'os coincé dans sa trachée, la comprimant. Elle se couvrit le visage de ses avant-bras, sentit le coup de rasoir des sabots sur le dos de ses mains, le sang ruisseler vers ses coudes. Elle s'entendit geindre lorsque la voiture rebondit durement sur un sol accidenté. Elle vit les phares éclairer le ciel, puis de nouveau le sol, l'armoise et l'herbe blanche. Elle énuméra ces choses dans la pulsation de ses doigts. Un sifflement de vapeur monta, blanc comme une rivière tiède en hiver, au-dessus du capot. Elle ferma les yeux au moment où son front heurtait l'encadrement du pare-brise.

Elle remarqua d'abord que la voiture ne roulait plus. La lourde tête de l'animal reposait sur ses genoux. Elle sentit sa langue immobile, râpeuse et sèche sur sa main. La lune en coupe était jaune à travers le cadre de verre brisé. Une faible lueur filtrait par la vitre avant, suffisante pour qu'elle vît l'inconnu, les yeux mi-clos et rêvant sous la protection du dos tiède du cerf. Elle sentit un frisson glacé sur sa nuque. Elle n'écouta que d'une oreille le ruissellement sec du verre brisé tombant des sièges en cuir lorsqu'elle s'arracha à la voiture. Elle entendit du bois se casser dans le champ alors qu'elle se dirigeait vers la route. La brume sur la chaussée atteignait la cime des arbres. Elle vit des phares de voiture filtrer dans les plus hautes branches des pins, une grande lueur poudrée qui sembla prendre le sol à bras-le-corps. Elle leva les bras pour arrêter la première voiture et reconnut avec résignation Charlie Kicking Woman.

Charlie Kicking Woman

Ici

Elle est apparue dans mes phares, soudaine et lumineuse, une apparition dont j'ai goûté la saveur sur le bout de ma langue, métal amer sur la face interne de mes dents. Louise. Il y avait une entaille nette dans son chemisier, et sa jupe était déchirée et en lambeaux. Il me vint à l'esprit lorsque tout fut terminé qu'elle avait dû saigner beaucoup car tout ce dont je me souviens, lorsque je repense à cette nuit, c'est du revers de son bras trempé de rouge lorsqu'elle a protégé ses yeux de la lumière de mes phares.

J'ai dû arrêter la voiture et appuyer un instant mon bras sur le volant, expirer longuement entre mes dents serrées. Ça me secouait de voir Louise sur le bord de la route comme une incarnation de mes pires craintes. Elle s'est jetée sur la portière côté passager.

« Merde, Charlie, dit-elle. J'étais sûre que ça serait toi. »

J'ai allumé le plafonnier et vu le pli pâle de sa bouche, ses yeux noirs aux pupilles dilatées. J'ai retiré mon blouson et l'ai drapé sur ses épaules.

« Que s'est-il passé, nom de Dieu ? » lui ai-je demandé, sachant qu'elle craignait bien plus qu'un accident de la route, sachant qu'elle craignait que je la ramène de force à Thompson Falls. Elle tremblait, un tremblement de chien mouillé qui m'a fait frissonner malgré la chaleur.

« Je sais pas, dit-elle. Un type s'est foutu en l'air sur la route. La voiture est par là », et elle fit un geste en direc-

101

tion du champ en contrebas. Sa langue paraissait enflée et dure contre ses dents mais son haleine ne sentait pas l'alcool. Le sang coulait, lent sur son bras. Je l'ai regardée attentivement. Son corps semblait baigné par le choc, ses gestes bizarres et saccadés, circonspects et vifs cependant. Son cerveau était entré en action pour la sauver.

« Laisse-moi voir », lui ai-je dit et j'ai saisi son poignet, le tenant fermement entre le pouce et l'index. Son pouls était puissant et rapide. Elle avait une plaie en croissant de lune sur la face interne de l'avant-bras, comme la bouche remplie de sang d'une truite.

Ses cheveux étaient emmêlés derrière sa tête, et elle avait la nuque molle et fluide. J'ai attrapé un rouleau de gaze et bandé sa blessure. Son haleine sentait la fumée chaude et le vent. J'ai tenté de me la représenter dans le champ avant que je ne la trouve, la route sombre, des fragments filants d'étoiles froides. Je n'aimais pas l'imaginer seule dans ces parages sans aucune voiture à l'horizon, avec une longue attente jusqu'au matin. Vous sentez la pression de l'ombre par ici quand votre voiture ralentit ou prend un virage en épingle à cheveux. Vous pouvez être arrêté par un clou soudain, un pneu crevé aplati sous une jante tordue, ou bien un cerf, un élan, un ours indolent, des rochers acérés, des épines. Il y a toujours quelque chose d'inattendu derrière la courbe d'un virage facile, un truc abandonné sur la route qui peut vous rompre les os. Une brume passant sur le capot de votre voiture peut vous faire croire aux fantômes de votre enfance. J'en ai trop vu dans les environs, et avec chaque année qui passe, mes propres terreurs me rampent un peu plus haut le long de l'échine.

« Je crois qu'il est mort, a dit Louise.

– Oh, mince », j'ai dit, sentant mon cœur chavirer, comme toujours plus attentif à Louise qu'aux devoirs qui m'incombaient. Je me suis glissé hors de la voiture. « Ne bouge pas d'ici. Je reviens. »

J'ai pris ma grosse lampe-torche et éclairé les environs. J'ai d'abord vu l'éclat des chromes de la LaSalle, tel un halo de lumière argentée dans l'obscurité. Une fraîcheur nimbait l'arrière de mes bras. J'ai humé l'huile de moteur et la poussière de roche. Ma torche a éclairé le pare-brise en éclats, désormais trou béant vers le ciel. La lumière a transpercé le grand cerf sans vie. Je voyais les touffes de poils sur le cadre tordu de la fenêtre. J'ai aperçu la tête immobile de l'inconnu, d'une lourdeur de pierre, reposant sur la banquette.

Je me suis gratté le côté, sans quitter des yeux le siège avant. Je voulais que l'homme remue, montre un signe quelconque de vie, mais il ne bougeait pas. Je me préparais pour la tâche qui m'attendait. Vérifier son pouls. Vérifier ses voies aérifères. Vérifier ses pupilles. Moi, je n'avais envie que d'une chose, retourner voir Louise, laver ses blessures et l'envelopper dans une couverture chaude, la ramener chez elle. Je voulais rester assis avec elle dans la cuisine de sa grand-mère jusqu'au lever du soleil. Je voulais la connaître. La connaître pour cesser de l'aimer ou de la détester. Je voulais qu'elle soit ordinaire à mes yeux, de telle manière que je puisse de nouveau penser à mon épouse à la maison. Mais je devais m'occuper des plaies d'un homme mort.

J'ai éclairé les fragiles traces de poussière et me suis frayé un chemin jusqu'à lui. J'ai ouvert sa portière, et les pattes du cerf se sont détendues vers moi, puis raidies. J'ai repoussé l'animal assez loin afin de dégager la poitrine de l'homme qui luttait pour respirer. J'ai entendu un gargouillement épais et j'ai vérifié que ses oreilles ne saignaient pas, essuyé le sang qui coulait de son nez. Il avait peut-être une chance de s'en sortir. J'ai examiné la carrosserie pour tenter de trouver un moyen de dégager le cerf et de le caler pour soulager l'homme. Mais le seul moyen de libérer le pauvre diable était de débiter l'animal à la scie, et d'avoir beaucoup de chance. Les plaies tuméfiaient déjà sa poitrine.

« Vous allez devoir tenir encore un bout de temps, j'ai dit. Accrochez-vous. » L'homme renifla et j'entendis le ronflement du sang dans son nez quand il perdit à nouveau connaissance. Je courus à ma voiture vérifier l'état de Louise et appeler la patrouille par radio. La nuit serait longue. J'ai ouvert ma malle et sorti deux couvertures. J'en ai jeté une à Louise et je suis retourné dans le champ pour envelopper l'homme. Je craignais de me pencher à nouveau sur lui mais je l'ai entendu respirer de loin. J'ai glissé la couverture entre le cerf et l'homme, et j'ai pensé à ses jambes, je me suis demandé si son sang circulait. Le pouls à son cou était ferme et régulier. J'ai tapoté ses joues. Il était jeune, père de famille peut-être. « Pouvez-vous me dire votre nom, monsieur ? » j'ai demandé. Il a gémi et sa tête a roulé vers l'avant. « Pouvez-vous me dire votre nom ? ai-je répété. Je suis l'agent Kicking Woman », lui ai-je dit en donnant un ton ferme et égal à ma voix et en me demandant si mon seul nom ne risquait pas de le terroriser. « Les secours arrivent », j'ai dit. Je me suis surpris à vouloir lui adresser un sourire rassurant dans le noir. L'homme a gémi, comme un soupir, et renversé la tête en arrière pour l'appuyer au siège. « Restez calme maintenant, ai-je dit. Je reviens de suite. »

Je suis retourné à ma voiture, impatient d'attendre en compagnie de Louise même si elle dormait. Elle était allongée sur la banquette arrière. J'entendais ses changements de respiration. De temps en temps, elle reniflait du sang elle aussi et cela la réveillait. Son nez enflait et je supposais qu'elle avait reçu la tête du cerf dans la figure. J'ai observé la route déserte derrière la vitre. Elle paraissait luire sous la lune. Lorsque la brise s'est levée, j'ai vu les hautes herbes luire aussi. Le clair de lune miroitait sur les panneaux indicateurs. Et posée, silencieuse, près de ce bas-côté de route, immobile, la terre semblait un abri sûr.

J'avais couvert le moindre virage, la moindre ligne droite de cette route. Je savais où freiner, où la route plongeait et souvent changeait. Je connaissais les bas-côtés mouvants et les ondulations du terrain impossibles à stabiliser. Il y a même un endroit, à la sortie de Dixon, qui donne l'impression d'être en pente douce, mais depuis des années que je vois des géomètres y placer un niveau, il en ressort à chaque fois que cet endroit est aussi plat qu'une dalle de béton. Et je m'interrogeais là-dessus parfois. Je me demandais combien d'autres choses penchaient ou n'étaient pas telles qu'elles paraissaient.

J'ai entendu Louise remuer sur la banquette arrière et j'ai découvert son visage pour vérifier qu'elle allait bien mais en réalité je voulais seulement la regarder. Même dans le mince clair de lune, avec son visage tuméfié, elle était belle. Je consultais ma montre toutes les cinq secondes. J'ai compté les traits de la ligne médiane aussi loin que je pouvais voir dans les deux sens. J'ai de nouveau consulté ma montre. Il ne s'était écoulé que dix minutes depuis que j'avais trouvé Louise. J'ai attendu. J'avais trop de temps pour penser.

Je me suis souvenu, trois ans plus tôt, de la voiture d'une famille de Hot Springs tombée dans la Flathead River par moins quarante. Ils avaient dû s'envoler, leurs pneus soulevés au-dessus de la glace chassée par le vent, lorsqu'ils avaient pris ce virage encaissé et décollé, sept occupants à bord. Le poids formidable de cette LaSalle 42, en heurtant perpendiculairement l'épaisse couche de glace, l'avait brisée net et ils avaient disparu comme un rêve nébuleux de Noël. Ils s'étaient immobilisés, tous les sept, dans le coude peu profond de la rivière. Ils avaient gelé là, telle une photo d'eux-mêmes en route pour une balade dominicale.

Trois semaines plus tard, les frères Reston, une paire de garçons blancs trop idiots pour faire des farces, les cuculs-la-praline comme on les appelait lorsqu'on avait oublié leur nom, racontèrent partout qu'ils avaient trouvé une voiture pleine de mannequins de cirque, de pantins, au fond de l'eau près des virages marquant la limite de la réserve.

Je compris deux minutes après Railer qu'il s'agissait de la famille Albin. Lorsque je m'arrêtai au bord de la rivière, j'eus la surprise de voir Railer me faire signe.

« Il faut que tu voies ça », me dit-il, comme sur le point de défaillir.

C'était une vision qui appelait la présence d'autres témoins. Quelque chose d'incroyable et de rare. Le vent faisait tourbillonner la neige en fumée au-dessus de nos têtes.

« Ne va pas raconter ça à tes amis indiens », m'avait dit Railer, presque en riant. La vision me stupéfiait à tel point que je n'avais pas répondu. J'avais étreint mes oreilles sous la morsure du froid. Mes yeux se gélifiaient. Debout sur la dense glace verdâtre de la Flathead River, nous regardions entre les semelles épaisses de nos bottes la famille prisonnière au-dessous de nous. Voilà ce que donne un accident dans un méandre de rivière par moins quarante.

La voiture s'était immobilisée, inclinée sur le flanc. Elle me parut quasiment intacte et en marche. De notre position avantageuse, nous les distinguions tous. Railer et moi ne valions guère mieux que ces louchons de fils Reston.

Je vis clairement le bébé d'abord car la fillette pressait son visage contre la vitre du passager. Elle se dressait pour échapper aux bras de sa mère. Elle avait plaqué sa bouche rose à la vitre comme si elle jouait avec nous, comme si elle nous embrassait à travers plus d'un mètre de glace. J'ai dégagé la neige du plat de ma botte et vu la mère, les jeunes garçons se chamaillant sur la banquette arrière comme s'ils étaient encore en train de jouer. L'un d'eux regardait vers le haut, une statue peinte, ses cheveux dressés sur la tête comme des piquants. Le père avait le bras droit posé sur le volant, le regard dirigé devant lui, comme s'il conduisait encore. Mais mes yeux ne cessaient de se poser sur la femme. Elle n'était pas seulement jolie. Sous les fils de glace argentés qui la retenaient, elle était belle. Ses cheveux blonds avaient remonté en virevoltant autour de son visage dans un halo de bulles, juste avant que la glace ne prenne. Se tournant vers son bébé, elle était presque tournée vers nous, et elle souriait. Elle avait des fossettes. Elle souriait, je le voyais. Et il y avait quelque chose dans ce sourire qui à cet instant-là me fit penser à Louise. Je me disais qu'ils étaient morts, qu'ils l'étaient depuis des semaines, mais je voyais encore l'instant de leur mort. Je ne pouvais ôter mon regard du spectacle qu'ils offraient tous, raides et immuables, sous des couches d'eau gelée. Bien que la période de froid glacial fût terminée, j'ai soufflé de l'air chaud dans le creux de mes mains. Le dégel avait commencé. Alors même que nous nous tenions sur de la glace solide, le milieu de la rivière reconquérait un passage plus vaste, plus large que l'envergure des bras de cette jeune mère. Je me suis demandé si cette voiture émergerait de sa gangue au cours du mois de février si nous la laissions là, et poursuivrait son voyage avec son étrange et joyeuse famille. « Comment est-ce possible ? » me suis-je demandé à moi-même car Railer avait regagné sa voiture. Nous avions l'un et l'autre enregistré cet accident dans la catégorie des noyades en rivière. Il n'y avait aucune autre façon de l'expliquer, et il m'arrive de loin en loin de me demander si cette histoire s'est vraiment passée de la manière dont je me la rappelle. Je n'ai jamais reparlé de cet accident à Railer. Mais une fois, je me suis risqué à demander à mon supérieur, d'une façon détournée, comment une chose pareille avait pu se produire. À son regard, j'ai vu qu'il pensait que j'avais besoin de repos. Il m'a répondu que « une chose pareille » n'était pas possible. Je me suis demandé ce qui était possible et ce qui ne l'était pas. Je me suis tourné vers la banquette arrière pour regarder Louise mais elle s'était recroquevillée sur le siège et avait détourné son visage.

J'espérais que Railer ne serait pas de garde. Il n'était pas de patrouille mais s'il y avait un accident, il était le premier à arriver sur les lieux. Si un Blanc était impliqué, il lui appartenait d'assumer les fonctions, mais en réalité il prenait toujours le relais comme si j'avais mal fait mon boulot. Il endossait ainsi tout le mérite d'un travail bien fait et m'attribuait la responsabilité du moindre problème. Tous les bons résultats que j'ai obtenus dans mon travail au cours des années n'étaient que pur hasard pour lui, des coups de chance sans aucun rapport avec ma compétence, des trucs qui m'étaient tombés du ciel. Mais je savais quelque chose sur lui à présent. Nous avions tous les deux merdé lors de l'accident à la sortie de Perma. Selon moi, Railer n'avait vraiment pas de quoi être fier. Yellow Knife nous avait tirés d'affaire, lui autant que moi.

Louise

Au bout du chemin, la maison

Charlie Kicking Woman lui rabattit la couverture sur la tête lorsque l'agent Railer de Lake County arriva enfin. Louise était assez avisée pour se taire, pour mordre dans la couverture afin d'empêcher ses dents de claquer pendant que Charlie Kicking Woman mentait à l'homme blanc. Il n'avait même pas signalé à la base qu'elle se trouvait dans la voiture accidentée. Sur le bord de cette route, dans le sillage de gravillons éparpillés, Charlie avait risqué son boulot et elle se demandait pourquoi. Elle l'entendit dire à Railer qu'il n'y avait que le conducteur, un homme de type européen. Louise savait que Charlie la raccompagnerait chez elle puis qu'il se haïrait. La nuit était lourde de ses coups foireux, de ses ennuis frivoles, de sa sauvagerie, des yeux baissés de sa grand-mère.

Ils ne croisèrent qu'une autre voiture en se rendant chez elle. Louise avait mal à la tête. Les os de sa main semblaient flotter et s'entrechoquer. Elle ferma les yeux et tenta de se reposer mais elle ne pouvait oublier les sabots furieux du cerf défonçant la vitre, l'odeur d'huile brûlante et celle d'eau de Cologne de l'homme, l'étrange, la folle lumière giclant à travers les milliers d'arêtes brisées du pare-brise. Elle sentait les virages et la répercussion douloureuse dans sa colonne vertébrale du fracas incessant des pneus sur la route irrégulière. De temps à autre, il lui semblait voir à travers les vitres une lumière briller sous un porche de

109

ferme tandis que Charlie roulait. Elle avait conscience de choses déconnectées. L'éclat vert du tableau de bord. Le col d'uniforme raide de Charlie. Ses oreilles. Elle entendit les parasites crachotants dans la voix du contact radio et la réponse assourdie, ferme, du policier.

Elle n'aurait su dire combien de temps la voiture était restée arrêtée. Les phares illuminaient la maison, puis la portière arrière s'ouvrit et Grandma était là qui lui tendait les bras. Louise marcha en s'appuyant sur elle et Charlie. La lune frappait la mare, une sombre blessure de lumière qui fit trébucher Louise. « Elle est plus sous le choc qu'autre chose », dit Charlie à la vieille femme. Louise se souvenait comment il était resté un moment à la porte en tournant sa casquette à visière dans ses mains. Il lui avait paru presque désolé comme s'il avait subitement recouvré ses esprits et décidé d'être indien. Il ne resta pas longtemps. Lorsque sa grand-mère commença de déboutonner le chemisier de Louise, il détourna timidement le visage. Il partit sans dire au revoir. Il était là, et soudain il n'y était plus.

Sa grand-mère posa un cataplasme sur le bras de Louise et la conduisit sur la hauteur près des peupliers carolins. « Je ne les laisserai pas te reprendre », dit-elle. Louise sentit une vague de faiblesse dans ses épaules, l'arrière de ses jambes. Elle s'endormit sous les arbres, bercée par la haute, la froide rivière de vent au-dessus d'elle. Sa grand-mère et Florence dormirent dehors avec elle sous les étoiles et lui tinrent chaud. Lorsqu'elle s'éveilla dans la lumière oblique du matin, sa grand-mère et sa sœur n'étaient plus là. Elle se souvint du cerf bondissant, de l'étrange cri de fille poussé par l'inconnu. Elle fut traversée par l'idée qu'il était certainement mort. Les ecchymoses sur son bras avaient la couleur de taches de myrtilles. Elle se gratta la tête, retira de petits fragments de verre de son cuir chevelu. Par endroits, là où le verre les avait tranchés, ses cheveux n'étaient plus que des soies courtes. Elle tapota une croûte poudreuse au-dessus de son œil gauche et s'aperçut qu'elle saignait encore. Ses avant-bras enflaient mais le cataplasme de sa grand-mère soulageait la douleur.

Elle s'assit sur la colline surplombant la petite maison, cachée parmi les arbres. Elle aperçut sa grand-mère gravissant la pente. Elle apportait à Louise un pot de tisane de genévrier noire et amère. Louise savait que sa grand-mère avait fait bouillir les baies toute la nuit jusqu'à ce que la tisane fût réduite en sirop. « Je suis venue te voir plusieurs fois », dit Grandma. Louise se frotta les yeux. « Cela fait deux jours maintenant que tu alternes sommeil et veille. » Grandma tendit à Louise un article découpé dans le *Ronan Pioneer*. Le titre annonçait : « Un habitant de Butte survit à sa collision avec un cerf. » L'inconnu n'était pas mort. Il était avec sa femme et ses quatre enfants. Elle revit ses bras meurtris, sa mâchoire tuméfiée, la marque des sabots en travers de ses oreilles. Il raconterait cette histoire à sa femme des centaines de fois, en omettant de mentionner Louise. Elle se demanda s'il avait même souvenir d'elle. Elle se demanda s'il dormait les yeux ouverts et aveugles désormais, comme la nuit où sa voiture était sortie de la route pour aller s'immobiliser dans une violente secousse, sa vision tournée vers l'intérieur, vers des ombres hantant la route et des femmes sur des bas-côtés. On avait dû débiter le cerf pour extraire l'inconnu du véhicule. Il y avait une photo de la voiture en plein jour, le capot plié, l'encadrement du pare-brise, une gueule ouverte sur des dents de verre. Elle se surprit à scruter attentivement l'image, à descendre au fond du grain flou de la photo, pour se voir elle-même dans l'épave, trouver un indice quelconque signalant qu'elle avait été là. Un instant, elle se demanda s'il resterait seulement une trace de sa vie, si quelqu'un se souviendrait de ses temps de souffrance ou bien si elle aussi serait débitée tel un cerf désarticulé dont les morceaux n'arriveraient même pas sur la table de pauvres gens.

Il lui vint à l'esprit que Charlie Kicking Woman la protégeait, mais sa bonne volonté ne durerait que le temps de ses brefs tiraillements de remords. Maintenant qu'il l'avait

111

enfin capturée, lui qui s'était tellement acharné à l'attraper, l'avait relâchée.

Sa grand-mère releva Louise. Elle avait les jambes faibles et elle se sentait étrangement déçue comme si elle avait remporté une bataille sans lendemain.

« Nous devons y aller », lui dit Grandma. Louise remarqua que sa grand-mère avait tressé ses cheveux mouillés. Ses nattes étaient lisses et luisantes sous le soleil d'automne. Grandma tapota le bras de Louise. « Je sais où te cacher », dit-elle.

Elles suivirent la route de Perma jusqu'à un bosquet touffu au sommet d'une colline. Les fourrés étaient denses et frais. Appuyé à un arbre, l'abri que sa grand-mère avait construit pour elle était presque invisible. « Florence t'apportera à manger, lui dit-elle, mais tu ne bouges pas d'ici pendant quelque temps. » Louise saisit les mains de la vieille femme et se cramponna à elle un instant. Elle ne l'avait jamais étreinte. Ça n'était pas dans les habitudes de Grandma. Il suffisait de lui tenir les mains, de regarder au fond de ses yeux. Louise aimait la façon dont sa grandmère serrait toujours sa main entre les siennes comme si elle ne l'avait pas vue depuis longtemps. « Tu te tiens bien maintenant », lui dit-elle.

Grandma la laissa seule. Louise la regarda remonter un peu la colline, puis obliquer vers la maison. La vieille femme ne dérangeait pas les buissons. Elle ne laissait aucune trace dans l'herbe calme. Louise avait vu sa grandmère cueillir des myrtilles sans se tacher les doigts. Elle était vive et souple. Elle était respectueuse. Elle portait les voies anciennes en elle. Louise se rendit compte qu'elle connaissait bien peu des choses que lui avait apprises sa grand-mère et elle en eut honte.

Elle s'était détournée avec dégoût de la puanteur du tannage à la cervelle, même lorsque Grandma l'avait appelée en renfort. Elle avait refusé de faire bouillir du suif et de marteler des baies d'églantier dans de la viande. Dernièrement, c'était l'odeur du tamarack à écorce de daim et celle de la viande séchée qui avaient commencé à incommoder Louise. Elle se souvenait comment Mrs Finger avait reniflé ses vêtements et, aussitôt après son arrivée, avait étendu tous ses effets sur la corde à linge blanche. Louise avait attendu assise dans la maison, drapée dans une mince serviette. Elle avait observée Mrs Finger à travers les vitres flamboyantes, l'éclat blanc de sa bague en diamants pendant qu'elle accrochait les maigres possessions de Louise sur le fil. Mrs Finger lui avait fait sentir qu'elle était sale, que sa peau ne serait jamais propre, que ses robes sentiraient toujours le feu de bois. Et Louise se demanda si elle aussi était devenue comme Charlie Kicking Woman, nostalgique, seule chez elle avec son sentiment d'être à la fois meilleure et pire que les autres.

Louise se rallongea sur la couverture de laine rêche que sa grand-mère avait apportée. La journée était fraîche et la lune en forme de sabot de cerf faisait comme une auréole de poussière blanche dans le ciel. Elle observa la lente montée du soleil sur la rivière, entendit le froissement grinçant des roseaux dans le champ du bas. Comme elle fermait ses yeux noyés de larmes, elle vit la ramure ombragée des arbres au-dessus d'elle, entendit le soupir lointain d'une voiture filant sur la route.

Louise dormit d'un sommeil si lourd qu'elle éprouva au réveil une faiblesse dans la paume de ses mains. Elle entendit des craquements de bois, des bruissements de branches qu'on écarte. Elle s'assit lentement en se massant l'épaule gauche. Elle pensa que c'était Florence mais lorsqu'elle regarda en contrebas, ce fut Baptiste Yellow Knife qu'elle vit. Elle sentit une flamme bleue d'adrénaline lui lécher la poitrine. Il paraissait peiner pour l'atteindre, et il était ivre. Sa peau était huilée par la sueur et il avait déboutonné sa chemise jusqu'à la ceinture. Sa peau luisait. Il avait les cheveux poussiéreux. Il portait un gros couteau de boucher lié à la cuisse par des lanières de cuir et elle crut un instant qu'il était tombé sur elle par hasard, au cours d'une partie de chasse. Mais elle n'était pas dupe. Il avait parcouru des kilomètres depuis la maison de sa mère pour la retrouver. Elle ressentit un malaise. Baptiste Yellow Knife était un autre homme lorsqu'il buvait. Il lui sourit en se dressant au-dessus d'elle et elle constata qu'il chancelait. Baptiste avait le vin mauvais. Ses dents paraissaient énormes. Elle observa qu'il avait tatoué son nom sur sa main, *Louise*, à l'encre bleu indigo. Le tatouage était grand, en grosses lettres capitales, le pigment bleu marquant définitivement sa peau de son nom. Louise tenta de l'imaginer enfonçant sans relâche dans sa main brune l'aiguille trempée dans l'encre, l'encre stagnant sous la peau, son nom se noyant dans son sang.

Il s'assit près d'elle sur la couverture et durant un moment Louise fut contente d'avoir de la compagnie. Mais même son ennui ne faisait pas pour autant de Baptiste un visiteur bienvenu lorsqu'il avait bu. Il ne lui adressa pas la parole et elle fit de même. Il lui vint à l'esprit que le talent de Baptiste pour retrouver des choses dans la nature avait moins à voir avec le pouvoir-médecine de sa mère qu'avec son désir à lui. Il avait les yeux clairs et vifs de la chouette effraie. Elle était sûre qu'il pouvait la repérer dans l'obscurité pour lui donner la chasse. Elle s'était fiée à lui pour qu'il la dissimulât aux yeux de Charlie et elle se demandait maintenant s'il escomptait un paiement. Elle avait le sentiment de s'être trop fiée à lui, car elle ne pouvait compter sur Baptiste pour s'abstenir de boire. Il pouvait la retrouver car il avait mémorisé la forme de ses pas dans les herbes folles et dans l'herbe haute. Il connaissait le frôlement de ses mains écartant les buissons de myrtilles et les roses sauvages. Il savait comment se retournaient les feuilles sur son passage, comment son parfum se mêlait à la menthe poivrée et l'armoise. Il connaissait le bruit de sa respiration et la musique que faisait le vent en la contournant. Il était capable de la pister parce qu'il la désirait. Il la débusquait au flair.

Baptiste portait une petite bourse autour du cou et Louise s'efforça de ne pas la regarder, car ses cheveux noirs s'enroulaient en boucles bleues autour des liens de cuir et de son cou solide. Elle se demanda si Baptiste pourrait jamais changer. Peut-être le séjour dans les bois saurait-il purger ses habitudes. Baptiste lui avait dit que la terre nous ramenait tous au meilleur de nous-mêmes. Aujourd'hui elle se demandait s'il saurait effectuer un tel changement. Elle sentait la chaleur tiède de sa peau et elle eut envie d'être tout près lui, mais elle remonta ses jambes sous son menton. Elle laissa aller son imagination. Elle se vit agenouillée près de lui, lui ouvrant son chemisier, les pointes de ses seins dures dans l'ombre fraîche des peupliers, le laissant la téter, ses bras hérissés par la chair de poule, lui accordant ce qu'il désirait. Personne ne saurait. Cachés sous les arbres obscurs, leur odeur flottant, puis s'évanouissant. Personne ne saurait. Elle baissa les yeux sur ses souliers.

Baptiste se dressa au-dessus de Louise. Elle était minuscule à ses pieds, sous ses jambes élancées et musculeuses. Il la contourna lentement, presque délicatement. Elle laissa filer ses pensées et sentit la pointe brutale de sa botte frôler ses fesses. Il lui tourna le dos et elle l'entendit baisser sa braguette. Elle ne broncha pas. Elle ne tenait pas à lui révéler qu'elle avait peur de lui, qu'il l'attirait. Elle entendit le ton assourdi de sa voix lorsqu'il se détacha d'elle. « Ne t'en fais pas, dit-il. Ta chance t'a abandonnée. » Elle se demanda ce qu'il entendait par là. Elle regrettait que le pied de Baptiste ne fût plus dans son dos. Elle craignait de se retourner.

Elle entendit le tambourinement dense de l'urine et elle resserra ses bras autour de ses jambes. Baptiste décrivit lentement un cercle autour d'elle en pissant comme un chien marquant son territoire. Louise voulut se cacher le visage entre les genoux mais elle garda la tête haute. Elle eut le désir de resserrer sa couverture autour d'elle mais elle ne fit pas un geste. Elle vit ruisseler l'urine, sentit l'odeur du sol sec, puis celle des aiguilles de pin suffoquées par la brève humidité. L'urine s'infiltra lentement dans la poussière pâle, laissant une auréole d'argile sombre.

Elle brûlait d'envoyer bouler le cul maigre de Baptiste au bas de la colline. Elle brûlait de lui expédier une claque sur la tête, de le chasser loin d'elle. Elle jeta un coup d'œil vers la route en contrebas et regretta de ne pouvoir la rejoindre au galop, mais elle savait qu'il n'y avait pas moyen de lui échapper. Elle se souvint que Baptiste, bien que fumeur et sévère buveur de whisky, était capable de semer à la course les champions du lycée. Elle l'avait vu courir sans faiblir, jamais essoufflé, franchissant les clôtures de barbelés avec l'aisance d'un cerf. Il pouvait se tenir parfaitement immobile et bondir telle une antilope par-dessus le mur d'enceinte du lycée. Il était capable de courir comme un dératé quand il ne désirait rien de particulier. Alors elle savait qu'il serait capable de bondir sur elle tel un puma – et qu'il le ferait – si elle tentait de lui échapper. Sa grand-mère lui avait conseillé de battre lentement en retraite si elle avait peur de lui. Elle avait déjà cherché à le fuir et sa sœur avait été mordue par un crotale. Elle ravala un soupir et attendit.

Enfin, Baptiste se retourna vers elle et secoua les dernières gouttes de son pénis. « T'as eu peur ? » dit-il avec un petit sourire. Louise le regarda remonter sa braguette et regretta de ne pas avoir le pouvoir de faire se coincer sa queue dans la fermeture.

Il s'assit à côté d'elle et lui chuchota : « Tu sais pas que l'odeur humaine fait fuir les animaux ? » Il tambourina sur son bras du bout de ses doigts. « Me dis pas que t'aimerais trouver un putois dans ton lit ? » Louise se donna une tape près de l'oreille comme si elle chassait un moustique. Elle décocha à Baptiste le même regard que lui décochait sa grand-mère lorsqu'elle rentrait d'une nuit de beuverie.

Il se pencha tout près d'elle et avant qu'elle pût l'esquiver, ses dents se refermèrent sur le haut de son oreille. Il la mordit assez fort pour lui infliger une douleur cuisante. Elle lui saisit la mâchoire et le repoussa. Elle attrapa la branche qu'elle gardait près de sa couverture et en balança un coup dans sa direction. Il l'esquiva en sautant d'un bond et rit jusqu'à ce qu'elle lui frappât le dos. Lorsqu'il porta sa main à son échine, elle le toucha au visage. Louise vit l'empreinte blanche du coup gonfler tandis qu'il reculait.

Elle surveilla son visage, craignant des représailles. Il la fixa du regard. Il la fixa si longtemps qu'elle ressentit le besoin pressant de se masser la nuque, de détourner les yeux pour échapper à son regard insistant. Toujours assise, elle ne bronchait pas, le bâton toujours brandi « Tu n'aurais pas dû me quitter, dit-il. Te croyais-tu débarrassée de moi ? »

Elle entendit craquer les fourrés et, au son, elle sut que sa sœur gravissait la colline. La marque sur la joue de Baptiste était rosée et boursouflée mais il ne bronchait pas. « Je t'aurai, dit-il à Louise. Je t'aurai tôt ou tard. Mon tendre cœur », dit-il, comme s'il pouvait toucher son cœur, le savourer. Elle se détourna, faisant mine d'être sourde à ses propos. Elle ne lui laisserait pas savoir qu'il lui avait bousculé le cœur et tourné la tête, qu'il l'avait effarouchée, qu'il avait précipité son souffle. Elle ne tenait pas à lui révéler qu'elle pouvait le haïr assez pour être remplie de lui. Baptiste était comme un bref vent frais, un soudain fourré d'ombre au sein d'un jour brûlant.

Quand sa sœur appela Louise, Baptiste se mit debout et se courba vers le sol. « Un jour, dit-il d'une voix basse, chuchotée, tu seras mienne. » Puis il remonta la colline et disparut. Lorsque Florence arriva, elle avait le souffle court. Elle portait un sac de pain frit et un petit pot de sucre. Elle s'assit près de Louise et sortit un morceau de pain du sac. Louise regardait vers le sommet de la colline. Elle n'apercevait pas Baptiste. Elle se leva pour mieux voir, mais il était parti. « Quoi ? » demanda Florence. Louise secoua la tête et se rassit. Elle avait faim. Sa sœur saupoudrait de sucre un morceau de pain frit. Louise regarda Florence. Elle était solidement charpentée, sans être lourde. Elle avait un nez délicat et de grands yeux noirs. Elle tenait de son arrière-grand-père Magpie. Sa peau au teint délicat était lumineuse, piquetée de taches de rousseur. Ses cheveux étaient noirs et habituellement longs, mais maintenant ils lui descendaient au-dessous des genoux. Cela faisait des années que tous les étés Florence se rendait chez la vieille Suset pour se les faire couper mais Grandma lui avait demandé de les laisser pousser. Désormais ses cheveux drus et lourds, nattés serrés et cependant trop longs pour elle, semblaient l'encombrer. Elle avait noué ses tresses sur sa nuque.

Bien qu'elle ne fût qu'une enfant, Florence savait manier la hache avec aisance. Il y avait une force en elle, dans sa façon de sourire, dans sa façon de bouger. Louise la trouvait belle, et elle enviait la manière qu'avait Florence de ne jamais s'éloigner de leur grand-mère. Louise trouvait amusant que sa sœur fût si facile à effrayer. De petits bruits suffisaient à l'effaroucher. Elle avait peur du noir et avait mis un jour le feu à la tente de Grandma avec des allumettes. Florence avait eu peur dans la tente. Elle avait dit que la tente était obscure et qu'elle avait eu l'impression de suffoquer. Grandma avait compris sa frayeur. Florence n'avait pas été punie pour l'incendie de la tente. Louise se souvenait de la montée des flammes rouges, de l'épaisse calotte de fumée, de l'odeur lourde, écœurante, du crépitement des flammes semblable à de l'électricité statique tandis que la tente partait vers le ciel en fumée. Florence était restée debout derrière la maison, claquant des dents en contemplant le feu. Louise considéra sa sœur tout en mangeant son pain frit. Elle ne lui dirait pas qu'elle avait vu Baptiste.

Elle aperçut le flamboiement ténu au bord de la rivière, la clarté émanant de l'eau découpant le contour de chaque arbre à l'instant du crépuscule. Sa sœur parlait tandis que le vent ébranlait les buissons et que les étoiles délicates surgissaient au-dessus des collines pâles. Elle se demanda si elle avait simplement imaginé la visite de Baptiste Yellow Knife. Elle ramassa le bâton avec lequel elle l'avait frappé et tâta la terre sur laquelle il avait uriné mais le sol était sec. Elle ne put retrouver aucune trace de lui. Elle écarta une mèche de cheveux de son visage et leva les yeux vers la colline. Quelques feuilles tremblaient dans la brise. Elle sentit que Baptiste Yellow Knife était loin d'elle.

« Ils te recherchent », dit Florence. Louise se redressa, intéressée. « Même Mr Bradlock arpente les collines. Grandma et moi on l'a vu. Il a du mal à arriver de l'autre côté du champ sans devenir tout rouge. » Louise songea à Mr Bradlock. L'aigre moiteur de son visage aux grosses bajoues. Elle savait qu'il ne la trouverait pas.

« Et Charlie ? demanda Louise.

– Il est en colère contre Grandma. Il dit que tu vas mourir dans la nature. Il prétend maintenant qu'il aurait dû te conduire à l'hôpital.

– Il m'aurait ramenée à Thompson Falls », dit Louise. Elle savait qu'il la recherchait à nouveau. Elle se le représentait dans sa voiture de patrouille, balayant fossés et buissons de son projecteur, Charlie gravissant les mauvaises collines, essoufflé et désorienté. Elle savait qu'il ne la trouverait jamais. Cent personnes pouvaient la retrouver, mais pas Charlie.

Florence se leva. « Je t'ai apporté de l'eau », dit-elle. Du bout des doigts, elle chassa une feuille de ses cheveux. Louise eut le vif désir de serrer très fort la main de sa sœur et de la garder mais elle se contint. Elle lui sourit et se leva pour la regarder redescendre le sentier. « Baisse-toi », dit Florence en se retournant. Louise se rassit et tenta de comprendre ce qu'elle désirait. La source de ses désirs s'était tarie.

Le froid de la nuit l'enveloppa, un froid qui s'infiltra sous les couvertures et rendit le creux de ses reins douloureux. Sa colonne vertébrale était comme du verre. Elle sentait les mâchures sensibles de ses genoux, le tiraillement de sa profonde entaille au bras. Elle se demanda si Charlie avait raison. Elle s'imagina dans un long lit stérile, emmaillotée de gaze blanche. Elle considéra la couverture rêche sous elle. Elle pensa à Baptiste pissant autour d'elle. Son estomac gargouilla faiblement. Elle n'avait plus faim. Ses bras lui semblaient harassés et vains mais elle devait se préparer pour la nuit. Elle se leva pour rassembler les branches feuillues que sa grand-mère lui avait appris à utiliser. Elle plia sa couverture dans le sens de la longueur et la recouvrit avec de l'armoise puis avec les branches. Elle s'enfouit sous les rameaux odorants puis pressa sa tête contre la couverture et sombra bientôt dans le sommeil, un sommeil qui pardonnait au vent, aux fûts gémissants des arbres, et aux coyotes glapissants, un sommeil qui appelait Louise. La lune était trop mince pour prodiguer de la clarté et la nuit se referma sur elle.

Une brise secoua les branches qui cliquetèrent au-dessus d'elle. L'odeur nauséabonde caractéristique de l'ours lui serra la gorge. Elle entendit un froissement, familier et proche, un ébrouement qui progressivement s'éloigna. L'odeur s'estompa. Elle souleva la tête et se souvint de Baptiste traçant un cercle de pisse autour d'elle, puis la vision passa. Elle ne pensait pas à Baptiste Yellow Knife. Il y avait seulement l'odeur de la rosée qui tombait. Elle ferma les yeux et revit le scintillement d'argent des toiles d'araignée, miraculeux, les cocons cotonneux des phalènes soulevés par le vent sur des milliers de branches, flottant au-dessus d'elle comme de la lumière.

Elle voit la lune se mouvoir au-dessus des champs, refléter sa lumière dans les creux d'eau dormante. La vallée cligne de flaques douces. Clarté émanant de l'eau. Tous les champs sont secs à présent. Les nuages éclairés par la lune sont de l'eau qui passe. On approche de la moisson. Et elle rêve sous cette lune de la même façon que son grand-père rêvait, sa coiffe en plumes de pie découpée contre le ciel. Puissamment, elle ressent le mouvement des choses et il n'est pas jusqu'au calme air nocturne qui n'ait un poids. Louise a la nuit dans la gorge, dans la peau, lourde comme de l'eau.

À l'horizon, elle le voit doré de lumière tranquille. Elle rêve que Baptiste Yellow Knife progresse vers elle mais sans jamais l'attein-

dre. Il l'observe. L'air nocturne a la froideur de l'eau des torrents et même si Baptiste est loin d'elle, elle sent son haleine. Elle est chaude. Elle sent la chaleur de son passage, comme son cheval couvert d'écume par la course. Elle le flaire. Il est l'odeur de toutes les choses qu'elle aime sans le savoir. Les odeurs la rattrapent, comme l'enfance : l'odeur de la rivière, l'armoise printanière juste avant l'éclair, le genévrier et le pin, l'odeur profonde de la terre et des lombrics après l'hiver, la fleur de camassie et la camomille, les mains de sa grand-mère.

Tout l'été, il a soigné ses chevaux. Il brosse la crinière de Champagne. Il taille sa queue droite et y fait des nœuds soyeux. Elle entend un son en sourdine et s'avise que quelqu'un chante. Le soleil est une chaleur blanche. Impossible de se souvenir de la lune. Et elle est nue, soupirante dans l'herbe sèche. Il est loin d'elle. Il porte sa chemise en soie de danseur. Il est prêt pour le mariage. Elle lève la main. Mais il s'éloigne d'elle sur son cheval. Elle l'appelle à grands cris, agite les bras. Il la quitte. Elle le sait à présent. Elle court. Elle entend la gifle mate de ses cuisses sur le cheval, les coups rudes de ses talons. La poussière fasseye en bordure du champ, emportant la chaleur vers le ciel. Elle est en nage dans cette chaleur. Elle plisse les yeux pour y voir. Il chevauche en direction de la saillie rocheuse de schiste. Il lance un appel dans sa direction. Elle n'entend pas ses paroles, noyées par le son vif du vent dans les grands pins. Elle voit seulement sa chemise, tombée dans la poussière. Elle dégage une odeur de sang rouillé. Je l'ai perdu, pense-t-elle. Il est parti. En se retournant, elle le voit chevaucher vers la route sombre. Son dos est large et brille dans le soleil. Tout ce qu'elle voit à présent, c'est l'éclat blanc de ses épaules. Les champs et l'herbe sont blancs de soleil, blancs de clôtures à perte de vue.

Louise s'éveilla dans l'obscurité, la respiration bruyante. Ses yeux se posèrent sur la lune pâle. Elle se souleva sur un coude, aperçut l'épaisse couche de branches qui dissimulait ses jambes et se rappela où elle était. Elle songea à Baptiste. Elle se rallongea et laissa sa respiration se calmer. Elle ferma les yeux. Une pensée lui vint et elle les rouvrit sans rien voir que l'obscurité, un enchevêtrement flou de branches au-dessus d'elle.

Lors de son trajet de retour à pied, ses pensées s'étaient concentrées sur Baptiste Yellow Knife. Son séjour à Thompson Falls l'avait convaincue qu'il existait bien pires choses que Baptiste. Malgré tout ce temps passé à l'ignorer, à détourner les yeux de lui, à le dépasser en courant, sans un regard, à le haïr, à le repousser, à le punir, à l'utiliser, Baptiste avait persisté. Il ne la lâcherait pas. Et même s'il pouvait être cruel, Baptiste avait insisté pour l'aimer sans idée de retour.

Louise songea à Jules Bart, à cette courte période où elle avait laissé l'obsession dévorer sa triste vie. Or lui n'avait guère pris plus de temps pour penser à elle que celui que mettait son cœur pour cogner une fois dans sa poitrine. Et il s'était révélé n'être qu'un autre de ces ivrognes solitaires qui ne désirent rien. Du moins Baptiste la désirait-il, pensat-elle. Elle déglutit avec effort, sentit que sa gorge était râpeuse. Elle attrapa le pichet d'eau que sa sœur lui avait apporté et regretta de ne pas avoir une bière bien fraîche. Elle avala l'eau trop goulûment et une seconde elle fut prise de vertige, comme ivre. Elle se retint au sol en y plaquant les paumes, et s'aperçut qu'elle tanguait. Elle sentit la bouffée de chaleur crue de son désir.

Elle se rallongea avec l'envie de dire tout haut : « Vat'en. » Elle pouvait se détourner de Baptiste pendant cent ans mais elle se demandait maintenant s'il serait toujours là. Toute cette nuit-là elle avait prié pour qu'il la laissât tranquille et elle mesurait soudain sa solitude. Elle était seule et l'aube lente révélait seulement les branches courbes des genévriers déguenillés, le flot de la route se déversant vers des endroits qui ne l'accepteraient pas. Les peupliers carolins se courbaient vers la solitude qui la berçait mais ne pouvait plus la définir désormais. Elle ne fuierait plus. Elle rentrerait à la maison. Elle sentit encore une fois bondir le cerf, lourd et soudain contre son sein, sa beauté et son écrasante douleur.

Louise

Les champs brûlent

Mr Bradlock avait toqué à la porte à quatre heures du matin et pendant que sa grand-mère et Florence se sauvaient par la fenêtre, Louise s'était levée calmement. Elle ramassa sa robe et laça ses souliers. Elle entendait Mr Bradlock sur le seuil. Elle savait que même à quatre heures du matin, il serait vêtu de son complet-veston, ses cheveux clairsemés huilés et luisant sordidement. « Ne cherche pas à m'échapper », hurla Mr Bradlock derrière la porte. « Louise », dit-il.

« Je ne vais nulle part », répondit-elle. Elle n'éleva pas la voix. Elle imaginait Mr Bradlock écoutant, l'oreille pressée contre la porte. Frappant. Écoutant encore. Sa grand-mère lui avait demandé de fuir mais elle avait refusé. Grandma et sa sœur devaient se trouver au sommet de la colline à présent. Leur haleine devait monter devant elles dans l'obscurité. Elles ne rentreraient pas à la maison tant qu'elles n'auraient pas vu la voiture s'éloigner.

Louise ouvrit la porte à Mr Bradlock. Cela faisait longtemps qu'elle avait réfléchi à cet instant. Elle n'avait plus peur. Elle ne ressentait pas le choc sourd de son cœur. Elle ne ressentait aucune faiblesse dans sa nuque. Elle était prête à l'affronter. Il s'avança sur le seuil, puis se tourna légèrement. « Tu ne peux pas continuer à t'enfuir », lui dit-il. Elle vit qu'il regardait les bleus qu'elle avait sur les

123

bras, ignorant qu'elle avait eu un accident. « Allons viens maintenant, dit-il.

– Non je ne viens pas, dit Louise. Je n'irai plus jamais avec vous. »

Elle vit Mr Bradlock suivre du bout des doigts la racine de ses cheveux comme s'il se réjouissait à l'idée de ce combat. Elle se recula d'un pas et il lui saisit les bras. Elle sentit ses doigts boudinés lui bloquer la circulation mais elle refusa de montrer qu'il lui avait fait mal.

« Je n'irai pas », dit-elle.

Mr Bradlock se frotta le menton et elle entendit le froissement de ses poils de barbe. Louise se pencha en avant, tout près de son visage et le regarda dans les yeux. Il dissipa aussitôt son attention, regarda la cuisinière à bois, le lit de roseaux par terre, regarda les yeux de Louise puis ailleurs de nouveau. Louise parla tout bas à Mr Bradlock. « Je vais me marier », lui dit-elle. Il pencha son oreille vers son épaule comme si le nuage de son haleine l'avait chatouillé. Puis il leva les yeux sur elle, croisa son regard, un petit sourire dur relevant les traits de son visage, ses tempes, son front charnu verdâtre dans la lumière imprécise de la cuisine. Il la regardait avec l'air de savoir qu'il l'avait surprise à proférer un mensonge qu'elle regretterait. Il posa ses mains sur ses hanches avec un demi-sourire, riant presque. Louise attendit.

« Et qui voudrait t'épouser ? dit-il enfin. Qui voudrait de toi ? »

Elle sentit la colère monter dans sa gorge mais elle savait qu'elle le tenait. Elle lui sourit, de ce sourire lent, indolent qu'elle réservait aux hommes du Dixon Bar quand elle voulait qu'ils lui payent un verre. Mr Bradlock mit ses mains dans ses poches mais il continua de l'observer. « Je t'attends », dit-il.

Louise tira à elle le tabouret de la cuisine et y posa son pied. Elle remonta sa jupe sur sa cuisse et se pencha pour resserrer ses lacets. Elle devait réfléchir. Mr Bradlock jouait avec la menue monnaie dans ses poches. Sa façon de l'ob-

server, les yeux plissés, ne lui échappa pas, aussi rabaissa-
t-elle sa jupe.

« Qui donc va t'épouser, Louise ? » Il avait pris deux pièces dans une poche et les frottait l'une contre l'autre.
Louise écarta ses cheveux de son visage et s'éloigna du
tabouret. Elle se passa les doigts aux commissures des
lèvres. Mr Bradlock lâcha ses pièces et se claqua la cuisse.

« Personne ne voudra de toi », dit-il. Le silence s'abattit.

« Je vais me marier », répéta-t-elle. Il se sourit à lui-
même, se tortilla un peu dans son veston et Louise sentit
un écœurement s'insinuer dans sa poitrine. Ce vieux au
pantalon qui faisait des poches sous ses fesses, au ventre
lourd de nourriture même à quatre heures du matin, ce
type plus vieux que son père lui disait que personne ne
voudrait l'épouser. Il s'appuya au chambranle de la porte
et examina ses clés.

« Je vais épouser Baptiste Yellow Knife », dit-elle, et ces
mots la captivèrent, parce qu'elle comprit qu'ils étaient
vrais. Elle épouserait Baptiste Yellow Knife.

Mr Bradlock posa sa main sur sa boucle de ceinture et
toussa. « Louise, dit-il, j'ai essayé de te sauver. » Il dirigea
son regard vers la pointe de ses souliers, puis vers la fenêtre. Il remonta son pantalon trop haut au-dessus de sa
taille. Il n'osait pas la regarder. « Tu ne le méritais pas »,
dit-il. Son visage était blême et boursouflé comme s'il avait
reçu un bon coup de poing. Elle l'avait déçu. Alors qu'il
partait, il trébucha sur le seuil de la porte et, tirant un
mouchoir de sa poche, il l'agita. C'était sa reddition.

Louise s'assit et attendit sa sœur et sa grand-mère.
Mr Bradlock n'avait pas insisté pour mettre ses dires à
l'épreuve, ne l'avait pas pressée plus avant pour savoir si
elle mentait. Il avait accepté sa réponse avec une résignation totale, comme si la perspective d'épouser Baptiste était
trop terrible pour être objet de mensonge. Et désormais
l'idée de son mariage planait autour d'elle. Elle attendrait
pour le dire à sa grand-mère. Elle ne l'avait pas encore dit
à Baptiste.

En entrant dans la maison, sa grand-mère ne la questionna pas sur ce qui s'était passé. « Tu restes », se contenta-t-elle de dire, et Louise hocha la tête et sourit. Sa sœur s'approcha d'elle par-derrière et chuchota : « Je te croyais fichue.

– Peut-être bien que je le suis », lui répondit Louise.

Elles entendirent un véhicule s'arrêter dans le champ. Louise vit Charlie et Aida Kicking Woman rester un instant assis dans leur vieux pick-up et elle se sentit calme et soulagée. Elle savait que même Charlie ne viendrait plus la chercher et elle se demanda quand Mr Bradlock lui assènerait la nouvelle de son mariage imminent. Charlie descendit du véhicule. Il remplissait sa mission annuelle. Il avait un bidon d'essence à la main. Ses traits étaient ramassés dans un petit sourire de détermination. Florence s'appuya au montant de la fenêtre pour les observer. Sa grand-mère regarda par la fenêtre avec Louise. « Tous les ans c'est pareil », dit-elle.

Il était cinq heures du matin et la terre reprenait couleur. Pour la première fois depuis plus longtemps que ne remontait la mémoire de Louise, elle sentait qu'elle ne fuyait plus devant quiconque mais cette sensation ne lui apportait pas la paix qu'elle avait espérée. Personne ne la chasserait plus au loin désormais. Personne ne la chercherait au cœur de la nuit noire. Personne ne la découvrirait au bord de la route. Charlie Kicking Woman se lancerait à la recherche d'une autre Indienne. Elle s'assit et écouta Charlie et Aida s'engueuler sur la première allumette. Louise savait que sa fuite ne cesserait pas mais personne ne la pourchasserait plus désormais.

Charlie alluma le feu qui brûlerait les champs proches de la maison de sa grand-mère. Les champs sifflèrent sous la langue rouge. L'incendie gagna si vite en chaleur qu'un bruit de succion se fit entendre au ras du sol comme si le feu ou l'herbe sifflait en respirant. Louise sortit sur le perron avec sa grand-mère pour regarder les flammes monter à l'assaut de la colline, une ligne de lumière rouge qui prenait même la fumée de vitesse. La vieille femme regardait le galop du feu à travers champs. « Je ne crois pas qu'ils savent ce qu'ils font », dit-elle. Louise ne dit rien. Elle s'assit sur les marches du perron pour regarder l'offensive des flammes.

Aida Kicking Woman courait vers le champ à la poursuite du feu, quand il changea soudain de direction, tel un serpent hargneux, pour se lancer à sa poursuite. Elle ressemblait à une jeune fille aux courtes nattes épaisses bondissant par-dessus les langues des flammes. Charlie finit par l'attraper par le col de son manteau pour la ramener au pick-up. Elles perçurent la voix de Charlie Kicking Woman par-dessus le bruit de la fournaise. « Combien de fois faudra-t-il que je te dise, chérie, de ne pas t'éloigner de la voiture ? »

Les épaules d'Aida s'affaissèrent, elle parut petite et dépitée devant la portière ouverte. Louise eut soudain pitié d'elle. Ce n'était pas une Indienne Flathead. Personne ne la connaissait ni ne lui adressait beaucoup la parole lors des pow-wows ou des manifestations indiennes. On ne la connaissait que comme la femme de Charlie. Louise savait qu'elle passait beaucoup de temps toute seule lorsque son mari était en service. Elle se demanda si Aida se sentait abandonnée dans sa petite maison bleue. À sa connaissance, elle n'avait aucune amie.

Louise observait les champs. Un grand vent pourchassait l'herbe haute et l'armoise. Le vent tourbillonnait tout près du sol, hargneux et bougon. Louise écoutait crépiter les herbes. De petites langues de feu encerclaient la laîche des marais, grésillaient et s'évanouissaient. La fumée grossissait dans les champs. Louise observa le petit instant figé où tous les brins d'armoise rougeoyaient, la silhouette de chaque petite feuille se découpant avant que les herbes n'explosent, avant que l'armoise ne succombe à la fournaise. Le ciel était rosé par l'incendie à présent, aussi délicat qu'une argile poudreuse, une auréole de couleur croissant en mélancolie comme le souvenir, orange sombre puis se

fanant. Louise resta assise sur les marches jusqu'à ce que
le feu se calme, que la fumée s'apaise et plane, lourde. Il
lui semblait qu'elle pourrait scruter ces champs tout le jour
et ne jamais découvrir l'endroit, parmi tant de chaleur et
de fumée, qui pourrait la dissimuler aux yeux de Baptiste
Yellow Knife. Il l'avait traquée et c'était à son tour maintenant de le circonscrire.

La nuit s'étendit comme la fumée sur les collines, stagna
sur les champs. Une brume à consistance de poudre à fusil
se referma sur la rivière, puis enroba la route. Louise songea à tous les serpents dans les champs, rôtis, impuissants.
Elle songea à Baptiste Yellow Knife et se demanda où il
était. Elle ne l'avait pas vu depuis plusieurs jours et cependant elle se demanda s'il ne se dissimulait pas à ses yeux
dans la fumée dense. Elle rentra dans la maison, troublée,
se demandant si par hasard Baptiste aurait surpris les propos qu'elle avait tenus à Mr Bradlock le matin même. Elle
avait l'impression que ses mots avaient conféré à Baptiste
plus de pouvoir encore, que d'une certaine façon les mots
qu'elle avait dits s'étaient envolés d'elle comme des oiseaux
bavards. Elle songea à Baptiste progressant vers elle dans
l'obscurité, tournant autour d'elle. Elle jetait de brusques
regards en arrière et ne voyait que le vieux fauteuil en
chintz élimé près de la fenêtre, les roses trémières frémissant tout contre la maison.

Sa sœur et sa grand-mère s'occupaient à la cuisine. Il
faisait encore jour lorsqu'elle alla se coucher. La fumée la
rendait larmoyante et somnolente. Elle se sentait suffoquée
par la brume lente qui se répandait sur la demeure et pénétrait leurs chambres. Elle emporta la pensée de Baptiste
dans son sommeil, se réveilla en rêvant qu'il l'avait appelée.
Elle se leva délicatement du lit en soulevant le drap de
l'épaule de sa sœur, en respirant silencieusement par la
bouche. Elle resta debout à scruter l'obscurité jusqu'à ce
qu'elle distinguât de la lumière. La lune éclairait la vallée.
Juste de l'autre côté des roseaux et de la laîche des marais
le champ était illuminé de rouge par endroits. La lune était

rose, rougeâtre, et étrange, sanguinolente comme un néon de bar sous la pluie. Louise scruta l'horizon, cherchant Baptiste. Elle fouilla les genévriers noirs sur la crête. Elle considéra chaque brin d'herbe dans la clarté obscure mais elle ne le vit pas.

Elle sortit dans la nuit pour aller jusqu'aux cabinets. Elle resta assise un moment sur les planches brutes. Elle fuma une cigarette. Baptiste n'était pas là. Elle ressentit une légère pression sur la poitrine, une douloureuse pointe de solitude, comme si lui non plus ne voulait pas d'elle. Elle sortit du cabanon et reprit le chemin de la maison. Elle sentait l'odeur de la fumée. Le champ était recouvert d'une croûte noire, craquelée par endroits là où le feu couvait encore dans les braises. Un petit vent pouvait porter le feu jusqu'à elle. Elle sentait la chaleur sur ses bras nus. Elle se tint immobile un instant et c'est alors qu'elle le vit. Il se tenait debout à la lisière de l'herbe noircie. Il l'observait. Elle sentit le frisson glacé de Baptiste Yellow Knife. Elle entendait sa voix mais sans comprendre ce qu'il disait. Elle hâta le pas vers la maison. Arrivée au perron, elle l'entendit qui l'appelait. Sa voix était râpeuse et rauque, calcinée. Elle s'arrêta et se tourna vers lui.

Elle percevait la chaleur montant des champs. Elle distinguait la silhouette de Baptiste dans la clarté obscure. Il étirait ses bras derrière sa tête. Elle savait qu'il souriait. Soudain elle eut le désir de retourner à l'intérieur. De tirer les couvertures enfumées sur sa tête et de fermer les yeux. Elle sentit le bord de ses dents s'entrechoquer. Elle se demanda ce qu'il lui dirait. Elle craignit sa soudaine nature cruelle.

Louise déboutonna le haut de sa chemise de nuit et la passa par-dessus sa tête. Elle jouerait avec Baptiste. Elle prendrait le pouvoir. Un vent souffla. Des flammes s'aplatirent sous le sol noir. Louise était nue. Elle sentit la chair de poule hérisser son dos et ses bras. Elle la sentit sur ses fesses. Elle avait froid et chaud en même temps. Elle sentait la chaleur du champ tandis qu'elle marchait vers Baptiste. Elle sentait son odeur à lui par-dessus la fumée capiteuse. Et il sentait comme du pétrole sur une eau de rivière tranquille et elle aimait cette odeur bien davantage qu'elle ne l'aurait voulu. Sa peau était moirée d'une fine pellicule qui luisait dans la nuit douce. Elle voyait qu'il la regardait dans l'insolite obscurité cloutée de lumière. Elle s'avança assez près de lui pour distinguer ses yeux, pour qu'il pût voir clairement qu'elle était nue. Elle l'observa en train de l'observer. Il considéra sa nudité. Il regarda longuement ses seins. Elle observa son regard appuyé tandis qu'il prenait note du galbe de ses hanches, de l'empreinte de pouce de son nombril. Il regarda la toison brune entre ses jambes et une seconde elle crut qu'il allait tendre la main pour la toucher mais il n'en fit rien. Il la regarda puis reporta son regard sur les champs calcinés et rougis.

Elle avait entendu des histoires anciennes de femmes attirant des hommes en elles et les broyant. Elle avança à pas lents vers lui. Elle savait que c'était Baptiste qui avait la capacité de l'attirer en lui. Elle était petite à côté. Nue, elle se sentait comme une gamine dont il ne voudrait pas. Elle regretta de ne pas avoir sa chemise de nuit pour se couvrir. Elle s'approcha encore plus près et sentit durcir la pointe de ses seins. Il ne la toucha pas. Il se passa la langue sur les lèvres dans l'ombre. Il n'était pas comme Mr Bradlock, un quinquagénaire qui n'avait jamais connu de femme. Elle le vit déplacer son lourd pénis dans son pantalon. Il refusait d'entrer dans son jeu. Elle se frotta contre son élégante chemise en respirant son odeur. Elle vit ses mains frémir le long de son corps mais il ne fit pas un geste pour la prendre contre lui. Sa respiration était tiède et régulière. « Je t'épouserai », lui dit-elle en éprouvant le poids froid de son cœur. Il fit un pas en arrière et se mit à rire. Louise observa le panache de sa chevelure lorsqu'il lui tourna le dos. Elle le regarda gravir la colline. Il traversa d'un pas rapide toute la longueur du champ. Sans buter ni trébu-

cher dans l'ombre. Sa démarche était sûre et harmo-
nieuse et elle songea un instant à le suivre. Elle le vit
franchir d'un bond la clôture jouxtant la route. Le vent
souleva une dense brume de fumée qui le recouvrit et
elle le perdit de vue. Elle se disait qu'il reviendrait vers
elle mais Baptiste avait disparu. Elle ne sentait pas sa
présence furtive dans les roseaux, ni son affût dans l'ombre sur le versant rocheux de la colline. Elle referma ses
bras sur sa nudité, sachant qu'il l'avait désirée quand
elle ne pouvait pas être possédée.

Elle pensa à Jules Bart au Dixon Bar, comment il s'était
détourné d'elle. Baptiste se détournait d'elle à son tour et
elle se sentit prise dans son filet comme s'il avait fait mordre à l'hameçon son désir de survivre puis avait tranché la
ligne. Il ne désirait pas ce qu'elle avait à offrir. Elle entendit la course haute du vent par-dessus le sommet des
arbres. Elle s'examina. Sa peau portait des traînées de cendres. Elle songea aux guerriers s'avançant dans la bataille,
des serpents peints sur leurs chevilles. Elle ressentit un douloureux désir de rire dans ses épaules, dans la courbe basse
de son ventre. Elle était nue, plantée dehors sous les étoiles, sans homme ni même l'éventualité d'un seul. Elle
s'était mise à poil pour un homme qu'il lui arrivait de haïr
et dont elle avait découvert qu'il se souciait moins d'elle
qu'elle ne se souciait de lui. Elle gagna le perron et s'assit,
affaiblie par son envie de rire. Elle était deux fois plus
insensée que Baptiste Yellow Knife.

Le ciel au-dessus de sa tête abritait des lambeaux blancs
de fumée qui ternissait les étoiles. Louise aperçut la crépi-
tation légère des joncs à panicules et des chardons luisant
au bord de la colline. Elle se glissa à l'intérieur de la maison et attrapa la robe que Mrs Finger lui avait donnée. Le
vêtement lui moulait étroitement la taille. Elle était belle,
vert menthe et chatoyante même dans l'obscurité. Louise
irait au Dixon Bar prendre une bière, peut-être deux. Elle
songea à la brûlure du whisky, pur et rude. Elle songea à
danser et à boire, à boire jusqu'à ce que le bar obscur se

mette à rayonner. Elle enfila la robe et la lissa. Elle frotta les cendres sur ses genoux et ses chevilles et renonça aux chaussures. Elle était si heureuse qu'elle danserait pieds nus jusqu'à Dixon. Soudain, le monde était bon. Elle glissa au bas du perron tel un murmure.

Charlie Kicking Woman

Après le feu

J'ai reçu l'appel moins de dix minutes après le début de mon service. Quelque Indien troublant la paix du Dixon Bar. J'étais dégoûté et las de ces appels, dégoûté de ces panonceaux apposés au-dessus du plus petit établissement, de la plus petite taverne dans tout l'État du Montana et au-delà, partout où l'on trouvait un Indien : INTERDIT AUX CHIENS ET AUX INDIENS. Las d'être l'autorité chargée de faire respecter une loi qui m'interdisait l'entrée d'un bar quand je n'étais pas en uniforme. Qui étais-je, nom de Dieu, pour virer un frère en quête de maigre réconfort ? Je suis passé une première fois devant le bar sans m'arrêter dans le but de laisser au pauvre bougre le temps de bien se soûler avant de le jeter sur le pavé. C'était le moins que je pouvais faire, me semblait-il. Je me suis dit que j'allais jeter un coup d'œil sur les champs que nous avions brûlés dans la journée mais je me racontais des histoires. J'espérais entrevoir Louise. Même à cette distance de chez les Magpie, je flairais l'odeur de la végétation se consumant. Je roulais vite. Le vent bêlait contre mes vitres. J'avais une sensation de dilatation dans la poitrine, la sensation que j'éprouve quand je regarde vers le bas du bord de Revais Hill. Les rumeurs allaient bon train en ville au sujet de Louise car les gens n'avaient pas su où elle était. Même Aida avait eu vent des ragots. En revenant de brûler les champs, elle m'avait dit que Louise avait fait du stop jusqu'à Wallace,

133

qu'elle avait travaillé au You and I Motel, le bordel en Idaho, avant de rentrer chez elle. Aida paraissait tout excitée à cette idée comme si elle venait de lire le chapitre d'un roman sentimental dont l'histoire se réalisait.

« Tout le monde en parlait au magasin, dit-elle.

– Vains commérages, lui dis-je.

– C'est une bonne histoire, avait répliqué Aida, et sa voix me mettait au défi. C'est une bonne histoire, que tu le veuilles ou non. » Mon mariage me pesait. Je savais qu'Aida me faisait savoir que Louise ne valait rien.

Je me sentais coupable. J'ai dépassé la maison de Grandma Magpie, cherchant à me trouver là où je n'aurais pas dû. La maison était noyée de fumée, muette contre les champs noircis. J'ai arrêté la voiture un instant pour scruter le versant de la colline où rien ne bougeait sauf les lentes volutes de fumée des cendres éparpillées par la brise. J'ai fait demi-tour, rappelé par mes devoirs et le Dixon Bar. Bradlock m'avait appelé de bonne heure ce matin-là pour m'annoncer que Louise épousait Yellow Knife. J'avais brûlé ces champs comme des vaisseaux.

Derrière la porte-moustiquaire miteuse, j'ai aperçu Louise assise sur un grand tabouret, dos au bar. Je ne m'attendais pas à la voir, mon cœur a fait un bond. Sa chevelure luisait sous la lumière crue de l'ampoule pendue au plafond. Elle avait un air rêveur, comme si elle pensait à quelqu'un. Elle portait une robe à la mode que je ne lui connaissais pas. Si elle avait eu des chaussures aux pieds, on aurait pu croire qu'elle était habillée pour une occasion spéciale. Je doutais qu'on m'ait appelé pour cueillir Louise. J'ai examiné le bar un moment. J'avais un mauvais pressentiment. Une nuée de moucherons a frétillé au-dessus de ma tête. J'avais toujours ce pressentiment. Les lumières dans le bar étaient crues, trop crues, les visages trop rudes, aucune douceur. Mes années de service m'avaient appris à reconnaître cette atmosphère. Une atmosphère où couvait l'agressivité. Où une raillerie innocente devient persiflage. J'ai rentré les épaules et plissé les yeux pour scruter la salle de bar et voir qui était là, prêt au grabuge. Eddie ne servait pas. Sheila Owens était debout derrière le bar, une grosse tache de rouge à lèvres sur la figure, son petit chignon piqué sur la nuque. Elle riait avec quelqu'un et fumait, et je me suis souvenu de Railer disant que Sheila aimait un peu trop servir au bar. Je m'en rendais compte à présent. Même son rire était pâteux, elle avait un grand verre rempli posé devant elle, cinq ou six doses de whisky d'après mon estimation. J'ai tordu le cou pour tenter de voir à qui elle parlait. Je ne voulais pas prendre de risque.

J'ai aperçu la bottine cirée d'un homme qui n'était pas un cow-boy, la manchette d'une chemise repassée. C'était Harvey Stoner, seul, aucune épouse en vue. Tout le monde s'amusait tellement que personne ne me remarquait. Le visage pressé contre la moustiquaire, j'ai vu Stoner reluquer Louise. Je n'avais jamais aimé Stoner, un notable revêche au sourire en raie des fesses, qui gagnait son argent sur le dos d'Indiens démunis et réduits à vendre leur lopin alloué par la loi. Il avait tiré profit des terres autour du lac, possédait la moitié des résidences du bord de l'eau, et il tournait à présent ses regards avides vers l'intérieur des terres. Stoner possédait tellement de terrains sur notre réserve que certains Indiens l'appelaient la réserve Stoner. Moi ça ne m'amusait pas.

Stoner visait Louise. Je le voyais bien. Sheila Owens s'efforçait de conserver son attention. Cette femme était capable de parler toute seule la nuit entière, mais elle pensait tenir là un interlocuteur. Le seul trouble à la paix que je voyais ici, c'était que Louise faisait de l'ombre à Sheila. Il était clair que Stoner accordait plus d'intérêt à Louise qu'à tout ce que Sheila avait à raconter. Je décidai d'adopter une attitude d'observateur mais la vue de Louise me serrait le cœur.

Elle était soûle. Sa tête retombait sur sa poitrine et la mousse de sa bière dégoulinait du verre qu'elle tenait penché. Elle tenta de se redresser en calant ses coudes contre le bar mais elle glissait. Je voulais l'aider. Je n'allais pas la laisser rouler par terre et offrir à Stoner la chance de lui porter secours. J'en avais vu assez.

Baptiste Yellow Knife est sorti des toilettes à l'instant précis où je me préparais à entrer. Il était si brun que Louise paraissait pâle par contraste. J'ai reculé dans l'ombre pour les observer. J'avais envie de savoir ce qu'elle lui trouvait, ce qui l'attirait en lui. Il s'est assis près d'elle et a agrippé le dos de sa robe pour la retenir. Je n'ai pas aimé sa façon de se l'accaparer. Elle lui a souri un instant puis a fermé les yeux. Baptiste a allumé une cigarette et tendu deux doigts vers la serveuse, « Je vous ai servis, a dit Sheila, maintenant il serait temps que vous partiez. Je veux pas d'histoires.

– Et je t'en fais aucune, a dit Baptiste. Allez, une dernière tournée, dit-il, et on s'en va.

– Je tiens à te prévenir que j'ai appelé les flics, a dit Sheila. Ils vont pas tarder à rappliquer. Vous seriez bien avisés de pas traîner.

– Une dernière », a répété Baptiste plus fort.

Je savais que c'était le signal de mon entrée en scène, mais je voulais voir la suite. Rien n'avait encore dérapé. J'ai décidé d'attendre. Sheila Owens a sifflé un petit coup de son whisky. « Tu sais lire ? » a-t-elle demandé à Baptiste. Il a levé la tête vers elle, les yeux éteints par l'alcool. « La pancarte, a-t-elle poursuivi, tu l'as lue ?

– Chère madame, a-t-il dit, et puis comme s'il reprenait sa réplique du début : chère madame, non seulement j'ai lu la pancarte mais je la sais par cœur. » La réponse a paru presque la satisfaire. « D'accord, a-t-elle dit, mais je veux que tu saches que je suis pas responsable.

– J'ai déjà entendu ça », a dit Yellow Knife.

Louise s'affaissait vers lui. Elle était incapable de boire davantage. Elle allait rouler par terre. Sheila a posé deux verres pleins devant lui avec un bruit sec puis est retournée à sa conversation avec Stoner.

« Je suis bientôt prêt », a dit Baptiste à Louise. Elle a articulé des propos sans queue ni tête.

J'ai vu Yellow Knife lever les deux petits verres vers le plafond. J'ai vu le mouvement de sa pomme d'Adam lorsqu'il les a sifflés simultanément. Louise était à deux doigts de tomber et la tentative de Baptiste pour la retenir était pitoyable. Je me suis avancé en faisant claquer la porte-moustiquaire derrière moi, et j'ai vu Baptiste reposer son dernier verre sur le bar.

« Il était temps que t'arrives, Kicking Woman », a dit Sheila.

Baptiste a soutenu Louise et l'a aidée à se lever. Puis il l'a soulevée dans ses bras et je me suis stupidement retrouvé à penser aux romans à l'eau-de-rose d'Aida, à ces couvertures nunuches où des hommes portent secours à des femmes. J'ai été fasciné par la vision de sa gorge pâle lorsque sa tête s'est renversée en arrière et que sa chevelure rousse a capté la lumière. Même ses pieds nus couverts de poussière étaient beaux. L'impuissance de nouveau m'a accablé. Un sang chaud palpitait dans mes genoux. « Sors de mon chemin », a dit Yellow Knife. Le tatouage sur sa main brune formait le nom de Louise. J'ai senti l'ondulation de sa robe me chatouiller au passage, la brève douceur de ses cheveux sur mes mains tandis qu'il franchissait la porte avec elle.

Sheila Owens s'est appuyée de tout son poids sur le bar pour me dévisager. Harvey Stoner, son verre à mi-distance de ses lèvres, faisait tournoyer son glaçon en me regardant lui aussi. « Putain, t'es rudement efficace, toi », a dit Sheila, une moue sur sa bouche rouge. Je ne pouvais nier que je n'étais d'aucune utilité. La seule bonne chose qui me restait à faire, c'était de m'en aller moi aussi. Alors que je passais la porte, j'ai entendu Sheila Owens dire : « Maudits Indiens. » Harvey Stoner s'est contenté de renifler avec mépris et je me suis pris à souhaiter que ce salopard renifle sa gnôle par le mauvais trou.

J'ai repris le volant de la voiture et la route de Flathead Lake. Les nuages illuminaient la lune haute. Ça commençait à sentir l'hiver. Le froid gainait les sièges de la voiture et mon haleine était visible. L'été semblait lointain. Je me suis mis à penser à ma femme, à Louise et Yellow Knife, à la façon dont le monde semblait nous tourner la tête et nous désorienter. Je me demandais pourquoi je me retrouvais avec une épouse solitaire et une obsession malsaine pour une femme que je ne pourrais jamais obtenir. Aida aime bien dire que nous obtenons ce que nous méritons. Et je n'avais pas envie de penser à Aida et à ce qu'elle avait obtenu de moi. Je pensais à pêcher sur Dog Lake en décrivant des cercles paresseux, avec au-dessus de moi le soleil rosé du crépuscule, sachant que je méritais seulement un rêve de poisson et que c'était parfois suffisant. À présent, je me demandais de quoi je me contenterais. Ce qui suffirait à m'apaiser. Il me semblait que je changeais comme un lieu familier gagnant progressivement en étrangeté, car je me voyais moi-même différemment. Et j'avais cette sensation rampante que j'aurais dû courir me planquer sous une table ou regarder par la fenêtre pour voir ce qui s'amenait.

J'étais agité. Même après la fin de mon service, je n'étais pas prêt à rentrer à la maison ruminer ma vieille obsession de Louise. J'avais envie d'en avoir terminé avec elle à cet instant. J'ai rejoint le bureau et regardé d'un air absent mon tas de paperasse. Je ne suis pas rentré chez moi avant le milieu de l'après-midi en me sentant coupable pour la millième fois d'avoir laissé ma femme seule si longtemps.

Aida est venue me trouver à la porte avec une nouvelle à m'annoncer. Louise était passée à la maison. J'avais envie de savoir ce qui était arrivé, j'en sentais le désir grandir en moi. Je me suis assis à la table de la cuisine en tâchant de jouer les indifférents. J'ai tripoté la couture de la nappe.

« Je suis crevé », j'ai dit. Mes années de service dans la police m'avaient inculqué deux ou trois choses. J'avais appris que lorsque les gens vous trouvent trop avides d'entendre leurs histoires, ils la bouclent illico, comme s'ils ne s'étaient pas doutés jusque-là qu'ils vous offraient un mets de choix. C'était une bonne leçon aussi. Ça a marché.

« Elle était juste dehors, dit Aida, le souffle un peu court, dehors avec cet homme. »

J'ai glissé mes bras hors de mon blouson et l'ai laissé retomber sur le dossier de la chaise. J'ai pianoté sur la table en regardant la salière et la poivrière. Après un temps suffisamment long, j'ai demandé : « Venait-elle me voir ? »

Aida a haussé les épaules. « Je crois qu'elle cherchait juste un endroit où s'abriter. Ils se battaient, dit-elle.

– Était-elle blessée ? ai-je demandé en m'efforçant de maîtriser ma voix.

– Elle saignait du nez, si c'est à ça que tu penses. Mais elle n'était pas blessée. Elle ne se laissait pas faire. » J'ai regardé Aida. Elle venait de se laver les cheveux. De petites gouttes d'eau tombaient sur les épaules de son chemisier. « Elle a pris son élan et lui a balancé son pied dans les couilles, dit-elle. La dernière image que j'ai eue de lui, il se tordait de douleur. » Je me moquais de Yellow Knife. J'étais bien aise d'entendre qu'il avait rajouté un bon coup de pied dans les parties à ses meilleurs souvenirs.

« Où pouvait-elle aller ? » ai-je demandé mais je ne pouvais dissimuler mon inquiétude. Ma voix avait monté d'une octave.

« Comment pouvais-je le savoir ? a dit Aida. Il n'y a qu'elle qui t'intéresse ?

– Je ne vois pas ce que tu insinues », dis-je, mentant, car je savais exactement ce qu'elle insinuait. Mais Aida avait décidé d'entrer dans mon jeu. Elle me prépara des œufs additionnés de tellement de Tabasco que j'ai passé une heure à tousser, le visage congestionné. Elle chantonnait un air joyeux à l'évier tout en ébouillantant les assiettes et en les empilant toutes fumantes dans l'égouttoir. Je ne pouvais pas quitter la maison. Aida se demanderait où j'irais. C'était mon week-end de libre. J'ai passé deux jours à fendre du bois vert en ne m'arrêtant que pour manger et dormir. Aida est restée plantée derrière la fenêtre à me regarder travailler, son petit visage hagard et creux sous la lumière jaune de la cuisine. Dans le froid qui s'atténuait, je pulvérisais mes soucis à coups de hache. La sueur s'évaporait de mon dos en un nuage scintillant. J'étais en train d'oublier, me disais-je, j'étais en train d'oublier Louise. Mais je me leurrais, je tentais d'oublier l'homme que j'étais. À la fin de ce long week-end, j'ai repris le boulot pour apprendre que Louise et Yellow Knife s'étaient mariés. J'ai ramené cette nouvelle à la maison pour l'offrir à Aida tel un calumet de paix.

Baptiste et Louise

Le pouvoir du mariage

Il fit un lit nuptial pour elle dans la maison de sa mère sur des draps tout luisants de l'odeur de son corps et huileux au toucher. Elle explora sa chambre du regard en s'efforçant de ne pas paraître porter un jugement. Elle se frictionna les bras et éventa son visage avec ses mains. Baptiste ne la regardait pas. La petite chambre semblait la cerner. Baptiste se pencha en avant et borda les draps. Il ne lui adressa pas un seul mot tandis qu'il faisait leur lit. Il régnait dans la chambre une fraîcheur de cave mais une petite auréole de sueur fripait dans le dos la chemise blanche de Baptiste. Il s'activa sans parler, tirant le bord du drap, retapant le seul oreiller. Il travaillait comme un soldat. Il ne sollicita pas l'aide de Louise. Lorsqu'il eut fini de faire le lit, il quitta la chambre en refermant la porte derrière lui.

Il n'y avait pas le moindre fatras dans la pièce, ni carton ni bouteille, ni papier ni pochette d'allumettes, pas même une chemise suspendue aux patères alignées au mur. Louise était parfaitement seule. Aucun vêtement, aucune armoire. Il y avait un mégot écrasé sur le sol en terre battue mais il était racorni par le temps. Elle se demanda si une femme avait fumé cette cigarette mais ne ressentit aucun besoin de vérifier la présence de rouge à lèvres. La seule chose attestant que Baptiste était le propriétaire de cette chambre était les quatre queues de serpents à sonnette sus-

141

pendues à la colonne de son lit. Les ressorts du sommier vibrèrent lorsqu'elle y posa son petit sac à main.

Elle se posta un instant à la porte pour écouter Baptiste et Dirty Swallow. Elle devina quelques mots de langue salish et comprit qu'il serait absent un moment. Elle n'était pas surprise que son mari l'eût laissée dans leur chambre nuptiale pour rejoindre sa mère. Elle imaginait l'haleine fraîche de la voix de sa mère, les histoires de jeunes mariés qu'elle lui conterait, les mœurs féminines. Elle pensa sortir par la fenêtre de sa chambre pour aller boire une bière à Perma ou un simple soda chez Malick. Elle avait envie de s'asseoir dehors pendant que le soir fraîchissait, d'être prise en stop par quelqu'un qu'elle ne connaissait pas, de se rendre dans un lieu éloigné de Baptiste, car elle savait déjà qu'elle avait beau être attirée par lui, il ne pourrait pas la retenir. Elle savait que ses sentiments pour lui s'estompaient déjà. Ce qui avait attiré Louise vers Baptiste c'était la poursuite implacable. Il la désirait. Son désir d'elle était devenu tout ce qui comptait. Maintenant qu'il était son époux, elle attendait.

Elle était dans la maison de Dirty Swallow. Ici les serpents seraient indolents, sans pouvoir. Elle ne pensait pas qu'ils la frapperaient au domicile de sa belle-mère parce qu'ici ce serait pour eux comme se frapper eux-mêmes. Elle avait épousé le sang du serpent. Elle vérifia l'état de la fenêtre. Le bois était fendillé par la pluie, les gonds bloqués par la rouille. Elle frotta du doigt la vitre brouillée de poussière, sans parvenir à voir davantage que le flou de la colline au-delà. Louise imagina des serpents sous le lit de Baptiste, déroulés, mous, et aussi longs que des branches, endormis sur le sol frais en terre battue de sa chambre.

Les voix de Baptiste et de Dirty Swallow incitèrent Louise à se pencher contre la porte. Elle glissa un œil par le trou de la serrure et aperçut un petit tabouret à marchepied, un bout de papier peint décollé et jaune, mais elle ne les voyait ni l'un ni l'autre. Elle crut entendre son nom mais plus elle tendait l'oreille pour comprendre, plus leur conversation prenait des sonorités de coyotes au petit matin. Elle entendit deux fois le mot « nuit ». Elle entendit le nom de sa grand-mère. Plus elle écoutait attentivement, plus leurs voix ressemblaient au vent ou à l'eau ou à la respiration sifflante d'une bête.

Une lumière enfumée, triste, baignait la chambre de Baptiste. Ici et là, un rai de lumière filtrait par les interstices à la base des murs. De petits trous creusés comme des terriers capturaient le soleil. Elle songea à des chiens de prairie ou à des marmottes, toutes les petites bêtes qui avaient eu la sottise de creuser sous cette maison, la sottise de se retrouver face à la gueule ouverte d'un diamantin, trompées par leur instinct.

Elle regarda de nouveau les grelots de serpents à sonnette accrochés à la colonne du lit. Elle se rapprocha pour compter chaque étui corné, chaque anneau de croissance, la longueur de la vie des serpents. Elle souleva les cascabelles et les rapprocha de son visage, si près qu'elle distingua de petits motifs colorés, et le battement de son cœur remonta dans sa gorge. Les cascabelles étaient légères dans sa main et douces au toucher. Elle regarda dans les recoins de leurs cavités, portant chacune d'elles à son œil, les retournant dans sa paume, chaque anneau glissant pour épouser le mouvement, chaque anneau déplaçant sa légèreté comme un poids. Chaque grelot chuchotait comme s'il lui parlait tout bas et elle écouta, mais ne put comprendre ce pouvoir qui avait protégé son époux lorsqu'il était encore attaché à un porte-bébé de bois et de peau. Tout ce qu'elle entendait était sa propre respiration laborieuse, le claquement pâle de ses dents dans la petite chambre lourde d'ombres.

Louise avait entendu dire que l'époux attend l'épouse. L'époux reste seul pendant que l'épouse se pince les joues dans la salle de bains, pendant qu'elle se parfume les cuisses et se poudre les seins, pendant qu'elle fait sa toilette encore une fois, se lave à l'eau chaude, dans l'espoir de sentir aussi bon qu'une rose pour son jeune époux. Mais

143

c'était Louise qui attendait, sachant qu'elle dégageait une odeur de fumée de tabac, de centaines de gorgées de bière. Le parfum sur ses poignets s'était accentué. Elle secoua les cascabelles et les secoua encore, les retira finalement de la colonne du lit et les porta à sa poitrine comme de furieuses petites clochettes, espérant que leur bruit ferait sursauter son époux et l'inviterait à lui porter secours. Mais la porte resta close. Le seul son qu'elle pouvait tirer des queues de serpent était un frottement de vieilles mains parcheminées. Elle se souvint du froissement de papier friable poussé par le vent dans l'herbe avant que le crotale ne frappât sa sœur. Elle s'assit sur le lit. Elle alluma une cigarette et se souvint que sa grand-mère n'avait pas élevé la voix lorsque Baptiste lui avait annoncé qu'ils allaient se marier. « Vous serez tous deux malheureux », avait dit Grandma. Il se tenait debout devant sa grand-mère, dans sa chemise blanche si amidon-née qu'au moindre mouvement, son col frottait sa nuque avec un son semblable au marmottement de sœur Sebastian dans l'église. Dans la lumière du crépuscule, les mains de Baptiste étaient si brunes qu'elle ne distinguait pas ses veines. Il avait froncé les sourcils, et elle s'était demandé s'il savait que sa grand-mère avait dit la vérité.

Elle se savait désormais engagée dans la forme d'union la plus ancienne, une union par le pouvoir du sang. Elle se demanda si ce qu'elle ressentait véritablement pour Baptiste n'était que le besoin pressant de récupérer ce qu'il lui en avait pris. Elle n'était pas entichée de lui. Elle pressentait que Baptiste pourrait la changer. Auprès de lui, elle remarquait la senteur ténue des racines, le poids de ses propres seins, la courbe alourdie de son ventre. Elle sentait l'odeur de son sang de femme et cette odeur en elle la faisait brûler du désir d'être touchée par ses mains et du désir en même temps d'être loin de son corps. Son désir pour lui était trop mûr. En sa présence elle se sentait sale. Elle savait que Baptiste voulait se coucher entre la chaleur de ses jambes, mais nombreux étaient les hommes qui vou-laient coucher avec elle, s'introduire violemment en elle, se l'approprier en quelque sorte. Avec Baptiste, c'était plus que du sexe, plus que du simple désir. La veille du jour où elle avait quitté la maison, sa grand-mère avait dit à Louise que Baptiste avait vendu la meilleure part de lui-même pour la posséder. « Son sortilège se retournera contre lui, avait-elle dit. Un jour, il sera mordu à son tour. »

Louise se rappelait ces histoires de médecine d'amour. De médecine d'amour si forte qu'elle captivait les gens, que des hommes délaissaient leurs épouses et leurs familles pour poursuivre une femme, laide et édentée, ou avec des verrues sur les seins. Cette idée la faisait beaucoup rire. Elle se tenait les côtes et croisait les jambes quand sa grand-mère était assise, le visage sévère, à lui conter les histoires anciennes d'amour et de désir.

Elle aimait celle de la femme tombée amoureuse du mari de sa sœur. Cette femme était tombée si fort amoureuse de son beau-frère, avait dit sa grand-mère, qu'elle avait jeté sur lui la médecine d'amour, une mauvaise médecine qui lui était remontée le long de la moelle épinière, une médecine si forte qu'elle lui avait écorché le cœur. La médecine avait soufflé le nom de la femme dans ses os. Par une noire nuit d'hiver, il laissa son épouse endormie. Il se leva, vêtu de son caleçon léger, avec une érection telle qu'elle l'entraîna vers la femme. Les herbes de mars frissonnaient autour de lui mais il continua à courir vers elle, vers sa petite maison. Lorsqu'il découvrit sa belle-sœur avec un autre homme, il le chassa de la maison, le pourchassa jusque dans les collines et lui conseilla de ne jamais revenir. La femme était si heureuse qu'elle emmena son beau-frère dans son lit. Sa médecine avait agi au-delà de ses espérances. Elle n'avait jamais eu de meilleur amant. Il était capable de faire l'amour toute la nuit. Et lorsqu'elle lui tournait le dos, il continuait à la fouailler. Elle était au paradis. Mais bientôt elle commença à se réveiller, à trois ou quatre heures du matin, et à le trouver perché sur elle, son pénis aussi dur que la corne d'un taureau, plus dur encore qu'il ne l'avait été la nuit précédente. Il ne mangeait pas, et lorsqu'elle s'asseyait pour prendre un repas, il se frottait contre le dossier de sa chaise jusqu'à ce qu'elle lui fiche une claque. Même son chien était de meilleure compagnie.

L'épouse de l'homme commença à se poster devant la maison, le vent emmêlant ses longs cheveux, à rester plantée dehors pendant des heures avec ses petits enfants qui pleurnichaient, rappelant l'homme, appelant sa propre sœur. Mais jamais il ne regardait dehors. Il ne soulevait même pas une seconde le rideau. Elle disait alors à son beau-frère qu'il était temps de partir. Elle lui disait que son épouse l'attendait. Lui ne faisait que la suivre de pièce en pièce, et son caleçon loqueteux finit bientôt par tomber en lambeaux. La femme continuait à se dire qu'elle le trouvait beau. Mais quand elle sortait rendre visite aux siens, il s'affublait d'un de ses pantalons ou de l'une de ses robes. Il se postait dehors pour l'attendre, faisant les cent pas devant la maison de sa cousine, regardant par la fenêtre sous ses mains en visière, toujours en érection, toujours avec des yeux plaintifs, ses lèvres minces tremblantes de larmes. Et les femmes de sa famille ne l'aimaient plus guère non plus. Elles savaient reconnaître la médecine d'amour lorsqu'elles la voyaient à l'œuvre. La femme avait volé l'époux de sa sœur. Et si elle était capable de voler l'époux de sa propre sœur, elle serait capable de prendre le leur, ou pire.

La femme se lassa du beau mari de sa sœur. Elle retourna la voir et la supplia de le reprendre. Mais celle-ci avait fini par se mettre en ménage avec un autre brave homme. Aussi la femme attira-t-elle l'homme dehors par la ruse et verrouilla toutes ses portes, doubla ses fenêtres de carton. Trois jours plus tard, il était toujours planté devant sa maison. Il se mit à coller son visage contre les serrures. S'il y avait la moindre ouverture dans le carton qui protégeait ses fenêtres, il savait la dénicher. Elle voyait alors son œil sombre et larmoyant cligner dans sa direction. Il l'appelait, l'appelait sans se lasser jusqu'à ce que sa voix s'enroue et se change en murmure. Puis, un jour sur trois à peu près, il s'endormait. Elle le savait parce qu'alors il cessait de frapper à la porte, ou de cogner dans les murs. Elle en profitait alors pour filer mais il s'arrangeait toujours pour la retrouver. Et il faisait fuir ses amies quand il s'avançait vers elle, son érection pointant sous l'une de ses vieilles robes. Elle lui disait de s'en aller. Elle le houspillait comme un chat mais il continuait de la suivre. Elle lui jeta au visage les nœuds de ses cheveux qu'elle avait naguère religieusement récoltés sur le dossier de son fauteuil préféré. Elle lui rendit les petits effets qu'elle avait chipés sur sa corde à linge. Elle lui rendit toutes les choses qui l'attachaient à elle mais celles-ci avaient acquis leur propre pouvoir. Elle ne pouvait le délivrer.

Il la harcela pendant des années. Elle dut quitter son domicile et tous les gens qu'elle aimait mais même alors il la suivit.

Pendant quelque temps, Louise avait songé à utiliser la médecine d'amour sur Jules Bart pour le punir de l'avoir ignorée. Lorsqu'elle avait questionné sa grand-mère sur les herbes et le sang, sa grand-mère avait ri. « Tu n'as pas besoin de médecine d'amour, Louise. Si tu l'employais sur n'importe quel homme, tu le tuerais. » Louise ne s'était pas attendue à l'entendre rire. Elle pensait que sa grand-mère l'aurait tancée, mise en garde contre le danger. Elle lui avait un jour confié que la médecine d'amour peut s'user elle-même, craquer comme un nœud trop serré. Le sortilège suit son cours. Honnêtement Louise ne croyait pas que Baptiste Yellow Knife s'en était servi sur elle. Mais sa grand-mère l'avait prévenue que Dirty Swallow faisait usage de son pouvoir, tout son pouvoir pour lier Louise à son fils. « Baptiste n'est pas l'homme qu'il te faut, Louise, peut-être bien que nul n'est l'homme qu'il te faut. C'est bien aussi, avait dit sa grand-mère. Bats-toi contre lui. Ceux qui succombent au sortilège de la médecine d'amour refusent toujours d'y croire. »

Louise se calma grâce à l'idée qu'elle restait avec Baptiste parce qu'elle le désirait. Elle était ici, dans sa chambre, de son propre gré. Si un sort avait été jeté sur elle, elle était assez intelligente pour l'identifier. Elle choisissait de croire qu'elle était avec Baptiste parce qu'il y avait une force en lui qu'elle-même n'aurait jamais. Il n'avait pas honte d'être indien. Les bonnes sœurs, avec tout leur pétrole pour tuer les poux, ne pouvaient ôter de ses cheveux l'odeur de la fumée rituelle. Elles ne pouvaient passer sa langue d'Indien au savon.

Sœur Sebastian avait un jour dit à Louise que le meilleur service qu'elle pourrait se rendre à elle-même et à tous ceux de sa race était d'épouser un Blanc et de quitter la réserve. Elle songea à toutes ces jeunes femmes indiennes qui avaient choisi d'épouser des Blancs. Elles revenaient plus tard avec leurs enfants métis, le visage méfiant et apeuré. Des femmes indiennes qui tenaient leurs enfants pâles en retrait du cercle de danse pendant que leurs maris bavardaient avec d'autres hommes amateurs de squaws, évoquant la stupidité de la tribu, ces ivrognes d'Indiens, toutes les tares qui empêchaient les Indiens de s'en sortir, ces Indiens paresseux, ces Indiens stupides, appliquant un discours négatif à tout ce qui était indien, pendant que leurs propres enfants métis étaient assis à croupetons dans la sciure tiède au bord de l'aire de danse ou se plantaient en fronçant les sourcils devant le stand de pain frit, toujours à l'écart du cercle des tipis. Louise savait ce que c'était que d'être métisse. Elle avait vécu toute sa vie sur la réserve. Même si elle était d'ici, même si elle était indienne, elle ne pouvait revendiquer son appartenance de la même manière que Baptiste. Baptiste avait quelque chose qu'elle désirait, un pouvoir situé bien au-delà de la médecine, qu'elle n'aurait jamais.

Elle se souvenait de ce jour argenté de novembre où sœur Sebastian avait levé les yeux de sa feuille de présence, son visage dur au teint de pêche. «Jean, dit-elle, Jean le Baptiste.» Chacun se tenait coi sur sa chaise, suivant du doigt le contour de son plumier, dissimulant ses mains dans son pupitre, gardant les yeux baissés, espérant ne pas être appelé, espérant ne pas être celui ou celle qui serait tourné en ridicule par la religieuse. Baptiste Yellow Knife avec ses cheveux hirsutes, Baptiste vêtu de ses peaux de bête et chaussé de ses mocassins montants était devenu Jean le Baptiste mangeur de sauterelles, Jean le Baptiste grouillant de poux. Sale. Sale Indien. Louise avait senti la chaleur moite sous ses aisselles, le soudain emballement de son cœur. Baptiste avait été rétrogradé de trois classes sous prétexte que sa mère avait refusé de le laisser aller à l'école des Ursulines avant l'âge de huit ans.

Louise se souvenait comment Baptiste se tenait assis à son petit pupitre comme un homme ce jour-là. Il était resté assis très très longtemps, dans ses vêtements poussiéreux, attendant que la journée d'école se termine. Il semblait lointain et somnolent, tournicotant son porte-plume dans l'encrier vide et se retournant toutes les cinq minutes pour jeter un regard à Louise. Ernie Matt lança une épluchure de crayon sur le pupitre de Baptiste. « Mange ça », murmura-t-il. Mais Baptiste se contenta de poser son menton sur sa poitrine et de faire crisser ses doigts sur la surface du bureau. Il resta assis trop longtemps sans comprendre la plaisanterie, sans s'apercevoir que c'était lui qu'on appelait Jean le Baptiste. Les autres écoliers commençaient à comprendre. Ils se tournaient vers Baptiste, le visage figé de soulagement comme si en le regardant, en le vrillant de leur regard, ils pouvaient chasser le nom de Jean le Baptiste de leur personne. Ils semblaient avoir oublié que sa mère détenait un grand pouvoir. Louise sentait que quelque chose se préparait. Quelque chose se mouvait le long du corridor. Elle souleva ses pieds du plancher et étira les jambes. Louise avait entendu sœur Sebastian se pencher au-dessus du pupitre pour siffler : « Baptiste », pour murmurer : « Jean le Baptiste. » Louise avait senti le centre engourdi de ses oreilles, un son la dépassant en bourrasque. Elle imagina un instant qu'elle voyait les cheveux rêches de la sœur, le sommet rouge et palpitant de son crâne sous son voile noir. Elle avait entendu cliqueter les grains de son rosaire sur le pupitre de Baptiste. Les lèvres de la sœur étaient pincées, cerclées de blanc, tout contre l'oreille du garçon.

La lumière changea dans la salle de classe, l'étrange lumière mûrissante de fin d'après-midi, la lumière endormante qui clôt le jour. L'espace d'un instant aveuglant, la lumière se concentra sur les verres en demi-lune de sœur Sebastian. Et Baptiste se leva avec grâce, avec une dignité arrogante qui suggérait qu'il était plus sage que les écoliers ricanants, plus sage que sœur Sebastian. Il se tint debout durant ce qui parut un long moment, regardant la religieuse droit dans les yeux. D'abord, elle lui demanda doucement de se rasseoir et comme il restait debout, elle brandit deux longues brosses à effacer et les lui claqua au visage. Elle avait essayé, pensait Louise, de lui coincer le nez. De la poudre de craie monta dans les airs comme un petit nuage puis retomba en saupoudrant Baptiste, ses cheveux et sa figure, ses épaules. Il avait le visage d'un guerrier magnifique peint en blanc pour le combat, ses lèvres étaient pâles, même ses cils étaient poudrés. Il ouvrit la bouche et sa bouche était noire. Sœur Sebastian recula, lentement d'abord, si lentement qu'il semblait s'éloigner d'elle. Elle se retira suffisamment loin pour le laisser passer. Il avait les épaules droites. Il sortit de la classe. Il ne se retourna même pas pour jeter un dernier regard à Louise. Elle ressentit si puissamment l'attraction de son passage qu'elle se leva pour le suivre des yeux à la fenêtre. D'autres écoliers la rejoignirent.

Il marchait en soulevant à peine les pieds du sol dans l'herbe sèche de l'hiver. De petits oiseaux bruns s'envolaient sur son passage, d'un vol soudain et tournoyant. Les tiges de stramoine n'arrêtaient pas de se balancer vers lui et d'effleurer le bout de ses doigts. Baptiste Yellow Knife s'en alla, épaules solides sous les bourrasques du vent, et il ne regarda pas en arrière. Il n'avait pas vu que Louise s'était tenue debout à la fenêtre pour le regarder partir,

150

même après que sœur Sebastian lui eut intimé l'ordre de se rasseoir.

Tout cet après-midi-là, le vent brassa les champs et souffla une poussière de craie grise contre les fenêtres de l'école. Brindilles et buissons d'herbe-qui-roule heurtaient les vitres. Le ciel vira à l'argent mais il ne neigea pas. Louise ramenait ses pieds sous elle lorsque les lourdes portes cognaient contre leurs gonds. Et tout ce jour-là, les écoliers écoutèrent, non pas sœur Sebastian et le martèlement de sa badine de géographie, mais si Yellow Knife revenait avec sa mère, s'il revenait avec le pouvoir qu'ils avaient tous perdu. Lorsque la dernière cloche sonna, il ne réintégra pas le dortoir des garçons. Il ne revint jamais s'asseoir sur les bancs des raides pupitres à rallonge. Lorsque enfin il revint à l'école, ce fut pour Louise.

Baptiste revint arpenter les longs corridors cirés de l'école des Ursulines, ses cascabelles de serpents attachées à ses bottes. Les voies anciennes cliquetaient sur sa langue. Ses yeux étaient méfiants mais il avait cessé d'éviter les ennuis. Il devint un homme aux chemises cerclées de sueur, aux manches rigides. Il ne s'habillait pour plaire à personne sinon à lui-même. Il ne parlait pas simplement parce qu'on lui adressait la parole. Il devint un Indien qui ne craignait pas d'en être un, la pire sorte, ceux que personne n'aimait, ni les Indiens ni les Blancs, cette sorte d'Indien qui se soucie peu d'être aimé. Il était devenu un homme qui ne se lavait pas pour faire bonne impression. Et même s'il semblait rustre à Louise et si elle souhaitait l'éviter, elle ne pouvait tuer le désir qu'elle avait de se tenir assez près de lui pour sentir la chaleur de son torse.

Elle découvrit que quelque chose en elle répondait à sa mâchoire frémissante, à ses doigts aux ongles jaunes, à son rictus renfrogné, à la dure courbe concave de son ventre, à la ligne droite de ses lèvres. Elle se découvrit des pensées pour sa nuque, pour le frottement de ses cheveux noirs contre son col de chemise. Elle découvrit sa propre envie dans le désir de Baptiste, sa façon de baiser ses mèches de cheveux sur son front et puis de reculer vivement à distance d'elle pour avaler de l'air, pour regarder les collines ou le sol sous ses pieds comme s'il avait besoin de reprendre son souffle.

Il était son mari à présent, l'homme qu'elle avait épousé. Elle s'assit sur le lit et ôta ses bas. Si un sort-médecine avait été jeté sur elle, elle songea qu'elle pouvait l'user et l'épuiser car il était la plus grande part d'elle-même. L'idée de l'ancien mariage tourbillonnait dans sa tête. Sa grand-mère l'avait prévenue des nombreux moyens par lesquels Baptiste pouvait l'avoir capturée : le blaireau aux dents acérées tout près de ses chevilles, les griffes d'ours, des rêves-murmures où des oiseaux fondaient sur ses mèches de cheveux, ses pensées lues par des pies, des poissons soufflant ses désirs dans l'eau frissonnante, des aigles l'encerclant, ses rêves possédés par des serpents. Elle savait que le pouvoir-médecine de Baptiste était apte, d'une façon ou d'une autre, à déchiffrer sa solitude et elle pensa que peut-être la solution était de refermer le piège sur lui, le faire fuir, étouffer le désir par l'appropriation avant que le venin dans son sang ne pût racornir le cœur frivole de Louise plus rapidement qu'une traînée de feu.

Elle s'était convaincue que la seule façon de se délivrer de Baptiste était de se mesurer à lui, de l'épouser, car plus elle le fuyait, plus il l'avait pourchassée. Elle savait qu'il pouvait embrasser ses seins et s'endormir le nez dans son oreiller. Il pouvait glisser sa main entre ses jambes, mais il ne pouvait la posséder. Elle tenait son désir désormais.

Lorsque Baptiste pénétra de nouveau dans la chambre, il laissa la porte grande ouverte sur le reste de la maison, sur sa mère. Il défit le premier bouton de sa chemise et la passa par-dessus sa tête. Louise entendit le bruit de l'étoffe amidonnée frôler sa peau. De l'électricité statique gagna ses cheveux, projetant de petits éclairs de lumière bleue dans la pièce, puis il n'y eut rien d'autre que ses épaules sombres. Louise surveillait la porte tandis qu'il déboutonnait son pantalon, puis elle ferma les yeux en entendant le lent crissement de sa braguette. Il lui tournait le dos lorsqu'elle rouvrit les yeux. Elle vit le dur nœud de muscles dans ses mollets, ses fesses lisses. Ses épaules étaient larges et il sembla à Louise qu'il se déshabillait si lentement que ses muscles étaient douloureux sous sa peau brune. Lorsqu'il se tourna, elle put seulement apercevoir la toison mate entre ses jambes. Elle pouvait suivre l'épaisse veine bleue montant de l'aine à la peau fine de son ventre. Son ventre paraissait légèrement renflé, aussi tendre que celui d'un enfant. Il vint vers elle. Louise se tourna vers la lumière floue de la fenêtre. La lumière était jaune à présent, c'était la lumière d'un soir de fin d'octobre. Son mari se penchait sur elle, si proche qu'elle apercevait d'un bout à l'autre la cicatrice blanche et irrégulière qui fendait sa poitrine.

La dernière fois que Charlie Kicking Woman l'avait vue avec Baptiste, il l'avait tirée à l'écart. La boisson et le pouvoir engendrent un esprit cruel, lui avait dit Charlie, et Baptiste avait laissé l'alcool se mêler à son sang. Elle avait bien des fois entendu l'histoire de Baptiste mais Charlie la lui raconta encore d'une voix lourde, une voix destinée à la dissuader et elle avait écouté. Il lui raconta que Lester Bad Road avait ouvert la poitrine de Baptiste à l'aide d'un couteau de boucher émoussé devant un bar de Plains. Baptiste saignait méchamment. Il n'aurait pas dû survivre à la blessure mais il s'était relevé. Il s'était relevé sur des jambes flageolantes. Mais c'est ce que Baptiste avait fait après, que Louise écouta de toutes ses forces. Ce que Baptiste fit à Lester devint l'histoire que Louise avait entendue bien des fois, celle que même les Blancs se racontaient entre eux lorsqu'ils avaient ingurgité un peu trop de bière ou siroté trop de bourbon, une histoire râbâchée dans les bars ou chuchotée une fois les enfants endormis, une histoire comique et étrange.

En un mot, Baptiste avait craché sur Lester. Craché, dit Charlie, avec une telle force que tout le visage de Lester paraissait avoir été peint en rouge. Et lorsque ce dernier était retourné dans le bar pour se laver, il n'avait pu ôter le sang de son visage. Impossible de le retirer en frottant. L'huile n'y fit rien. L'eau de Javel non plus. Le borax, la naphte, l'essence de menthe, la vaseline, le pétrole, l'essence. Rien. Tous ceux qui étaient présents commencèrent à dire que c'était du sang de serpent et du pouvoir-médecine. Charlie Kicking Woman dit à Louise que tout ça n'était que superstition. « Néanmoins, dit-il, Baptiste Yellow Knife n'est pas quelqu'un avec qui fricoter. »

À présent Louise regardait la cicatrice sur la poitrine de Baptiste et elle fit le geste de la toucher. Il l'arrêta. Elle sentit une faiblesse dans sa colonne vertébrale. Elle referma les paumes de ses mains sur sa taille pour se donner du courage. Personne ne pouvait plus lui faire de mal à présent. Elle avait épousé le fils de Dirty Swallow.

Un coup de vent poussa la porte qui claqua avec une détonation de fusil à travers la maison silencieuse. Un court instant, Louise entendit chanter Dirty Swallow puis ce fut le silence. Elle l'imaginait derrière le mur, étreignant les jointures d'une de ses mains, un serpent lové près d'elle.

Baptiste se tenait nu devant elle. Il n'y aurait pas de charivari pour ce mariage, pas de lit en portefeuille ni de pluie de riz, pas de musique ni de danse, pas de farces ni de rires. Il ne sourit pas. Louise retira sa robe et la drapa par-dessus les queues de serpents. La pièce sentait le crépuscule, les racines d'été, les feuilles sèches et les baies trop mûres. Louise flairait son odeur à lui, l'odeur de son mari. Elle s'étendit pour s'offrir à lui. Elle ferma les yeux. Le ventre de Baptiste fut frais et lisse contre le sien. Elle se sentit s'enfoncer sous lui, les ressorts du sommier ployant sous la pression. Elle sentit la vapeur de son haleine sur sa gorge. Sa colonne vertébrale était douloureuse. Il ne chuchota pas qu'il l'aimait. Elle le tint serré contre elle et plus serré encore jusqu'à bien le sentir et puis elle le laissa partir.

Louise

Routes

Louise n'était pas mariée à Baptiste depuis plus de quatre jours lorsqu'elle s'évada. Elle avait commencé à se représenter une vie entière cloîtrée dans le repère sordide de Dirty Swallow. Elle était réveillée la nuit par des rêves de serpents et découvrait qu'elle se débattait pour se libérer des bras de son époux. Tous les matins de bonne heure, Baptiste et Dirty Swallow se tenaient compagnie. Ils se racontaient de vieilles histoires comme de bons amis, riaient et plaisantaient, mais lorsqu'elle se levait pour les rejoindre, Baptiste quittait la pièce et partait s'occuper de ses chevaux. Dirty Swallow s'activait alors à la cuisine. Et Louise restait debout dans la grande pièce, seule, à se demander comment elle remplirait ses journées, inutile, privée même du statut d'invitée dans la maison de son époux.

Elle s'éveilla soudain une nuit à côté de Baptiste mais ne broncha pas. Elle voyait distinctement l'arc rouge que dessinait sa cigarette dans l'obscurité, et elle en éprouva de la solitude. Elle se demanda depuis combien de temps il était réveillé. Elle entendit le soupir discret de sa fumée exhalée. Elle feignit de dormir mais elle l'observa. Baptiste se leva du lit et se tint debout un instant sur le sol froid en terre battue. Il regarda par la fenêtre. Elle voyait le clair de lune sur sa peau. Il se frictionna la nuque et se retourna comme pour la regarder. Dans le noir, elle ne distinguait

155

Louise

pas son expression. Il enfila son pantalon et attrapa une
chemise. Il quitta la chambre et referma la porte derrière
lui avec un petit clac silencieux. Un instant, il y eut un
pâle rai de lumière sous la porte, puis la lumière s'éteignit.
Louise se redressa dans le lit. Elle entendit les pas légers
de Baptiste sur le perron de la galerie. Elle voulut s'approcher de la fenêtre, pour voir ou il allait, mais lorsqu'elle
bougea les jambes pour se lever, elle sentit un courant d'air
frais fuser au ras du sol. Elle tendit l'oreille, guettant la
longue ondulation des serpents sous le lit affaissé de Baptiste. Il l'avait quittée.

Elle demeura longtemps étendue sans bouger, attendant
le lever du soleil. Elle écoutait. Elle entendit Dirty Swallow
remuer dans sa chambre. Louise se redressa sur un coude.
Elle avait appris à connaître les habitudes de sa belle-mère.
Elle se rendait d'abord aux cabinets et lorsqu'elle avait terminé son affaire, elle descendait à la rivière se laver. Louise
appréhendait de poser les pieds par terre mais il lui fallait
agir vite. Elle apercevait la ceinture usée de Baptiste accro-
chée à la patère du mur. Debout sur le lit, elle s'étira pour
l'attraper. Ses muscles étaient si tendus et si raides qu'il lui
fallut quatre tentatives pour atteindre la boucle argentée.
Elle agita la ceinture sous le lit. Elle s'attendait à voir un
crotale furieux en jaillir et elle regarda pour voir si quelque
chose se glissait sur le sol. Il n'y avait rien sous le lit de
Baptiste, pas même un caleçon ni une chaussette dépa-
reillée.

Elle posa un pied sur la terre battue, puis le deuxième
Elle regarda bien autour d'elle, sans oublier de vérifier
sous le vieux magazine qu'elle avait jeté par terre. Les murs
vert pâle donnaient à la pièce un aspect humide et moussu.
Elle passa sa robe et attrapa ses souliers. Elle prêta l'oreille,
guettant la voix de son époux, le retour de sa belle-mère.
Rien ne bougeait dans la maison.

Elle épiait le sol, consciente de la finesse de ses chevilles,
de ses mollets. Elle savait qu'elle n'était pas seule dans la
maison. Sa grand-mère lui avait raconté que les serpents à

sonnette dans la maison de Dirty Swallow nichaient même dans les murs et grimpaient jusqu'à hauteur de ceinture. Chez Dirty Swallow, Louise avait prudemment ouvert le tiroir de la cuisine, tapé à l'intérieur des placards avec une louche avant d'y passer la main.

Elle fouetta le sol à l'aide de la ceinture de Baptiste. Elle mesura ses pas, attentive à toute ombre insolite, tout reptile dissimulé. Alors qu'elle passait devant la cuisine, elle vit encore une fois le nid de minuscules crotales enroulés les uns sur les autres derrière le fourneau à bois. Elle se souvenait de la façon dont Dirty Swallow avait paru négliger leur présence comme si les petits serpents n'étaient guère que d'inoffensives brindilles. Louise plaqua le dos au mur pour passer devant eux. Lorsque enfin elle posa le pied dehors, elle respira à pleins poumons. Elle s'aperçut qu'elle avait oublié son manteau à l'intérieur mais elle n'avait aucun désir d'aller le récupérer.

Elle voulait se convaincre que Baptiste était seulement dehors, tout près, occupé à soigner ses chevaux, à entretenir son champ. Mais les chevaux somnolents se tenaient debout dans le corral et le soleil se levait. Elle était convaincue que Baptiste viendrait la chercher, qu'il quitterait sa mère pour leur aménager un foyer à tous les deux. Elle se cramponna à cette pensée. Il viendrait la chercher et cependant elle se demandait où il était allé. Elle soupçonnait qu'il pouvait être chez Hemaucus Three Dresses, non que Baptiste eût une préférence pour cette fille, mais parce qu'il aimait prendre Louise au piège de ses doutes et de son manque d'assurance afin de se renforcer lui-même. Louise venait juste de commencer à comprendre cet aspect de la personnalité de Baptiste. Il était dans sa nature de vagabonder, mais elle avait choisi de croire qu'il avait toujours vagabondé pour la trouver. Elle avait toujours eu le désir de se débarrasser de lui, pas d'être laissée en plan.

Le jour était relevé d'un soupçon de fraîcheur. Le vent soufflait si fort qu'elle devait maintenir sa robe plaquée quand une voiture passait. Le trajet à pied était long jus-

qu'à chez sa grand-mère mais elle était heureuse de marcher. Son regard allait et venait sur la blondeur des
champs, sur l'ombre des nuages passant au-dessus des collines lointaines. De temps à autre, elle se retournait pour
voir si Baptiste la suivait, même si elle savait qu'il n'en était
rien.

« Tu as eu l'intelligence de le quitter », lui dit sa grand-
mère lorsque Louise entra dans la maison. Elle flaira la
douce fumée du bois, le jus des baies d'églantier. Louise
ne resta pas pour entendre ce que sa grand-mère avait à
dire sur Baptiste. Elle tenta de mettre de l'ordre dans ses
sentiments en marchant jusqu'au magasin de Malick. Elle
savait que sa grand-mère dirait qu'elle avait encore Baptiste
dans la peau, mais Louise ne se laisserait jamais aller à
accepter l'importance qu'il prenait. Elle n'avait pas envie
d'admettre face à sa grand-mère que Baptiste lui était entré
dans la peau.

Louise s'imagina qu'il trouverait son manteau. Elle s'autorisa à penser qu'il culpabiliserait de l'avoir laissée seule.
Elle se représenta Baptiste posté à la petite fenêtre de sa
chambre, guettant tout autre signe qu'elle aurait pu laisser
en partant. Elle imagina qu'il courait à travers les champs
desséchés vers la maison de sa grand-mère. Il courait, des
herbes folles à mi-corps. Il courait, des pierres dures sous
les pieds. Il venait la chercher. Elle apprendrait à Baptiste
Yellow Knife qu'elle n'était pas de celles qu'on laisse
tomber.

Elle aperçut Harvey Stoner au comptoir de chez Malick
et quand elle se rapprocha de lui, il jeta un coup d'œil
en arrière dans sa direction, puis se pencha au-dessus du
comptoir.

« Bull Durham », dit-il. Elle eut envie de pivoter sur elle-
même pour le voir acheter le tabac mais elle s'abstint de
lancer le moindre regard de son côté. Elle l'avait déjà vu
avant. Elle sentait son attention dirigée sur le dos de ses

jambes, sur le galbe de son postérieur, et son intérêt lui plaisait. Il l'observait, yeux indéchiffrables perdus au loin, regard qui voit tout et suggère l'indifférence, mais Louise n'était pas dupe. Elle saisit une boîte de petits pois sur l'étagère la plus haute et fit jouer les muscles de ses mollets. Elle s'immobilisa dans son mouvement. Lorsqu'il se tourna vers elle en faisant mine de ne pas la regarder, elle lécha son doigt et lentement essuya la poussière sur le dessus de la boîte.

Cela faisait des années qu'elle savait qui était Harvey Stoner mais lui commençait à peine à la remarquer. Il tapotait ces cigarettes de marque sur son étui en argent lorsqu'elle passait près de lui, ou bien mettait ses mains sur ses hanches et portait son regard au-dessus d'elle, comme s'il ignorait qu'elle existait. Des petits riens surfaits. Peut-être un coup d'œil dans sa direction alors qu'il soulevait le capot de sa voiture, ses yeux sur elle dans le rétroviseur alors qu'il sortait de la cour de l'église. Elle le sentait comme une chaleur. Harvey Stoner. Âgé de quarante-huit ans. De souche européenne, un homme riche. Tous disaient qu'il était devenu quelqu'un. Il couvrait tous les jours les quatre-vingt-dix kilomètres jusqu'à Missoula pour son boulot avec le gouvernement. Il vivait sur la réserve par choix, pour les espaces de terre sans limites. Il sillonnait, au volant de grosses voitures, tous les petits villages que Louise avait toujours mis des heures à rallier à pied. Harvey Stoner avait les kilomètres faciles. Il n'y avait aucune distance qu'il ne fût capable de franchir, aucun lieu où il ne fût pas le bienvenu. Elle songea à Baptiste, à la façon dont lui aussi s'imposait, à coups de poing et de paroles rincées à l'alcool.

Lorsque Louise sortit du magasin avec son paquet de saindoux froid taché de gras, Harvey Stoner était appuyé à sa voiture et tentait de se rouler une cigarette. Une mince ligne de tabac fit bruire le papier, éparpillée par un vent soudain. Il ne leva pas les yeux. Bien que Louise l'eût déjà vu de nombreuses fois, elle ne l'avait jamais vu fumer de cigarette du pauvre. C'était un fumeur de cigares. Elle s'arrêta devant lui. Il avait tellement gominé ses cheveux qu'elle distinguait les traces laissées par les dents du peigne. Il sentait bon comme une femme. Elle se pencha tout près de lui.

« Faites comme ceci, monsieur », dit-elle, connaissant son nom mais désirant le secret.

Elle arrondit sa paume et lui prit la pochette de coton des mains. Elle creusa le papier de ses longs doigts et y déposa une pincée de tabac, pressa avec son pouce qu'elle fit rouler vers l'avant pour dissimuler le tabac. Elle lécha la longueur de la cigarette puis la ferma en la faisant rouler, la lécha encore, en tortilla les extrémités, puis la tendit à Harvey Stoner.

« Et voilà », dit-elle. Il considéra la cigarette, fine et élégante dans ses propres paumes rosées.

« Ça ressemble à une cigarette de fille », dit-il.

Louise remarqua sa grosse bague en or, la pierre précieuse rouge carrée qui lui renvoyait son reflet. Il avait les ongles propres. Elle songea aux mains de Baptiste, à ses ongles noirs pétrissant son ventre, sa poitrine. Durant une toute petite seconde, elle imagina Harvey Stoner pressant sa tête gominée entre ses seins. Elle le regarda allumer sa nouvelle cigarette. Elle entendit le crépitement de la flamme se propageant au papier, regarda se dissiper les premières bouffées odorantes de fumée blanche. Elle se détourna de lui.

Louise se dirigea vers la route. Elle sentait le vent au creux de ses coudes et il faisait froid, comme si la pluie était proche. Elle ressentait au-dedans l'absence de Baptiste, le fait qu'il ne lui était pas encore revenu. Il l'avait quittée. Dans son cœur, elle savait qu'il avait jeté son dévolu sur une autre femme. Elle songea qu'il s'intéressait sans doute à Hemaucus maintenant. Il se tenait certainement devant sa fenêtre pendant que le frère d'Hemaucus était assis dans la cuisine. Baptiste attendait dehors pour voir la peau brune d'Hemaucus, pour voir sa culotte tomber à terre, attendait pour entrer. Louise avait la certitude que Baptiste ne la désirait plus. Il avait obtenu d'elle tout ce qu'il voulait. Il avait vu son mystère.

Elle entendit tousser derrière elle et en se retournant elle vit Harvey Stoner, se retenant d'une main posée sur le capot de sa voiture. Plié en deux, il crachait de la fumée, la cigarette toute petite dans sa main. En levant les yeux, il vit qu'elle le regardait et il monta dans sa voiture. Elle entendit le moteur en surrégime, la petite ornière des gravillons chassés par les pneus. Il dépassa Louise, une main enroulée autour du volant, cigarette aux lèvres, yeux noyés de larmes, alors que la pluie crépitait sur la route sèche et fumait en remontant vers le ciel.

Elle scruta le bout de la route, aussi loin que sa vue pouvait porter, et retint son souffle en le voyant revenir dans sa direction. Sa voiture jaune pâle était luisante sous la pluie. Mais lorsqu'il la croisa à toute allure, roulant en sens inverse, et que tout ce qu'elle vit, ce furent ses deux yeux à la vivacité de coyote reflétés durant une infime seconde dans le rétroviseur, elle s'arrêta net sur la route, étonnée, et se mit à rire en direction du genévrier palpitant de poussière, respirant le désir alourdi de pluie de la terre sous le ciel zébré d'éclairs. Elle imagina le reflet des roseaux sur le chrome de ses pare-chocs, les paisibles herbes brunes miroitant comme de l'eau sur fond de soleil clair, comment elle s'assiérait sur le siège du passager de sa grosse voiture nonchalante et baisserait la vitre pour laisser entrer le tonnerre.

Harvey Stoner était repassé une autre fois, et lorsqu'il revint et s'arrêta, ses pneus fendirent la route grosse de pluie, aspergeant Louise. Il se pencha par-dessus le siège moelleux et ouvrit la portière côté passager. Elle se glissa à l'intérieur au moment où le soleil perçait les nuages. Sa robe mouillée fumait. Elle fut dispensée de parler à Harvey Stoner durant le trajet jusqu'à la maison car ils rirent sans pouvoir s'arrêter. Harvey Stoner avait passé la main entre les sièges et en avait tiré une bière qu'il lui avait offerte. Louise ressentait une légèreté en elle telle qu'elle n'en avait pas ressenti depuis des années, pour autant qu'elle eût jamais ressenti pareille chose. Harvey Stoner pouvait l'emmener loin d'ici.

Il dépassa la maison de sa grand-mère avant qu'elle ait eu le loisir de l'arrêter. Il roulait si vite qu'elle sentait les muscles de son dos se contracter lorsque la voiture abordait les virages. Elle sentait des ailes soulever son ventre. La pluie ne tenait pas sur le pare-brise. Les gouttes s'écartaient des vitres en éventail. Elle n'était jamais montée dans une voiture capable d'avaler la route à une telle vitesse. Harvey porta la bière à ses lèvres et ouvrit le cendrier d'une pichenette. Il pressa l'allume-cigare comme s'il réalisait un petit tour de magie. Son alliance à rubis étincela. Mais lorsque l'allume-cigare sauta, il ne tendit pas la main pour le prendre, mais il se pencha en avant en décollant les fesses de son siège.

« Attrapez mon portefeuille là, dit-il. Dans ma poche arrière. »

Louise le saisit prestement. Le portefeuille d'Harvey Stoner n'était pas plat. Il n'épousait pas la forme de ses fesses comme celui qu'elle avait trouvé dans la poche de Baptiste.

« Ouvrez-le », dit-il. Elle se sourit à elle-même. Sa requête avait une familiarité inconnue qui la faisait se sentir importante et l'intimidait tout à la fois. Elle ouvrit le portefeuille sans regarder l'argent et le posa, ouvert, à cheval sur la cuisse de Stoner.

« Continuez, dit-il, comptez. Je veux voir combien on a. » Il dit cela comme si l'argent avait toujours été le leur. Louise n'avait jamais vu autant de billets dans un portefeuille. Harvey Stoner rangeait son argent à la manière d'un caissier méticuleux, coupures de un dollar, puis de cinq, trois de vingt, et quatre de cinquante, toutes tournées dans le même sens, effigies sur le devant.

« Combien ? demanda-t-il.

– Je ne sais pas », dit Louise. Elle fut étonnée de se surprendre à penser qu'il allait tout simplement lui donner l'argent et plus étonnée encore de se surprendre à espérer

qu'il le ferait. Elle était gênée de regarder dans son portefeuille. Son envie sautait aux yeux.

« Alors ? dit-il.

– Je dirais dans les trois cents », dit Louise en le lui rendant. Avant qu'elle pût l'arrêter, il lui saisit la main et lui
baisa les doigts avec de brèves pressions de la langue. Elle
sentit la lourdeur de sa voiture. Le tournoiement souple
des roues sous son siège.

« Nous dirons donc que vous et moi allons à Wallace ce
soir, lui dit-il.

– Je suis mariée », dit-elle en songeant plus à la femme
d'Harvey Stoner qu'à Baptiste.

Il alluma la radio et la musique rendit un son limpide.
Il chanta aux accents d'une chanson qu'elle ne reconnut
pas mais il avait une voix profonde, presque à texture de
caramel, généreuse. Il chanta pour elle et Louise sentit en
elle la nuance de son sang. Il ôta sa bague et fit mine de
l'avaler.

« Disparue, annonça-t-il.

– N'allez pas vous casser les dents dessus », dit-elle, mais
elle aimait bien sa façon de la taquiner.

Il se pencha un peu vers elle. « Donnez votre main ici. »

Louise ramena étroitement ses mains sur ses genoux
mais il s'empara de sa main gauche. Elle attendait qu'il
ressortît son alliance de sa bouche, qu'il la taquinât à nouveau. Mais il porta la main à ses lèvres. Elle sentit sa langue
entre ses doigts, le frôlement de ses dents lorsqu'il fit glisser la lourde bague autour de son majeur. Elle eut envie
de fermer les yeux mais s'en abstint.

« Passez-moi une de ces cigarettes, voulez-vous, mon
cœur ? » Il tapota la boîte à gants. Elle aimait bien sa voix
basse, son élégance, ses chaussures tellement cirées que le
cuir paraissait tendu sur ses pieds.

« Vous ne voulez pas que j'en roule une ? » dit-elle, et
elle détourna ensuite les yeux un instant pour lui dissimuler leur expression. Louise regardait des éclairs étincelants
fendre le ciel. Un ciel qui s'écartait tels des rideaux violets,

gris. Éclairs rares d'octobre. Elle n'était allée qu'une fois à Wallace. Elle y avait aimé le flanc abrupt des montagnes, les mineurs qui passaient en sifflotant. Elle regarda la bague passée à son doigt, et laissa Harvey Stoner avoir gain de cause.

Il lui acheta une robe de cocktail, à imprimé de lis bordeaux et blanc, à l'ampleur virevoltante. Il l'emmena chez une esthéticienne qui lui releva les cheveux en torsade à la Lana Turner et lui colora les lèvres en rouge foncé. Et puis lorsqu'elle se fut vêtue pour lui, et chaussée des nouveaux talons hauts qu'il avait achetés pour elle, avec des bas extra-fins à motif diamantin et un bracelet de cheville en strass, il l'emmena au Stein Club, un club privé en sous-sol où les hommes portaient des vestons d'un brun chaud et buvaient cul-sec des rasades fumées de bourbon.

Ils étaient assis dans une alcôve à dossiers hauts où il se pencha une fois sur elle pour l'embrasser si profondément qu'elle goûta la saveur brûlante de son alcool. Il passa commande pour elle et lui, côtes de bœuf garnies de monceaux de rondelles d'oignon frit encore grésillantes, de pommes de terre au four gorgées de beurre et de crème fraîche, de germes de betteraves veinés de rouge en mayonnaise. Elle n'avait jamais vu autant de nourriture, autant de gens en train de manger, de sourire et de bavarder.

Elle adorait le bois sombre et lustré du club. Le bar rutilait de verres et de belles bouteilles d'alcool. Les lumières douces étaient en cristal. Il n'y avait pas de saucisses à la bière ici ni d'œufs conservés dans le vinaigre, pas de pieds de porc non plus ni de pelures de cacahuètes, aucun relent d'ammoniaque et d'urine. Il n'y avait pas de mineurs aux ongles noirs. Pas de savon crevassé ni de distributeur encrassé dans les toilettes des dames. Au Stein Club, les femmes avaient à leur disposition de tout petits savons en forme de coquillages.

Les hommes dévisageaient Louise avec une décontraction proche du désintérêt mais lui présentaient la flamme de leur briquet en argent dès qu'elle tendait la main pour prendre une cigarette. Un jeune homme lui sourit, la complimenta d'un hochement de tête. Il lui rappela Jules Bart mais il portait une chemise blanche et des chaussettes à losanges. Il sirotait son gin lentement, agrémenté d'olives.

Un homme jouait au piano. Un autre saupoudrait un peu de sciure que les femmes effleuraient du bout de leurs beaux souliers sans perdre une seule mesure de la musique. Les hommes étaient plus attentifs à la synchronisation, au compte juste avant le demi-tour, attrapant les mains de leur partenaire avec élégance, derrière leur dos, et se replaçant à son côté.

Lorsque Harvey Stoner invita Louise à danser, il se leva pour solliciter cet honneur. Elle écrasa sa cigarette, jusqu'à la dernière braise. Elle se leva prudemment, en gardant les épaules droites. Elle se sentait grande dans ses talons hauts tout neufs. Elle savait que les hommes la regardaient et elle surveilla sa démarche, allant d'un pas sûr en ondulant légèrement des hanches. Elle était étonnée de découvrir l'absence de mesquinerie des femmes ici. Elles lui souriaient tandis que Harvey la berçait au long d'un slow, hochant la tête dans sa direction comme si elles approuvaient sa façon de s'habiller, sa façon de bouger. Elle remarqua qu'Harvey semblait ravi lui aussi, ravi qu'elle sût si bien danser, qu'elle sût tournoyer sans lâcher son regard, avec une tenue et un équilibre parfaits. Ils restèrent sur la piste de danse pendant trois morceaux. Lorsque le pianiste attaqua *In the Mood*, le jeune homme qui lui rappelait Jules Bart tapota l'épaule de Harvey et sollicita cette danse. Harvey Stoner consentit d'un signe de tête.

Le jeune homme l'entraîna autour de la piste. Il la tenait serrée. Ses murmures lui chatouillaient les oreilles. Elle se moquait de ce que pensait Harvey, elle avait envie de danser. Elle dansa jusqu'à se sentir tout empourprée. Lorsqu'elle regarda Harvey Stoner, il fumait un cigare. Il leva son verre de bourbon vers elle et l'espace d'une folle seconde, elle se demanda si elle devait se baisser pour l'esquiver. Mais c'était un toast qu'il lui portait. Elle éleva alors ses mains au-dessus de sa tête et dénoua ses cheveux. Le jeune homme avait déjà desserré sa cravate et Louise se trouvait au bout de son bras tendu. Elle avait dansé avec de nombreux hommes au Dixon Bar. Elle avait répété tous les nouveaux pas à la mode des centaines de fois, mais la plupart des hommes aux bals de Perma et de Plains étaient gauches et raides. Ce jeune homme savait danser.

Certains couples s'étaient retirés de la piste et les regardaient évoluer tous deux, en souriant. Des femmes sirotaient de verts et pâles breuvages qui fleuraient la menthe poivrée et s'appuyaient contre des hommes trop attentionnés pour être leurs conjoints. Hommes et femmes étaient tous beaux ici, la musique aussi douce qu'un rêve. Louise s'autorisa à croire qu'elle était désirée, même si elle savait qu'elle ne pouvait être obtenue. Baptiste Yellow Knife l'attendrait à son retour chez elle.

Harvey Stoner et Louise prirent le chemin du retour aux accents de la radio. Il la déposa juste à la sortie de Dixon. Elle lui rendit son alliance. Il lui lança une petite résille dorée remplie de dollars en chocolat et l'embrassa dans le cou. Le premier tendre fragment de chocolat venait de fondre dans sa bouche lorsqu'elle aperçut Charlie Kicking Woman. Elle agita la main et sourit.

Charlie Kicking Woman

Pow-wow

Les langues mettaient le feu aux poudres. Rumeurs sur Stoner et Louise. Rumeurs sur Baptiste et Hemaucus. Rumeurs qui faisaient trépider les veines de mon cou. Le genre de rumeurs qui excitent la fureur des gens. Qui incitent les gens à souhaiter qu'un drame se produise, qui sont une mauvaise médecine en elles-mêmes. Je refusais absolument d'y avoir ma part.

Comme je quittais la route pour rentrer chez moi, j'ai vu Stoner garé au bord de la route. Louise, mariée depuis même pas quinze jours, était avec lui dans la voiture. J'ai vu Stoner se pencher vers elle quand elle a ouvert la portière. Elle a détourné sa joue mais j'ai quand même eu le temps de voir le baiser. Elle repoussait sa portière, s'éloignant de lui. D'après ce que je voyais, elle semblait lassée mais quand la portière s'est ouverte, j'ai vu ses jambes de bronze, nues, et puis il l'a ramenée contre lui. Louise a arqué le cou, la bouche de Stoner s'est rivée à la sienne. J'ai dévoré si avidement des yeux leur baiser que j'ai senti mes propres lèvres se plisser. Ils se sont embrassés si longuement que Stoner a fait une boule des cheveux de Louise entre ses mains, si longuement que j'ai ressenti une perte douloureuse au creux de l'aine. J'ai regardé sa grosse Buick jaune reprendre la route, si lustrée et si lisse que la poussière flottait derrière lui. Louise l'a suivi des yeux. Je l'ai regardé partir, avec en moi un sentiment proche de la jalousie. Harvey Stoner semblait tout posséder désormais.

J'avais toujours soupçonné que je choperais un jour ce type en flagrant délit mais je pensais qu'il s'agirait d'une infraction passible de prison, pas d'une autre de ses infidélités. C'est étrange comment l'argent peut rendre n'importe quel type séduisant, car Harvey Stoner n'était pas bel homme. Mais il avait la réputation d'être propre et méticuleux. J'avais entendu des discussions chez le coiffeur sur la brillantine qu'il utilisait, délicatement épicée, comme si la toilette d'un homme était un sujet de conversation. J'ai entendu Stoner lui-même confier à Mr Malick que le secret du brillant de ses bottes était une femme, et ils avaient ri comme s'ils partageaient quelque complicité. Je ne m'étais jamais fié à Stoner. Pour un Blanc, il souriait trop, comme s'il s'amusait en son for intérieur. Je ne me sentais assez bien en sa présence que lorsque j'étais en uniforme, car alors il m'accordait de l'attention. Il me considérait avec ce petit sourire qui lui plissait les yeux, sa poignée de main se faisait mielleuse, et je savais alors qu'il cherchait à obtenir quelque chose de moi sans que je sache très bien quoi. Il ne s'intéressait qu'aux Indiens qui pouvaient lui donner quelque chose.

Harvey Stoner s'intéressait à Louise. Le mois dernier, je l'avais vu tendre le cou à son passage. Aida et moi étions assis quelques rangs derrière lui à l'église. Tous les dimanches, j'étais distrait par le manque d'attention de Stoner à la messe, identifiant mon propre malaise au sien. J'avais même tenté de l'éviter en m'asseyant sur les rangs opposés mais c'était comme si mon regard se tournait toujours vers lui quand il fixait d'un air absent les fresques du plafond, quand il se mouchait, trop souvent, avant de replier soigneusement son mouchoir en carré et de le remettre dans sa poche pour l'en ressortir quelques minutes après. Je l'avais observé contemplant le flot lent du soleil inondant les vitraux. Il lui arrivait de se pincer l'arête du nez, grimaçant presque, comme s'il espérait que la messe s'achève une bonne fois pour toutes. Nous étions piégés l'un et l'autre. Mais je n'étais pas dupe de son attitude. Stoner n'était pas comme les autres hommes qui venaient à l'église pour leur femme ou pour leur propre salut. Il y venait pour s'exhiber en tant que membre de la communauté. Il cherchait à berner les gens en leur faisant croire qu'il n'y avait pas que leur argent qui l'intéressait.

Ce dimanche-là, Stoner s'était assis au troisième rang avec sa femme au visage pincé. Il était avachi sur elle et elle ne cessait de hausser l'épaule contre son poids pour l'inviter à se redresser. J'ai vu l'éclat de sa grosse bague quand il s'est massé la nuque. Il était vêtu d'un blouson en daim jaune crémeux. Il a examiné avec satisfaction ses ongles carrés bien polis. Il a posé son poing fermé sur son genou comme s'il frappait doucement à une porte. Rien ce jour-là n'intéressait Harvey Stoner. Jusqu'à ce que Louise passe à côté de lui, yeux verts et hanches sveltes, et qu'il se redresse pour la regarder passer. Harvey Stoner était le gros chat en arrêt devant le terrier du rongeur. Il fixait Louise du regard, sans honte, comme s'il avait la bénédiction de l'Église elle-même. Le visage de Mrs Stoner s'est pincé avec raideur, puis davantage encore. Ses pommettes paraissaient acérées. Les choses étaient claires. Stoner avait jeté son dévolu sur Louise.

Les rares dimanches où Louise accompagnait sa grand-mère et sa sœur à l'église, je ne somnolais jamais. Louise était la fille pour laquelle nous gonflions tous le torse, celle qui nous faisait négliger nos épouses, une brochette d'hommes tendant le cou pour mieux la voir. Je ne sais pourquoi, observer Harvey Stoner lorgnant Louise m'avait empli d'un sentiment d'importance. J'avais senti ma poitrine se serrer, mon cœur s'accélérer comme si Louise était un drapeau et que tout ce qu'elle était faisait d'une certaine façon partie de moi aussi.

Stoner aurait pu épouser Louise et l'emmener au loin. Mais elle serait toujours indienne. Louise était à nous. Je pouvais trouver belles les Blanches, certaines plus belles que Louise, mais Louise avait quelque chose qu'elles n'avaient pas. Elle semblait fixée sur autre chose, quelque chose de mieux que nous tous, du moins était-ce mon impression. Mais de tous les hommes possibles et imaginables, elle avait choisi d'épouser Baptiste et maintenant elle voyait Stoner en douce.

J'avais entendu nombre de femmes indiennes dire, comme si j'allais en être blessé, qu'elles allaient épouser un Blanc et quitter la réserve. Moi je disais, si c'est le prix à payer pour avoir une vie meilleure, alors allez-y. Je m'en voulais de penser que c'était peut-être vrai. Peut-être qu'épouser un Blanc aurait pu résoudre leurs problèmes. Peut-être ces femmes-là n'auraient-elles pas échoué au bout du compte dans une bicoque délabrée, avec une marmaille trop nombreuse et un homme qui claquait ses maigres dollars au Stockman Bar. Mais qu'était-il ressorti de bon de toutes ces discussions, de tous ces affrontements ? Pendant que nous nous chamaillions, Harvey Stoner s'était glissé dans nos chambres à coucher, un petit sourire aux lèvres.

L'idée de Louise avec Stoner me tordait les tripes. La seule consolation que je m'accordais en ce qui concernait ce type, c'était que Louise était plus maligne que lui et je le savais. J'avais bien d'autres choses à penser qu'à un triangle amoureux. J'avais appris la veille qu'il me faudrait assurer le maintien de l'ordre lors d'une fête traditionnelle. Je savais comment des types captaient le signal qu'un tel pow-wow entraînerait des problèmes, un pow-wow situé trop tard dans la saison pour me rassurer. Les rassemblements hivernaux ne m'inquiétaient jamais, seulement les pow-wows précédant l'arrivée des premiers froids. Passé le mois d'août, ils nous faisaient redevenir des Indiens d'antan, des ours affamés, aussi cupides que des écureuils en automne, en quête de cette personne unique qui nous soutiendrait à travers le froid glacial de l'hiver. Je savais que Baptiste et Louise tenteraient chacun d'exciter la jalousie de l'autre. Et la jalousie allumait la mèche de la jalousie. J'avais vu dans ma vie tous les triangles amoureux de pow-wow que je souhaitais voir. Les triangles faisaient cercle en automne, les histoires d'amour mortes ressuscitaient, les anciennes petites amies, les premiers coups de cœur, les hommes bravaches, les garçons fanfarons. Propos belliqueux proférés par des hommes si vieux que leurs dents s'entrechoquaient. Tous, hommes et femmes, faisaient cercle dans l'attente du premier coup porté jusqu'à ce que fuse la colère comme une capsule de bière. Une bagarre que je devais faire cesser.

Mais à d'autres moments, de rares moments, je n'avais pas eu un seul ivrogne à chasser. Que des danses. Que des rires. J'étais seulement le chaperon venu se gaver de pain frit et regarder. J'espérais que tout se passerait bien cette fois, mais je ne me faisais guère d'illusion.

Je soupçonnais que Stoner viendrait chercher Louise. Ce qu'il fit. Il ne s'est pas contenté de passer en voiture devant l'aire du pow-wow. Il est descendu pour s'accorder un petit coup d'œil. Il s'est planté au-dessus des joueurs de bâtons accroupis, avec sa nouvelle guigne. Depuis qu'il avait commencé à voir Louise, il n'avait pas l'air en grande forme. Il avait le visage hagard et les traits tirés.

Stoner s'était assis trop près d'Eneas Victor et il a pris de la poussière plein la bouche quand Eneas s'est mis à creuser la terre avec ses doigts, puis à lancer de grosses poignées de poussière en l'air, à se couvrir la tête de poussière en se passant les doigts dans les cheveux et à en frictionner son gros ventre nu comme s'il se lavait. Eneas a baissé la tête pour renâcler et impressionner les autres joueurs. C'était son habitude de gronder en secouant la tête pour que les autres parieurs en oublient quel os il avait en main. Je l'ai vu gronder en direction de Stoner et j'ai vu Stoner rester planté là, les poings profondément enfoncés dans ses poches de cuir souple, les épaules relevées et promenant sur nous tous un regard sournois. Et je savais tout au fond de moi qu'il s'interrogeait sur Louise, sur ses jambes de bronze et ses cheveux de cèdre rouge, sur sa beauté qui mystérieusement provenait de tout ce qu'il n'était pas et de tout ce qu'il ne serait jamais. Et il avait peur, je crois bien.

Je l'ai vu posté à proximité du stand de sodas, fumant, plissant durement le regard. Il regardait derrière lui par-delà le cercle de danse, par-delà les stands de confiseries et de perles, par-delà les tentes de cuisine, en direction des dizaines et des dizaines de tipis, toile bien tendue sur leurs côtes de perches, mystère de leur porte de peau tannée ou de toile à peine relevée pour laisser un passage à la chaleur. Et je me suis demandé à quoi nous ressemblions à ses yeux, tous ces Indiens, certains d'entre nous parés de peaux et de plumes, les lignes du jeu de bâtons, les couvertures colorées, nos vieilles femmes en fichus éclatants, les jeunes filles à longue chevelure et les jeunes femmes qui portaient leurs cheveux noirs coupés court, du rouge à lèvres, et se tenaient en retrait par rapport aux jeux, avec la fierté lointaine des biches, les beaux, les édentés, les ivrognes, et partout le petit tintement des clochettes.

Je me demandais ce que Harvey Stoner pensait des danseurs, de l'aire jonchée de sciure, des voix hautes et claires ponctuant les battements de tambour, des tambours et des chants qui faisaient onduler les danseurs. Je me suis demandé ce que Harvey Stoner a pensé de Baptiste lorsque celui-ci a fait son entrée dans le cercle parce qu'Harvey est resté un long moment à l'observer. Je me posais la question parce qu'en ce qui me concernait, je m'étais toujours reculé avec respect devant Baptiste lorsqu'il était à jeun et en tenue de danse, reculé à distance vraiment respectueuse, sidéré par l'attrait de sa tenue sur ses muscles déliés, les foulards de soie sombres et clairs près de son cou, les petits os d'élan de son pectoral alignés sur ceux de son propre torse, le son de crécelle de ses grelots de cheville amorti par le martèlement de la poussière dansant sous les pieds, la crête de piquants de porc-épic hérissés et pointés vers nous tous telles les aiguilles qui cousaient notre sang, mille perles de verre taillé flamboyant sur les ailes de ses omoplates. Nous faisions de Baptiste notre

172

point de mire à tous en nous tenant à distance. Un cercle se formait autour de lui créé par l'absence d'autres danseurs.

Baptiste commençait toujours à danser à la manière d'un grand oiseau de proie. Il élevait les bras et alors tous, tous autant que nous étions, nous nous tendions craintivement vers l'avant pour admirer ses vrilles rapides, ses descentes en piqué, sa tête inclinée avec souplesse et vivacité, si près du sol que nous imaginions que son oreille pouvait entendre le murmure silencieux de la poussière. Un oiseau, disions-nous, nommant le corbeau, la pie, l'aigle, le faucon. Puis il se redressait dans sa danse, la musique incorporée à lui, et nous voyions alors la magie du cerf, l'élan, ou le bison, tous les animaux qu'il était devenu.

Les enfants pleuraient parfois ou enfouissaient leur visage contre la poitrine de leurs parents qui riaient. Mais je me souviens avoir ressenti ce picotement le long de ma colonne vertébrale quand mon cousin Baptiste se tournait pour me faire face depuis l'aire de danse, Baptiste dans la transe de la danse, élevant ses paumes vers le ciel comme une prière, le masque noir de son visage peint, le blanc de ses yeux, puis la noirceur à nouveau. Et tous les danseurs cessaient de danser, je suppose, parce qu'ils reconnaissaient la puissance, non pas celle que confère un pouvoir-médecine, ni ce pouvoir que nous avons tous, à différents moments de notre vie, de frapper quelqu'un du serpent de notre image. Les danseurs s'interrompaient pour reconnaître la claire lumière qui environnait Baptiste lorsqu'il choisissait d'honorer les voies du passé. Nous le regardions dans la poussière de ce jour de danse, chacun de nous subjugué, en amour, aurait-on dit, de tout ce que, en quelques secondes éclairs, Baptiste était.

Je pensais à Stoner, à toutes les choses qu'il avait sans doute vues, mais je doutais qu'il eût jamais vu pareils danseurs, ou qu'il lui soit jamais donné de rien revoir de tel dans sa vie. Je suis sûr qu'il n'avait pas la moindre idée de ce que tout cela signifiait. Et j'ai mesuré pour ma plus grande tristesse que je n'étais pas très sûr moi-même d'en saisir la signification.

Le phénomène le plus étrange s'est produit alors qu'Harvey observait les danseurs. Baptiste avait pénétré dans l'arène et il évoluait très lentement, non pas au rythme exact de la musique, j'imagine, mais en mesure toutefois. Il tenait une lance ornée de plumes de faucons que je reconnaissais mais avec laquelle je ne l'avais jamais vu danser. Je me souviens d'un soudain et furieux tourbillon de poussière au centre du cercle, une colonne sinueuse qui a décrit un tour complet avec une force inexorable qui m'a fait porter la main à mon revolver. Quelques-uns parmi les anciens s'étaient arrêtés de danser mais j'ai observé que Baptiste poursuivait comme si de rien n'était. Quelques petits enfants continuaient eux aussi à danser. Il y avait là comme un petit drame en train de se jouer, dont personne ne parlait, et j'ai commencé à me demander si l'événement n'avait pas lieu dans ma tête seulement. Pourtant, une chose curieuse semblait être en train d'advenir. Et elle est advenue.

Par l'extrémité ouverte de l'aire de danse, un grand cerf mâle est entré. Ce fut étrange : personne ne le remarqua tout d'abord. J'ai vu le cerf courir tête baissée dans le cercle. L'animal a ployé l'encolure et envoyé des coups de pied dans la direction des autres danseurs qui riaient et tentaient de poursuivre leurs mouvements. Il s'est cabré et chacun de nous a pu voir ses bois, et une petite clameur, accompagnée d'applaudissements, est montée du public. Le cerf paraissait décontenancé et il saignait des naseaux. La main sur mon holster, j'ai pénétré dans le cercle. Les danseurs commençaient à refluer vers la sortie, tous sauf Baptiste.

J'ai dégrafé le rabat de mon holster. Je sentais les yeux des spectateurs et ceux des danseurs arrêtés en pleine action. Un roulement de tambour assourdi s'est fait entendre et les gens se sont mis à chanter une prière triste. J'avais les oreilles brûlantes et je me demandais comment

174

diable je m'étais mis dans une telle situation. Mon arme pesait lourd sur ma hanche, le revolver dont je n'avais aucunement l'intention de me servir. J'étais l'élément dangereux ici. Sorti de mon élément. Pris au filet tel un poisson-squaw. Inutile. Le cerf s'est mis à décrire des cercles autour de Baptiste et Baptiste a baissé la tête. Et dans la seconde d'attention que j'ai reportée sur Baptiste, le cerf a bondi à l'autre bout de l'aire et je n'ai fait qu'entrevoir l'étrange éclat d'argent de sa queue, avant qu'il n'ait disparu.

Je me suis retourné pour voir de nouveau Stoner. J'avais plus conscience de sa présence que de celle de quiconque parce que je sentais qu'il me souriait. Un long rictus barrait son visage. Et il a battu des mains sans bruit pour me faire comprendre qu'il pensait que le cerf était une mise en scène, un spectacle que nous avions prémédité, nous les Indiens. Je me suis mis à le regarder vraiment. Je l'ai considéré en penchant la tête et, l'espace d'un instant, j'ai eu envie de rire. Il avait de plus gros problèmes que moi. J'ai regardé son visage, aussi sec que la terre poussiéreuse à la fin de l'été. Et m'était avis qu'il n'en avait plus pour longtemps sur cette terre, du moins si Louise le quittait. Mais un homme peut vivre longtemps sur le désir, le temps d'une vie de vieillard. Il a quitté le pow-wow, sa grosse voiture se riant des nids-de-poule. S'il avait regardé en arrière, tout ce qu'il aurait vu, c'était moi, les deux mains sur mon holster, l'aire du pow-wow derrière moi, les tipis allumant un à un leur feu d'un jaune profond dont il ne pouvait approcher.

Je n'avais pas vu Louise. Hemaucus avait dansé un peu plus tôt et ensuite je l'avais vue retourner au campement. C'était encore l'après-midi, mais un après-midi lourd. La chaleur faisait peser le ciel sur nous. Un mince nuage planait, pourpre et bas, sur le lieu du pow-wow. En regardant vers le sud, dans le lointain, on voyait qu'il pleuvait un soleil aveuglant. Je demeurais aux aguets, attendant que le vent bouscule tentes et tipis. Que le vent emporte les emballages de bonbons et les verres en carton. Mais aucun vent n'est venu.

Si la rivière pouvait faire entendre un tic-tac d'horloge, alors elle faisait entendre ce tic-tac d'horloge. Il y avait dans l'air une odeur que je reconnaissais, une odeur de papier humide et de feu, et une odeur plus profonde qui ne me disait rien qui vaille, plus profonde que la chute des feuilles mortes, plus profonde que les fossés au bord des chemins creux. J'ai pris place dans ma voiture pour écouter les appels radio. Mais il n'y avait rien que des parasites, des centaines de kilomètres de parasites.

Louise

Angle mort

Elle avait accepté de rencontrer Harvey Stoner en secret. Elle attendait, assise dans les hautes herbes, d'entendre le bruit de sa voiture. Cela lui rappelait les fois où elle s'était cachée pour échapper à Charlie, sauf que cette fois sa récompense serait de tripoter les boutons du poste de radio d'Harvey et de boire une bière glacée.

Harvey Stoner lui sourit en ouvrant la portière de la voiture et en s'étirant vers elle. « Tu es éblouissante », dit-il.

Louise avait déjà vu les hommes au Dixon Bar regarder furtivement ailleurs lorsqu'elle croisait leur regard insistant. Certains à Thompson Falls l'avaient déjà dévisagée un peu trop longuement en lui rendant sa monnaie. Baptiste se contentait de lui sourire d'un air narquois. Mais aucun homme ne l'avait jamais regardée comme Harvey Stoner. Il la contemplait comme une cascade. Harvey roula bien après Dixon, le long d'une route qui grimpait et qu'elle n'avait jamais empruntée qu'à pied avec sa grand-mère et sa sœur quand elles allaient ramasser des myrtilles. Elle respirait la douce lumière de l'automne.

Ils restèrent assis dans la voiture à écouter la radio. Elle but sa bière très vite pour sentir la rapide somnolence envahir sa poitrine, la dérive du bon temps. Ils baissèrent les vitres et observèrent le ciel. Il était aussi obscur qu'un linceul de Pâques mais il ne pleuvait pas. Ils restèrent longuement assis sans parler. Louise aimait cet après-midi, sous

177

ce soleil lent et indolent. Elle aimait le ventre pourpre des nuages au-dessus de leur tête. Harvey Stoner la reconduisit chez elle en lui promettant de l'étonner la prochaine fois. La prochaine fois. Il l'avait étonnée cette fois, étonnée en ne cherchant ni à l'embrasser ni à la toucher. Il semblait jouir de sa compagnie. Il lui allumait ses cigarettes et lui décapsulait ses bières. Elle était heureuse qu'il eût envie de la revoir. Heureuse d'avoir un homme pour la reconduire chez elle en s'arrêtant pile devant la maison de sa grand-mère comme si elle était une dame.

Comment Louise aurait-elle pu imaginer que le soleil obliquerait si soudainement dans le pare-brise d'Harvey Stoner ? Comment aurait-elle pu imaginer que son époux se cacherait dans l'angle mort de sa vision brouillée de larmes ? Harvey venait de mettre pied à terre pour lui ouvrir la portière. C'était lui qu'elle s'était attendu à voir lui ouvrir et lui tendre la main. Mais quand elle avait levé les yeux en abritant son visage du soleil, c'était Baptiste qui l'avait tirée hors de la voiture, Baptiste qui lui avait pincé si fort le coude qu'elle avait senti la douleur. Elle souriait presque, presque heureuse qu'il fût venu la chercher. Lorsqu'elle pénétra dans la maison de sa grand-mère, ses yeux palpitèrent, aveugles dans l'ombre de Baptiste.

Elle se souvenait que son mari avait fermé la porte de la cuisine et pris le crochet dans son poing pour la boucler. Elle entendit la rumeur étouffée de la voiture d'Harvey Stoner s'éloignant. Même lui n'aurait pu la sauver. Elle ne dit rien à Baptiste. Elle savait qu'elle n'avait rien à dire. Dans la maison de sa grand-mère, elle percevait les inspirations précipitées de son mari. Elle se tint coite, espérant que son immobilité serait un remède aux tremblements qui secouaient Baptiste. Elle ressentait l'obscurité brutale de la pièce, la cafetière culottée par le feu, le bord arrondi de l'évier, les petits ciseaux épais dont sa sœur se servait pour découper dans des catalogues des poupées de papier.

Baptiste lui abattit la main sur le sommet du crâne avec une chaleur ardente qui ressemblait à du réconfort. Elle vit un crépitement de lumière tomber à ses genoux. Elle vit la croix à l'encre de stylo, et puis son nom sur les mains brunes. Elle parvint à le mordre assez fort pour goûter l'alcool de son sang. Lorsque Baptiste la frappa au poignet, elle se rendit compte qu'elle tenait encore la bière qu'Harvey Stoner lui avait donnée. Elle vit la giclée d'or lorsque la bière sortit du goulot en moussant, giclant vers lui, le frappant, se répandant sur le sol à ses pieds telle une lumière aigre. Baptiste était soûl, soûl à en tomber, ses yeux couverts d'un voile de fumée, durement plissés, fixés sur elle comme si elle était un objet lointain. Elle le vit tenir la bouteille brisée par le goulot, brandir et pointer, exécuter des moulinets. Cruel.

Un calme insensé se répandit dans ses pensées. Elle se rappela un combat de boxe auquel elle avait assisté un jour à Dixon. Il faisait si sombre dans la grange qu'ils avaient disposé leurs véhicules tout autour pour éclairer la scène. Sous les projecteurs des phares, les boxeurs semblaient des héros de cinéma aux yeux de Louise, leur peau si blanche dans la lumière que tout leur corps irradiait une douce clarté. Chaque boxeur avait soutenu le regard fervent de l'autre avec une tendresse proche de l'amour. Même lorsqu'on les avait séparés, ils n'avaient pas rompu l'étreinte de leurs regards. Il régnait un silence qu'elle n'avait jamais connu auparavant, un silence moite et si lourd que le seul son qu'elle avait entendu était celui des poings lourds des boxeurs sifflant à leurs oreilles à tous. Et quand l'un d'eux était tombé à terre, elle avait vu clairement la douleur brutale de sa sueur chatoyer au-dessus de sa tête.

Elle tendit la main pour se raccrocher à l'évier. Elle s'était remise debout et tournée vers Baptiste pour sortir de la pièce à reculons quand il se jeta sur elle. Elle sentit une douleur sourde dans sa poitrine. Le sol éclaboussé de bière luisait comme les yeux de dix mille serpents. Un sommeil rouge chuchota à l'oreille de Louise, semelles de souliers durs sur des planchers polis, chevelure de sa mère dans le pot au pied du genévrier, socquettes blanches d'Arliss se balançant sur le fil dans le vent.

Elle ne savait pas bien combien de temps elle était restée au sol, écoutant les sanglots de Baptiste siffler dans ses poumons. Elle demanda à sa grand-mère de le faire taire. « Arrête, Baptiste », dit-elle. Et Florence lui saisit la main, lui dit qu'il était parti, parti depuis des heures. Baptiste avait fui comme un lâche.

« Tu peux cesser de pleurer maintenant, lui dit sa sœur. Baptiste ne te touchera plus. »

Louise se souvenait de la poussière du sol collée à sa joue, de la brèche toute neuve dans son crâne où le vent hurlait à présent. Elle commençait à sentir la chair fragile de sa tendre tête. Meurtrie et humide. Elle sentait la fente. Elle voulut se lever mais sa jambe gauche était engourdie. Elle vit l'empreinte de botte, l'œuf gonflé couleur bleu sang sur son tibia. Son côté gauche lui semblait lourd et étrangement sans force. Elle avait l'impression qu'on lui pinçait violemment le sein.

En baissant les yeux, elle vit la grimace de sang humide qui engluait sa poitrine. Elle tira sur son chemisier poisseux pour empêcher le sang de sécher sur sa peau. Elle apercevait la lune béante, incurvée autour d'un côté du mamelon, et remontant en biais vers le côté de sa tête, et les mains de Baptiste encore, les mains de Baptiste frappant, les mains de Baptiste luisantes de touffes arrachées à ses cheveux, les mains de Baptiste giflant son visage. Il l'avait cognée fort, assez fort pour la réveiller et la renvoyer au sommeil. Ses dents claquaient et Louise crut voir Baptiste à la fenêtre.

Sa sœur lui couvrit les épaules d'un petit chandail rose et Louise s'imagina que Florence priait, qu'elle appelait à l'aide tout bas. Florence lui posa un linge humide sur la nuque et Louise crut défaillir.

La lumière dans la pièce était jaune et si vive qu'elle ne pouvait garder les yeux ouverts que durant de brèves secondes. Elle avait conscience que les jours d'été étaient pour la plupart enfuis. Le ciel violet n'avait donné que l'odeur de la pluie. Un vent étincelant incendiait les peupliers carolins, si sec que la poussière et les planches de la maison produisaient un chuchotement pareil à des voix de vieilles femmes. Il semblait à Louise que c'était l'hiver. Lorsqu'elle ferma les yeux, elle vit de la neige tomber par les glissières de sécurité, de la neige tamisée atterrir sur la langue épaisse du bétail, de lentes excroissances de glace pousser sur les vitres.

L'hiver qui avait précédé le mariage de Louise avec Yellow Knife, sa grand-mère avait raconté à Louise une histoire datant de son premier mariage. À l'âge de treize ans, elle avait épousé le fils d'un chef, mais non son premier fils. Celui qu'elle avait épousé n'était pas destiné à être le chef. Celui qu'avait épousé sa grand-mère était un vieil homme. Son haleine sentait le tabac et le vieux maïs, et il empestait leur tipi de ses vents nauséabonds. Et pourtant, avait confié sa grand-mère à Louise, il entendait laisser une longue postérité.

Ce vieil homme avait choisi de coucher avec une autre femme et s'était rendu dans son tipi. La grand-mère de Louise l'avait suivi, sachant bien qu'il n'avait rien de bon en tête, sachant qu'il allait copuler comme un bison en rut avec une autre. Elle l'avait entendu avec cette femme. Elle reconnaissait sa voix, car presque toutes ses dents étaient cassées et l'on aurait dit qu'il sifflait quand il parlait. La grand-mère de Louise avait soulevé le rabat du tipi et les avait flairés. Elle avait vu le sac pendouillant des couilles de son mari alors qu'il chevauchait le cul plat et lisse de l'autre femme. Elle avait refermé l'ouverture du tipi et attendu. Elle avait emporté son couteau à dépecer jusqu'au tipi de sa rivale. Elle s'apprêtait à tuer son mari. Sa grand-mère avait confié à Louise qu'elle faisait des rêves de liberté retrouvée, qu'elle rêvait d'être débarrassée de ce vieil homme et de ses manières du passé. Mais elle avait regardé Louise en racontant l'histoire. Elle l'avait regardée dans les yeux et avait dit : « Même quand tu ne les aimes pas, c'est à ce moment-là qu'ils te piègent, car toi tu penses qu'ils devraient t'aimer. C'est alors qu'ils te tiennent. »

Tandis que sa grand-mère attendait debout près du tipi de l'autre femme, elle avait senti le rouge de la honte envahir son cœur. Elle entendait son mari à l'intérieur et il était loin de faire des prouesses. La femme se moquait de lui et lui disait que son machin était mort et vilain comme un lézard. La grand-mère de Louise se tenait debout dans la fine poussière crayeuse de ce jour, tandis que le soir éventait les arbres de fraîcheur, et elle eut honte pour son mari et pour elle-même. Elle était si absorbée par sa honte qu'elle ne l'entendit pas se glisser en douce hors du tipi. Lorsqu'il aperçut son épouse, il tenta de la désarmer. Il avait un grand sourire aux lèvres. Ils roulèrent un moment dans la poussière, Grandma et le vieil homme, jusqu'à ce qu'enfin il levât les yeux vers elle et lui dît : « Si tu es jalouse au point de vouloir me tuer, alors je suis là. »

Grandma avait détaillé longuement son mari, le pigment noir dans ses genoux, les lobes percés et pendants de ses oreilles, sa figure bouffie par soixante années de graisse de bison, et elle s'abstint de lui révéler qu'elle aurait pu lui rire au nez. « Je le haïssais », avait dit sa grand-mère. Louise laissa cette histoire voguer en elle. Elle crut comprendre et alors elle ferma les yeux. Elle entendit sa grand-mère et Charlie Kicking Woman. Elle distinguait le bruit des semelles rigides des bottes de Charlie et elle ramena le chandail de sa sœur sur son visage.

Il y eut une lumière soudaine en elle qui lui fit couvrir son visage à deux mains pour s'empêcher de voir les ecchymoses sur ses bras, pour s'empêcher de voir à quel point elle avait la peau brune, vraiment brune, dans une pièce bien éclairée avec un homme blanc aux yeux bleus. Elle observa que les ongles de l'homme brillaient et qu'il sentait l'alcool propre, le genre d'alcool que n'exhalait pas une voix essoufflée, le genre d'alcool qui ne sifflait pas dans ses poumons mais brillait sur ses mains tandis qu'il suturait la coupure sur la face externe de son bras. Il la fit asseoir en face de son pantalon repassé, si près qu'elle distinguait les trois premières dents de sa fermeture Éclair. Elle prit appui en arrière sur les talons moites de ses paumes et regarda par terre.

L'infirmière entra, portant un grand bassin de porcelaine blanche avec alcool et gaze. Louise consulta le médecin du regard mais il se contenta de lui sourire. L'infirmière déposa le bassin sur une petite table près du genou de Louise. Le docteur se pencha tout près d'elle. Elle sentit son haleine parfumée à la réglisse lorsqu'il attira sa tête pour l'amener à hauteur de sa ceinture. Elle tenta de se soustraire à lui.

« Tout doux », dit-il.

Il prit délicatement sa tête entre ses mains humides et l'attira en avant jusqu'à lui caler le nez dans le creux de son aine. Elle ferma les yeux. Sa respiration lui remontait dans le nez. Elle sentait une odeur de clou de girofle, une odeur douce-amère dont elle pouvait goûter la saveur quelque part dans son arrière-gorge. Elle sursauta. Elle sentit un petit pincement au sommet de son crâne suivi d'une sensation de froid intense, un petit feu qui crut en intensité et commença de lui amollir les membres telle une fièvre. Elle éprouvait une sensation d'épaisseur sur le dessus de sa tête là où sa peau enflait. Sa langue semblait décrochée et lourde – aussi grande que celle d'un taureau, a-t-elle pensé en déglutissant –, une langue glissante se rétractant pour échapper au gourdin.

Louise tenta d'échapper à la ferme étreinte du médecin mais il la tenait solidement. Elle entendit de petits coups de ciseaux. Elle vit de longues mèches de ses cheveux tomber sur le sol. Elle vit du sang sur les mains du docteur et sur les ciseaux qu'il lâcha dans le lavabo. Elle entendait quelqu'un geindre derrière l'infirmière.

« Louise, annonça le docteur, te voilà soignée. »

Elle entendit sa propre voix se rapprocher d'elle et s'aperçut qu'elle émettait un bruit de gorge qu'elle était incapable de maîtriser.

Le docteur tint solidement le visage de Louise entre ses mains fraîches et lui demanda de retirer ses vêtements. Elle referma ses bras sur sa poitrine et serra les dents. Elle avait vu la plaie aux lèvres déchiquetées. Elle ne voulait pas que le docteur vît le profond sourire taillardé dans son sein gauche. Le docteur resta debout un instant à la regarder. Son visage était rasé de près et flasque. Il avait un léger tressautement sous l'œil droit.

« Prends ceci, dit-il en tendant à Louise un peu de gaze blanche, un petit flacon brun. Fais-toi un pansement là. » Il désigna son sein. « Je ne veux pas être tenu responsable. »

Il prit un pot de pommade à l'odeur agréable et massa la meurtrissure sur sa jambe. Il lui tint le mollet et pressa fermement avec ses deux pouces.

« Ça, je vais m'en occuper, dit-il. Je soupçonne une fêlure. » Louise vit son cuir chevelu virer au rouge entre ses cheveux clairsemés. « Je ne devrais pas, dit-il, mais je vais le faire. Tu comprends ? »

Louise détourna le regard.

« Je vais t'arranger ça. Te mettre un plâtre », dit-il. Il prit une inspiration. « Tu vas devoir te reposer. Reviens me voir dans une semaine environ et je te l'enlèverai. Vois-tu, quand on est victime de blessures de ce genre, il vaut mieux être protégé. Une assurance », dit-il.

L'infirmière apporta une poche de glace qu'elle posa sur sa jambe. Le médecin quitta la pièce. Louise sentit d'abord le froid sur sa nuque. Elle resta longuement allongée sans bouger jusqu'à ce que sa jambe fût aussi froide qu'un bloc de glace. Elle s'était endormie et lorsqu'elle s'éveilla, l'après-midi touchait à sa fin. Elle entendit le docteur entrer. Elle vit les bandes plâtrées que l'infirmière apportait derrière lui sur un plateau argenté. Elle ferma les yeux et sentit le plâtre lourd sur sa jambe. « Si quelqu'un te demande quoi que soit, dit le médecin, qu'ils viennent me trouver. » Sa grogne était perceptible dans sa voix. Louise vit Baptiste et le médecin entrant dans le ring de boxe.

Elle regarda par la fenêtre la colline d'herbe blanche

derrière St Ignatius, la petite voie menant à la route principale. Elle aperçut la voiture de patrouille dans le parc de
stationnement envahi d'herbes folles. Louise ramena son
regard sur le plâtre qui emprisonnait sa jambe et se rallongea sur la table. Elle trouverait le moyen de semer Charlie.
Même fracturée et dans le cirage, elle pouvait être plus
maligne que lui. Elle devait quitter la réserve, ne serait-ce
que pour quelques jours. Elle ôta la poche de glace de sa
jambe et se leva pour aller se rincer les mains, se passer de
l'eau fraîche sur les lèvres. Une seconde elle crut s'éva-
nouir. Une main plus brûlante que ses souvenirs de la fin
de juillet se referma sur sa nuque. Elle sentit du sang, léger
dans son ventre, et puis elle sentit la piqûre fraîche, nette,
du poison de Dirty Swallow. Baptiste était en elle.

Charlie Kicking Woman

Poursuivre le rêve

Louise m'a faussé compagnie et sa disparition m'a rendu malade d'inquiétude. J'ai passé un appel radio à ma base, menti comme un arracheur de dents, déclaré que j'étais sur la piste de Baptiste Yellow Knife et que je passais la frontière de la réserve pour me rendre à Missoula. Je poursuivais le rêve de Louise, certain qu'elle avait filé en ville. C'était un pari insensé qui, je le savais, pouvait me coûter et mon boulot et mon mariage, mais j'ai pris la décision, la fièvre aux tempes. Je trouverais Louise. Je la sauverais.

J'ai aperçu les clients flâneurs des petits commerces de campagne, appuyés aux vitrines et fouillant leurs poches à la recherche de monnaie. J'ai contemplé le regard vitreux de la Blackfoot River lissé par le pressoir de l'automne. J'ai vu des femmes en robes « de sortie » qui mangeaient des glaces, mains gantées et rouge aux lèvres, des hommes au volant de voitures bien propres, des hommes bavardant avec d'autres dans des armureries, et ils se tournaient pour jeter un bref coup d'œil vers moi dans mon uniforme de la police tribale, s'interrogeant sur l'autorité qui était la mienne. Je me suis vu dans des vitrines et j'ai regardé ailleurs. Dans chacune d'elles, je m'attendais à voir mes épaules tressaillir.

Je me suis installé au bout du long bar de chez Cattleman et j'ai eu la surprise qu'ils daignent même me servir un soda. C'était la fin tiède d'un long automne, la cascabelle au bout de la queue de l'été, disaient les buveurs, la

186

période la plus chaude. L'été indien, disaient-ils dans la léthargie de leur bière. Dans le brouillard de fumée lente, je faisais durer mon deuxième soda, sous l'œil scrutateur d'ivrognes qui laissaient leur marque gravée dans le bar à l'aide de pièces de monnaie. Je me demandais si Louise était perdue maintenant dans l'antre d'une taverne obscurcie par des hommes aussi cruels que Baptiste ou davantage. Cette pensée me taraudait.

J'ai arpenté les ruelles, à l'affût de Yellow Knife mais cherchant Louise. J'ai vérifié sous le pont Higgins en me disant que certains des Indiens qui se trouvaient là l'auraient vue. Ils ne l'avaient pas vue. Je suis reparti soulagé de quelques dollars. Je suis passé devant tous les bars et j'ai tendu l'oreille. Je savais que je la trouverais. Je le sentais. La matinée glissait vers l'après-midi et j'arpentais les longues rues, flâneur à mon tour, homme déterminé. Lorsque je l'ai aperçue enfin, j'ai senti le poids de mon propre cœur. Sans sa jambe plâtrée, je crois qu'elle aurait couru pour m'échapper. Louise s'est frotté le menton sur sa manche, mais c'était seulement pour tenter de dissimuler un sourire car j'avais dû lui paraître ridicule. Je n'étais pas à ma place ici et elle le savait. Elle avait l'air un peu drôle, elle aussi ; j'ai remarqué que ses béquilles étaient trop hautes pour elle.

« Tu me cherches, Charlie ? » dit-elle. Elle m'avait pris au dépourvu.

« Je te cherchais », furent les seuls mots que je pus prononcer.

Elle ne m'a rien dit alors. Je me suis tourné vers ses yeux tristes, limpides, et j'ai soudain eu honte de la pourchasser, je n'étais guère différent de Stoner ou de Yellow Knife, avec mon désir qui sautait aux yeux comme le soleil levant. Louise n'a pas fait montre de s'en rendre compte. Elle a regardé vers l'autre côté de la rue. J'avais le sentiment d'avoir commis une erreur mais je n'étais pas prêt à revenir en arrière.

« J'ai faim », ai-je dit.

Elle a commandé des œufs au jambon. La serveuse nous a apporté deux assiettes toutes fumantes de pommes de terre sautées et de toasts de pain blanc tout amollis de beurre. Elle a mangé. Elle a bu de grandes gorgées de café brûlant sans sourciller et allumé une cigarette, mais sans s'arrêter de manger. Je l'ai observée. J'ai mangé mes toasts, regardé par la fenêtre moi aussi. Pendant que je parlais à la serveuse, j'ai vu Louise saisir le sucre en poudre et transformer son café en sirop. Elle a levé les yeux de sa tasse et m'a souri et je me suis demandé où tout ceci nous entraînait. J'ai regardé ses doigts effilés, le vernis rouge ébréché de ses ongles. Elle ne portait pas l'alliance de Baptiste.

« Tu manges pas ça ? » a-t-elle demandé, et j'ai poussé mon assiette vers elle.

Quand elle a eu fini, elle a allumé une autre cigarette et exhalé une lente bouffée sur le côté. Je désirais depuis si longtemps me trouver avec Louise hors de la réserve que lorsque le moment s'est présenté à moi, j'étais prêt à le saisir. J'ai senti le ruissellement lent de la sueur sous mes aisselles. Ce jour de fin d'automne était étouffant. Je tenterais ma chance avec elle en espérant assouvir définitivement mon désir. Ce furent peut-être les coups de Baptiste qui m'incitèrent à agir ainsi, la crainte qu'une autre chance ne se présente plus.

Je l'ai emmenée dans une chambre d'hôtel. Par une journée écrasante comme la fièvre, les radiateurs étaient bouillants. La chambre était chaude et humide. Je me suis assis sur le lit et épongé le front. Elle boîtait derrière moi. J'ai retiré mon blouson avec lenteur en observant son visage. Elle n'a pas détourné les yeux. Elle ne semblait pas me craindre. Le store de la fenêtre filtrait un soleil de fin d'octobre couleur jaune d'œuf. J'ai retenu mon souffle. J'ai détesté le son de ma voix à cet instant, les exigences que je posais devant elle. J'avais demandé à Louise de faire mille choses, en qualité d'agent des forces de l'ordre, à présent c'était en tant qu'homme que je lui demandais de se placer en face de ce store, de se dévêtir pour moi lentement, un effet après l'autre, sa robe fanée par l'été, son unique soulier.

« Garde tes bas », lui ai-je demandé d'une voix si assourdie que je ne pensais pas qu'elle m'entendrait, mais elle a entendu. Elle a passé la robe par-dessus sa tête. Gauchement. Une clarté, comme des verges d'or, baignait la chambre plongée dans la pénombre. Elle portait une culotte bouffante en coton, grisée de trop nombreux lavages et constellée de trous. J'ai décidé que j'aimais ces trous, cent petits parfums de peau, cent petites portes ouvertes sur elle. Une de ses béquilles est tombée par terre et elle a sauté à cloche-pied pour la ramasser. Elle a tenté de couvrir ses seins des doigts écartés d'une main. Je voyais que le médecin avait posé une bande et du sparadrap sur son sein gauche. J'ai senti la vieille colère contre Baptiste m'oppresser la poitrine. « Dans quel état t'a mise ce salaud ? » j'ai dit en le regrettant aussitôt. Elle m'a tourné le dos. « Oublié mon soutien-gorge à la maison », a-t-elle dit.

Elle s'est couvert le visage. Ses épaules se sont voûtées. Je voyais la chute de ses reins, la petite flaque sombre qu'elle formait à la base de sa colonne vertébrale. Une lumière blanche filtrait à travers de minces accrocs dans le store et effleurait sa peau, chacune de ses côtes, ai-je pensé, ses côtes. Je l'ai contemplée, découvrant un côté de moi que j'avais ignoré jusque-là.

J'ai ôté mon pantalon et déboutonné prestement ma chemise. J'ai passé mon maillot de corps par-dessus la brosse de mes cheveux et senti soudain une bouffée de rougeur et de faiblesse à la pensée de ma femme qui avait repassé mon uniforme la veille au soir. Je me tenais nu devant Louise. Le désir incendiait mon ventre, si puissant en cet instant que je pouvais me pardonner à moi-même ce que je m'apprêtais à faire. J'ai eu la surprise de la voir s'avancer vers moi. J'espérais qu'elle ne remarquerait pas le tremblement de ma mâchoire dans mon effort pour empêcher mes dents de claquer. Je me trouvais si près d'elle que je l'ai attirée à moi. Son plâtre m'a frôlé la jambe, froid, rêche, et lourd. Je l'ai aidée à le hisser sur le lit en songeant à sa jambe fine, aux esquilles d'os de sa fracture sous les ecchymoses jaunes. Elle a croisé ses bras sur ses seins, sa tête lourde sur l'oreiller. Les cheveux proches de sa nuque étaient humides et collaient à sa gorge en bouclant. J'ai voulu les dégager. La chaleur avait fait enfler mes doigts. Je lui ai enfoncé malencontreusement un doigt dans le cou. Elle a toussé, et je me suis redressé en riant de mes fichues mains maladroites. Sans sourire, elle a détourné son visage du mien pour le lever vers l'auréole brunâtre, en forme de crâne, qui s'épanouissait au-dessus du dosseret du lit. Je me suis étendu à côté d'elle.

J'ai observé le plafond haut, vu de longs fils de poussière poursuivre notre souffle. La lumière du soleil faisait un halo autour du store, illuminait la robe qu'elle avait abandonnée sur la chaise. La fine étoffe frissonnait légèrement sous l'effet d'une brise venant de sous la porte ou par l'entrebâillement de la fenêtre coulissante. Et pour une raison inconnue de moi, j'ai pensé à ma grand-mère, le jour de sa mort. Elle avait porté serrés ses cheveux nattés toute sa vie. Mais mon grand-père dénoua sa longue chevelure après qu'elle eut cessé de respirer et ouvrit toutes les portes et les fenêtres de la maison. C'était le mois d'avril. Et le vent était frais et sentait le lilas et l'eau. Toute la nuit, le vent souffla dans la chevelure de ma grand-mère, la soulevant contre les montants du lit comme son propre fantôme gris et pâle. Mon grand-père veilla son corps deux longs jours durant, ne quittant pas son chevet, ne mangeant pas, observant sa poitrine immobile pour être bien sûr qu'elle avait cessé de respirer.

J'ai entendu la respiration dense du sommeil de Louise, vu le pouls dans son cou ralentir au rythme des rêves. Sa main a glissé sur le lit, entraînant avec elle la moitié de la gaze qui couvrait son sein gauche. Je me suis penché plus près pour embrasser ce qu'elle avait dissimulé et l'odeur de pourriture douceâtre m'a fait reculer. De son sein ouvert suintait un sang jaune. Elle s'est coupée, ai-je pensé. J'ai dégagé doucement le sparadrap et soulevé son bras au-dessus de sa tête. Elle dormait. J'ai regardé de plus près. Et j'ai su alors mais l'évidence m'a atterré. C'était Yellow Knife qui l'avait blessée. C'était une coupure de bouteille. J'avais vu ce genre de plaie dans les bagarres de bars. Aspect caractéristique. Je reconnaissais la chair déchiquetée, l'extrême profondeur de l'entaille par endroits, l'absence de sang. Les lèvres de la plaie, blanches et boursouflées comme de la peau restée trop longtemps sous l'eau. L'infection.

Je me suis levé du lit et j'ai tangué un peu vers l'arrière en me tenant le ventre. J'avais un petit fond de whisky dans la poche de mon blouson que je gardais pour les accidents de la route. J'ai sorti la flasque de ma poche, je l'ai humée une fois puis j'ai humidifié un linge de toilette avec l'eau chaude du robinet. J'espérais qu'elle dormait. J'ai retiré lentement le sparadrap en respirant par la bouche. J'ai posé le linge chaud sur son sein mutilé. Ses yeux étaient fermés mais elle était immobile et rigide. J'ai tapoté la blessure, posé doucement le linge dessus, retiré de l'eau sanguinolente. J'ai tapoté. Tapoté. Langue de colibri touchant une rose délicate. J'ai couvert son sein avec le linge et gagné la salle de bains pour me laver les mains. J'ai pressé mes poignets sur la porcelaine fraîche du lavabo. Je sentais l'odeur de son sang sous mes ongles. J'ai planté mes doigts dans la savonnette, rincé avec soin.

Louise était immobile sur le lit, les yeux mi-clos. J'ai ouvert la flasque. J'ai décidé de ne pas lui révéler l'utilisation que je comptais en faire quand elle a ouvert les yeux. J'ai ressenti sa brûlure dans le bout de mes doigts. Ses larmes étaient plus limpides que de l'eau, douces, régulières, silencieuses, pures. J'avais envie de dire, Seigneur Jésus. J'avais envie de dire, Bon Dieu. Bon Dieu de merde. Merde.

« Tu devrais voir Baptiste », a-t-elle dit. Je n'ai pas compris d'emblée ce qu'elle voulait dire. L'humour de sa remarque m'échappait. Je n'ai rien dit. La lumière est passée du jaune au bleu. Je me suis étendu à côté d'elle, oubliant dans quel but j'étais venu là. Oubliant tout sauf le son de sa respiration dans le sommeil.

Je savais que la lune blanche montait au store de la fenêtre, que la Blackfoot River virait au noir argenté. Je savais que Louise dormait à mon côté. J'étais à Missoula à l'hôtel Northern Pacific. Je m'appelais Charlie, ai-je dit, Charlie Kicking Woman. Je percevais de la chaleur dans la chambre, une étrange chaleur de transpiration comme si un grand nombre de personnes se tenaient serrées les unes contre les autres sous un soleil brutal. En attente. Il y avait quelqu'un d'autre dans la pièce avec nous. Qui es-tu ? j'ai murmuré, redoutant la réponse.

Le store s'est soulevé de la fenêtre et la brise était fraîche. Le clair de lune a ondulé sur le lino comme de l'eau, couleur des torrents dans les pâtures : Dead Horse, Crazy Woman, Magpie, Lightning, Revais, j'ai chuchoté les noms. Je savais que quelque chose se préparait. Je me tenais près d'une large rivière, le pied enfoncé dans l'eau. Je ne sentais rien que l'attraction. L'attraction vers le fond. Je me souvenais des propos de Railer alors que nous enquêtions suite à une plainte du côté de Nairada et que nous avions retrouvé le cadavre d'un homme dans Clear Creek. Ses paroles avaient grésillé sur ma langue épaissie de salive. Nous ne sommes tous que des fantômes qui se préparent. J'ai tenu bon. J'ai tendu la main pour la poser sur la cuisse de Louise. Elle était humide de fièvre et sentait comme l'intérieur cru d'une pomme de terre coupée en deux. Le soleil était rouge sur ma nuque. Un vent brûlant m'a séché le cuir chevelu. Ce n'était pas un rêve.

Je me suis redressé en sursaut pour la saisir et j'ai vu des têtes d'épingle de lumière danser autour de mes yeux. La lumière était si vive que mes pupilles ont renoncé. J'ai émergé péniblement du sommeil et trouvé Louise debout au pied du lit, en équilibre sur ses béquilles.

« Tu rêvais », dit-elle.

Elle avait brossé ses cheveux. Ils reposaient lisses et raides sur ses épaules. Elle était prête à y aller.

« Couche-toi », j'ai dit. J'étais dans le cirage du petit matin, doutant de ce que je voyais. Je me suis redressé contre le dossier du lit.

Elle a fait halte à la porte, puis l'a ouverte très vite. J'ai bondi pour l'arrêter. Refermé la porte d'un coup de poing. Elle a reculé hors de mon atteinte.

« Je suis navrée de découvrir que tu es comme tous les autres, a-t-elle dit.

– Non, j'ai répondu. Je t'en prie, Louise, assieds-toi. » Elle a hésité en me dévisageant. Puis elle s'est assise avec précaution sur le lit en maintenant sa jambe plâtrée en équilibre. J'ai ôté la taie d'oreiller de mon côté et commencé à la déchirer.

« Retire ta robe, tout de suite. »

Je suis allé à la salle de bains et j'ai attrapé le linge de toilette propre. Je l'ai plié et enveloppé dans les bandes de drap. Elle avait fait glisser sa robe sur ses épaules. Sa peau gardait la lumière cuivrée d'octobre. Je voyais la ligne délicate de ses côtes, les os de sa colonne vertébrale. Ses mains étaient d'une immobilité absolue sur ses genoux. Elle se tenait droite, posée et gracieuse dans sa quasi-nudité comme si je m'apprêtais à esquisser son croquis. Elle me faisait confiance et j'en éprouvais de la gratitude.

Elle avait retourné le vieux bandage rugueux et se l'était remis sur l'envers. Il avait séché un peu mais il puait encore terriblement. J'ai ôté doucement le sparadrap et je l'ai expédié vers le plafond orné de toiles d'araignées. Elle s'est détournée pour sourire.

Je me sentais minable. J'étais devenu un type pire que le mari qui l'avait tabassée. J'avais désiré davantage d'elle que Yellow Knife. J'avais profité de sa souffrance pour être près d'elle. J'étais le pire des idiots.

J'ai pincé la plaie de son pauvre sein ouvert. Il était durci par l'hématome et amolli par la coupure. Elle a retenu son souffle entre ses dents serrées mais n'a pas crié. Je n'avais jamais vu de femme aussi belle. Sa chevelure auburn effleurait ses épaules comme de la lumière. J'ai appliqué le linge contre la plaie et lui ai demandé de le maintenir. J'ai déchiré une longue bande dans le drap de dessus.

« Lève les bras », lui ai-je ordonné. Je l'ai bandée correctement, bien serré, proprement, et je me suis reculé pour l'aider à repasser sa robe.

« Va », lui ai-je dit. Elle a cogné l'une de ses béquilles dans la porte en l'ouvrant, et sans un au-revoir, Louise a disparu.

Je ne lui courrais pas après cette fois. J'allais rester dans cette chambre d'hôtel jusqu'à ce que j'aie compris certaines choses. J'ai suspendu mon uniforme dans la salle de bains et pris une longue douche chaude. Une fois rhabillé, j'ai éprouvé la panique du regret. Je paierais pour une longue nuit qui m'avait déjà puni. J'ai promené mon regard sur la triste chambre jaune et je me suis senti stupide d'avoir fait ce que j'avais fait. Je me sentais lourd et nauséeux. J'ai ouvert la fenêtre et me suis assis sur le lit. La nuit me revenait, un mauvais rêve. La honte. J'aurais voulu revenir en arrière et modifier mes actes. J'ai fermé les yeux et prié comme les religieuses me l'avaient appris. J'ai dit un Acte de contrition. J'ai consulté ma montre avec l'intuition fulgurante d'une deuxième chance. Il était tôt. Assez tôt pour rentrer chez moi, voir Aida, et faire quand même mon service de la journée. Le bonheur. J'ai senti monter la vague de mon aveugle stupidité. Tout ce dont je m'étais langui, je l'avais déjà. C'était une idée si simple que j'ai quitté l'hôtel en courant, mon cœur bondissant sur des ressorts d'espoir. J'ai prié pour ne pas trouver Louise sur le bord de la route, sans quoi j'aurais été obligé de la faire monter. Je voulais rentrer chez moi sans récrimination. Je voulais garder pour moi mon secret d'infidélité, m'accorder à moi-même une chance. J'ai baissé mes vitres et remarqué que l'automne était arrivé. Le vent était froid et bienvenu. Les feuilles des arbres étaient sèches et leurs couleurs orange éclatant me donnaient le vertige. Un changement de saison était intervenu dans la nuit.

Louise

Vers la maison

Elle fut prise en stop par une Buick d'un bleu terne avec une Blanche grassouillette de Paradise au volant, et ses six gamins. La femme s'appelait Myrna Michaels et elle a décliné les prénoms de ses enfants à la manière d'une liste de présence dont Louise pourrait se souvenir : Virgil, Vern, Velma, Vernice, Vida, Violet. Le nom de Michaels disait quelque chose à Louise mais elle était trop fatiguée pour le situer. Elle aurait donné cher pour une bière fraîche. Elle voyait clairement le tabouret sur lequel elle aimait s'asseoir au Dixon Bar, le goulot brun de la bouteille de bière, le col blanc montant sous la capsule sifflante. C'était une journée brûlante, si brûlante que Louise sentait des larmes de sueur ruisseler le long de sa cage thoracique, la chaleur qu'exhalaient ses bandages de fortune. Elle sentait, fraîches et humides, les bandes de drap se desserrer autour de ses côtes. Sa jambe était gonflée par la chaleur. C'est à peine si elle pouvait introduire le bout de son petit doigt dans l'ouverture moite de son plâtre.

« Ça t'gêne, hein ? » demanda Myrna.

Louise fit oui de la tête et déglutit.

« Tu sais, dit Myrna, j'en ai eu un moi aussi. Au bras. Je me suis économisée le toubib. Avec des sécateurs », dit-elle.

Louise la regarda et vit qu'elle souriait. La route avait un accotement guère plus large qu'une main mais Myrna s'est rangée.

« Je crois qu'Ed a laissé ses sécateurs dans le coffre, dit-elle en descendant de voiture. Ça vous découperait les os, un engin pareil. » La femme exhiba une grande paire de cisailles au bec crochu. « Ça ne prendra qu'une seconde. »

Louise ne broncha pas sur la banquette de la Buick, indécise sur la conduite à tenir. Elle avait le sentiment qu'elle aurait dû fuir. Elle sentit son dos plaqué contre les housses en plastique du siège se gonfler de chaleur. Avant qu'elle ait pu rassembler ses béquilles pour se lever, Myrna avait fourré le bec de ses cisailles sous le plâtre. Louise sentit la griffure mordante à l'intérieur, plus sur sa jambe que sur le plâtre. Elle sentit une piqûre aiguë et soudaine. « Je le tiens », dit Myrna. Mais lorsque Louise baissa les yeux, elle vit le bord supérieur de son plâtre s'imbiber de sang. Elle sentit de l'humidité glisser jusqu'à sa cheville, et puis une petite bulle de sang creva deux fois en haut du plâtre.

« Pas l'impression que ça marche, dit Myrna. Chuis affreusement désolée. »

Les gosses avaient délaissé le siège arrière et dévalaient la colline en direction de la rivière.

« Ne vous éloignez pas trop », gueula Myrna. Les enfants ne l'écoutant pas, elle se tourna vers Louise. « Ça pourrait te faire du bien d'aller à la rivière et de te rafraîchir.

– Oui, je crois », dit Louise. Elle ramena ses béquilles sous ses bras et se tint debout dans le soleil un instant. Le soleil lui vrillait la nuque. Elle sentait les points de suture tirailler sur son cuir chevelu. Elle prit la direction de la rivière. Myrna se planta sur la route et fit de grands gestes des bras aux enfants.

« On y va », appela la femme. Les enfants dépassèrent Louise en courant et tout ce qu'elle entendit fut la pétarade du moteur de la Buick, le petit crissement des gravillons lorsqu'ils reprirent la route.

Louise se tenait debout sur la berge, emplie de faiblesse sous le soleil. Elle pouvait rentrer à pied chez elle d'ici mais pas avec des béquilles et un plâtre lourd.

Elle s'assit au bord et laissa l'eau couler sur son plâtre.

Le courant était frais et sa jambe coulait comme de la glaise vers le fond mais le plâtre conservait sa forme, raide et irritant. Louise se sentait lourde de sommeil. Elle posa son front dans ses mains et remarqua que l'eau avait commencé à blanchir autour de ses pieds. Une eau crayeuse tourbillonnait dans le sens du courant et elle sentit la coque du plâtre se détacher.

Elle se leva et se frictionna l'arrière de la jambe. Louise avait entendu dire dans un bar de Front Street que Baptiste avait quitté la réserve pour aller faire la saison des pommes à Yakima. Elle éprouvait le fardeau de Baptiste, de sa désertion, et elle espérait être débarrassée de lui. Elle s'accroupit près de la rivière et se lava le visage à l'eau froide. Elle pouvait rentrer à la maison à présent.

Elle songea à Charlie Kicking Woman, comment il s'était occupé d'elle à Missoula, combien ses yeux étaient lourds. Et quand il s'était réveillé le matin il paraissait avoir pleuré. Il lui avait tenu la main. Il lui avait tapoté les jambes. Lorsqu'il lui avait souri, elle avait feint de ne pas le regarder. Elle sentit la palpitation sourde de son cœur, malade de savoir que Charlie était comme tous les autres hommes, et qu'elle avait été trop faible pour repousser ses avances. Malade à vomir. Malade de se souvenir de son corps nu, son corps lourd, son désir. Elle prit la décision de considérer que cette nuit n'avait jamais existé en espérant qu'il en ferait de même. Elle se comporterait comme si rien ne s'était passé entre eux car rien ne s'était passé. Rien franchement. Elle espérait que la nuit précédente se glisserait hors de ses jours, se tapirait hors de sa mémoire, et de celle de Charlie. Elle voulait rentrer chez elle sans le souvenir des mains de Charlie Kicking Woman nettoyant son sein blessé. Elle éprouvait de la tristesse jusque dans les plus petits os de ses pieds et de ses mains, la même sensation qu'elle éprouvait en fin d'hiver comme si elle avait traversé une période longue et difficile qu'elle ne reverrait plus jamais.

Ce fut un long retour à pied. Elle dut se reposer plusieurs fois au bord de la route. Elle espérait qu'une autre voiture la prendrait mais elle n'en vit pas une seule. Elle n'avait qu'une envie, c'était de voir sa grand-mère, mais alors qu'elle approchait de la colline surplombant la maison, elle aperçut le pick-up garé devant le perron. Elle hésita. Elle avait reconnu le vieux véhicule de son père et se demandait ce qui motivait sa visite. Son père avait épousé Loretta Old Horn après la mort de sa mère, et il ne passait plus que rarement. Elle sentit une pesanteur dans sa poitrine. Elle n'avait pas envie d'être confrontée à son père pas plus qu'à sa seconde épouse. Louise haïssait Loretta. Loretta parlait tout le temps et riait dès que quelqu'un finissait une phrase, que ce fût drôle ou non. Elle était épuisante à côtoyer. Elle avait perdu ses canines et ses autres dents n'étaient pas loin d'être toutes pourries. Louise ne voyait pas ce qu'il y avait de si beau chez Loretta qui ait pu inciter son père à quitter sa mère. Et la première fois que son père les avait abandonnées, Louise avait dû s'empêcher de penser aux dents de Loretta, à son zézaiement sifflant quand elle était soûle, à la saleté et à l'odeur de ses cheveux en hiver, comme les cervelles à tanner le cuir. « Elle se met de la graisse d'ours rance sur les cheveux. C'est pour ça qu'ils sont comme de l'étoupe », avait-elle un jour dit à sa sœur, bien qu'elle n'eût jamais vu les nattes de Loretta défaites. Elle avait ri avec Florence quand elles étaient tombées par hasard sur Loretta au magasin ou à des rassemblements indiens.

Loretta leur souriait timidement en rajustant sa robe et en se touchant les cheveux, ce qui déchaînait encore plus leur hilarité. Mais parfois aussi elle portait son regard loin derrière elles comme si elle attendait quelqu'un d'autre. Louise la haïssait alors. Loretta pouvait porter son regard au loin où le père de Louise serait toujours en train de l'attendre. Il semblait que Loretta aurait toujours le père de Louise et qu'il serait toujours bon avec elle, même si ses cheveux puaient comme des couilles de castor et qu'elle avait toutes les dents qui tombaient.

Louise se demanda un instant s'il se passait quelque chose de grave. Mais elle préférait ne pas y penser. Elle entendit le vent siffler dans les peupliers. Quelques feuilles jaunes tombèrent en glissant entre les arbres. Même si Loretta était là, Louise était prête à rentrer à la maison. Elle croisa les bras sur sa poitrine et choisit de croire que tout allait bien. Elle chercha sa sœur du regard, espéra que Grandma l'avait envoyée dehors. Louise regarda du côté de la mare où Florence ramassait souvent des roseaux, du côté de la colline au sol blanc où elle aimait s'asseoir pour mastiquer l'argile salée, mais Florence n'était pas dehors.

Louise colla son oreille aux planches en clins tièdes et entendit les voix étouffées autour de la table de la cuisine. Elle fut soulagée de ne pas entendre la voix de Loretta. Elle percevait une rumeur assourdie filtrant par l'encadrement de la porte, un bruit de conversation mesurée. Elle entendit les lents murmures de gorge de son père. Elle entendit le pied de la chaise racler le sol et quelqu'un bouger pour se lever. Un vent cinglant aplatit l'herbe sèche. Louise se demanda si son père partait. Elle glissa un œil à la fenêtre, prudemment retranchée dans l'ombre pour regarder, mais ses yeux étaient aveuglés par la lumière. Elle plaça ses deux mains en visière contre la vitre et vit son père debout sur le seuil de la cuisine étreignant son chapeau terni par la sueur. Elle demeura coite, avec des pincements au cœur dans la chaleur. Son père toussa et elle plongea sous la fenêtre pour ne pas être vue. Elle attendit le temps d'un long silence. Elle se demandait ce qui se passait. Puis un son assourdi monta de la cuisine, presque rien au départ, puis clair et sonore, aigu comme l'appel d'une vache embourbée. Son père pleurait. Elle sentit le sang lui bourdonner aux oreilles. Sa jambe lui faisait mal. Ses genoux tremblaient. Elle vit ses souliers bruns de poussière, l'hématome noir et dur sur sa jambe.

Son père quitta seul la maison et s'éloigna lentement au

volant de son pick-up, sans dire bonjour ni au revoir ni même regarder Louise. Elle leva la main pour lui faire signe mais ses yeux étaient hébétés et gonflés, et fixés sur la route. Louise entra lentement dans la maison, aperçut seulement sa grand-mère assise à la table de la cuisine, les mains jointes. Le silence était absolu. Un silence absolu. Elle n'entendait pas les oiseaux. Elle n'entendait pas le bruit du vent. Sa grand-mère leva les yeux vers Louise et ses yeux étaient calmes. « Ta sœur, dit-elle, s'est noyée dans la rivière. » Louise détourna les yeux de Grandma, les leva vers l'escalier, vers la fenêtre derrière laquelle les nuages désorientaient le soleil. Elle avait mal entendu, ce n'était pas possible. « Nous avons perdu Florence », dit sa grand-mère. Sa voix était basse et certaine.

« Non, dit Louise, elle est dehors quelque part. » Elle était convaincue que sa sœur était tout près, sortie un instant, cachée peut-être, mais en vie en tout cas et attendant d'être découverte. Grandma se leva de table et prit la main de Louise. Louise remarqua que ses mains étaient moites et elle se concentra sur celles de sa grand-mère. « Elle est descendue à la rivière ce matin, dit Grandma. Comme elle tardait à revenir, je suis allée voir. J'avais demandé à ton père de venir m'aider.

– Tu sais, Grandma, dit Louise, vous l'avez peut-être manquée.

– Elle est encore dans la Flathead », dit sa grand-mère, et sa voix semblait forte et déterminée. Elle essayait de se convaincre que Florence n'était plus. « Nous allons tenter de la sortir maintenant.

– Mais comment le sais-tu ? Comment sais-tu qu'elle est dans la rivière ? » questionna Louise. Elle refusait de croire que Florence était morte mais elle se surprit à tenter de se rappeler la dernière fois qu'elle avait vu sa sœur. Elle voulut sourire mais sa lèvre tressauta, elle pleurait déjà.

« Louise. » Sa grand-mère lui saisit les mains. « Nous le savons. Maintenant nous devons la sortir. »

Louise ne comprenait pas ce que sa grand-mère lui

disait. Le monde était soudain plus qu'elle ne pouvait appréhender, ses problèmes avec Baptiste infimes, compréhensibles. Elle se dégagea de l'étreinte de sa grand-mère et sortit sur le perron comme si elle pouvait se forcer à se réveiller dans la vive lumière de l'après-midi. Elle apercevait la lisière verte de la Flathead River proche à l'horizon. Le niveau semblait bas. Elle voyait la masse crayeuse des collines qui dominaient ses berges, les pins hauts qui ombrageaient l'eau. Pendant tout ce temps, songea-t-elle, elle avait parlé avec sa grand-mère, et sa sœur était dans la rivière.

Louise entendit sa grand-mère dire : « Ton père est allé chercher Charlie Kicking Woman. Ils vont draguer la rivière. » Plusieurs années auparavant, un propriétaire de ranch s'y était noyé. Elle se souvint du filin de dragage, du grand crochet entrant dans l'eau, de l'homme coupé en deux par l'instrument agressif. Sa grand-mère se tenait debout derrière elle. Du coin de l'œil elle vit l'accablement qui pesait sur les épaules de la vieille femme, elle se souvint combien les mains de sa grand-mère étaient devenues gauches après la mort de sa mère, elle revit le mouvement laborieux de ses doigts quand elle tressait les nattes de Florence. Elle vit le fardeau de son chagrin. Elle vit les saules écarlates qui ployaient bas vers l'eau lointaine et commença à ressentir le poids vibrant de la mort de sa sœur. Il n'existait aucun moyen d'échapper au chagrin.

Louise se demanda si elle pourrait retirer Florence de la rivière. Elle savait que tout acte inconsidéré ne ferait qu'accroître la douleur de sa grand-mère, mais elle ne pouvait laisser Charlie draguer le cours d'eau. Elle regarda du côté de la route. Elle ne confia pas son projet à sa grand-mère. Elle n'était pas sûre que cela marcherait ni que Jules Bart accepterait de les aider. Mais si quelqu'un était capable de tirer sa sœur de la rivière sans crochet, c'était lui. Elle laissa sa grand-mère debout près de la maison et résista au désir de regarder en arrière. Louise préféra regarder très loin vers la lumière liquide tout au bout de la longue route, la lumière pure et ondoyante qu'elle ne pouvait atteindre, et elle regretta que cette histoire ne fût pas semblable à cette lumière trompeuse, une chose d'apparence réelle mais qui n'était qu'un rêve.

Charlie Kicking Woman

Là où la rivière est immobile

J'ai roulé à tombeau ouvert pour rentrer à la maison, assez tôt pour changer d'uniforme et commencer la journée avec une allure décente, mais trop tard pour sauver mon mariage. Aida m'avait quitté. Je crois que je savais, alors même que je me trouvais dans cette chambre d'hôtel, que je l'avais déjà perdue. Un homme sent ces choses. J'ai ralenti devant notre petite maison bleue, la sachant déserte. Un silence recouvrait le sentier rocailleux du jardin. Le lilas virait au brun. J'imaginais Aida s'en allant alors que je montais la côte de Ravalli Hill. Le soleil saignait à travers l'herbe d'hiver clairsemée, et moi je retenais mon souffle en voyant le troupeau de bisons se détacher sur tout ce ciel, au moment même où j'imaginais Aida refermant la porte de la maison que nous partagions.

Au lieu de me lancer à sa poursuite comme j'aurais dû le faire, j'ai commencé à inventorier ses biens dès mon entrée dans la véranda de devant, boulot du premier policier arrivé sur les lieux du crime, rassembler les indices qui ne me livreraient pas une histoire différente de celle que je connaissais déjà. Pourtant j'ai persisté dans cette voie, pressentant que je me devais au moins ça, la confirmation de tous mes échecs. Peut-être pressentais-je que j'en devais assez à Aida pour évaluer la vie qu'elle avait laissée derrière elle. Il m'est venu à l'esprit que les biens qu'une personne laisse en partant ne sont pas destinés à suggérer son retour.

Les gens laissent derrière eux des preuves matérielles des raisons qui les ont incités à partir. Elle avait laissé des tas de choses, à commencer par un mot griffonné au dos d'une liste de courses disant simplement que ça ne marcherait pas, les tasses de porcelaine fine se couvrant de poussière dans la vitrine que j'avais fabriquée, quatre paires de bas de soie reprisés, les souliers blanc cassé dont je la croyais fière, la jupe droite dont j'avais espéré qu'elle lui donnerait une allure sophistiquée, ses gants d'église blancs repliés dans le tiroir du haut avec un brin d'armoise et des roses sauvages séchées, les pendants d'oreille en cristal qu'elle avait pris pour des diamants. Et toutes ces choses, tous ces biens additionnés ne valaient rien, c'était le total de ce qu'apparemment j'étais devenu. Une vieille culpabilité m'a enveloppé comme l'édredon en patchwork élimé qu'elle avait confectionné pour notre lit. Lorsque la pendule sonna dans la cuisine, j'eus envie de l'arrêter pour marquer cet instant précis de ma vie.

J'ai résisté au désir de laisser ses biens ralentir le cours de ma vie. J'ai mis toutes ses affaires dans des cartons que j'ai empilés dans la cabane de jardin. J'avais le sentiment désagréable qu'elle allait rentrer à la maison pendant que je m'activais, rentrer à la maison amoureuse de moi, ne trouver aucune trace d'elle-même et repartir à nouveau, le cœur brisé. Cette idée m'a angoissé car Aida avait beau me manquer, je me disais que je ne souhaitais pas son retour. J'avais fini par me lasser de tout ça. Voilà à quel point je me sentais coupable. J'étais tombé amoureux d'une autre femme. J'étais tombé amoureux de Louise, et j'avais beau nier tout intérêt pour elle, j'avais dû parler d'elle deux ou trois fois par jour à ma femme, prononcer son nom d'un ton détaché destiné à ne pas suggérer l'intérêt. Louise n'était qu'un aspect parmi d'autres de mon travail, un détail dont je pouvais parler en rentrant le soir. Je me disais que je ne faisais que raconter ma journée, mais de plus en plus ma journée se résumait à des histoires de rencontres ou de non-rencontres avec Louise. J'étais assez bête pour imaginer m'en tirer comme ça. Je me suis rendu compte que j'avais l'arrogance de penser qu'Aida pourrait me revenir. Je l'avais traitée sans égard. Je m'étais détaché des petits détails de sa vie pour lui révéler seulement la passion que j'entretenais pour les allées et venues d'une femme qui était une inconnue pour elle et de bien des façons une inconnue pour moi aussi.

J'ai enfourné mes bras dans un uniforme propre et frais, passé un peigne dans mes cheveux et brossé mes dents à m'en faire saigner les gencives. Je ne voulais que m'occuper des choses que j'étais capable de changer. Je voulais retourner bosser. J'étais bien content d'avoir ce boulot. J'ai établi le contact radio avec la base et entendu avec soulagement Adeline Top Crow me répondre sans passion. J'ai entendu le ton calme et professionnel de sa voix comme si rien n'avait changé. « Rédige-moi un mandat flottant permanent pour Yellow Knife, lui ai-je demandé. Je passerai plus tard le faire approuver par le chef. » J'ai entendu un chevrotement de parasites puis Adeline m'a fait part de l'information consternante. Noyade à la sortie de Perma entre les bornes 108 et 109. Je devais passer par le commissariat récupérer le crochet et le filin de dragage. Le corps avait été repéré, m'a-t-elle dit, je n'aurais donc pas besoin du bateau de secours. Je n'ai pas demandé de qui il s'agissait. Je ne tenais pas à connaître les détails. Je saurais bien assez tôt. Il me fallait pour le moment remettre à plus tard l'ordre de rechercher Baptiste hors de la réserve. Ça non plus, je n'avais pas envie d'y penser.

J'imaginais que je partais pour cet endroit que l'on appelait « là où la rivière est immobile ». Il y avait déjà eu des accidents là, des noyades évitées de justesse, des bravades de gosses. J'aurais dû me douter que nous aurions un jour ou l'autre un noyé. Tous les signes étaient présents. L'été refusait de quitter la réserve comme s'il attendait d'emporter quelqu'un avec lui. Nous n'avions pas eu de noyade depuis des années. L'été promettait de rester. La rivière fraîche appelait. Je me suis mis dans la tête que j'allais rencontrer un gosse noyé, une mauvaise journée qui promettait pire encore. Je me suis senti étrangement soulagé. Je n'aurais pas à penser à Aida et mon obsession pour Louise connaîtrait un répit.

Le ciel avait viré au jaune sous la chaleur. J'ai aperçu Bradlock debout au bord de la route et il a levé les mains en l'air, signe de reddition. J'ai garé mon véhicule sur le bas-côté dans un brouillard de poussière. Bradlock paraissait déplacé dans l'herbe haute, dans son costume gris déformé, souillé de taches de transpiration, son prétentieux chapeau à large bord. J'ai dû détourner mon regard de lui. En descendant du véhicule de patrouille, j'ai senti juste au-dessus de ma tête une étrange vague froide qui m'a glacé.

J'ai pensé à toutes les heures que j'avais passées à arpenter le bord de la rivière. J'avais marché sur ses berges l'hiver, l'automne et l'été, je savais où la laîche des marais s'agglutinait sur de la boue mouvante. Je connaissais chaque gros rocher comme les bornes de la route, je savais où la truite grasse dormait dans des courants indolents, je savais où des brochets longs comme le bras sautaient pour happer des mouches avec des dents au claquement sûr. Tout de suite je n'ai pas regardé les gens rassemblés au bord de l'eau. C'est ce que j'adorais et haïssais dans la vie des petits villages, chacun avait la liberté d'être un badaud. Je me suis planté près de Bradlock, regardant fixement le centre lisse et immobile d'un contre-courant et sentant mes genoux tressaillir en ployant. Je suis retourné chercher le filin de dragage à l'arrière du véhicule. Bradlock me suivait comme un petit chien. « Je crois qu'ils ont prévu autre chose », m'a-t-il dit, mais j'ai fait celui qui n'entendait pas. J'avais du pain sur la planche et je n'étais pas disposé à laisser Bradlock mettre son grain de sel. J'ai jeté le matériel sur mon épaule.

Tous avaient les yeux fixés vers la rivière. En me rapprochant, j'ai senti la sueur liquide sur mon dos se changer en sel sous l'action desséchante du soleil. L'eau brillait d'un tel éclat que mes yeux se sont emplis de larmes. Tous étaient figés, aussi figés qu'une photo. Je ne l'ai pas reconnue tout de suite. J'ai été décontenancé. Mes chevilles ont tremblé soudain sous ce nouveau poids. Louise se tenait debout au bord de la rivière, avec le bras de sa grand-mère autour d'elle. Elle grelotait. De ses cheveux dégouttaient des traînées d'eau. Ses mamelons bruns saignaient sous sa robe souillée par l'eau de la rivière et un instant j'ai pensé au bandage de fortune que j'avais fixé le matin même sur sa poitrine. La logique me trahissait. Je ne pouvais faire coïncider l'image de Louise, debout ici près de la rivière, avec la dernière image que je gardais d'elle. Elle était encore à Missoula. Tout à coup je me suis vu dans le cauchemar qu'était devenue ma vie. J'ai tenté de raccorder les éléments de ce que je voyais, de tout remettre d'aplomb. Mais ceci ne ressemblait à aucun rêve que j'avais pu faire. Ce jour était aveuglant et splendide. J'ai eu envie de vomir. J'ai regardé plus loin que Louise et sa grand-mère, plus loin que la petite foule rassemblée bouche bée, regardé plus loin que le cow-boy qui faisait tournoyer son lasso au bord de l'eau, sans faire le rapprochement.

J'ai cru que ce n'était rien d'autre que des joncs ou des algues brûlées par le soleil. Quelque chose, rien peut-être. De minces tiges de saule bouillonnant dans un épais courant en spirale juste au-dessous de la surface lisse de l'eau. Émergeant de l'eau odorante et profonde, j'ai contemplé la serpentine chevelure noire. Je me suis souvenu d'une longue chevelure. La sœur de Louise. D'un coup ça m'a frappé, alors que je me tenais debout là, avec ce crochet assez vicieux pour empaler un homme adulte toujours pendu à mon épaule. Quelque chose de froid a souri sous le crissement de mon holster de cuir. Ma colonne vertébrale était une colonne de mercure descendue à moins quarante. J'ai pensé à Florence s'enfonçant en tourbillonnant vers le fond sablonneux de la rivière, ses yeux écarquillés tournés vers le ciel clignant dans la lumière filtrée par du mica. Disparue.

J'ai tourné le dos à la rivière, mis ma main sur ma hanche. Je pensais à entrer dans cette eau sombre, tirer Florence morte et lourde des profondeurs, sentir ses doigts détrempés, rigides, me tapoter alors que je tendrais les bras pour la saisir, ses cheveux froids tels des poissons autour de moi.

Bradlock s'est approché par-derrière et a effleuré de sa main la base de ma colonne vertébrale. Je me suis reculé si vite que j'ai failli basculer dans l'eau.

« Je peux vous parler un instant à l'écart ? a-t-il dit en désignant de la tête un terrain surélevé.

– De quoi s'agit-il ? » ai-je demandé, incapable de dissimuler l'agacement dans ma voix.

Bradlock s'est tu brièvement. Il a soulevé son chapeau, exposant son crâne érodé par le vent. Puis il m'a regardé droit dans les yeux.

« Ils sont convaincus qu'elle vit encore là au fond. » Il me regardait toujours et j'ai commencé à me dire qu'il le croyait lui aussi. Il a désigné du doigt un groupe d'hommes que je connaissais depuis des années, Indiens et Blancs confondus, debout sur le vieux pont de Perma. C'est alors que j'ai vu Sam White Elk, debout près de la route, tournant le dos à la rivière, triturant le chapeau de paille qu'il tenait entre ses mains. « Allez voir vous-même », a dit Bradlock. J'ai posé ma main sur ma bouche, l'écoutant. « Elle est là-bas, debout. Elle a les yeux ouverts. Ils croient..., commença-t-il en jetant un coup d'œil en arrière du côté de Grandma Magpie et de Louise, c'est seulement le courant qui la retient, je sais, mais ses bras bougent d'avant en arrière comme... », et il détourna son regard du mien en disant ça et cessa de parler.

« Quoi ? » j'ai dit. Il sembla s'écouler un temps trop long avant qu'il ne me réponde.

« ... comme si elle appelait à l'aide. » Il s'est penché plus près pour me confier alors dans un murmure : « Et les Indiens ne sont pas les seuls à le croire. » J'étais troublé. J'avais envie de rejoindre Louise mais comprenais que ce n'était pas ma place d'être à côté d'elle. Sam White Elk s'était rendu au milieu du pont. Il s'était plié en deux et, les mains en coupe sur les genoux, il regardait fixement le fond de l'eau. On aurait dit qu'il venait de recevoir un coup au plexus. Certains hommes s'étaient installés à califourchon sur la rampe du pont. D'autres se contentaient de jeter un coup d'œil par-dessus. Certains parmi les vieux propriétaires de ranches avaient ôté leur chapeau de cowboy et j'ai compris que c'était leur façon discrète de témoigner leur respect. D'ordinaire la mort d'un Indien, même d'un enfant indien, serait passée inaperçue des Blancs, mais cette mort-là avait saisi tout le monde. Je savais que ce serait une histoire que les gens continueraient de raconter pendant des années, non pas une histoire de fantôme ni une histoire surnaturelle, mais une histoire inexplicable, sans queue ni tête, presque cocasse, pour n'y point attribuer trop d'importance. J'ai rejoint les hommes sur le pont, un fardeau sur le cœur.

J'ai regardé au fond de l'eau verte et limpide. J'apercevais les grands rochers ronds, les couleurs unies des galets de la rivière, et puis je l'ai vue debout toute droite sous le pont. Elle dansait dans l'eau de la rivière, une danse traditionnelle, lente et soutenue, elle dansait au son d'une musique qui nous était inaudible. J'ai repoussé la rambarde, senti le heurt du crochet de dragage dans mon dos. Je ne tenais pas à voir ce que je voyais. Je craignais que ces gens ne se tournent vers moi pour obtenir des réponses que je n'avais pas. Logiquement, je savais qu'elle était seulement prise dans un profond contre-courant, un courant qui l'attirait, une farce. Mais dans mon cœur, je sentais l'Indien en moi cherchant à comprendre ce que tout cela signifiait. J'ai exploré du regard toute la longueur de la rivière comme si je pouvais y trouver des réponses. La rivière s'écoulait, d'un blanc laiteux par-dessus des rochers sur une assez longue distance, puis semblait s'arrêter et s'immobiliser dans ce chenal qui retenait la sœur de Louise. Là l'eau s'écoulait en profondeur et la surface était calme, aussi épaisse que de l'huile. Des rochers luisaient. Des branches s'inclinaient profondément vers des courants verts, obscurs. J'ai tâché de ne pas regarder le point dans la rivière où la chevelure de Florence s'emmêlait dans le flot tourbillonnant.

J'ai pensé à cette histoire sourdant d'ici, Florence debout dans l'eau, les yeux ouverts et les bras tendus. Ils diront que Florence dansait dans l'eau, et non seulement dansait, mais dansait morte. Je savais que cette histoire conduirait bientôt à la méfiance et à l'angoisse. J'ai mes histoires, moi aussi.

J'ai déjà vu un vent soudain monter si vite en tourbillonnant qu'il a une voix, même dans une pièce dont toutes les portes et les fenêtres sont closes, et il parle, il parle jusqu'au matin. J'ai vu ma grand-mère s'élever au-dessus des flammes d'un feu de camp, alors qu'elle dansait pour se soigner. J'ai vu l'homme-médecine tourner le dos à une foule de gens et se retourner à nouveau pour laisser voir ses yeux aussi incolores que des pièces d'argent, et tout le reste de cette année-là, l'argent était venu à moi.

Quand je suis devenu policier, ces histoires sont passées au second plan derrière les maisonnettes remplies d'enfants affamés. Ces histoires disparaissaient lorsque des phares se rencontraient sur une route sans lune ou que je découvrais un jeune homme endormi sous la voiture d'un Blanc par une nuit si pluvieuse que la moitié de son visage était noire de boue.

J'avais envie de secouer ces gens qui se cramponnaient à ces histoires quand leurs enfants se réveillaient avec le froid fumant, sifflant à travers leurs cabanes de planches disjointes. Je voyais tellement de familles indiennes logées dans de si pitoyables maisons – Louise et sa grand-mère et cette pauvre enfant pour commencer. Je voyais bien que leur misérable colmatage tombait en ruines. Leur maison était calfeutrée avec des chiffons. Je m'étais déjà arrêté le matin de bonne heure et j'avais vu la neige sur leur plancher. La pauvreté est une histoire que l'on ne semble jamais raconter.

J'ai levé les yeux, vu le champion de rodéo de Revais Creek et commencé à réunir les indices. Un rouleau de corde était passé autour de son bras, un autre sur son épaule, sur la courbe de sa hanche pendait un épais cordage verdi et noirci de graisse et d'aspect lourd. Et j'ai compris, il allait tenter de sortir Florence de l'eau au lasso. J'ai vu la longue détente de son bras sec et musclé, entendu la corde frapper l'eau, couler à pic. Je l'ai admiré. Lui au moins faisait quelque chose et ne semblait pas la proie de tout cet égarement. J'ai inspiré à pleins poumons et exhalé lentement. Quelque chose retenait l'extrémité de la ligne, puis la corde est revenue d'un seul coup, à vide, en ricochant sur l'eau. Le cow-boy l'a ramenée prestement, l'a lovée serrée, une galette ruisselante. Il a mis sa main en coupe pour tâter l'eau. Puis il a retiré l'épais cordage de sa hanche et l'a enroulé. Je l'ai regardé soulever le lasso au-dessus de sa tête. Il a dû se balancer d'avant en arrière sur ses talons pour lui imprimer un mouvement, pour l'enlever dans les airs. Et puis il s'est penché en avant et voilà que le cordage vibrant volait, pris sur une courbe du vent filant juste au-dessus de l'eau. J'ai entendu geindre le vent tandis que le câble tranchait l'air. L'homme a imprimé une secousse à la corde et l'a faite choir pile dans l'eau. J'ai vu la rivière avaler le nœud coulant. Le cow-boy a tendu le câble. Il avait ceinturé quelque chose. On voyait la tension de ses épaules. Il a commencé à tirer, une main après l'autre. L'eau ruisselait sur le devant de son pantalon, ruisselait le long de ses bras. J'ai plissé les yeux pour voir ce qu'il tirait. Lorsque j'ai vu la tête de Florence émerger de l'eau, je me suis précipité pour lui prêter main forte.

Louise

La longue durée du jour

Elle ne pouvait se défaire de l'image de sa sœur Florence immobile et belle dans l'eau clapotante du bord. Encore et encore, elle revoyait Jules Bart s'agenouillant dans l'eau. La tête de sa sœur se renversant en arrière, sa longue chevelure balayant le sol tandis que Jules la soulevait dans ses bras et l'emportait loin de la rivière qui lui avait pris sa vie. Charlie n'avait fait que rendre plus difficile une situation déjà difficile.

Jules Bart avait accompli ce que les autres hommes étaient incapables d'accomplir. Il avait transféré le corps de sa sœur entre les bras tremblants de son père. Sa grand-mère avait couvert le visage de Florence de sa main en visière comme pour la protéger des regards. Louise pensait même à Loretta, comment elle s'était tenue, petite comme un oiseau, à côté de son père, les talons noirs de ses mocassins dans la boue recouverte d'une fine croûte. Lorsque Loretta avait jeté un bref coup d'œil à Louise, elle avait souri et pleuré en même temps et Louise avait ressenti une nostalgie pour sa propre mère à ce moment. Et ils s'étaient tous tenus debout ensemble sur le bord anguleux de la rivière, une famille, la voix de sa grand-mère une prière au-dessus d'eux.

Louise n'avait pas la force de supporter le poids de tout ce qui devait suivre la mort de sa sœur. Elle savait que la famille allait se réunir pour la veillée funèbre, la longue procession des oncles et des tantes, des cousins et des parents éloignés. Charlie Kicking Woman avait suggéré de conduire Florence au funérarium de Mission afin de préparer son corps pour la veillée. Grandma avait repoussé l'idée. Elle disait qu'elle ne voulait pas être séparée de Florence, qu'elle ne voulait pas que Florence fût seule loin d'elle dans le funérarium froid. Charlie avait écouté la vieille femme, sa casquette dans ses mains, hochant gravement la tête, l'eau de la rivière dégouttant de son pantalon. Pour finir Grandma avait accepté de remettre le corps aux soins de Charlie. Et Louise se demandait si sa grand-mère avait seulement dit oui pour ménager la fierté du policier. Mais Louise comprenait que son aïeule était accablée par le deuil. Elle avait préparé trop de ses êtres chers pour la tombe. La mort l'avait vieillie.

Louise regarda Charlie Kicking Woman placer le corps à l'arrière de sa voiture et la protéger d'une couverture. Elle vit les mains brunes de sa sœur, sans vie, et elle tenta d'imaginer Florence arrêtée. Arrêtée à jamais. Lorsque Charlie ferma la portière sur l'image de sa sœur figée, elle sut qu'il fermait la porte sur un des derniers souvenirs qu'elle garderait de Florence et, privée d'elle à jamais, Louise fut assaillie par un flot de réminiscences, aussi bref qu'une averse d'été. Le sourire de Florence. Florence bras tendus vers le ciel bleu d'hiver. Florence dans les champs d'août. Florence vêtue d'une robe traditionnelle brodée de perles, tournant lentement. Prête à danser.

Charlie prit la route et Louise vit le soleil en un instant radieux étinceler sur son pare-brise, l'été à jamais pour sa sœur désormais. Florence s'en était allée, telle une voiture, pour une direction où Louise n'allait pas, oie sauvage voyageant vers un lieu plus sûr à travers le ciel noir de la nuit, virant au vent, puis le sillage du silence.

Jules Bart se tenait debout près d'elle, grand, beau. Elle n'avait pas remarqué avant que ses yeux étaient de la couleur vert menthe de l'été. Lorsqu'elle prit son bras, elle sentit l'odorante sueur de cheval près de son cou.

Louise pressa son visage à la vitre fraîche du pick-up de Jules Bart et avala goulûment de l'air. Elle se souvenait être allée avec Baptiste là où la rivière est immobile, le lendemain de leur mariage. Elle s'était mise toute nue tandis que Baptiste pissait dans les broussailles derrière elle. Louise avait les pieds dans l'eau froide et s'apprêtait à plonger quand Baptiste l'avait tirée en arrière. Elle avait cru qu'il la désirait en cet instant et elle s'était débattue pour se dégager. Elle avait envie de courber la tête dans le courant frais, envie de battements de jambes nues dans la froide rivière verte. Mais Baptiste l'avait fait asseoir sur le rocher pour observer la métamorphose de la surface lisse de l'eau, pour voir le petit mouvement de vagues sous le calme d'un cercle de la taille de la maison de sa grand-mère. Elle se souvint qu'au moment où l'ombre des nuages était passée sur la rivière, elle avait vu clairement la texture des courants d'argent brassant l'eau au cœur du cerceau mortel.

« Là. » Baptiste lui avait montré, le doigt pointé. « L'eau a faim. »

Il lui avait conté une histoire ce jour-là et elle n'y avait prêté aucune attention. À présent l'histoire lui revenait, aussi amère que de la bile, une histoire prémonitoire, et elle sentit la panique lui lacérer la poitrine en se remémotant les paroles de noyade de Baptiste. L'histoire lui revint sans qu'elle l'eût voulu, comme si Baptiste était à côté d'elle tandis que Jules Bart tripotait le bouton des stations de sa radio.

Charlie Kicking Woman

Devoirs

Le trajet jusqu'à Mission fut le plus long de ma vie. J'avais promis à Grandma Magpie de rester avec le corps de Florence White Elk, mais il fallait que je rentre chez moi. J'avais le sentiment d'avoir fait mon devoir. Il y avait quelque chose dans la mort de Florence qui faisait remonter tous mes échecs. Je l'avais sauvée de la morsure du serpent à sonnette pour la livrer à une mort plus terrible encore. Sa mort venait me rappeler d'autres enfants indiens que j'avais laissés tomber.

Je me souvenais de ce gamin de Browning. Un soir, ce gosse descend à la cave des Ursulines et se saigne. Il s'était coupé les tendons des jambes, puis s'était tranché les poignets. Il avait voulu mourir. Encore aujourd'hui quand je dépèce un cerf, je vois son sang brillant s'écouler vers la bonde d'évacuation. J'ai toujours pensé qu'il cherchait à dire quelque chose par ce geste, mais je l'avais sauvé. C'était le même soir que j'étais tombé sur Harvey Stoner garé en haut de Pistol Creek, dans sa voiture de luxe, inventoriant les terrains à prendre, et inévitablement j'avais mis les deux événements en relation comme s'il était de la faute de Stoner que ce foutu môme ait retourné un couteau à dépecer le cerf contre lui-même, un couteau à dépecer au tranchant d'obsidienne, pour l'enfoncer dans la chaleur de son propre sang. La faute de Stoner si ce gamin gisait sur le ciment depuis peut-être une heure, sans larmes

215

ni prières mais le visage propre et sec, et la certitude que peut-être il s'en allait vers un monde meilleur. La faute de Stoner si sa peau était tellement blanche que ce gosse aurait paru presque noir à côté. Mais jamais ils ne se seraient tenus côte à côte, ce gosse au teint mat d'une petite réserve indienne du Montana, cet homme blanc de Spokane. Et j'ai tenté de penser à ce gosse tout seul sans Stoner, mais ça m'est impossible.

Avec tant de choses déjà parties, je me suis demandé ce que Stoner voulait prendre, car il semblait avoir tout pris. Mr Malick lustrait le capot de la voiture de Stoner quand celui-ci lâchait une pièce pour le plein d'essence. Eddie, le barman, lui préparait son verre avant qu'il n'ait franchi la porte. Et un verre à l'œil par-dessus le marché. J'avais vu des femmes, y compris d'un certain âge, papillonner autour de lui. Son fric gonflait sa poche arrière telle une promesse de plaisir. Mais je n'imaginais pas que Stoner accumule jamais assez de terre pour faire fructifier son argent à l'intention des générations futures car il ne pensait qu'à lui-même. Il avait cet air de convoitise égoïste qui me faisait enrager. La mort d'un enfant indien m'emplissait toujours de fureur. Une colère ancienne m'a soulevé, une colère qui remontait à des années, bien avant ma capacité à comprendre quoi que ce soit. Je me suis aperçu que je cherchais des réponses. J'ai passé la nuit seul à trop réfléchir.

Je sentais la venue des mauvais jours. Je me suis interdit de penser à ma femme au loin, ayant tourné la page sur moi, à ce qui était arrivé à Louise. J'avais au ventre un désir ardent de me jeter dans mon travail. Le froid arrivait. Je voyais les jours tièdes refluer devant le sifflement de mon haleine blanche. Et je savais ce que cela signifiait. J'avais vu des Indiens, au plus mortel de l'hiver, endormis sur des seuils de porte. Et je les avais crus soûls. Je m'étais approché d'eux, pensant faire respecter la loi, pour ne découvrir qu'un être trop pauvre pour avoir une maison où dormir. Un être aux cheveux pouilleux et aux mocassins de toile, par moins vingt degrés, au manteau si élimé que le vent passait au travers en sifflant.

Je ne tenais pas les Blancs pour responsables de tout car dans le coin j'avais vu des Indiens avec moins d'un crachat de sang indien dans les veines, les bâtards de bâtards laissés par les trappeurs de fourrure français, nous mener à la baguette. Des Indiens qui bouffaient à tous les râteliers parce que les autres, nous autres, étions trop occupés à nous bouffer le nez. Pendant que nous nous flanquions sur la gueule pour réchauffer nos maisons fissurées isolées au papier journal, eux menaient le bétail avec les Blancs. Ces Indiens-là étaient les premiers à nous expliquer comment économiser de l'argent pendant que leurs glacières étaient bourrées de morceaux de bœuf et de beurre. Cette sorte d'Indiens que les Indiens eux-mêmes ne reconnaissaient pas, cette sorte d'Indiens qui prétendaient être blancs lorsque cela leur convenait.

Il m'arrivait de penser que Louise avait épousé Yellow Knife parce que Baptiste était un Indien à la peau foncée. Baptiste ne pouvait entrer nulle part et passer pour blanc. Nulle part. C'était partout interdit à Baptiste et aux chiens. Il foutait la trouille à tous les Blancs. Il aurait pu marcher dans la rue, complètement à jeun, et ces Blancs-là auraient déguerpi sur l'autre trottoir sans même feindre de n'avoir pas peur. Yellow Knife entrait dans un bar et y était servi tout bonnement parce que le barman avait peur de le foutre dehors. Peu importait que Yellow Knife provoque une hémorragie de clients hors de cet établissement, le barman continuait à le servir jusqu'à ce que quelqu'un se décide à nous appeler pour l'expulser.

J'avais été soulagé d'apprendre que Yellow Knife était à Yakima. Quand bien même il se trouvait à huit cents kilomètres, je devais rester vigilant et guetter son retour. Je me souvenais d'un épisode, quelques années auparavant, lorsque j'avais découvert Baptiste endormi dans les bois près de chez les Ashcroft. Il était recroquevillé sous un petit bosquet de pins au parfum aussi doux que le gin. J'avais appris à ne surtout pas le réveiller quand il dormait, à plus forte raison quand j'étais seul. Je m'étais retourné pour prendre un bâton et le tâter au cas qu'il soit mort et lorsque j'avais posé à nouveau mon regard sur lui, il avait disparu. Je n'avais jamais vraiment eu la certitude de l'avoir vu ce jour-là mais les détails de sa personne restaient gravés en moi. Il portait une écharpe rouge et blanche nouée serrée autour du cou. Il dormait comme un faon, sans un mouvement, sans une odeur. Je fus pris de nausée à sa vue, un vertige nauséeux qui me fit bourdonner le crâne. Je me souvenais de la vision de ses chaussures griffées de poussière et du caoutchouc usé aux semelles. Comme je quittais les bois, le soleil pâle effleurait seulement la cime des arbres, et j'ai eu du mal à m'orienter. J'ai cru que Baptiste me faisait une farce, qu'il était non loin de moi, caché derrière des fourrés ou perché comme un singe au faîte d'un arbre fantôme. Il était tout bonnement devenu invisible à mes yeux. Il était un poisson en eau ombreuse, une particule de mica dans un tourbillon de poussière. Il avait disparu.

J'avais l'intention de veiller sur Louise pour assurer sa sécurité. Je n'allais pas laisser Yellow Knife se jouer de moi à nouveau. Je suis resté aux aguets pour Yellow Knife, tout en gardant un œil sur Stoner.

Louise

Vision funèbre

Après la mort de Florence, le temps changea. Le soleil devint froid, et de sombres journées se perchèrent telles des chouettes sur la vie de Louise. La lumière de l'hiver imminent clignotait par les vitres de la maison de sa grand-mère et la trouvait encore écroulée au lit. Louise s'éveillait aux rayons d'un soleil si étincelant qu'elle se couvrait le visage à deux mains. Elle restait assise sur le perron jusque tard dans l'après-midi, attendant le moment de retourner se coucher.

Deux semaines après l'enterrement, sa grand-mère lui mit un sac de pain frit entre les mains. « Il est temps, lui dit sa grand-mère, de remercier ceux qui nous ont aidés. Tu vas aller apporter ça au cow-boy. » Louise n'avait pas envie de quitter la maison. Elle n'avait envie ni de se coiffer ni de s'habiller. Elle porta son regard sur la route large du côté des peupliers carolins qui se découpaient en noir contre les collines lointaines.

Lorsqu'elle quitta la maison, les nuages qui s'étaient trouvés à l'horizon approchaient vite. Les arbres grinçaient dans le vent. Elle sentit la morsure du froid et regretta de ne pas avoir emporté de manteau. L'averse la bombarda comme de la grêle. Elle se mit à courir pour se tenir chaud. Elle traversa la route et suivit la vieille piste de Dixon. Cela faisait un raccourci d'environ deux kilomètres. En arrivant à Miner's Hill, elle marcha sous les pins pour s'abriter de la tempête mais le vent faisait pleuvoir des aiguilles de pluie à travers les branches, alors elle reprit sa course. Elle courut pour oublier sa sœur, pour oublier Baptiste, pour oublier la sensation de vide qui capitonnait sa poitrine. Des tétras détalaient dans les fourrés avec le martèlement de son cœur. Elle avait oublié la sensation que peut procurer le vent froid dans la chaleur de la course, propre, purifiant. Et plus tôt qu'elle ne l'aurait voulu, elle atteignit la terre où vivait Jules Bart. Elle suivit la pente de la colline qui plongeait vers un vaste corral. Elle vit son écurie blanche. Quelques chevaux galopaient le long de la clôture du fond. Elle songea à Baptiste et aux chevaux qu'il soignait avec tant de soin. Que Baptiste parlât à Champagne et l'animal frottait son nez sur son torse. Elle se demanda si la mère de Baptiste s'occupait des chevaux de son fils à présent. Elle songea à Champagne, haletant d'avoir couru, devenant fou sans Baptiste. L'orage était pourpre au-dessus des collines et il progressait vite. Le vent la poussait dans le dos. Le vent aplatissait l'herbe et les chevaux galopaient à perdre haleine. La pluie ruisselait de son visage, de ses mains.

Elle n'avait pas revu Jules Bart depuis le jour où sa sœur était morte, depuis la nuit où elle était rentrée avec lui. Elle l'avait suivi le long d'un corridor obscur. Elle avait vu l'éclat de ses éperons accrochés au mur avec soin. Des chapeaux de cow-boy et des écharpes de soie étaient suspendus à des bois de cerfs poussiéreux au-dessus de son lit. Une toile d'araignée ornait le haut de sa fenêtre mais sa maison était propre et bien rangée. Elle nota de petits napperons de dentelle sur la table de nuit et la commode, les traces d'une femme ayant vécu là bien des années plus tôt. Elle contempla les photos sous verre soufflé d'un homme mince à la moustache en guidon de vélo et d'une jeune femme grave vêtue d'une austère robe noire. Des coupures de presse jaunies se racornissaient sur les murs, des photos de Jules avec un sourire trop grand sous des titres de une le proclamant Champion du Monde, et elle s'était demandé à quoi tout cela rimait. Jules Bart champion de rodéo au lasso. Sa sœur endormie dans la pièce noire du funérarium de Dixon. La maison de Jules était si obscure cette nuit-là qu'elle n'avait eu conscience que de peu de choses hormis lui. Elle s'était pressée contre Jules Bart, avait fermé les yeux sur sa chambre, parce qu'il dégageait une odeur aussi douce que le genévrier.

Sa maison était plongée dans un calme et un silence absolu. La porte étant ouverte, elle pressa son visage contre la moustiquaire poussiéreuse. Toutes les fenêtres étaient ouvertes aussi et un vent strident malmenait les stores baissés. « Houhou, appela-t-elle. Il y a quelqu'un ? » Il n'y eut pas de réponse. Elle ouvrit la porte-moustiquaire et entra. Elle remarqua une assiette propre, une seule fourchette dans l'égouttoir. Sur la table de la cuisine, elle vit un cendrier rempli de mégots de cigarettes. La cendre débordait sur un éventail de factures. Une tasse était posée sur la table, à moitié remplie de café noir. Un sac de bouteilles de bourbon vides était appuyé contre une chaise. Elle se rapprocha, vit l'éventail des factures, le tampon rouge apposé sur chacune. DÉLAI DÉPASSÉ. IMPAYÉ. DERNIER AVIS. Sur le coin de la table étaient posées d'autres factures, une pile entière, qui n'avaient pas été ouvertes. Elle déglutit avec effort. « Jules », appela-t-elle d'une voix douce. Elle allait déposer le pain frit sur sa paillasse mais ses yeux se tournèrent au-delà de la cuisine vers le corridor. Elle était persuadée qu'il se trouvait dans le champ du fond occupé à réparer ses clôtures, ou transhumant ses bêtes vers leurs pâturages d'hiver. Sa maison sembla déserte à Louise comme s'il était parti depuis longtemps.

Elle savait qu'elle aurait dû partir. Elle pressentait qu'elle était en train de violer quelque chose qui dépassait de loin la simple vie privée de Jules, elle apprenait quelque chose sur elle-même. Elle voulait revoir la chambre où il dormait, la chambre où elle avait dormi avec lui. Elle voulait voir toutes les choses qu'il possédait, la vie qu'il menait seul. Elle longea le corridor faiblement éclairé, conscience du petit relent âcre de souris. Elle s'arrêta un instant pour écouter et entendit dormir quelqu'un, entendit la respiration lente, régulière, de Jules. C'était le début de l'après-midi, trop tard pour être au lit, beaucoup trop tard pour qu'un propriétaire de ranch dorme encore. Le cœur de Louise s'accéléra et elle ressentit à nouveau le désir pressant de fuir, mais elle était attirée par lui car il ne se doutait pas de sa présence. Elle lui était cachée, un serpent dans l'herbe se rapprochant. Elle risqua un œil dans sa chambre.

Elle vit Jules sur le lit, étalé sur le dos. Il était dans un profond sommeil, les yeux mi-clos, en train de rêver. Nu et découvert. Elle avait beau avoir dormi près de lui, elle n'avait pas vu son corps nu avant cet instant. Il avait baissé le store sur une chambre déjà obscure avant de se dévêtir, et elle avait éprouvé une frustration. Elle l'avait vu aller torse nu à travers les pâturages mais jamais elle ne l'avait vu de près complètement dévêtu. Le soir où sa sœur était morte, il l'avait écrasée sous le poids de son corps, de son insistance, mais il ne l'avait pas laissée le toucher. Il avait plaqué ses paumes sur ses épaules pour la maintenir à distance, même lorsqu'elle avait senti la chaleur de ses jambes contre les siennes. La naissance saillante de sa cage thoracique était dure contre la sienne, inébranlable, presque douloureuse. Elle avait dû le repousser pour reprendre son souffle et elle s'était rendu compte qu'il était en elle et qu'elle n'avait même pas senti battre son cœur. Quand il en avait eu fini, il avait coincé les draps sous ses aisselles avant d'allumer une cigarette. Il était tombé dans un sommeil si profond cette nuit-là qu'il avait semblé dormir seul.

Maintenant elle le regardait, ébranlée par ce qu'elle voyait. Ses jambes étaient longues et belles mais son torse était couturé de cicatrices. Elle avait vu le visage de bien des cow-boys de rodéo, les petites cicatrices blanches en travers de l'arête du nez ou des lèvres, les bourgeons de chair à la base de leurs mains qui naguère avaient été leurs pouces. Les cicatrices des cow-boys étaient censées être attirantes, la marque de leur trempe, mais voir ainsi les vieilles blessures de Jules, savoir qu'il les lui avait dissimulées, fit mesurer à Louise qu'il n'en était pas guéri, que peut-être il n'en guérirait jamais. Elle avait entendu dire que des côtés cassées, et laissées sans soin, pouvaient s'incruster dans le thorax d'un homme et finir par se resserrer autour de son torse à la manière d'une sangle sur le ventre d'un cheval cabré. Elle vit que Jules Bart portait cette cicatrice-là et d'autres encore. Elle vit la ligne fracturée de sa côte la plus basse, la bonde d'évacuation d'une cicatrice aussi grosse que son poing là où une corne de taureau avait dû lui transpercer l'estomac. Il avait été blessé. Elle savait désormais que Jules s'était isolé dans sa solitude et caché pour maintes raisons, un homme qui buvait pour oublier et être oublié. Un homme qui n'était pas relié à ce monde qui l'avait usé jusqu'à la trame. Jules Bart n'avait jamais couru après elle. Il avait seulement le désir qu'on le laissât en paix.

Il referma la main et tressaillit dans son sommeil. Elle sursauta et eut soudain honte. Il n'était pas l'homme qu'elle s'était imaginé, pas plus sûr de lui qu'à l'aise en société. Jules Bart, homme sans famille, était apparemment en train de perdre son ranch. Elle se retourna vers le corridor. Elle ne tenait pas à ce qu'il la surprît. Elle s'éloigna rapidement de cette vision de lui, puis se mit à courir. La porte se referma en claquant dans son dos.

L'orage se rapprochait, devenait plus sombre. Elle avait l'envie de se fuir elle-même. Elle s'élança vers les collines. Elle bondit par-dessus les herbes folles. Elle lâcha le sac de pain frit mais ne s'arrêta pas pour le ramasser. Elle regarda derrière elle avec l'espoir que Jules ne l'observait pas de sa fenêtre. Elle décida de se diriger vers les arbres où elle serait moins facile à repérer. Pour l'instant, tout ce qui l'intéressait était de mettre de la distance entre elle et Jules Bart. Elle gardait les yeux rivés sur les collines au loin.

Elle courait si vite qu'elle se prit le pied sous une pierre, peut-être une branche morte, et ce fut le vol plané. Elle tombait. Elle vit de l'herbe mouillée monter vers son visage, entendit le craquement de ses os dans la chute. Un instant, elle resta étendue immobile dans l'herbe froide, écoutant sa respiration précipitée. Elle avait très chaud dans les genoux. Elle sentait les petits cailloux brûlants enfoncés dans ses paumes, la pulsation intense et profonde de son cœur, et elle se trouva idiote. Elle avait eu ce qu'elle méritait, vu une chose qu'elle n'était pas censée voir. Elle s'était aussi soustraite à ses obligations. Elle sentait ses flancs haletants. Elle regarda ses mains douloureuses. Elle avait fait une sacrée chute.

Il y avait dans l'air une douceur sucrée et lénifiante qui lui donna l'envie d'inhaler profondément. Elle aperçut un grand rocher et prit sa direction. Elle avait besoin de se calmer. Le vent tourna et la senteur se mua soudain en puanteur. Louise flaira l'air mais la brise avait à nouveau tourné. Elle avait le dos raide. Elle s'assit sur la pierre rugueuse et examina ses genoux en sang. L'orage fouettait les ronces. Il pleuvait toujours. Elle écarta ses cheveux mouillés de son visage. Sa chute lui avait déclenché une envie de rire ou de pleurer, et elle songea que si elle cédait à l'une ou l'autre elle ne s'arrêterait jamais. Elle voulut avaler de l'air, reprendre son souffle. Ses orteils aussi étaient trempés par la pluie. Elle se pencha pour délacer ses souliers, mais dans le mouvement, elle repéra quelque chose dans l'herbe. Son cœur lui remonta dans la gorge comme une balle. Elle regarda à deux fois.

Il y avait quelque chose d'étendu dans l'herbe, immobile. Elle eut l'espoir que ce fût un cerf mort, l'espoir que ce fût n'importe quoi sauf ce que c'était. Elle vit une femme. Elle vit Hemaucus Three Dresses dans l'herbe, les yeux vitreux et grands ouverts, ne clignant pas sous l'averse. Ses bras remontaient en arrière au-dessus de sa tête, sa chevelure noire était prise dans les herbes folles. Louise se leva. Elle voyait bien la terre sous les ongles d'Hemaucus. Elle était morte. Louise sentit ses muscles se contracter dans son dos jusqu'à sa nuque. Elle savait que quelqu'un avait déposé Hemaucus là. Ses jambes étaient fatiguées, mais elle courut.

Arrivée à la route, elle continua de courir. Elle entendit une voiture arriver derrière elle et elle eut envie de se cacher dans le fossé. Le sang fourmillait dans ses doigts serrés.

La voiture s'arrêta sur le bas-côté derrière Louise. En se retournant, elle vit Harvey Stoner qui la regardait depuis la vitre ouverte de sa grosse voiture. Elle ne se souvenait pas d'avoir été aussi heureuse de voir quelqu'un.

« Tu es une vision de paradis », lui dit-il en se passant la langue sur les lèvres. Comme elle s'approchait de lui, son expression changea. « Hé, dit-il, tu vas bien ? On dirait que tu as vu un fantôme. » Elle avait envie de lui dire qu'elle n'allait pas bien, qu'il y avait une femme morte en haut de la colline et qu'elle venait de perdre sa sœur mais elle était trop exténuée. Elle monta dans sa voiture sans y avoir été invitée.

« Il y a une femme morte en haut de la colline, dit-elle, juste là-haut. »

Harvey la regardait comme s'il ne parvenait pas à assimiler ce qu'elle lui disait. Il la regardait étrangement. Tandis qu'il descendait de voiture, Louise verrouillait toutes les portières. Lorsqu'il redescendit de la colline, il avait le visage gris. Il passa ses doigts dans ce qui lui restait de cheveux.

« Je suis navré que tu aies dû voir ça », dit-il. Il s'interrompit et reprit d'une voix douce : « J'ai appris ce qui est arrivé à ta sœur. Je suis désolé. »

Louise tendit la main vers le paquet de cigarettes posé sur le tableau de bord.

« J'ai beaucoup pensé à toi », dit-il. Il lui effleura le sternum d'un doigt léger.

« Est-ce qu'on ne devrait pas appeler quelqu'un ? » dit-elle. Il s'écarta d'elle et enfonça la clé de contact d'un geste brusque. Les cheveux de Louise dégoulinaient. Harvey attrapa son blouson de cuir sur la banquette arrière et le lui jeta. « Ne te laisse pas tremper comme ça », dit-il. Louise remonta le blouson sous son menton en frissonnant. Hemaucus Three Dresses gisait bouche ouverte sous le ciel d'argent froid.

Avant qu'elle pût l'en empêcher, Harvey s'engagea dans l'allée menant à la maison de Jules Bart. « Ce gars-là a le téléphone », dit Harvey, mais il constata que Louise appuyait son coude à la portière pour abriter ses yeux derrière sa main. « Qu'est-ce qui ne va pas ? demanda-t-il en tendant la main vers elle. Que se passe-t-il ici ?

— Je ne crois pas que nous devrions venir ici », dit-elle, mais Harvey inclinait la tête pour la regarder. Il savait lorsqu'elle cherchait à cacher quelque chose. « Que faisais-tu par ici ? » questionna-t-il. Elle n'avait rien à lui dire. Elle serra le blouson d'Harvey contre elle.

« Il y a anguille sous roche », dit-il.

Ils s'arrêtèrent devant la maison de Jules Bart, et Harvey donna un coup de klaxon. Ils attendirent un instant. Harvey s'apprêtait à ouvrir sa portière lorsque Jules Bart sortit sur le seuil, fourrant les pans de sa chemise dans son jean, mais lorsqu'il aperçut Louise, il s'arrêta net et rajusta son chapeau de cow-boy. Ne sachant pas si Jules était au courant de sa récente visite, Louise dut se détourner pour lui dérober son visage. Harvey baissa sa vitre. « Pouvons-nous utiliser votre téléphone ?

— Y a-t-il un problème ? demanda Jules.

— Je crois qu'on peut dire ça comme ça », dit Harvey. Jules Bart se frotta les yeux et lança un regard à Louise mais sans manifester aucun signe de reconnaissance.

« On a trouvé une fille en haut de la colline, dit Harvey. Il faut qu'on appelle quelqu'un. »

Jules hocha la tête et Harvey entra seul dans la maison.

Jules s'avança du côté du passager. Il balança un coup de pied dans la boue. « Il ne pleut plus », dit-il. Elle le dévisagea mais il ne lui donna aucun signe indiquant qu'il savait ce qu'elle avait fait. Louise regarda ses bottes, avec l'envie de dire quelque chose, mais Stoner s'appuya au chambranle de la porte au même moment et l'appela.

Elle avait présumé qu'Harvey appellerait la police de l'État. Elle fut surprise d'entendre la voix de Charlie au bout du fil. « Que se passe-t-il ? dit Charlie, et le son de sa voix familière ramena la sensation d'oppression dans la poitrine de Louise. Qu'est-ce que tu fais avec ce type ? » Il commença à lui faire la leçon sur Harvey Stoner mais elle n'écoutait pas. Elle attendit qu'il en eût terminé, puis elle lui annonça la mauvaise nouvelle.

« Hemaucus est morte, dit-elle, et elle lui expliqua où il trouverait le corps.

– Louise, dit-il, ne me dis pas que c'est toi qui l'as trouvée, si ? » Sans laisser à Charlie le temps d'exprimer ses regrets, elle lui raccrocha au nez. Elle était incapable de supporter sa gentillesse actuellement. Il s'était remis à pleuvoir. Des trombes. Elle vit la pluie se déverser par la pliure du chapeau de cow-boy de Jules. Elle remonta en voiture avec Stoner et observa Jules dans le rétroviseur extérieur tandis qu'ils s'éloignaient.

Elle fut soulagée de regagner la route. Harvey arrêta la voiture et se tourna vers elle. « Quel est ton programme ? » questionna-t-il. Il remua sur son siège et se massa les jambes. « Nous pourrions aller chez moi », dit-il. Il glissa la main sous l'aisselle de Louise et chercha à l'attirer vers lui, le pouce sur son mamelon. Elle apercevait un interstice de ciel bleu au-dessus des collines voilées. Il se pencha par-dessus le siège pour lui embrasser l'oreille. « Tu m'as manqué », chuchota-t-il. Elle sentit son coup de langue tiède et elle se frotta la joue sur l'épaule pour tenter d'effacer son contact. Harvey se pencha plus près. Sa voix était belliqueuse. « J'ai besoin de te voir tout entière, dit-il.

– Je suis désolée, dit-elle, je sors d'une période difficile. »

Il lui agrippa la cuisse et elle se croisa les bras sur la poitrine. Elle voulait seulement rentrer chez elle mais elle savait qu'Harvey n'accepterait pas une telle excuse. « Il faut que j'aille chez Baptiste, dit-elle en fermant les yeux.

– Tu ne vas pas retourner avec ce type, si ? » demanda-t-il. Elle sut à cet instant qu'il n'était pas au courant, qu'il n'avait pas entendu dire que Baptiste avait dû quitter la réserve. Harvey Stoner n'écoutait sans doute pas les ragots de Perma. Il pensait que Baptiste était toujours dans les parages.

« Je vais aller faire un tour, dit-elle.

– Je n'en doute pas. » Harvey lui adressa un clin d'œil.

« À cheval », précisa-t-elle en s'éloignant de la vapeur de son haleine.

Il roula vite en direction de la maison de Dirty Swallow, heurtant les nids-de-poule, martelant le volant de sa bague à rubis. Il était agité. Elle sentait la voiture se déporter quand il coupait les virages. Il lui en voulait. Elle éprouva le besoin subit de lui faire des excuses. Elle ne tenait pas à perdre l'attention d'Harvey Stoner. Il était la seule personne qui pouvait lui faire quitter la réserve. Elle replia son blouson sur ses genoux et en caressa les manches. « J'aime son cheval, dit-elle. C'est la raison pour laquelle je suis restée avec lui.

– Son cheval. » Il eut un reniflement de mépris. Harvey Stoner était laid quand il était jaloux.

Louise ne répondit pas. Elle avait vraiment envie de voir le cheval de Baptiste, espérait que d'une certaine façon elle se sentirait ainsi proche de Baptiste aussi. Il vint à l'esprit de Louise qu'il était le seul homme qui semblait être honnête avec elle. Il n'avait aucun secret. Il ne lui cachait rien. Harvey pila et Louise fit un bond en avant.

« Tu le regretteras », dit-il.

Elle agrippa la poignée de la portière. « Qu'avez-vous dit ?

– J'ai dit, tu le regretteras... », répéta Harvey Stoner en tournant brutalement la clé de contact. Elle pressentit la menace contenue dans ses paroles avant même qu'il eût terminé sa phrase : « ... de ne pas être venue avec moi. »

Le moteur cliquetait. Stoner pressait ses paumes ouvertes contre son siège. Le chauffage peinait et sifflait. Elle pianota sur sa main à plat pour capter son attention. Il avait les traits tirés, les lèvres blêmes et sèches. Harvey Stoner était un homme habitué à obtenir gain de cause. Il ne regardait pas du côté de Louise, trop obsédé par l'entière attention qu'il entendait obtenir d'elle. Il avait vu Hemaucus Three Dresses morte dans le champ et son seul souci restait d'obtenir gain de cause.

« Mon chou, si c'est un cheval que tu veux, je peux te trouver un foutu cheval », dit-il, et puis il la regarda durement, comme s'il la sommait de le choisir. Et elle savait qu'Harvey Stoner pouvait lui acheter cent chevaux. Il était convaincu qu'il pouvait tout remplacer, et que tout était remplaçable.

Elle descendit de la voiture et il fit demi-tour pour la laisser là, mais il était resté assez longtemps pour voir Champagne galoper vers elle à travers champs. Elle était heureuse d'être libre de tout pour le moment. Elle se souciait peu que Dirty Swallow la trouvât là. Elle lança ses bras vers Champagne et lui enlaça l'encolure. Le cheval frotta son cou dans son dos et elle enfouit son visage dans sa robe douce. Lorsqu'elle releva les yeux, elle vit qu'Harvey Stoner l'observait toujours. Elle en fut un peu effrayée. C'était un homme qui exigeait trop. Elle mesura soudain qu'il était capable de lui retirer ce qu'elle aimait dans le but d'obtenir ce qu'il voulait. Son instinct lui dit qu'elle était en train de révéler beaucoup trop d'elle-même à Harvey Stoner. Elle lâcha Champagne, recula et s'assit dans l'herbe haute. Lorsque Harvey Stoner finit par s'en aller, elle parla au cheval en regrettant de ne pas s'adresser à Baptiste. Elle s'efforça de chasser l'image d'Hemaucus Three Dresses morte dans les hautes herbes. Elle se souvint du jour où elle avait vu Hemaucus et Baptiste marcher main dans la main, Hemaucus vivante et souriante. Elle songea à Jules Bart, criblé de dettes, désespéré, et terré. Elle commençait à comprendre bien des choses qu'elle avait ignorées jusque-là.

Charlie Kicking Woman

La mort sur la réserve

J'avais négligé de récolter auprès de Louise tous les renseignements dont j'avais besoin pour accomplir mon travail. Je n'avais pas répondu comme il se doit à l'appel téléphonique, tant j'étais occupé à mettre en garde Louise contre Harvey Stoner. Je ne pouvais me sortir de la tête la voix grinçante de Stoner, l'image de Stoner auprès de Louise dans son moment d'affliction. Ils étaient de nouveau ensemble. Je l'imaginais réconfortant Louise, lui caressant les cheveux, roucoulant à son oreille. Je tenais davantage à les retrouver tous les deux que je ne tenais à retrouver le corps d'Hemaucus Three Dresses.

La base fut incapable de localiser Railer immédiatement. Il avait été appelé sur les lieux d'un accident près de Polson. Lorsque Railer est enfin arrivé à Perma, le crépuscule tombait. J'avais commencé par fouiller le pied de la colline. Je voulais restreindre la zone, faire croire à Railer que je dominais la situation. Il m'a trouvé au pied de la colline, occupé à chercher, à errer. « Quel est le tableau ? » a-t-il demandé. Je lui ai expliqué que j'avais eu un appel, crime probable. J'ai désigné du doigt la zone que j'avais déjà couverte, un pitoyable petit bout de terrain. L'obscurité longeait le bord des champs. Les nuages s'étaient dispersés mais la lumière du soleil n'était plus qu'une ligne mince au sommet des collines, s'estompant.

230

« Où Mr Stoner a-t-il dit que le corps se trouvait exactement ? » Railer me dévisageait avec intensité.

« Ici, ai-je indiqué avec un geste ample du bras. Ici quelque part.

– D'accord, a dit Railer. Très bien. »

Il a gravi la colline. J'ai attrapé ma lampe-torche dans la voiture et je l'ai suivi. Je craignais que les coyotes ne trouvent le corps d'Hemaucus avant nous, et la faute me reviendrait. Je fouillais les champs du regard tout en marchant vite. J'apercevais Railer à l'autre bout du champ. Je le voyais donner des coups de pied dans des touffes d'herbe. De temps à autre, il s'arrêtait, posait ses mains sur ses hanches, et secouait la tête. Je tâchais de rester concentré. J'examinais attentivement le sol en quête du moindre signe, herbe aplatie, traînée révélatrice. Je ne trouvais que des pierres. J'avais conscience que mes yeux s'étaient accoutumés à l'obscurité grandissante mais désormais la nuit envahissait les champs. J'apercevais le faisceau étroit de la lampe-torche de Railer, et le perdais parfois. J'ai trotté d'un côté à l'autre, tramant mon propre maillage du terrain. Cela semblait vain. Railer m'avait rejoint parderrière et quand il a refermé sa main sur mon épaule j'ai sursauté. « Du calme », il m'a dit. Il a retiré sa casquette et l'a claquée sur sa jambe. « On n'avance pas un poil là, a-t-il poursuivi. On trouvera pas cette fille ce soir. » Il a projeté sa lumière sur un petit coin d'herbe. « On reprendra à l'aube, a-t-il dit. Peut-être même qu'on devra appeler Harvey Stoner. » J'ai tenté de ne pas grimacer. J'ai suivi Railer jusqu'à la route, scrutant toujours le sol, dirigeant ma lampe torche sur les rochers et les petits fourrés. Je refusais encore d'admettre qu'il avait raison : nous ne trouverions pas Hemaucus ce soir. Je me suis frotté les yeux, déjà éreinté. Mon estomac gargouillait. Au matin, les corbeaux se rassembleraient. J'avais échoué.

Je suis retourné sur les lieux avant que le soleil n'ait pointé au-dessus des Mission Mountains. Le matin était encore gris. On était en novembre et il aurait dû faire froid. Il faisait doux. Une gelée blanche fumait en s'évaporant sur les champs. Je savais que certains délaisseraient leurs manteaux d'hiver et sortiraient à l'air libre avec une vigueur renouvelée sans se douter qu'ils allaient au-devant de la maladie. La mort frapperait encore dans le sillage de ce radoucissement trompeur. C'était un simulacre de printemps qui avait emporté Annie White Elk, la mère de Louise. Elle avait crapahuté tout en haut de Magpie Creek pour retrouver son mari. Elle était partie deux jours avec seulement un fusil de chasse et un sac de viande boucanée. Les jours tièdes l'avaient trompée. Elle était rentrée chez elle glacée de fièvre, rêvant, disait Grandma Magpie, d'une cave blanche sous les racines remplie de pommes jaunes. Elle était morte dans la semaine.

J'avais emporté un rouleau de ruban de marquage fluorescent. Je voulais baliser le terrain que j'avais exploré. Je m'activais depuis déjà plus de deux heures quand Railer a fini par se pointer. Il sirotait une tasse de café et il a hoché la tête en direction des nœuds de ruban rose que j'avais soigneusement attachés aux herbes et aux arbres. Mes efforts l'amusaient. « Une vieille ruse indienne ? » a-t-il demandé. Je n'ai pas répondu. Il m'a dépassé d'une foulée ample en s'arrêtant de-ci, de-là pour avaler une gorgée de café. Comme de bien entendu, il n'était pas arrivé sur les lieux depuis plus de dix minutes qu'il me hélait bruyamment. « Éclaireur, dit-il, elle est ici. » J'étais sûr qu'il se foutait de moi, mais il a brandi sa main dans ma direction en me faisant signe de venir. Lorsque j'ai compris qu'il ne plaisantait pas, j'ai couru vers lui. J'étais essoufflé soudain, pas de taille à affronter ça. Je respirais trop fort et Railer m'a dévisagé. « Pas de quoi s'exciter, a-t-il dit. Elle est morte depuis un moment, j'dirais. »

J'ai baissé les yeux vers le visage d'Hemaucus Three Dresses, et la réalité s'est imposée. Elle avait la bouche ouverte. Ses lèvres avaient craqué comme la peau tendre d'un fruit mûr. Railer a pressé son pied contre son flanc pour faire basculer le corps et j'ai tendu la main pour l'arrêter.

« Qu'est-ce qui te prend ? » a-t-il dit.

J'ai dégluti avec effort tandis que Railer enfonçait sa botte noire et luisante dans la cuisse d'Hemaucus. J'ai regardé le visage d'Hemaucus pendant qu'il la faisait basculer. Sa longue chevelure dénouée, aussi luisante et drue que la queue d'un cheval, s'accrochait aux herbes. J'ai vu dans son dos le trou qui la traversait de part en part, jusqu'à son sternum brisé. Une unique tache de sang, aussi ronde et sèche qu'une pièce de monnaie, s'étalait sous elle. Elle avait été abattue ailleurs et transportée ici. Son corsage s'est ouvert, dénudant un sein. L'entrelacs d'herbe imprimé sur sa peau tendre dégageait une odeur tiède et douceâtre qui me mettait mal à l'aise. La mort. Railer a appelé l'ambulance pour le transport du corps. Nous avons déployé une couverture sur Hemaucus, avant d'aller attendre au bord de la route.

Le brouillard fumait au-dessus de la rivière. Le soleil s'était levé en plein dans nos yeux. La lumière était si vive que j'étais presque aveugle. La couche de terre superficielle dégelait et nous avons tassé l'herbe comme de la paille lorsque nous l'avons soulevée. Son corps était lourd. J'ai ressenti le poids de la tâche. Si Yellow Knife s'était trouvé dans un rayon de cent cinquante kilomètres, je me serais lancé sur sa piste, mais d'après ce que disaient les gens, il était encore à Yakima. C'était un bon point en sa faveur.

Je passais mentalement en revue les suspects. Tous les gens qui auraient pu avoir un lien avec Hemaucus. Mais je revenais toujours à Yellow Knife et à son sourire matois, au plaisir qu'il prenait à huiler ses joues pour les faire rutiler quand il cherchait la bagarre. Je cherchais une réponse facile. Je sentais mon cuir chevelu se contracter. Si Yellow Knife était revenu sur la réserve, mon enquête serait brève. Cette idée ne m'a guère réconforté. La seule pensée qui me consolait était que le vieux Stoner serait mal barré si mes soupçons se trouvaient confirmés. Même un monceau d'argent ne pourrait le sauver de Yellow Knife. Je savais qu'il me fallait m'inclure à la liste des bêtes noires de Baptiste. Je n'avais pas envie de me mettre dans le même sac que Stoner, mais si réticent que je sois à l'admettre, en ce qui concernait Louise, je n'étais guère différent de lui.

Je savais que Yellow Knife avait passé la nuit avec Hemaucus le soir où il avait tabassé Louise. Tout le monde le savait. Et bien qu'on m'ait rapporté qu'il était allé se perdre à Yakima, je ne pouvais chasser la vision de Baptiste épaulant un fusil. Visant. C'était l'histoire qu'Hemaucus ne pouvait plus me raconter. J'avais l'intuition que Yellow Knife était revenu sur la réserve. J'avais appris à me fier à mon instinct mais cela me troublait quand même. Je voulais gagner mon savoir par le labeur et la sueur. Je ne voulais pas de certitude vague, de sagesse animale. Je voulais des preuves. Je les ai trouvées.

Baptiste Yellow Knife était installé devant le magasin de Malick dans une LaSalle noire qui avait plutôt bonne mine. La portière de la voiture était ouverte et il était assis côté passager, une jambe pendant au-dehors, le genre de posture qui me disait qu'il possédait plus que la voiture. Qu'il avait récolté plus que des pommes. Il a expédié une cigarette dans ma direction et regardé ailleurs. Je m'en voulais d'avoir négligé le mandat flottant contre lui lorsque j'aurais dû m'en occuper. Si je ne pouvais apporter la preuve qu'il avait assassiné Hemaucus, j'aurais au moins pu le faire expulser de la réserve. J'avais été trop laxiste. À présent le poids de son retour m'oppressait.

« Salut, Baptiste », j'ai lancé, avec un brin de supériorité dû à ce que je savais.

Il ne m'a pas répondu. Il a regardé de l'autre côté de la rue avec sur le visage un sourire dur qui me disait que je n'avais pas intérêt à approcher. Je ne décryptais que trop bien ses signaux. Je me suis détesté d'obéir à son injonction silencieuse. Il était plus maigre que dans mon souvenir. Ses bras étaient parcourus de veines saillantes et de muscles noueux.

J'ai pris une inspiration. « Qu'est-ce que tu reviens faire dans le coin ? » j'ai demandé.

Il a étiré ses bras devant lui et les a refermés autour de son torse. Il pianotait du bout de ses doigts sur ses côtes.

« Écoute, a-t-il dit, lâche-moi. »

J'ai mis mes mains sur mes hanches, et me suis contrôlé. Je n'aurais su dire s'il me mettait en rage ou m'effrayait seulement. J'ai pensé appeler du renfort.

Une femme est sortie de l'épicerie. Elle avait les cheveux noirs et elle arborait trop de bijoux indiens, mais elle n'était pas indienne. Elle portait un sac de victuailles. Elle était vêtue d'un manteau bien chaud, et d'un sourire.

J'ai baissé les yeux. « Tu veux me dire où tu as passé ces derniers jours, m'sieur Yellow Knife. » Une affirmation.

« Demande-moi carrément, a-t-il dit.

– Il était avec moi, a dit la femme en se redressant de toute sa taille. Nous venons juste d'arriver ce matin. »

Baptiste se frottait la joue.

« Passé voir ta mère ? » j'ai demandé, réprimant mon envie de l'interroger à propos de Louise. Il a levé les yeux vers moi et il est sorti de la voiture pour prendre le sac de courses.

« Hemaucus Three Dresses est morte », j'ai dit sans émotion.

Il a regardé au loin, très loin.

J'ai salué la femme d'un petit coup de casquette, mais j'ai eu le temps de voir la compréhension brutale dans ses lèvres tremblantes. Elle s'était fourrée dans un fameux guê-pier. J'ai ouvert la portière arrière de ma voiture de police et fait signe à Yellow Knife de monter. C'était un signe, un geste poli destiné à lui montrer que j'avais toujours du res-pect pour lui. Je n'avais pas envie de l'immobiliser d'une clé du cou, c'est ce que je me disais, mais je savais que mon geste était dicté par la couardise.

« Je ne vais pas filer », a dit Baptiste et il a expédié un

crachat à mes pieds. J'étais debout là avec mon arme inutile, regrettant de ne pas avoir appelé du renfort même si ce renfort devait s'appeler Railer.

« Nous allons chez ma mère, a-t-il dit. Laisse-moi au moins ça. »

Il a ramené sa jambe à l'intérieur de la voiture et claqué la portière. Ils sont partis ensemble. Moi j'ai suivi, comme un toutou derrière son maître, sachant pertinemment que j'aurais dû agir chez Malick.

Yellow Knife et la femme étaient ensemble. Encore du grabuge en perspective. J'ai pensé au mélange détonant de personnalités. Baptiste, Louise, la femme inconnue, Stoner et moi. J'étais l'étincelle au-dessus de la flaque d'essence, l'amadou de leur colère. J'espérais me tromper. J'espérais qu'ils garderaient leurs distances. Mais même moi, j'avais du flair pour ces choses. Et je devenais plus avisé tous les jours.

Le trajet fut long et monotone jusqu'au moment où j'ai aperçu Louise sur le bas-côté. Je me suis raidi sur mon siège en me demandant si Yellow Knife allait demander à sa petite amie d'arrêter la voiture pour qu'il puisse parler à sa femme. Louise est restée immobile sur le bas-côté un instant, abritant ses yeux pour nous regarder tous passer. Je me suis demandé ce qui lui était venu à l'esprit en voyant son mari en voiture avec une autre femme, ne se fatiguant pas à lui adresser un signe de la main ni même un regard. Louise n'a pas répondu à mon salut de la main. J'ai jeté un bref regard en arrière, aperçu son visage, avant de me concentrer à nouveau sur ma besogne. Il n'était pas question que je laisse Baptiste faire des siennes.

J'ai suivi la LaSalle le long de la piste menant chez Dirty Swallow. La maison, petite, en bardeaux bruts, était posée au milieu des pierres et des troncs noirs des genévriers. Le paradis des crotales.

Je suis descendu de voiture et j'ai ouvert la portière de la LaSalle pour Yellow Knife, avant de me poster à distance raisonnable. Je voulais qu'il sache bien que j'avais le contrôle de la situation.

« T'es un connard », a-t-il dit, mais je n'ai rien répondu.

Dirty Swallow s'avançait à la rencontre de son fils. Elle n'a pas paru surprise de me voir. Elle a saisi la main de son fils. Je suis retourné à mon véhicule d'où j'ai appelé ma base pour les informer de ma position. J'observais la femme blanche aux cheveux noirs saluer Dirty Swallow d'un signe de tête. Et puis Dirty Swallow s'est tournée vers moi. Elle s'est dirigée d'un pas lent, raide des genoux, vers ma voiture. J'ai abaissé la vitre.

« *Stem* », m'a-t-elle dit. Une salutation salish. Son visage était rond et tendu. Ses yeux étaient si sombres que je ne pouvais déchiffrer leur expression.

« Entre, a-t-elle dit. Entre. Viens prendre un café. » J'avais envie de rester dans ma voiture de patrouille où je conservais un semblant d'autorité, mais même en tant que policier, je ne pouvais me soustraire à la coutume.

Je l'ai suivie à l'intérieur. Elle avait une façon agréable de chantonner pour elle toute seule, un peu comme si elle répondait à quelqu'un que je ne voyais pas, mais lorsque nous sommes entrés dans la maison, j'ai senti la fraîcheur d'un sol en terre battue parcouru par les courants d'air, une brise incessante et capricieuse autour de mes chevilles. J'ai eu le bon réflexe de retirer ma casquette et de m'asseoir.

Elle m'a servi un café épais et a attendu que j'en ai pris une gorgée.

Yellow Knife était appuyé au vaisselier de la cuisine et regardait le sol. J'ai remarqué la tache d'encre que faisait le nom de Louise tatoué en bleu-noir sur sa main. Et puis j'ai aperçu le nom de Louise encore sur son avant-bras, à l'intérieur d'un cœur brisé, une rose épineuse torsadée autour de la pointe du cœur, un vrai tatouage bleu et rouge exécuté par un tatoueur professionnel. J'avais pénétré l'antre qu'il ne fallait pas.

La femme blanche aux cheveux noirs était assise en face

de moi, de l'autre côté de la table, une absence de sourire poli sur le visage. Elle tenait ses clés de voiture comme si elle ne cessait de les compter et les recompter. Baptiste parlait avec sa mère. Je comprenais quelques mots, moins que ce que j'aurais cru. Ils employaient de nombreux vocables anciens qui n'étaient que des indices de quelque chose que j'aurais pu comprendre. Dirty Swallow a secoué la tête et essuyé ses yeux quand il a dit « Hemaucus ».

Il y a eu un long silence. Un silence qui a fait broncher mes muscles, le silence des serpents endormis et des roches plates, un silence que seule Dirty Swallow pouvait engendrer ou conjurer. Je buvais le café brûlant, le laissais tapisser ma gorge de haut en bas. Je tenais mes mains immobiles sur la table, craignant de consulter ma montre et de découvrir que le temps s'était arrêté ou au contraire que des heures s'étaient écoulées. Le silence coulait sur moi comme du sable, lourd, paisible. Dans ce silence j'ai vu Hemaucus sourire puis me dérober son visage.

Yellow Knife se taisait sur la banquette arrière de mon véhicule de patrouille. Il regardait ses mains. Je sentais l'odeur de tabac froid que dégageaient ses cheveux épais, l'odeur âcre des vêtements d'un homme qui avait trop bu et trop baisé. Je me représentais Louise lui caressant le front, lui allumant une autre cigarette.

Le trajet jusqu'à Polson fut long. Je ne pouvais me défaire des histoires que j'avais entendues sur son compte, des histoires que je savais vraies. Il se mouvait tel un serpent, vif et insaisissable, soudain dressé face à vous, soudain à des lieues de vous. Sa peau luisait à chaque virage de la route, à chaque changement de lumière. J'ai dû m'interdire de penser à son haleine passant par les losanges du grillage dans mon dos.

J'avais cru naguère que Baptiste laisserait tomber l'alcool et sa colère. Mais je comprenais qu'il serait toujours un homme à cran, énigmatique. J'étais convaincu d'avoir l'homme le plus dangereux de la réserve assis derrière moi, observant ma nuque, sachant l'intensité exacte de la pression qu'il fallait pour ébranler ma cervelle d'une seule bouffée de son souffle, ses sortilèges braqués sur moi. J'ai écarté tant bien que mal ces pensées, tâché de me persuader qu'elles n'étaient que superstition. Je devais croire que j'étais celui qui détenait le pouvoir.

Je l'ai entendu se gratter la tête. « Des poux, a-t-il dit. J'ai dû en choper par-là. » Il s'est encore gratté la tête, assez fort pour me taper sur les nerfs. J'ai été soulagé de le remettre entre les mains de la police de Lake County pour la garde à vue. Railer fut l'un des officiers qui l'ont escorté dans l'escalier conduisant à la cellule. Railer semblait plein de défiance à l'endroit de Yellow Knife, même après qu'il lui eut passé les menottes. Railer ne s'est pas retourné une seule fois pour sourire de mon manque d'autorité. Les meurtres n'entraient pas dans ma juridiction, ce qui ne m'empêchait nullement d'effectuer quelques vérifications.

J'étais en route pour Dixon quand Railer m'a contacté par radio, un sourire dans la voix. « Rien qui permette de prolonger la garde à vue de Yellow Knife, m'a-t-il dit. C'est un misérable Indien en liberté. » Je lui ai coupé la communication au nez.

Le temps que je rentre chez moi, tous les Indiens avaient leur petite idée sur l'identité du meurtrier d'Hemaucus. S'il existe une magie ou un pouvoir quelconque en territoire indien, c'est bien le téléphone-mocassin. Pour autant que je sache, une seule voiture nous avait dépassés, Railer et moi, lorsque nous avions embarqué le corps d'Hemaucus dans l'ambulance. Mon boulot devenait subitement plus difficile. J'imaginais que dès le lendemain je recevrais des tuyaux en provenance de Browning, des théories sur le meurtre d'Hemaucus Three Dresses émanant de milliers de grands-mères indiennes. Ma tante est passée me faire part des détails dont elle avait connaissance. Elle m'a raconté qu'Hemaucus était en train de cuisiner et avait laissé la table mise. J'étais fatigué mais j'ai hoché poliment la tête. J'allais recevoir encore foule de conseils. La pâte pour le pain frit était posée sur le comptoir de la cuisine, m'apprit-elle, une casserole d'œufs durs bouillait sur le feu. Mes yeux sont allés se poser derrière ma tante sur les livres de cuisine qu'Aida avait laissés en partant. Les petits détails de la vie quotidienne d'Hemaucus faisaient désormais partie de l'histoire.

Ma tante m'a rappelé que lorsqu'elle était jeune fille, Hemaucus avait été au service d'un homme du côté de Dirty Corners. Je m'en souvenais. C'était un boulot du Bureau des Affaires Indiennes. Nombre de jeunes Indiennes étaient envoyées servir de bonnes l'été pour trois sous. Hemaucus avait eu la chance de rester dans le coin mais Sam Plowman s'était entiché d'elle. Il avait coutume de rôder autour de la cour de récréation pour voir à quels garçons elle parlait et où elle allait. Hemaucus n'avait jamais été jolie. Elle avait une forme de simplicité, de beauté quasiment, qui semblait provenir de son calme et de sa sérénité. Quel que soit ce qu'elle avait, Sam Plowman le désirait de la façon la pire qui soit, et je me souviens que cela nous amusait lorsque nous étions enfants. Cela avait partie liée avec la honte, avec un désir si violent qu'il faisait abstraction du fait qu'il avait quarante-trois ans, qu'il était affligé de tics faciaux, de mauvaise haleine et d'odeur corporelle. En fait cela semblait un élément important du tout, une indésirabilité située au-delà de l'apparence physique. Sam Plowman était né porteur d'un indiscutable chagrin. C'était une chose dont même l'amour n'aurait pu le guérir, une chose dont nulle médecine, blanche ou indienne, n'aurait pu le soulager. Il était tordu. Frémissant d'une solitude qui nous sautait aux yeux.

J'en avais bavé à l'école moi aussi. J'écoutais ma tante, refusant de me remémorer les mauvais moments que j'avais eus. Les gosses se moquaient de moi. M'appelaient « pédé » ou « minette ». Mais quand le vieux Sam Plowman s'amenait furtif dans les parages de la cour de récréation,

Louise

dans ses vêtements qui puaient le bouc, moi aussi je pouvais me moquer de lui. J'avais onze ans lorsque Sam Plowman devint notre tête de turc. Durant une brève période, je pus me sentir en phase. Je faisais partie de la bande.

Puis mon sentiment s'est modifié. Plus je l'injuriais, plus je lui lançais des pierres, plus je me sentais lié à lui. Il pouvait encaisser pour nous deux. Je lui lançais donc plus de pierres encore. Je me tenais droit auprès des autres garçons. Je balançais des cailloux vite et fort, bombardant ses épaules voûtées, lui éraflant les oreilles. On l'esquintait salement. Je me sauvais en riant, le grondement de ses geignements dans les oreilles. Je me retournais une fois et je le voyais se frotter les genoux, assis sur les marches de la mission, et aucune Hemaucus en vue.

Ce n'est qu'en grandissant que j'ai commencé à voir qu'il n'était pas amusant, ni disposé à ce qu'on s'amuse à ses dépens. Comme la fois où il a frappé Hemaucus à la sortie de l'école quand nous avions quatorze ans. Nous étions debout en cercle, peut-être bien quinze d'entre nous, les garçons, mains dans les poches, tous vaguement gênés parce que nous ne faisions rien d'autre que regarder. Ses poings étaient meurtriers. Lorsqu'il en a eu fini avec elle, elle avait des petits yeux, cerclés de rouge comme ceux d'une truie, et qui saignaient. Personne à ma connaissance n'a levé le petit doigt. Nous ne savions pas à qui en parler. Hemaucus est rentrée toute seule chez elle, à pied, en reniflant par un nez gros comme le poing. Et ce fut la dernière fois qu'elle vint à l'école. Je comprenais que les gens aient des raisons de soupçonner Sam Plowman. Moi je m'en tenais à mes suspicions concernant Yellow Knife.

Je suis parti de bonne heure pour le bureau avec mes grands plans d'action. Je devais montrer à mon chef que j'étais méthodique, appliqué et objectif. Ces derniers temps, j'avais vu Hemaucus traîner dans les alentours de Mission avec un cow-boy indien de Wolf Point. Il s'était rendu aux « Rodeo Days » de Ritzville, par conséquent il devait se trouver loin lorsque l'incident s'était produit. En fait, j'ai dit à mon chef qu'il était resté absent pas mal de temps. Je devais m'y prendre avec doigté, convaincre les types en charge du dossier que j'avais considéré la situation sous tous ses angles, de manière à pointer de façon acca-blante en direction de Yellow Knife. Je savais que c'était Baptiste. Je le sentais. Mon chef était un bureaucrate, aussi blanc que Stoner. Impossible de lui parler d'intuition. Il a écouté mon histoire, pris deux trois notes, puis m'a regardé en face. « Je comprends parfaitement que le meur-tre de cette femme vous tienne à cœur, a-t-il dit. Vous la connaissiez, n'est-ce pas ? » Il me dévisageait avec une solli-citude mesurée. C'était son rôle de surveiller l'excès de zèle, la vengeance déplacée, les flics comme moi. J'ai acquiescé d'un signe de tête. « Je suis persuadé que vous avez des tas de bonnes idées, a-t-il ajouté, mais ce meurtre n'entre pas dans votre juridiction. L'affaire a été à bon droit remise entre les mains de l'État du Montana.

– Naturellement, j'ai dit. Je voulais juste me rendre uti-le. » J'ai su dès lors qu'il me faudrait enquêter sur Yellow Knife par mes propres moyens. Je me suis retiré de son bureau, en refermant silencieusement la porte. Selon moi, Baptiste l'avait d'abord abattue avant d'abandonner son corps dans le champ quelques heures après. Sa nouvelle petite amie l'avait peut-être aidé. Je songeai à aller remet-tre mon nez du côté de chez sa mère, jeter un bon coup d'œil dans les environs.

J'ai vu les deux types, costard-cravate impeccable, se diri-ger vers le bureau que je venais de quitter. Je les ai salués de la tête mais ils m'ont ignoré. Des types grimpés à cet échelon n'adressent pas la parole aux simples flics. Je ne jouais pas dans leur cour. J'allais partir lorsque le chef a passé la tête à la porte. « Kicking Woman, a-t-il dit, je suis content que vous soyiez encore là. Ceci pourrait vous inté-resser. » J'ai réintégré son bureau et suis resté debout à la porte, ma casquette à la main. On m'accordait un privilège et je n'allais pas m'imaginer que l'invitation faisait de moi quelqu'un de bienvenu. Je ne me suis pas assis, même lorsque les deux types ont commencé à parler. Ça ne mènerait à rien, dirent-ils. Ils n'allaient pas pouvoir faire grand-chose. Ce n'était pas la première fois que j'entendais cette tirade. Ils estimaient qu'elle avait été abattue dans le champ aux alentours de dix heures du soir trois nuits plus tôt. Ils avaient effectué des interrogatoires et toutes les pistes étaient froides. Ils allaient continuer à travailler sur l'affaire, dirent-ils. L'affaire était entre leurs mains désormais. J'ai regardé mon chef, sachant parfaitement que c'était du bidon. Les types partis, il m'a serré rudement l'épaule en me disant qu'il valait mieux laisser tomber.

Ils ont épinglé Sam Plowman deux jours plus tard, au Dixon Bar. L'ont détenu moins de trente-six heures. Sa mère lui avait trouvé un alibi en or. C'est ma théorie du moins. Je ne sais pas, peut-être un type comme Plowman a-t-il une seule obsession tout au long de sa vie. Mais je déteste spéculer sur des conneries. C'était Yellow Knife que j'avais dans le collimateur. La partie ne s'annonçait pas facile, un gros nuage qui continuait à planer.

J'ai fait halte au Bar 44 mais Yellow Knife n'y était pas descendu. Le barman ne le connaissait même pas. J'ai pensé que Baptiste avait peut-être menacé le type mais c'était peu probable. Il avait d'autres assommoirs. Le Stockman où il faisait toujours sombre et où l'alcool était bon marché. Rien que des buveurs endurcis pour clients. Quelques habitués qui venaient prendre leur bière du petit déjeuner et restaient jusqu'à la fermeture. Aucune glace derrière le bar. Personne ne balançait ses petites pièces dans le juke-box. Le Stockman semblait être l'endroit le plus indiqué pour Baptiste. Ces types-là se fichaient pas mal qu'un Indien boive à leurs côtés. Ils étaient eux-mêmes en quête d'anonymat.

J'ai passé la tête à la porte, mais le soleil de l'après-midi était si vif que j'ai dû laisser à mes yeux le temps d'accommoder. Ma vision a trépidé un instant. J'ai distingué les types accoudés au comptoir. Le barman paraissait jouer au solitaire. Il a levé les yeux à mon entrée. Je m'apprêtais à lui poser quelques questions lorsque j'ai repéré Stoner et le cow-boy de rodéo installés à la table du fond. Les voir ensemble dans cette gargote aux relents de pisse m'a pétrifié un instant. Le cow-boy soufflait de la fumée par le nez et le talon de sa botte cliquetait sur le sol, un tressautement nerveux, tendu, anxieux. Bart se penchait en arrière sur sa chaise juste assez loin de Stoner pour paraître décontenancé, mais il acquiesçait de la tête. Stoner était le seul à parler. Lorsqu'il posa ses deux mains à plat sur la table, il parut poser les grandes lignes d'un projet. Puis les deux hommes hochèrent la tête de conserve.

En sortant, j'ai dû protéger mes yeux du soleil. J'ai noté que Stoner avait garé sa voiture sur l'arrière, quasiment hors de vue. Je me demandais ce que ces deux-là trafiquaient mais j'avais du travail qui m'attendait. Pas le temps de me prendre la tête avec deux Blancs taillant le bout de gras dans un bar. Yellow Knife était dans la nature. Il me faudrait veiller plus étroitement sur Louise si je tenais à sa sécurité.

Je comprenais que je me devais d'être franc avec moi-même aussi. Je ne pouvais continuer à me mentir au sujet de Louise. Je désirais la posséder, et à ce titre, je n'étais guère différent de Plowman, guère différent de Stoner. Je désirais Louise de toutes les petites façons triviales que peut avoir un homme de désirer une femme, et sans doute étais-je aussi fou d'elle que Sam Plowman l'avait été d'Hemaucus. Je n'avais pas le beau rôle en l'occurrence. Je savais que je pouvais être honteux de pas mal de choses. Le matin même, j'avais laissé un homme blanc appliquer sa botte boueuse sur Hemaucus et parler de trajectoires de balles et de mobiles probables alors que j'aurais dû me pencher sur elle avec respect et lui fermer les yeux.

Je continuais à poursuivre Louise, à la chercher, à me dire qu'elle avait besoin qu'on veille sur elle. J'aurais dû me ressaisir depuis longtemps, lorsque ma femme m'aimait encore. Il y a un instant précis en amour où chacun peut choisir d'être amoureux ou de ne pas l'être. Peut-être y a-t-il quelque chose de profondément enfoui dans nos vies, au-delà de l'instinct et de l'espoir qui font de nous des êtres las et férocement exigeants, ce temps lent lorsque nous regardons par notre fenêtre le matin et que nous ne voyons pas le soleil neuf ni l'herbe qui luit. Nous voyons seulement que quelque chose manque dans notre vie, quelque chose que nous ne cernons pas bien, comme la sensation d'être privé d'air sous le coup de l'angoisse. J'ai sauté sur un espoir de solution, et il se trouve que c'était encore l'amour, qui selon moi n'est que du désir, toujours plus de désir, un désir de la pire sorte après qu'on s'est déjà présenté une fois devant l'autel, avec sur la figure un sourire de bête traquée qui, au bout de cinq ans, n'a plus grand-chose à voir avec un rayonnement de bonheur.

Je m'étais dit que j'essaierais peut-être de quitter pour un temps la réserve. Je m'étais demandé à quoi ressemblerait la vie en Californie, libéré de toutes mes emmerdes. Mais tout au fond de moi, je savais que je resterais ici, point. J'étais coincé par mon désir pour une chose dont je savais que je ne l'obtiendrais jamais. Et Louise était la femme pour laquelle je me sentais retenir mon souffle, mon point faible et douloureux. Une femme qui voyait seulement que mes bottes étaient cirées et sans trous, que le cuir de mon holster faisait entendre un joli bruit, que j'avais toujours un bon sandwich à la viande dans ma boîte à gants. Je me dis que c'est peut-être bien ce que tous les Indiens voyaient en moi. C'est ce que je voyais en moi, un tas de trucs de rien, du vide que tous les autres n'avaient pas.

J'ai fini par surprendre Louise en train de boire au comptoir. Je l'ai virée du bar cent fois et je l'y ai laissée rester cent fois plus. Ce soir-là j'avais seulement envie de me trouver dans la même pièce qu'elle, Yellow Knife ou pas, légal ou pas. Elle s'est tournée vers moi avec cette douceur de vent dans son sourire et s'est penchée si près de moi que j'ai senti la sueur dans ses cheveux. Elle a posé sa tête sur mon épaule et dit d'une voix si basse que c'est à peine si je l'ai entendue : « Où aimerais-tu te trouver ? » Et je ne m'attendais pas à ce qu'elle dise cela. La question m'a pris au dépourvu. Je suppose que cette question pouvait recouvrir quantité de sens différents, mais le sens qu'elle revêtait pour moi ce soir-là était supérieur à ce que je tenais à révéler à quiconque. C'était une question qui m'attirait vers elle. Et planté là en uniforme avec la menace de me faire expulser d'un coup de pied aux fesses, la menace de perdre mon boulot et mon statut au sein de la communauté, j'ai glissé un bras solide autour de sa taille. Nous sommes longuement restés silencieux tous les deux. J'ai quitté le bar seul. Je n'étais pas loin de chez moi quand mon ventre s'est mis à trembler et moi à grincer des dents en pensant qu'il y avait une stupidité congénitale en moi à laquelle je n'échapperais jamais.

Je savais que je devais être plus strict et me concentrer sur les tâches du moment. Je ne pouvais me permettre d'être surpris à nouveau dans une situation compromettante qui n'arrangerait ni les affaires de Louise ni les miennes. J'avais envie de me reposer un peu, de souffler loin du boulot. Mon projet était de passer mon jour de congé chez moi. De faire la grasse matinée.

Le téléphone m'a réveillé trop tôt. J'ai ramené rageusement les couvertures sur ma tête. Le téléphone n'arrêtait pas de sonner. Je me suis arraché à mon lit. J'ai décroché sans prendre la peine de dire allô. « Charlie ? a dit la voix. C'est toi, Charlie ? » La femme avait à peine dit quelques mots, mais sa voix était reconnaissable entre toutes. Dirty Swallow. J'ai passé la main sur mes cheveux en brosse, cligné des yeux dans le matin sombre qui pointait derrière les vitres. « Pouvez-vous m'expliquer de quoi il s'agit exactement ? » j'ai demandé. J'entendais le faible bourdonnement de la ligne qui bruissait entre nous. « Viens, c'est tout », a-t-elle répondu.

Il était cinq heures du matin. J'avais dormi trois heures. Le sommeil me rappelait, aussi me suis-je lavé le visage avant de passer mon pantalon. Dirty Swallow n'était pas quelqu'un à traiter par-dessous la jambe. Elle n'avait aucun mal à régler ses comptes, et je ne tenais pas à l'ajouter à la longue liste de mes emmerdes. Je me suis demandé si l'appel concernait Baptiste « Fils de pute, j'ai dit, tout en boutonnant ma chemise. Fils de pute. »

Le froid du petit jour était si sec que mon chauffage a eu des ratés. Les montagnes étaient nimbées de la lumière du levant. Les étoiles s'éteignaient. Je pensais à mon lit tiède, à des couvertures lourdes sur mon dos, à dormir. Une fine bourrasque de neige poudrait la route. Le froid faisait enfler mes jointures. J'ai aperçu la maison de Dirty Swallow au loin et su que je devais me réveiller.

J'ai engagé mon véhicule dans le chemin et distingué la dépouille d'un animal suspendue à la barrière du corral, lourde comme une couverture indienne. Fraîchement écorchée. Un mauvais rêve. Il m'est venu à l'esprit que Yellow Knife avait trucidé son meilleur cheval et l'avait mis à sécher. Peut-être avait-il besoin d'argent et avait-il imaginé ça, mais je me creusais la tête pour comprendre. J'ai ralenti et arrêté ma voiture. Je me suis activé un instant. Ouvert la boîte à gants, cherché une tablette de chewing-gum tout en sachant que je ne trouverais rien. Je retardais l'inévitable en ne faisant sans doute qu'aggraver les choses. J'ai attrapé mon carnet de notes et pris le chemin du corral.

Dirty Swallow a surgi derrière moi. Elle avait une façon de prendre les gens par surprise qui m'avait toujours secoué. « Que s'est-il passé ici ? » j'ai demandé.

Des mèches de cheveux s'étaient échappées de sa tresse. Je voyais le brouillard pâle de son haleine et je me suis rendu compte qu'elle avait du mal à parler.

« J'ai trouvé ça là en me levant ce matin », dit-elle.

J'ai sorti mes gants de ma poche. C'était une peau de

cheval, pliée ; lorsque j'ai déplié le flanc, une vapeur âcre est montée entre nous.

« Baptiste a fait ça ? » j'ai demandé, mais elle a fait non de la tête. « Quelqu'un lui a pris son cheval, a-t-elle dit.

– Volé ? j'ai dit.

– C'est ce qu'il pense. Il est parti à la recherche de ce cheval, a-t-elle répondu.

– Je pige pas », j'ai dit. Elle a paru agacée par ma stupidité. Elle a croisé les bras et haussé le ton. « C'est pas ce cheval », a-t-elle ajouté.

Je n'étais pas plus avancé. J'ai réfléchi un instant. Dirty Swallow semblait me dire que quelqu'un avait volé le cheval de Yellow Knife et laissé la dépouille d'un autre à la place.

« Celui qui a fait ça voulait que mon fils aille croire que c'était son cheval. »

C'était une chose cruelle à infliger à n'importe quel homme, Baptiste compris. Il avait quantité d'ennemis. Je ne me faisais aucune illusion sur ce point. La dépouille était fraîche. Du sang gouttait dans la neige.

Mes orteils commençaient à sentir la morsure du froid. J'ai regardé du côté du champ, aperçu quelques petits chevaux indiens. Je ne voyais pas le cheval vénéré de Yellow Knife.

J'ai vérifié si la peau portait une marque de fer mais n'en ai trouvé aucune. J'ai griffonné dans mon calepin. La peau présentait apparemment les caractéristiques du cheval de Yellow Knife. J'ai tenté de me souvenir du nom de l'animal, tout en sachant que ça n'avait pas d'importance. Je me souvenais seulement que Louise aimait ce cheval.

« Vous avez une petite idée de qui pourrait lui en vouloir ? » j'ai demandé, la mâchoire contractée. Je n'ai pas attendu sa réponse. « Je vais rédiger un rapport, l'ai-je informée. Faire les vérifications d'usage. »

Yellow Knife avait plus de problèmes que je ne pouvais en résoudre. J'avais l'intention de rentrer chez moi me mettre au lit. J'ai tenté d'oublier l'incident mais il m'obsédait. Sur le chemin du retour je me suis demandé qui pourrait aller jusqu'à de telles extrémités pour atteindre Baptiste. Cette tuerie était destinée à lui infliger un choc. Je supposais que quelqu'un avait le cheval dans son pâturage mais cette histoire ne tenait pas debout. Si quelqu'un avait intentionnellement laissé cette dépouille de cheval pour que Yellow Knife la trouve, c'était forcément quelqu'un d'ici.

Louise

La longue faim

L'hiver pour lequel Baptiste lui avait dit de se préparer finit par arriver. Le froid rampa sur les fenêtres de la maison de sa grand-mère et s'installa. Une neige aveuglante tomba trois jours durant, une neige sèche qui piaulait sous ses souliers et s'amoncelait si haut qu'elle devait se bagarrer pour ouvrir la porte de la cabane des cabinets. Rivière, route, collines devinrent la même plaine blanche uniforme. La neige s'entassa contre la cave et rattrapa les avant-toits de la maison. De la neige sèche s'infiltrait tels des serpents à travers les murs, comme de la poussière à travers les planchers disjoints par les intempéries. À son réveil, Louise découvrait de la neige, semblable à un dépôt sablonneux, couvrant son visage et ses couvertures tirées jusqu'au menton. Même le poële au ventre rougi était impuissant à chasser ce froid d'hiver précoce qui descendit à moins quinze en dessous de zéro.

Lorsqu'elle se rendait au magasin de Malick, sa grand-mère enveloppait les pieds de Louise dans tellement de papier journal qu'elle devait se bagarrer pour enfiler les vieilles bottes de son père. Elle s'entourait chaque doigt de pages de catalogues et enfonçait bien ses mains au fond de chaussettes de laine. Mr Malick la grondait toujours quand elle arrivait, le visage brûlant de froid, les yeux petits et larmoyants. Il lui disait qu'elle pouvait mourir gelée en dix minutes si le vent s'y mettait. Linder Schulz était mort gelé

Louise

en se rendant à pied de sa maison à son écurie, lui raconta Mr Malick. Il s'était couché par terre et il était mort. Elle remonta son écharpe sur sa bouche. Quelques semaines plus tôt, un vent l'avait surprise. Il lui était tombée dessus d'un coup alors qu'elle était presque rendue chez elle. Elle avait entendu une brise se lever au sommet de Perma Hill, comme un vieil homme asthmatique. Cela ne ressemblait à rien d'abord, mais au moment où elle atteignit la crête, elle vit le brouillard tourbillonnant de neige. Louise ne distinguait plus la route. C'était comme poser le pied dans une eau blanche et profonde. Elle prit une inspiration hachée. Un vent bas lui siffla au-dessus de la tête et lui piqua l'arrière des jambes. Elle sortit ses mains de ses poches et resserra son manteau plus étroitement autour de sa taille. Elle tenta de se souvenir d'une histoire que Baptiste lui avait contée sur le froid et sur les Indiens qui avaient dansé pour faire venir les beaux jours, mais ses pensées étaient confuses. Elle avait aperçu Baptiste à Dixon en compagnie de la femme blanche autoritaire. Il avait fait une tentative pour approcher Louise mais la femme l'avait retenu par le pan de sa chemise et il lui avait cédé. Les yeux de Baptiste étaient étranges, les yeux cerclés de blanc d'un homme qui ne dort plus. Il était amaigri. Il était devenu un autre homme au contact de cette femme, et la grand-mère de Louise lui avait conseillé de l'oublier. Mieux valait renoncer à lui. Mais elle ne pouvait oublier le choc brutal de ses mains, la cicatrice endolorie au sommet de son crâne. Il l'avait cognée, et elle était incapable de l'oublier. Elle ne pouvait pas davantage lui pardonner et la pensée de Baptiste la harcelait. Elle regarda ses pieds et tâcha de palper l'ornière de la route, mais elle ne sentait rien d'autre que ses doigts secs se recroquevillant dans les pages de catalogues. Une lente brûlure.

Elle tâcha de ne pas pleurer. Elle garda les yeux baissés. Elle tâcha de ne pas quitter ses pieds des yeux et de continuer à marcher. Son manteau de laine lui grattait le dos. Il y avait une sécheresse dans ses narines qui commençait à picoter. Elle sentait la neige pénétrante lui mordre la nuque. Elle retira son écharpe et ses cheveux se soulevèrent sur sa tête et firent crépiter des éclats d'argent. Elle ne put renouer son écharpe avec ses doigts raides, aussi en enfonça-t-elle les extrémités à l'intérieur de son manteau. Louise n'était pas certaine d'être sur la route. Elle ne voyait rien de familier. Le vent vaporisait un fin linceul de neige sur elle. Son manteau lui battait les genoux. Et puis aussi soudainement que la tempête s'était abattue sur elle, elle se leva et Louise aperçut la maison de sa grand-mère.

Elle arriverait à passer l'hiver, même sans Baptiste, même si la plupart du temps elle n'avait guère plus à manger que du pain frit et des haricots. Elle retenait ses jupes à l'aide d'une ceinture désormais pour les empêcher de glisser. Quelques jours plus tôt, une infirmière des services de santé avait posé deux doigts sur la poitrine de Louise et avait tapoté jusqu'à ce que Louise entendît le son mat et lugubre que rendaient ses os. Elle savait que l'infirmière la croyait atteinte de tuberculose. Louise savait que sa maladie avait pour seul nom la faim. Tout au long de l'hiver, elle s'éveilla chaque nuit, frissonnante sous la morsure du gel, au milieu de rêves où elle dévorait du gibier. Elle s'éveillait en se souvenant comment Charlie l'avait poursuivie jusqu'en haut de l'étroit canyon, et comment elle s'était cachée dans une crevasse rocheuse qui aujourd'hui l'avalerait. Elle savait que cette faim la tenaillerait jusqu'au printemps et bien après. Une faim qu'elle traînerait encore après que le céleri indien eut fleuri. Une faim qui l'avait rendue pingre et jalouse.

Elle n'avait pas revu Harvey Stoner depuis un moment et voilà qu'un soir il vint freiner juste devant la maison de sa grand-mère et s'arrêta. Elle avait attrapé son manteau et s'en était allée avec lui. Harvey Stoner avait emmené Louise à Kalispell, dans un bar obscur, guère différent de celui de Dixon. Elle garda son manteau sur elle quand bien même la neige fondait sur ses souliers. Elle craignait que Stoner ne vît à quel point elle avait maigri, combien elle avait faim. Elle avait espéré qu'il l'aurait emmenée dîner afin qu'elle pût économiser un peu de sa nourriture pour sa grand-mère, mais Harvey ne parla pas de manger. On était début décembre. Des ampoules rouges poussiéreuses brillaient, nichées dans des nids de cheveux d'ange au-dessus du bar. Une guirlande d'ampoules rouges et vertes était punaisée dans l'étroite fenêtre donnant sur la rue principale.

Stoner causa avec le barman et donna à Louise deux pièces de monnaie à mettre dans le juke-box. Elle en empocha une et glissa l'autre dans la machine. Elle entendit Harvey faire de la monnaie pour le juke-box. Elle percevait les murmures du barman, sentait la caresse paresseuse du regard approbateur d'Harvey sur son postérieur.

« Tu veux bien prendre des cacahuètes, Harvey ? dit-elle en espérant qu'il n'entendrait pas sa faim dans sa voix.

– Elle a envie de mes cacahuètes », dit le barman et les deux hommes rirent.

Elle sentit le sol refroidir sous une fine gangue de neige lorsque la porte s'ouvrit. Elle lut la liste du juke-box et pressa des touches jusqu'au moment où elle sentit la main sur son épaule. Le contact la surprit mais elle avait appris à ne pas montrer sa peur, à ne pas sursauter aux avances inattendues. Elle leva les yeux et vit son mari. Elle sentit son cœur lui frapper la poitrine. Elle jeta un coup d'œil derrière l'épaule de Baptiste, s'attendant à voir sa petite amie, mais il était seul.

Baptiste Yellow Knife, le mari qu'elle ne reconnaissait plus, se tenait debout devant elle. Il était si maigre, plus maigre que dans son souvenir. Son pantalon trahissait sa maigreur. Il avait perdu son petit ventre doux de l'été. « J'ai besoin de ton aide, là », dit Baptiste, pour elle seule. Louise se recula et fut surprise de constater qu'elle n'avait aucune colère envers lui. Il tanguait légèrement mais ce n'était pas l'effet de la boisson. Il semblait fiévreux. Le barman s'était approché derrière Louise.

« Vous connaissez ce type ? » lui demanda le barman, les

yeux posés sur Baptiste. Louise demeura muette. « Vous avez lu la pancarte ? » dit-il, à l'intention de Baptiste seul cette fois.

Louise recula encore en espérant que l'homme ne remarquerait pas comment elle se tordait les mains derrière le dos. Louise voyait Baptiste comme elle pensait que ces hommes le voyaient. Elle reconnaissait la tonsure rose de la teigne, son cuir chevelu pelé par plaques. Elle savait qu'il avait faim. Et qu'il avait eu des ennuis avec la femme de Yakima, des ennuis qu'il s'était attirés lui-même comme une volée de briques. Il avait frappé cette femme peut-être ou en avait regardé trop longuement une autre. Tous les jours, il pouvait y avoir cent raisons de quitter Baptiste Yellow Knife. Louise imaginait Baptiste en train de pisser au bord de la route et la voiture noire de la femme s'éloignant dans un grondement de tonnerre et un vent cuisant.

« Hé, l'ami, dit le barman, c'est l'heure de rentrer. »

Baptiste était planté près du juke-box. Il mit ses mains sur ses hanches et voulut remonter son pantalon. Les ampoules de Noël illuminaient ses cheveux clairsemés. Elle n'était pas la cause de ses problèmes, se dit-elle, mais en cet instant elle ne pouvait le renier. Le barman avait saisi Baptiste par le bras. Harvey ouvrit la porte. Il faisait si froid que Louise sentit un poids douloureux lui plomber les genoux.

« Lis la pancarte, répétait l'homme à Baptiste. Lis la pancarte.

– Viens, Louise », dit Baptiste. Il leva la main pour lui faire signe. Elle entendit le juke-box passer en revue la pile de disques et enclencher sa chanson.

« Et elle, tu lui fais pas lire la pancarte ? » demanda Baptiste.

Le barman se tourna vers Louise et l'examina. Elle se demanda comment elle lui apparaissait, s'il pouvait déceler l'Indienne en elle.

« Tu connais ce plaisantin ? » lui dit le barman. Il semblait sur le point de la jeter dehors avec Baptiste. Elle vit la longue route du retour serpentant à travers les bois endormis, le lac au pourtour pris par la glace. Ses souliers étaient si fins qu'elle recroquevilla ses orteils pour les réchauffer et baissa les yeux vers ses pieds.

« Non », dit-elle. Le barman poussa Baptiste dehors puis referma le loquet. Harvey tapota le tabouret de bar voisin pour que Louise vînt s'asseoir. Elle avala une bonne rasade de whisky, surveillant la fenêtre étroite pour voir passer son mari. Elle était sûre qu'il ébranlerait la vitre de son poing. L'accuserait. Mais elle attendit longtemps sans voir Baptiste. Elle savait qu'elle n'avait pas d'amour pour lui, qu'elle n'en avait jamais éprouvé, mais l'idée que lui pût l'aimer l'accablait. Elle n'avait montré aucune chaleur envers lui dans ce lieu obscur. Elle n'avait trouvé aucune bonté, aucune bienveillance en elle ni dans la compagnie en laquelle elle était. Elle était à plus de cent cinquante kilomètres de chez elle, cent cinquante kilomètres mais Baptiste l'avait trouvée. Il se passerait six mois avant le retour de l'été. Six mois avant que les serpents à sonnette ne retrouvent le soleil. Elle aurait pu rentrer chez elle à pied et ressentir une moindre solitude. Son cœur était la tablette de sels digestifs que Stoner jeta dans son verre d'eau.

Louise renversa la tête contre le siège de la voiture d'Harvey Stoner. La nuit était froide et claire, mais de la neige tombait des arbres et gelait sur le pare-brise. Louise tentait de voir au-delà du faisceau des phares. Elle scrutait les ténèbres, cherchant Baptiste Yellow Knife. Cherchant l'être qu'elle avait renié. Son être. Jamais elle n'avait eu honte d'être indienne, sauf en cet instant où pour un repas et un retour à bord d'une voiture chauffée, elle avait renié son époux.

Sa grand-mère lui dirait que la médecine d'amour avait cessé pour de bon de produire son effet. Mais il arrivait à Louise d'être assise à la table de la cuisine avec Grandma et de rêver que sa sœur revenait à la vie, que Baptiste Yellow Knife approchait de chez elles, un cerf en travers des épaules. Elle ne racontait à personne comment elle guet-tait et attendait qu'il vînt à elle. Elle écoutait siffler le vent. La neige crépitait sur les vitres comme du sable mais il ne venait toujours pas. Elle se lovait le soir près de sa grand-mère sous quelques minces couvertures et de vieilles har-des et reniflait la paume de ses mains jusqu'à s'endormir.

Une douleur insistante dans sa poitrine creuse lui don-nait l'envie de s'endormir contre le ventre doux de vieil-lards pour avoir chaud, dans l'odeur de gras de bacon de leurs bâillements humides, avec leurs armoires garnies de nourriture, de pots de levure, de barils de farine qu'elle pourrait pétrir en un pain moelleux, la crème dorée du miel, lisse et transparente sur le craquant des tartines grill-lées, du café brûlant additionné de crème épaisse, rassasiée et gavée jusqu'en haut des côtes alors qu'ils s'enfouiraient en elle. Mais plus la faim la tenaillait et plus, apparemment, les hommes la fuyaient.

Ce fut un long trajet de retour et Louise commença à s'interroger sur Harvey Stoner. Il se comportait comme s'il avait d'autres endroits où aller, des endroits meilleurs, des endroits où elle-même n'irait jamais, elle le savait. Quel-quefois il lui racontait comment le Rio Grande au Texas n'était pas plus gros que Pistol Creek, comment les monta-gnes italiennes ressemblaient aux Mission Mountains. Elle appréciait sa distance. Elle n'avait pas envie de l'avoir près d'elle. Elle avait envie qu'il s'en aille à la fin de la soirée. Qu'il la laisse tranquille.

Peut-être était-ce la longue entrée dans l'hiver. Peut-être était-ce d'avoir vu son époux naguère puissant privé de puissance qui lui donna envie de comprendre ses propres intentions. Elle tenta de déterminer pourquoi Harvey l'in-téressait. Il la nourrissait. Il était toujours bon pour un repas à deux dollars à Plains et une nuit au chaud à l'hôtel Syme de Hot Springs. Il lui achetait de menus objets aussi. Il lui avait acheté un bracelet de cheville en strass et une

paire de souliers à bride. Une robe. Rien de bien significa-
tif dont elle ne puisse se passer. Les cadeaux qu'il lui faisait
lui importaient peu. Mais il avait du pouvoir. Elle le savait,
car chaque fois qu'elle était avec lui, Charlie Kicking
Woman la laissait tranquille.

Elle pouvait rester plantée au comptoir et siffler du bourbon au goulot, Charlie gardait les yeux rivés sur elle et ne
levait pas le petit doigt. Elle se sentait en sécurité avec Harvey Stoner. Il pouvait aller partout et y être le bienvenu. Il
pouvait payer pour une chambre avec des portes solides et
des chaînes de sûreté. Si sa voiture tombait en panne, il
pouvait la faire réparer n'importe où. Et s'il ne pouvait pas
la faire réparer, il pouvait en acheter une neuve. Il pouvait
rédiger un chèque et recevoir immédiatement suffisamment d'argent liquide pour payer un mois de bonnes provi-
sions. Il n'aurait jamais faim.

Mais Louise avait commencé d'apprendre que le pouvoir
est à double sens. Elle avait commencé à repousser les
avances d'Harvey Stoner. Tant que l'été indien avait duré,
elle s'était plu à décliner ses offres de monter dans sa voiture. Elle se plaisait à remonter sa cuisse entre les jambes
de Stoner et à dire non quand il se frottait contre elle. Il
avait tout. Et elle avait entendu dire qu'il voulait plus
encore. Plus de terre, plus de femmes. Ça n'avait pas de
sens pour elle. Il s'était perdu dans son désir. Il était
devenu un objet lui-même.

Tout ce qui restait à Louise de lui lorsqu'il redémarrait,
c'était l'odeur rude de ses sièges de cuir souple, la lumière
rose de son tableau de bord dans l'obscurité. Elle se souvenait de brillantine aux notes boisées et de shampoing à la
lavande, non de lui. Elle se souvenait de ses bas de soie
noire, non qu'il les lui eût enfilés. Elle se souvenait du
grondement de sa grosse voiture avalant si vite les chemins
de terre que le cœur lui manquait. Elle ne pensait jamais
qu'Harvey Stoner était au volant. Elle pensait qu'être avec
lui ressemblait à vouloir aimer la moindre petite chose qui
se puisse acheter. Il était fatigant.

Une fois elle avait couché avec un autre homme rien que pour se débarrasser de l'odeur d'Harvey Stoner sur sa peau. Il pouvait la toucher désormais, cela ne lui importait plus. Elle ressentait seulement de petits tiraillements sur sa peau, une chaleur dans son ventre, et puis il n'était plus là. Et moins il avait d'importance pour elle, plus il la désirait. Et plus il la désirait, moins il avait d'importance, de sorte qu'il finit par devenir petit à ses yeux. Elle ne savait pas très bien ce qu'elle attendait de lui, si tant est qu'elle eût jamais attendu quelque chose.

Elle avait laissé son bracelet de cheville en strass ramasser la poussière sur le bord de la fenêtre. Il y avait une échelle dans l'un de ses bas de soie et elle les avait jetés tous les deux à la poubelle. Revoir Baptiste l'avait détournée d'Harvey. Tout ce qu'il pouvait lui donner semblait soudain insignifiant.

« Louise, tu m'aimes, » avait-il dit, questionnant à moitié.

Elle regarda le poli brillant du tableau de bord. Elle cligna des yeux face au reflet de son visage, noir et argent dans le métal couleur prune.

« Tu n'es pas obligée, tu sais ? »

– Non, dit-elle.

– Non quoi ? » Il se pencha plus près d'elle et lui posa son menton sur l'épaule.

Elle savait ce qu'il avait envie d'entendre. Elle flairait un effluve ténu d'armoise entrant par la vitre ouverte. Il y avait un aspect qu'acquéraient certains hommes lorsqu'ils s'étaient égarés. Ce n'était pas tant dans l'expression de leur regard que dans leur façon de se tenir. Comme si leur posture dans le monde avait changé, comme s'ils avaient perdu la faculté de se tenir debout seuls. Elle remarquait d'abord le genou croisé et tourné vers elle. Et puis de plus en plus ils s'inclinaient dans sa direction. Et toutes leurs questions commençaient à être centrées sur elle. Que voulait-elle d'eux ? Que ressentait-elle pour eux ? Que pensait-elle d'eux ? Harvey la pressait. Il voulait savoir. Il voulait se connaître lui-même à travers elle. Il la dégoûtait et l'étouffait, comme si elle avait besoin de ses deux mains pour le repousser, victime ayant besoin de respirer.

« Laisse-moi ici, lui dit-elle.

– Je veux savoir si tu m'aimes », dit-il.

Louise observait la route. Il arrêta sa voiture en porte-à-faux sur le bord d'une congère et Louise sentit le dérapage de ses roues, la succion de la neige. Harvey voulut lui prendre la main. Elle la lui retira avant et il lui saisit les poignets en les serrant si fort qu'elle sentit la brûlure de son étreinte.

« J'ai besoin de pisser un coup », dit-il. Louise approuva de la tête. Elle laissa Harvey Stoner se calmer. Il laissa le moteur tourner mais il éteignit les phares. Elle apercevait le contour de sa silhouette dans les volutes de froid, le brouillard orange de ses feux arrière. Un coup de vent heurta la voiture et elle sentit mille éclats de glace. Elle connaissait les bas-fonds étroits et sinueux de la route, l'endroit où les fossés se creusaient et les endroits où ils jouxtaient le pied de la colline. Avec cette neige, si elle devait prendre la fuite, elle pouvait semer Harvey Stoner.

« Je veux que tu m'aimes », dit-il à son retour dans la voiture. Louise flairait dans ses cheveux l'odeur de goudron âcre de son cigare. Il se mit à lui frotter la cuisse. Elle garda la jambe immobile. Il se pencha vers elle et lui chuchota : « Je veux que tu m'aimes. »

Louise surveillait la route. De loin, elle aperçut les phares d'une autre voiture venant en sens inverse. Elle attendit, aux aguets. Elle laissa Harvey rouler son pouce à la lisière de sa culotte. Lorsqu'il déboutonna sa braguette, elle ramena fermement son bras contre elle et ouvrit la portière d'un coup de pied. Il était hors de la voiture avec elle. Elle sentait le poids de son corps, sa traque derrière elle. Ses souliers glissèrent dans les ornières glacées de la route. La neige dessina un halo autour des phares de la voiture qui approchait, créa une scintillante clarté qui monta autour d'eux. Harvey lui maintenait les poignets dans le dos et il hocha la tête sèchement lorsque la voiture les croisa. « Tu m'en apprends de belles », lui dit-il.

Il la plaqua contre la portière de sa voiture. Le froid ne l'avait pas engourdie. Elle sentit le picotement du sang le long de sa colonne vertébrale. Elle posa une main sur ses yeux clos tandis qu'Harvey passait la main sous sa robe pour lui tripoter le cul. Elle sentit ses phalanges dures entre ses jambes lorsqu'il se caressa. Le vent soufflait si fort qu'il lui fendait les cheveux jusqu'au crâne. Elle sentait la douleur lancinante de ses os. Une pulsation de chaleur frappa sa cuisse. Un instant, Harvey laissa aller sa tête sur son épaule. Elle chopa alors ses testicules, et serra jusqu'à sentir ses ongles mordre dans la peau. Il la cogna comme un homme cogne une femme, le bras qui recule et revient dans un arc-de-cercle à pleine puissance, un choc fou-droyant des phalanges dans sa poitrine. Elle sentit un étourdissement noir, vit tournoyer des abeilles d'argent. Elle le lâcha. Ses poumons étaient inertes et lourds dans sa poitrine. Elle vit Harvey avachi sur le capot de sa voiture. Elle s'élança vers les collines.

Harvey l'attendit sur le bas-côté battu par le vent comme un chat attend un oiseau blessé. Elle se coula sous un bos-quet de saules, s'enfouit sous les couches de neige où l'herbe d'été s'était entortillée en un petit nid serré. Elle pressa ses pieds dans le creux froid et se tapit parmi les branches. Sa grand-mère lui avait appris comment se tenir chaud, comment survivre. Elle songea à sa grand-mère et frictionna ses mains. Elle devrait bouger sans tarder. Har-vey Stoner s'adossa à sa portière et passa la main par la vitre ouverte. Il se mit à promener le faisceau d'une lampe sur les champs bordant la route. Il dirigea sa lumière enve-loppante sur les rondeurs du paysage. Chaque courbe de colline devint Louise. Il ne pouvait la voir.

Le froid avait pénétré Louise. Sa peau virait au gris. Har-vey resta si longtemps qu'il commença à la supplier. Il s'était laissé tomber à genoux pour la demander en mariage. Et même avec le froid qui l'engourdissait, Louise faillit se trahir. Elle aurait pu éclater de rire à cette idée, Harvey Stoner se figurant qu'elle attendait de lui le mariage. Il se remit debout sans se soucier d'épousseter les éclats de neige caillée sur son pantalon. « T'es une rien du tout, lança-t-il enfin. On t'appelle pas "la traînée rouge" pour rien. » Elle savait que les gens l'appelaient ainsi, mais jusqu'alors personne n'avait osé la traiter de « traînée rouge » ouvertement. Elle savait qu'Harvey n'avait prononcé ces mots que pour la faire sortir, une façon de la provoquer pour qu'elle se montre. « Traînée rouge », dit Harvey dans une tache de vapeur qui monta vers les collines et la rivière, son haleine humide faisant crépiter le nom puis le dissipant. C'était le nom le plus secret qu'ils lui donnaient, les propriétaires de ranches et les garçons de l'école, Mr Malick et Eddie Taylor, les garçons indiens qui chuchotaient au fond de la cour de récréation, les femmes qui se suçotaient les lèvres en buvant leur café à leur table de cuisine. Il résumait toutes les injures que les gens bien élevés pouvaient siffler entre leurs dents. Putain. Peau-Rouge. Louise comprenait pleinement le sens de ce nom, une étiquette précisant qu'elle était indienne et rien de plus. Elle traînait dans les collines de Perma et elle ne pourrait jamais changer son style de vie. Elle ne laisserait pas ce nom lui coller à la peau.

Louise se redressa pour regarder partir Harvey Stoner. Elle put le suivre longtemps des yeux sur la lente route sinueuse redescendant vers Dixon. Il avait presque disparu lorsqu'elle vit l'éclat rouge des feux arrière, le demi-tour dans sa direction. Elle vit le faisceau de la lampe côté conducteur éclairer le flanc de la colline et les champs, balayer un côté de la route, puis l'autre. Une image saccadée, une lumière tressautante à ras de terre pour la trouver.

Elle imagina Harvey Stoner scrutant la densité du sous-bois, promenant son regard sur la platitude des champs, clignant des yeux devant le scintillement des vers luisants sur le bas-côté. Elle comprit alors qu'il avait voulu qu'elle reste cachée dans le froid. Il avait voulu la faire geler pour ensuite la réchauffer, la réduire à l'état de poupée molle et muette à ses désirs.

Elle était à des kilomètres de chez elle. Le bout de terrain de Charlie Kicking Woman étincelait sous une lumière d'extérieur agressive. Elle sentit le froid craquer dans ses chevilles. Elle faillit sauter par-dessus la clôture entourant le jardin d'Aida. La crainte d'un piège la fit reculer. Elle entendait le craquement des pommiers dans le verger. Elle songea à se hisser dans les branches d'un arbre, mais elle savait que la branche pourrait se briser. Elle contourna la propriété par le côté pour gagner l'arrière de la maison et vit les phares d'Harvey éclairer l'allée de Charlie. Elle courut jusqu'à la maison en brisant la neige sous ses pieds. Elle ne pouvait pas respirer. La lune brûlait comme du cristal. Elle plaqua son dos contre l'ombre des murs tandis que la lumière s'allumait sous le porche de Charlie. Harvey arrêta sa voiture au ras de l'habitation. Les poteaux de clôture portaient des chapeaux de neige. Elle vit Harvey ouvrir la portière et regarder dans la direction où elle se tenait comme s'il envisageait de s'approcher. La voix de Charlie était enrouée de sommeil lorsqu'il héla Harvey. Elle crut un instant que c'était à elle qu'il parlait mais elle vit Charlie sortir de chez lui, frissonnant, pour aller échanger quelques mots avec Harvey Stoner. Charlie avait laissé sa porte de derrière ouverte et elle pénétra courbée en deux dans la sécurité de son foyer. Elle ne l'entendit pas rentrer. Elle regardait Harvey se réinstaller pesamment au volant, la lumière de ses phares si vive qu'elle était sûre qu'il pouvait la voir debout à la fenêtre. Il recula lentement pour quitter le chemin, et la neige scintillante tourbillonna derrière lui, engloutissant sa misère.

Charlie Kicking Woman

Emmerdes

Je savais que j'aurais une entrevue avec Stoner tôt ou tard, mais je n'aurais jamais imaginé qu'il s'amènerait à ma porte à deux heures du matin. J'avais dormi pratiquement toute la journée. Un front froid de nord balayait la vallée et, en quelques heures à peine, la température avait chuté à zéro. Je sentais l'aiguillon du froid s'insinuer à travers les parois de ma maison. De la glace ourlait les fenêtres. J'étais resté longtemps assis près du poële à écouter siffler la résine. Je songeais aux petites bouffées montant de l'haleine de toutes les bêtes endormies. La Jocko River se couvrant de blanc. Une neige sèche ondulait sur la route. J'étais content d'être à la maison. Au moins je n'avais pas à être dehors par ce temps.

J'étais agité. J'avais réglé mes factures, lu le journal. J'avais du temps à revendre. Je me suis souvenu du nom du cheval de Yellow Knife. « Champagne », ai-je dit tout haut en pensant à Louise. Je soupçonnais que Baptiste rechercherait ce cheval dans tous les mauvais endroits. Je l'imaginais dans une bourrasque de neige, sa mince chemise claquant au vent. Baptiste s'avançant en catimini sur les pâtures d'honnêtes hommes, cherchant vengeance. Je me disais que c'était seulement le froid qui s'installait, le givre qui festonnait les vitres, mais je ne pouvais me défaire du sentiment d'être observé.

J'ai vu une soudaine lumière frapper le mur derrière

moi, et j'ai su que quelqu'un remontait mon chemin, à trop vive allure. La lumière a rebondi sur les murs. Des emmerdes. Personne ne vient frapper avec de bonnes nouvelles à la porte d'une maison après minuit.

J'ai passé mes bottes en caoutchouc par-dessus mes chaussettes et je suis sorti sur le perron. J'ai tenu mon bras en l'air pour abriter mes yeux. Des flocons de neige chevauchaient la lumière argentée. Un homme a mis pied à terre et s'est tenu debout près de la voiture. Harvey Stoner. Il a mis ses mains en coupe et j'ai vu le bout incandescent de sa cigarette.

« Stoner ? j'ai appelé. Qu'est-ce qui se passe, bordel ? » J'ai vu la fumée de son haleine. Il s'est frotté le menton et m'a regardé en plissant les yeux à travers la lumière tourbillonnante. Je me suis avancé de quelques pas, mais pas trop près. Je me disais qu'il avait bu.

« Je cherche Louise », a-t-il dit. Sa voix m'a tapé sur les nerfs. Il me regardait sans détourner les yeux. J'ai compris que j'étais l'effort de la dernière chance dans sa quête. J'ai ressenti une petite crispation de plaisir à le savoir dans le désarroi, mais je suis resté sur mes gardes.

« Elle est adulte », j'ai dit. J'en avais assez de cette conversation. Les tribulations de ce type ne m'intéressaient pas. Il a jeté sa cigarette par terre et a soufflé dans le creux de ses mains. Il avait les larmes aux yeux et j'ai compris que même un homme riche brisé pouvait inspirer la pitié.

« Je crois qu'elle est en danger », a-t-il dit pour m'appâter. Je n'étais pas d'humeur. J'ai fait demi-tour pour rentrer chez moi.

« J'imagine que tu te moques de ce qui peut lui arriver. » Il avait levé la voix pour m'aiguillonner. « Elle cherche Yellow Knife, a-t-il dit. Il va encore la tabasser à mort. » Sa voix accusait.

« Et qu'est-ce qui vous a fait croire que vous alliez la trouver ici ? » j'ai dit, en me retournant de nouveau pour le regarder.

Il a croisé ses bras sur sa poitrine et détourné les yeux,

Louise

mais j'avais eu le temps de voir son petit sourire supérieur. « Je ne suis pas dupe », a-t-il dit. J'ai senti monter une brusque chaleur dans ma poitrine, les muscles de mon dos se contracter. Si je m'étais trouvé plus près de lui, je lui aurais balancé un coup de poing sans réfléchir, un putain d'uppercut qui aurait fait s'entrechoquer ses dents en or. Je n'avais pas de temps à perdre avec ce connard, pas chez moi, pas pendant ma nuit de repos. Je suis rentré en le plantant là.

J'ai refermé soigneusement ma porte au nez de Stoner et j'ai poussé un soupir. J'ai entendu sa voiture démarrer. Ses phares ont inondé la pièce, un flot de lumière qui a illuminé les murs, le revêtement de sol en lino craquelé, et Louise debout, immobile près de la fenêtre. Elle respirait fort, la main pressée contre son ventre comme si elle venait juste de s'arrêter de courir. Stoner était parti. La pièce est redevenue grise. Le poële rougeoyait. « Tu veux me dire ce qui se passe ? » j'ai demandé.

Elle s'est assise sur le canapé et a noué ses bras autour de sa taille. J'ai pressé l'interrupteur de la lampe posée sur la table et je me suis tenu debout à côté d'elle. Je voyais que les petits lambeaux de givre blanc sur le bronze de son visage n'avaient pas eu le temps de solidifier. Si elle était restée beaucoup plus longtemps dehors par ce froid, elle aurait été en danger. J'avais envie de tenir mes mains tièdes contre son visage, de la guérir.

« Je suis dans une mauvaise passe », m'a-t-elle dit. J'ai vu le miroitement soudain de ses yeux, mais elle n'a pas pleuré. Elle s'est penchée en avant et a saisi ses orteils à travers la pointe de ses souliers pour se réchauffer.

« Tu vas rester ici quelque temps, j'ai dit, du moins le temps que ça se tasse. »

Je la voulais reconnaissante mais elle semblait résignée. « D'accord », elle a dit. Et puis : « Oui. » La pièce s'est soudain réchauffée. J'ai ouvert un peu la fenêtre pour prendre un souffle d'air.

« Prends la chambre », j'ai dit. Elle m'a regardé et s'est brusquement détournée.

« Je vais dormir ici », j'ai dit. Elle a épié le court canapé. « Ça ira », j'ai dit. Vu les circonstances, je ne risquais pas de dormir beaucoup, de toute façon. Je comptais désormais Stoner et Yellow Knife au nombre des problèmes à régler. J'ai fourré le petit coussin tricoté par Aida sous ma tête. Louise était chez moi, dans ma maison, et j'aurais dormi sur les marches du perron pour la garder là.

Ma chambre n'avait pas de porte ; elle ouvrait grand sur le salon. Je voyais clairement Louise dans la douce clarté de la lune, et j'ai ralenti ma respiration et fait semblant de dormir, mais je l'observais. Louise s'est dévêtue dans cette clarté. Ses mains étaient sveltes, et lisses, et belles contre sa gorge lorsqu'elle a dégrafé son col, lorsque chaque bouton s'est ouvert sur sa peau. J'ai observé ses mains lorsqu'elle a déboutonné son chemisier, descendu la fermeture de sa jupe. Sa mince combinaison a flotté jusqu'à terre. Je retenais mon souffle. Louise était là, nue dans ma maison. La clarté se mouvait sur ses épaules comme des grains de poussière, donnant à sa chevelure une teinte de fumée. Le bronze de sa peau avait la pâleur grisée de la pluie. J'ai aperçu le galbe relevé de ses seins, la courbe arrondie de ses hanches.

J'ai remonté la couverture sur ma tête quand elle est passée près de moi sur la pointe des pieds pour gagner le cabinet de toilette. J'ai entendu couler l'eau dans le lavabo. Puis elle est retournée dans la chambre. Elle a allumé la lampe de chevet et j'ai dégagé la couverture de mon visage. Je me suis frotté les yeux et j'ai plissé très fort les paupières pour que mes yeux accommodent. Elle ne semblait pas se soucier que je puisse la voir ou peut-être me croyait-elle endormi. Peu m'importait. Je me suis redressé sur un coude pour voir Louise debout nue près du lit que j'avais partagé avec ma femme. Une casserole d'eau fumait sur la table de chevet. Je distinguais tous les détails à la lumière de la lampe. J'ai aperçu l'hématome violet gonflé au-dessus

266

de son sein gauche. J'ai vu les empreintes de doigts noires au sommet de ses cuisses, et j'ai pensé aux mains de Yellow Knife, j'ai vu les bleus sur les hanches de Louise là où son poing s'était imprimé si profondément qu'on pouvait compter les phalanges. La coupe lisse de ses seins était bordée d'un liseré lavande. Je pouvais voir l'œuvre de Baptiste là aussi, dans la cicatrice qui boursouflait son mamelon gauche. Je désirais poser mes lèvres sur ce mamelon mais je me suis adossé au canapé pour la contempler. Je l'ai contemplée tandis qu'elle posait son pied sur la chaise pour laver l'intérieur de sa jambe, du creux du coup-de-pied en remontant toute la longueur du mollet. Elle n'avait pas pris de linge de toilette, elle se servait seulement de ses mains qui luisaient comme de l'huile. Ma queue était si dure qu'elle soulevait la couverture. Je pouvais sentir l'odeur de sa peau. Je me suis demandé combien de personnes l'avaient vue dans sa nudité. J'ai senti mon ventre se nouer à la pensée qu'Harvey Stoner l'avait touchée.

Elle s'est assise sur le lit et moi j'étais tellement occupé à la regarder béatement que je ne m'étais pas rendu compte du combat qu'elle livrait pour maîtriser ses émotions. Ses mains tremblaient. Elle a éteint la lumière et s'est allongée lentement. Elle était silencieuse, tellement silencieuse. Je ne l'entendais pas pleurer mais je savais qu'elle pleurait. J'ai eu honte de moi, de ma queue tendue et de mes désirs. Je ne pouvais pas me lever pour aller la trouver. Je me suis redressé sur le canapé. « Louise ? » j'ai dit, tandis que mes yeux accommodaient de nouveau dans le clair de lune.

« Je vais bien, Charlie », a-t-elle dit. Je distinguais le contour de son visage noyé d'ombres, obscur et triste comme des montagnes. Je me suis rallongé et j'ai fermé les yeux pour ne plus rien voir, ni le visage triste de Louise, ni la longue nuit. J'ai senti un vent froid soulever le rideau et j'ai su qu'elle s'était endormie.

J'ai dormi par à-coups en m'éveillant lorsque Louise bougeait. Je me suis levé à contrecœur et me suis lavé le visage.

J'étais de nuit ce soir-là. J'ai su gré à Louise de dormir d'un bout à l'autre de la journée. Elle ne s'est réveillée qu'en fin d'après-midi alors que j'étais déjà en uniforme et prêt à partir.

La nuit froide serait remplie d'appels d'urgence mais j'étais plus que jamais déterminé à trouver Yellow Knife. J'allais m'assurer qu'on le coffre pour de bon.

Lorsque j'ai quitté Louise, elle était installée dans le grand fauteuil avec un des romans sentimentaux d'Aida ouvert sur les genoux, mais elle ne lisait pas. Elle regardait dehors par la grande fenêtre noire, elle regardait quelque chose qui m'était invisible. Tout ce que je voyais c'était moi, mon insigne métallique miroitant dans la vitre, une belle femme détournée de mes regards.

C'était une rude nuit pour conduire. La neige s'effondrait dans les ornières de la route comme de la terre molle cède sur une tombe. Je semblais être la seule personne à y rouler cette nuit-là, les voies secondaires étaient plombées de silence par la neige. Mes roues ne faisaient pas un bruit. La neige était si fine qu'elle se vaporisait tout autour de ma voiture, dans un silence qui me rendait nerveux. Baptiste était quelque part par là, prêt à me sauter sur le paletot. Je le cherchais, je le cherchais de toutes mes forces, mais tout ce que je trouvais, ce n'était qu'embêtements, tout un tas de petits embêtements.

Il y avait des nuits de patrouille où j'éprouvais le besoin de continuer à chercher. Et puis il y avait les nuits de galère. De longues nuits d'appels, des trajets vers des nuisances nocturnes où lorsque l'on arrivait à destination même les fauteurs de trouble avaient laissé tomber et étaient allés se coucher. Même lorsque les stores étaient tirés et les maisons silencieuses, il me fallait enquêter sur la plainte. Et je cognais sur des portes qui s'entrouvraient avec réticence sur le plaignant ensommeillé, une femme serrant sa robe de chambre sous son menton, l'homme derrière elle me dévisageant en clignant des yeux dans son caleçon pendouillant, la boisson virant au rêve saumâtre de la migraine et du regret. Du mal au cœur et du chagrin. C'était une de ces nuits. J'ai biffé une à une les plaintes tournées à l'aigre et couru après l'appel suivant. J'ai pris en direction de Hot Springs en venant de Perma, dépassé la bifurcation où Florence s'était noyée. Une nuit de nouvelle lune. La rivière retenait la lumière comme le font les pierres tendres.

J'aurais dû déterminer un plan d'action pour retrouver Yellow Knife. Je courais après des intuitions. J'aurais pu être en train de rouler dans sa direction, tout comme dans la direction complètement opposée. J'ai repéré des traces de voiture remontant vers Bluebird Road et je les ai suivies. La route contournait la rivière en remontant à travers les crêtes des mauvaises terres. Des terres où les éleveurs faisaient paître leur bétail mais où aucune habitation n'était plus occupée.

J'imaginais que je ne trouverais rien qui sorte de l'ordinaire, sans doute un couple adultère en quête d'intimité sur une route obscure. J'avais braqué ma lampe-torche sur bien trop de voitures embuées, vu les visages stupéfiés des amants, le reflet soudain des peaux alors qu'ils se hâtaient de couvrir leur nudité. Je m'attendais à devoir mettre un autre couple en garde contre les dangers de l'asphyxie, un boulot qui exigeait de la diplomatie mais guère de vivacité d'esprit.

Mes phares se prenaient dans les nids-de-poule mais j'ai continué à rouler. Je suis arrivé à la vieille maison Chefler, une bâtisse de pionniers abandonnée érigée en terre indienne. La mise en jeu d'un tricheur. La maison et les dépendances avaient cet aspect battu par les vents, portiques de bois gris et rouillés béants vers le ciel, les seuls vestiges des rêves oubliés de cette famille. L'histoire disait que les Chefler avaient brisé tous les socs de charrue qu'ils avaient plantés dans cette terre. J'ai mesuré, presque avec gratitude, que notre terre ne se soumettrait pas toujours à la charrue. Le cul nul des pierres piquetait leurs champs comme autant de joyaux. Ils avaient dû renoncer à leurs socs, creuser la terre de leurs mains nues pour en fin de compte ne dégager que plus de cailloux encore. Un champ de cailloux, des pierres grosses comme ça, au noyau dur. Leur moisson était devenue de la pierre. Des montagnes et des montagnes de pierres.

La neige était épaisse ici. S'il existait une ceinture de soleil sur la Flathead River, ici c'était la ceinture de neige. La neige pouvait ensevelir cette demeure et n'être guère plus qu'un poudroiement, juste une prairie plus haut. À présent, les dépendances abritaient des chauves-souris et des moineaux, un autre de ces lieux hantés où des vœux anciens demeuraient, un endroit dont les gamins des fermes se moquaient avant de le fuir à toutes jambes.

J'ai vu les traces d'une voiture contournant une dépendance. Les autres traces de pneus semblaient conduire vers un affleurement rocheux. J'ai rangé ma voiture en mordant à peine sur le bas-côté. Je ne tenais pas à rester enlisé. J'ai emporté ma lampe-torche, même s'il y avait quelque chose dans la façon dont les collines cernaient cette maison qui semblait la faire palpiter de lumière. J'avais besoin de pisser un coup. Je me tenais debout non loin des cabinets affaissés quand j'ai entendu un bruit de bête. La plainte qu'émet un cerf lorsqu'une balle lui a effleuré l'arrière-train, un sifflement dans les poumons. J'ai contourné l'ancienne écurie en gardant mon dos à couvert quand j'ai aperçu la LaSalle immatriculée dans l'État de Washington. J'ai inspiré lentement, profondément. Je ne savais pas très bien sur quoi j'allais tomber mais des visions de Louise et Yellow Knife m'ont assailli. J'ai tiré mon revolver et vérifié le cran de sûreté. J'étais prêt. J'ai entendu le crépitement étouffé d'une pluie de coups de poing. Si vous entendez un jour le son mat et écœurant d'un poing d'homme sur le corps d'un autre homme, jamais vous ne l'oublierez. C'est un son dont la conséquence déborde l'acte. Le spectateur ressent le premier claquement tout au fond de ses

propres tripes, une contraction du cœur, une bouffée
d'adrénaline brûlante, comme un verre d'alcool avalé cul-
sec qui peut soit vous écœurer soit vous intoxiquer. Je n'allais pas me fourrer dans les emmerdes armé d'un seul
revolver contre Baptiste Yellow Knife. Je suis retourné à
mon véhicule.

J'ai reculé la voiture juste ce qu'il fallait pour me donner
de l'élan vers l'avant. Il fallait que je l'avance un peu plus
haut sur l'accotement pour les éclairer. Je me disais que si
j'arrivais à les prendre dans le faisceau des phares, je pourrais leur flanquer la trouille. J'aurais dû passer un appel
radio mais je ne l'ai pas fait. J'ai agi.

J'espérais que mes roues accrocheraient dans cette neige
poudreuse. Je devais agir vite. J'ai mis la marche avant, tous
phares éteints, j'ai glissé sur quelques centimètres à peine
et puis ma voiture est partie en dérapage et j'avais déjà pris
assez de vitesse pour filer. J'ai franchi la première butte de
neige et puis l'élan m'a propulsé par-dessus la colline que
j'ai franchie en allumant mes phares et en enclenchant ma
sirène, m'arrêtant juste à temps pour surprendre deux
hommes prenant la fuite. J'ai bondi de ma voiture en leur
hurlant de ne plus bouger. Puis j'ai tiré en l'air. J'ai
éprouvé une sensation désagréable comme si quelqu'un
regardait par-dessus mon épaule.

J'ai braqué mon projecteur et fouillé les collines jusqu'à
ce que j'isole Harvey Stoner. Il avait placé ses mains à plat
sur le sommet de sa tête. Il a tressailli sous la lumière. « Qui
est avec vous ? » j'ai demandé. Je me refusais à l'appeler
par son nom, me refusais à reconnaître son identité ou le
fait qu'il puisse avoir un quelconque pouvoir ici. « Comme
on se retrouve », a dit Stoner, mais j'ai détourné le regard.
Quelqu'un était avachi sur le sol. Soûl comme un cochon,
un tas de viande inerte. J'ai braqué ma lampe-torche sur
un homme. Il s'est tourné vers moi et a rassemblé la force
nécessaire pour se relever. Il n'était reconnaissable que par
son maintien, son inaltérable maintien. Il avait pris un sale
coup dans l'œil. Baptiste Yellow Knife.

« Charlie, a-t-il dit, tu viens ici pour me sauver ? » Même à cette distance, je reniflais l'odeur de baies de genièvre de son haleine, l'odeur écœurante du gin bon marché. J'ai considéré Baptiste. Stoner avait peut-être encaissé quelques bons coups de poing lui aussi, mais ça n'irait pas plus loin. Yellow Knife était trop soûl pour être dangereux. Il était comme les ivrognes des accidents de voiture, un épouvantail aux membres désarticulés.

« Qui d'autre est avec toi ? » j'ai demandé. Je voyais bien qu'il y avait quelqu'un d'autre.

« Ici. »

J'ai tourné ma lampe-torche sur Jules Bart. Il a porté sa main à son visage pour faire écran à la lumière. « C'est juste un prêté pour un rendu, a-t-il dit. On équilibre les comptes. »

« Me laisse pas là avec ces couilles molles, m'a dit Yellow Knife. Je vais y passer la nuit. » Il m'a rappelé l'un de ces guerriers blackfeets naguère capturé par les Flatheads. Les Flatheads lui avaient arraché les yeux, coupé les doigts, infligé des marques au fer rouge. Et après chacune de ces tortures, il continuait à se moquer de ses ennemis en les traitant de femmes.

« Toi aussi, Charlie, tu viens dans le coin renifler mon épouse ? Prends ton tour. »

Je me suis dominé. J'avais été formé à laisser glisser les choses sur moi comme l'eau sur les plumes d'un canard. Être lent à la colère. Être patient. Être courtois. Je me souvenais que j'avais vu Louise sur le carreau dans la maison de sa grand-mère, tombée sous les coups. Je me souvenais que je l'avais vue un peu plus tôt dans la soirée. Yellow Knife l'avait encore battue, de la pire des façons, cette façon dissimulée qu'ont les hommes de battre les femmes, sans qu'il y ait aucune trace de coups, aucun signe visible, sauf que la lumière en elles commence à s'éteindre. Je me souvenais d'Hemaucus Three Dresses.

J'ai reculé à distance de ces hommes. J'ai regagné lourdement ma voiture, choisissant de croire à la justice élémentaire. J'ai mis la marche arrière et klaxonné pour qu'on vienne m'aider. Lorsque Stoner a répondu à mon appel, j'ai fait bouger ma voiture, d'avant en arrière, fait tourner les roues pour qu'il m'aide à sortir de là. J'allais laisser tomber Baptiste tout comme il avait laissé tomber Louise. Sous les coups. Je me disais qu'il allait en encaisser encore quelques-uns, bien assenés, et puis qu'ils rentre-raient tous chez eux.

Mais au moment de bifurquer sur la route, j'ai ressenti comme un besoin de faire demi-tour. J'ai eu envie de relan-cer ma voiture sur cette étrange route hantée pour aller tirer Yellow Knife des mains de ces types blancs. J'ai retourné plusieurs fois cette pensée dans ma tête mais je n'ai pas fait demi-tour. J'ai entendu le sifflement asthmati-que de mes essuie-glaces pneumatiques lorsque la neige s'est agglutinée sur le pare-brise. Je continuais à penser que Baptiste méritait ce qui lui arrivait. Il méritait au moins une bonne branlée. Mais je n'étais pas certain qu'il m'apparte-nait à moi de laisser faire. Pour dire la vérité, j'étais plus inquiet pour mon propre sort lorsqu'il se tirerait des pattes de Stoner.

J'ai été soulagé de trouver Louise encore chez moi ce matin-là. Elle avait remonté ses cheveux sur le sommet de sa tête, et j'ai remarqué combien son visage était amaigri. On aurait dit qu'elle avait lavé sa robe dans l'évier. Elle était froissée par endroits, mais Louise paraissait reposée. Elle avait préparé mon petit déjeuner. « Reste quelques jours », lui ai-je dit. Elle n'a pas voulu s'engager. « Reste, j'ai répété. Je t'offre quelques jours, pas plus », ai-je menti. Trouver Louise à mon retour à la maison, voir son visage triste éclairé d'un sourire et savoir qu'elle était en sécurité avait gonflé mon cœur d'allégresse. Elle dormait dans ma chambre et moi je dormais sur le canapé, heureux. Nous aurions du temps maintenant. Je pourrais enfin avoir ma chance avec elle. Je suis parti bosser le cœur léger, avec un sourire que je n'arrivais pas à masquer.

Deux jours plus tard, la femme brune est venue au commissariat pour faire un signalement. Son visage aurait pu être joli, mais ses yeux étaient durs. Elle ressemblait à une femme trop souvent abandonnée. Elle a déclaré que Baptiste Yellow Knife avait disparu. J'ai eu envie de lui dire que les allées et venues de Yellow Knife ne me regardaient pas. Il était à la recherche de Louise et je le savais. J'ai ressenti cette contraction aigüe dans la poitrine, le cœur qui plonge. J'imaginais que Baptiste aurait dû avoir rejoint cette femme depuis longtemps. Il cherchait Louise et je me suis demandé s'il la trouverait chez moi.

Je regardais la femme, je l'écoutais, sans parler. J'allais appeler quelqu'un d'autre pour rédiger un procès-verbal que nous jetterions à la poubelle lorsqu'elle serait partie. Elle se léchait si souvent les lèvres que je me suis surpris à lécher les miennes. Je me suis surpris à regarder la fissure dans l'embrasure de la porte lorsqu'elle s'est essuyé les yeux. J'avais envie de lui dire combien elle faisait peine à voir, à aimer un homme comme Yellow Knife quand quelqu'un comme Louise figurait en tête de liste. Quelqu'un d'aussi beau, d'aussi sauvage et d'aussi irréductible que Louise. J'avais envie de lui dire de laisser tomber. De retourner d'où elle venait. Yellow Knife avait disparu une bonne fois pour toutes. Jamais une femme comme elle ne pourrait le retenir. Mais j'avais l'impression d'entendre une partie d'une vieille histoire que je connaissais, une histoire qui était la mienne, l'histoire d'une passion trop forte pour Louise, d'un désir d'attention qu'elle ne me retournerait jamais, cette vieille convoitise, ce désir d'assujettir un être dont on veut obtenir une chose dont on sait qu'il ne pourra ou ne voudra jamais la donner. Tu ne peux forcer quelqu'un à t'aimer avait coutume de dire ma mère. Je l'ai appris à mes dépens, encore et encore. Savoir Louise en sécurité, bien cachée chez moi, ne me rendait même pas les choses plus faciles.

Je tapotais mon crayon sur ma jambe et soudain j'ai commencé à entendre ce qu'elle me disait. Là où j'avais

Louise

prêté l'oreille à mes problèmes personnels, elle était en train de me rapporter des faits qui concernaient un policier. Je me suis redressé, pas certain d'avoir bien entendu. « Venez voir vous-même, disait-elle, si vous ne me croyez pas. Venez donc vous rendre compte par vous-même. Je suis allée à Lake County, et dès que j'ai prononcé le nom de Baptiste Yellow Knife, ils ont refusé de m'écouter. » Ça, je pouvais le croire. Elle s'est levée et m'a fait signe de venir dehors. Je l'ai suivie.

« Regardez, a-t-elle dit. Regardez si je raconte des histoires. »

Le vent soufflait violemment dehors. Il a retroussé son manteau. J'ai eu envie de retourner chercher le mien mais je me sentais plus ou moins coupable de n'avoir pas écouté ce que cette femme avait essayé de me dire. Il y avait quelque chose dans sa voix, une sécheresse, comme de la résignation. Elle ne se faisait pas d'illusions.

« Avant-hier soir, Baptiste a pris la voiture ou du moins j'ai pensé qu'il avait pris la voiture. J'avais bu, dit-elle. Je ne me souviens pas. Le lendemain matin, la voiture était là sans Baptiste. » Elle m'a regardé à cet instant, dans l'espoir, je suppose, que je puisse lui dire pourquoi, que je sois l'homme capable, j'ignore comment, de résoudre ses problèmes avec Baptiste Yellow Knife. Je me suis dit qu'elle avait de la chance d'avoir récupéré sa voiture. Moi j'avais de la chance de ne pas avoir de recherche de véhicule à effectuer.

« Ben, c'est Yellow Knife tout craché ça, au cas où vous ne le sauriez pas », j'ai dit en songeant que j'en savais plus que cette femme sur les manières de Baptiste. J'ai songé à lui dire qu'elle se porterait mieux sans ce fils de pute. À la suite de quoi je retournerais à l'intérieur parce que j'étais en train de me geler les couilles. Pour moi, rien qui clochait. Ça ressemblait tout à fait à Yellow Knife de se faire ramener de l'autre bout du pays par une femme, de parcourir tout le comté à la recherche de Louise, et puis de laisser tomber l'autre femme une fois Louise retrouvée.

275

C'était Baptiste Yellow Knife tout craché. La femme s'est dirigée vers la portière de la voiture et l'a poussée du bout des doigts pour l'ouvrir, à l'appui de ses propos.

Le tableau de bord était éclaboussé de sang. On aurait dit que quelqu'un s'était fait amocher dans la voiture. J'ai regardé pour voir si le sang avait giclé dans une direction précise, s'il y avait un indice quelconque pouvant révéler ce qui s'était passé. Je me suis dit qu'ils avaient agressé Yellow Knife dans la voiture avant de l'entraîner dehors. Mais alors que j'étais accroupi à côté du véhicule et que je regardais sous le siège, la pensée de Stoner et de Bart m'a frappé, m'a assommé. Je sentais la lourdeur du corps de Baptiste. Je voulais croire que cette femme cherchait à me manipuler, qu'elle avait manigancé quelque chose avec lui. C'était la monnaie de ma pièce pour l'avoir laissé aux mains des deux Blancs. C'était ma propre culpabilité qui me parlait.

Je me suis penché un peu plus loin à l'intérieur de la voiture, croyant encore à la possibilité d'un canular. J'ai appuyé ma paume ouverte sur le siège. Du sang épais est remonté entre mes doigts, gluant, dégageant une odeur de rouille. Je me demandais pourquoi Stoner et le cow-boy avait ramené sa voiture à la femme, mais j'avais ma petite idée. Et mon idée c'était que nous ne retrouverions jamais Baptiste Yellow Knife. Ils avaient déplacé le corps avant de se débarrasser de la voiture. J'ai chassé cette idée parce que je n'avais pas envie de regarder en face le fait que j'étais responsable de sa mort. Mais je savais que je l'étais. Je savais déjà que Yellow Knife agonisait lorsque j'avais quitté l'ancienne propriété des Chefler. Quelque chose s'était produit entre le moment où j'avais laissé les trois hommes et celui où la femme avait trouvé la voiture. Et d'après ce que je flairais, au propre comme au figuré, Yellow Knife était méchamment passé à la trappe.

Je suis retourné à l'intérieur, peu désireux d'appeler Lake County et les fédéraux, me creusant la cervelle pour trouver un autre plan. J'ai eu une idée subite dont j'ai compris qu'elle pouvait être ou une bouée de sauvetage ou une ceinture de plomb que j'étais trop pressé de boucler. Je n'allais pas rédiger de rapport. J'ai remis ma cravate d'aplomb, resserré le nœud autour de mon cou. La petite amie de Baptiste m'a suivi. Je l'ai faite asseoir en face de moi de l'autre côté du bureau. Je devais croire que Yellow Knife l'avait bien cherché. Si ça n'avait pas été sa mort, ç'aurait été celle de Louise. Je me suis dit que je l'avais sauvée.

J'ai tiré mon mouchoir de la poche de mon pantalon pour m'essuyer les mains. J'ai dit à la femme blanche d'oublier Yellow Knife, de retourner à Yakima. Je l'ai regardée dans les yeux et j'ai dû détourner les miens, parce que je voyais bien qu'elle croyait vraiment que je trouverais le moyen de sauver Baptiste et, pis encore, de la sauver elle aussi. Je comprenais les coins froncés de ses yeux, l'intensité du regard. Tout mon instinct, tous mes soupçons semblaient bien ténus à présent. Je doutais de mon raisonnement et de mes convictions concernant Yellow Knife. J'aurais pu le haïr parce qu'il avait ce que je n'aurais jamais. Il avait Louise.

J'ai suivi la femme jusqu'à sa voiture. Elle ne m'avait pas répondu. Ses lèvres étaient pincées et hermétiquement closes. Elle a ouvert le coffre de sa voiture et en a retiré une couverture comme si elle escomptait une réaction de ma part. Elle l'a déployée sur le siège de la voiture. J'ai pensé qu'elle allait s'incruster, me harceler comme une femme blanche chargée de mission. Mais elle est partie sans poser de questions, sans recevoir de réponses, et je me suis rendu compte qu'elle n'avait pas beaucoup plus de pouvoir qu'un Indien, rien qu'une toute petite voix qu'elle-même était prompte à faire taire, parce qu'elle n'avait jamais été entendue peut-être, et qu'elle n'obtiendrait jamais de reconnaissance. Elle pouvait revenir une semaine plus tard avec un détachement de policiers. Elle pouvait revenir avec un avocat, un inspecteur, une équipe d'enquêteurs. Elle pouvait changer d'avis dans un an et revenir à Lake County

avec ses sièges roussis de sang et sa longue liste de soupçons, mais je savais qu'elle ne reviendrait jamais. Je n'avais
rien à craindre d'elle. J'avais sans doute beaucoup à craindre par ailleurs, mais d'elle je n'avais rien à craindre. En
me retournant, j'ai vu que la femme regardait le sang que
j'avais sur les mains. Les yeux secs, elle acceptait cette fin
pour Baptiste Yellow Knife, elle s'attendait à cette fin, ai-je
pensé. Maintenant le seul embêtement restait le boulot.

Avant de rentrer à la maison retrouver Louise, je suis
passé par le lieu du crime. J'ai garé ma voiture à plus d'un
kilomètre de la propriété des Chefler et rejoint en trébuchant dans la neige le lieu où j'avais vu Yellow Knife pour
la dernière fois. Ce dont je me souviendrai toujours avec
le plus de netteté, c'est le sang. Il y avait tellement de sang
sur les lieux du passage à tabac de Yellow Knife que mes
genoux en ont tremblé. J'ai tenté de retrouver le corps
mais en vain, alors j'ai refait en sens inverse les presque
deux kilomètres me séparant de ma voiture. J'ai pris la
pelle à incendie dans le coffre. J'ai marché vite, si vite que
ma tête palpitait. Mes poumons griffaient l'air. Il faisait
froid mais un brouillard vaporeux me dissimulait. Je me
tapissais au moindre bruit et je priais. Je priais comme les
religieuses m'avaient appris à le faire, parce que selon moi
le diable n'était pas étranger à tout ça. Il fallait que je me
débarrasse de lui.

J'ai creusé jusqu'au sol rocailleux et dur. Je suis resté
sourd aux crissements aigus du métal sur la pierre et la
terre gelée. J'ai retourné la terre avec la même ferveur que
j'employais pour sauver un homme parce que j'étais en
train de sauver un homme, j'étais en train de me sauver
moi-même, et de sauver tout ce pour quoi j'avais travaillé,
le bien auquel je croyais. Je travaillais pour sauver Louise.

J'ai pioché si dur que les cals que j'avais aux mains se
sont craquelés et ont saigné en piquant de nouveau. En
été, j'aurais savonné mes mains à la lessive de soude et au
sel, jusqu'à ce qu'un sang propre et clair en coule, afin de
dissimuler ma culpabilité aux yeux des serpents. J'ai

mesuré à quel point cette pensée était folle car je n'avais aucune issue. Les dés étaient jetés à présent. J'ai dû m'empêcher de dire : voilà, voilà ce qui sort de la dissimulation et de la traîtrise, car j'étais déjà en train de me boursoufler, de m'emplir de poison. De m'étouffer avec ma bile. Quand j'ai eu recouvert le sang de Baptiste avec de la terre, j'ai pelleté de la neige fraîche par-dessus. J'avais charrié assez de terre et de neige pour créer une nouvelle colline. Mais c'était le travail forcené d'un imbécile. Le sang s'infiltrait déjà sous la neige.

La mort de Yellow Knife s'est accompagnée de la mort de ce que je souhaitais depuis si longtemps. J'avais attendu le jour où je pourrais annoncer à Louise qu'elle était libérée de Baptiste et de ses poings, qu'il avait trouvé la mort dans une bagarre de poivrots, ou dans un virage trop serré au cours d'une nuit trop arrosée. Mais ceci, je ne l'avais pas prévu. Je me repassais des histoires dans la tête, des histoires plausibles incluant la mort de Baptiste et m'excluant du scénario. Mais au bout du compte je me suis retrouvé confronté à la rude et simple tâche de devoir annoncer à Louise que son mari était mort. Voilà quel était le début et la fin de mon histoire.

J'apercevais les lumières de ma maison et je comptais les kilomètres avec des soupirs. Louise m'a accueilli à la porte, et elle semblait si contente de me voir que j'ai envisagé de ne rien lui dire. Je suis allé à l'évier me servir un verre d'eau. Je la voyais du coin de l'œil, qui attendait. J'ai bu un deuxième verre, plein à ras bord cette fois. Je l'ai bu lentement en écoutant les traits douloureux s'étrangler dans ma gorge. J'ai regardé par la fenêtre de la cuisine pour ne pas regarder Louise. Le ciel de fin d'après-midi était dégagé à présent au-dessus de la vallée. J'apercevais au loin de petites traînées de brouillard montant vers le ciel, les nuages. J'ai senti tout ce qui s'en allait. Une souffrance au creux des côtes. Une part de moi-même voulait seulement s'asseoir dans ma cuisine pour se ressouvenir de temps meilleurs.

Louise s'est approchée de moi. J'avais été surpris par la légèreté de ses pas. Elle marchait en silence sur mon plancher dont les lames craquaient, marchait comme une danseuse, une chasseresse pleine d'assurance. Elle ne faisait jamais de bruit. « Qu'est-ce qui ne va pas ? » a-t-elle demandé. J'ai posé la main sur mon cœur, soutenu ma poitrine. J'ai songé à dire une prière, mais je savais que je l'avais déjà dite rien qu'en songeant à le faire. J'avais trop longtemps atermoyé. J'ai senti l'importance de ce que je m'apprêtais à dire m'étouffer. Je n'avais aucune réponse pour Louise. Je lui dirais ce que je savais, ce que j'avais découvert, non pas un corps mais la preuve d'une mort. Je ne pensais pas que nous retrouverions un jour le corps. Je ne cessais de voir Stoner et Bart après que j'avais abandonné Yellow Knife. Ils l'avaient battu à mort. J'imaginais qu'ils l'avaient découpé en morceaux comme un poulet et jeté au fond des vieux cabinets. D'après ce que j'avais vu, ils l'avaient pulvérisé à coups de pierres. Avec le printemps, un bon soleil brûlant ferait monter sa puanteur au-dessus des champs, une odeur qui attirerait les souris, quelques coyotes trottant pattes serrées pour venir flairer un cercle de pierres, et son odeur me trouverait. Je savais qu'elle me trouverait. Avec le printemps, Yellow Knife ne serait rien d'autre qu'une vieille puanteur.

J'ai pris la main de Louise et l'ai tenue contre mon cou. Au cours de mes années de service, j'avais appris à ne jamais commencer une déclaration par ces mots : « J'ai une mauvaise nouvelle. » Ce préambule n'avait jamais préparé quiconque à entendre la suite. L'anticipation de la mauvaise nouvelle n'atténue jamais le coup. Je n'ai pas pu la regarder dans les yeux quand je lui ai raconté la tragique histoire. Il fallait que je regarde ailleurs. Je ne lui ai pas dit qui avait tué Baptiste. Je lui ai raconté la chose comme si je venais de la découvrir. J'ai rapporté seulement les détails que j'avais découverts, non ce que j'avais fait.

Louise n'a pas pleuré lorsque je le lui ai dit. Elle ne s'est pas évanouie dans mes bras. Elle s'est assise, les yeux secs, fixes, ses mains lourdes sur ses genoux. Dans ce silence affligé, j'étais incapable de lui rappeler tout ce qu'elle avait enduré. Elle acceptait la mort de Yellow Knife. J'ai préparé un pot de café pour m'asseoir et attendre la nuit.

« J'aurais dû être avec lui », a-t-elle dit.

Je me tenais debout près d'elle, la main contre la vitre froide.

« Ta mort n'aurait rien arrangé, j'ai dit. En quoi ta mort aurait-elle arrangé quoi que ce soit ?

– Non, a-t-elle dit. Je n'aurais jamais dû le laisser partir tout seul. Je savais que quelque chose lui arriverait.

– Quelque chose lui serait arrivé tôt ou tard, du train qu'il menait sa vie.

– Il n'est pas ce que tu le crois », a-t-elle dit. Je n'avais rien à répondre à ça. Yellow Knife était un Indien révolté, un ivrogne cruel, mais je ne pouvais guère dire du mal de lui à présent, encore moins à Louise, sa femme, je n'ai donc rien dit. J'ai médité un instant sur le fait que je ne l'avais pas connu. Je l'avais seulement jugé. J'ai songé à mon père et aux histoires que j'avais entendues sur lui après sa mort. Tant de ces histoires m'étaient inconnues. C'était comme si les gens parlaient de quelqu'un d'autre, non de l'homme que je connaissais. J'ai senti monter une tristesse soudaine dans ma poitrine, le sentiment certain que j'étais passé à côté de quelque chose qui me hanterait. L'homme Baptiste Yellow Knife avait certainement dû valoir plus que tous mes jugements à l'emporte-pièce. Il était mort, disparu, et je pouvais le respecter. Pas long-temps. J'ai fermé les yeux et me suis rappelé Louise boi-tant, son pauvre sein dévasté. J'ai pensé aux Indiens que j'avais ramassés sur le carreau après que Yellow Knife leur était rentré dedans.

Des images de Yellow Knife me revenaient. Yellow Knife au bureau de poste de Perma. Yellow Knife claquant une pièce sur le comptoir. Yellow Knife se tournant vers moi, son odeur de sueur aussi puissante que celle dégagée par la poussière de la route avant la pluie. Yellow Knife me regardant toujours une seconde de trop, le picotement de sueur quand il me tapait dans le dos. Yellow Knife quittant toujours les pièces en enfonçant les portes du talon de la main.

Yellow Knife me revenait sous les traits de cet Indien cruel qui s'était tapi dans les ombres de mes souvenirs d'enfance, un couteau pressé entre ses lèvres serrées, l'Indien des matinées de cinéma à trois sous qui terrorisait les Indiens véritables. Dans la mort, ce portrait me semblait ridicule et cependant je savais que cette image que j'avais fait surgir de Baptiste serait le seul souvenir qui demeurerait. Irréel et permanent. Yellow Knife plus grand que nature. Son spectre me hantait déjà. J'ai avalé péniblement ma salive. Malgré tous les ennuis qui m'attendaient en conséquence de ma contribution à sa mort, je me sentais soulagé.

Louise a allumé une cigarette. J'ai entendu l'exhalaison lente de son souffle, l'inspiration saccadée. Elle enfilait son manteau et laçait ses bottes.

« Tu ne vas pas sortir par ce temps », je lui ai dit, mais elle s'est tournée vers moi, le regard durci. « Me touche pas », a-t-elle dit. J'ai fait un geste pour l'arrêter mais elle m'a arraché son bras si vivement que j'ai perdu l'équilibre. « T'aurais pu aider Baptiste, a-t-elle dit. Toi, entre tous, tu aurais pu l'aider. »

Je me suis demandé ce qu'elle savait. Elle a laissé la porte ouverte sur le froid et je ne l'ai pas suivie. J'avais causé assez de dégâts. J'avais laissé mourir Yellow Knife, et que je l'aie laissé mourir dans le champ des Chefler ou dans une bagarre de bar, le résultat était le même, j'étais toujours responsable.

Je ne devais pas travailler avant le lendemain matin de bonne heure. J'ai pesé les choix qui s'offraient à moi. Je suis allé boire un autre verre d'eau à la cuisine et puis je suis sorti pour ouvrir la portière de ma voiture. J'ai extrait le whisky de la boîte à gants et je suis resté là, planté sur mon chemin glacé, sans personne pour me voir, personne pour assister à ma dégringolade. J'ai tapé un grand coup dans la bouteille, à moins que ça ne soit le contraire.

Louise

Les vieux spectres

Louise sentait les ampoules boursouflées de la colère lui brûler le dos. Le vent froid fut revigorant tout d'abord et elle marcha d'un pas rapide vers la route. S'il était arrivé quoi que ce soit à Baptiste, ce serait la faute de Charlie. Charlie qui avait passé plus de temps à la rechercher qu'à faire son boulot. Elle posa sa main sur son cœur, tenta de mesurer l'absence de Baptiste. Mais elle n'éprouvait pas la sinistre et douloureuse panique de la mort. Elle était sûre que si Baptiste était mort, elle aurait senti son départ. Elle était certaine qu'elle aurait senti son esprit s'en aller. Si elle marchait jusqu'à la maison de Dirty Swallow, elle l'y trouverait en compagnie de sa petite amie. Il se moquerait de sa jalousie. Il la prendrait dans ses bras, la ferait tournoyer, et Charlie se serait trompé. Elle leva le pouce à l'approche de la voiture, entendit craquer la glace bleue sous les pneus lourds du véhicule, considéra le tourbillon de neige qu'il laissa dans son sillage illuminé par le rougeoiement des feux arrière.

La nuit se pressait contre les collines, face charbonneuse, songea Louise, poitrail et antérieurs d'un gigantesque cheval au galop, nuages mouvants. Debout sur la route, elle contempla la sinistre rivière. Elle apercevait le trou noir où les bêtes avaient brisé la glace pour y ménager un trou. Le jour sombrait. À travers les arbres dépouillés de leurs feuilles, elle entendit la voix de la rivière. Un son semblable à

283

une plainte de femme balayant la berge. Louise songea que c'était seulement la glace, la glace fine comme un ongle qui se formait sur le rivage. Louise plissa les yeux pour considérer la peau de l'eau frémissant au milieu de la rivière, l'endroit où le courant était si violent. Là où la rivière est immobile, où sa sœur était morte au cours de l'été.

Elle demeura longtemps debout là, observant le lieu de la mort de Florence, espérant qu'elle pourrait ramener sa sœur à la vie. Quelques instants, il n'y eut pas un bruit. L'hiver avait festonné les arbres le long de la berge. La neige faisait de la route un serpent blanc. Elle observait, le regard clair et lucide. Elle observait sans bouger, et son cœur ralentissait. Elle sentait le jour glisser autour d'elle. Plus tu es proche de la vie, plus tu es proche de la mort, lui avait confié sa grand-mère. Elle se demanda si elle était en train de vivre un tel moment.

Un cerf-mulet bondit du fourré dense et s'avança en trottinant sur la rivière traîtresse. Louise entendit le son caverneux de ses sabots avant que ceux-ci ne rompent la peau de la rivière. La glace craqua à la manière d'une vieille porte se refermant. Elle vit les yeux sombres du cerf se révulser, un clair jaillissement d'eau gargouillante. Et puis la rivière retrouva le silence. Il ne restait que le trou noir aux bords déchiquetés. De l'eau fumante. Le cerf avait disparu.

Le vent discourait dans les ronciers rouges.

Elle avait sommeil. Elle décida de s'asseoir au bord de la route, de se reposer une minute. Les collines étaient noires contre le ciel clair. Elle songea à l'été, aux bruits étouffés des oiseaux, au parfum des orties blanches par les jours de canicule. Les myrtilles, les baies de sarvis, le céleri indien étaient cachés sous la neige montant à hauteur de genou. Louise souffla dans le creux de ses paumes blanches, puis fourra de nouveau ses mains dans ses poches. Elle recroquevilla fort les doigts et sentit la brûlante pulsation du sang.

Elle cligna des yeux dans le froid. Florence se tenait debout parmi les hautes herbes, à demi cachée dans le fourré orange. Elle ne regardait pas Louise, et Louise ne ressentit aucune frayeur à la voir. Florence regardait du côté de la rivière. Louise pencha la tête et regarda à son tour, regarda attentivement. Louise savait qu'elle était en train de voir les morts. Sa sœur était morte. Louise refusait de penser que les vieilles histoires de vie et de mort ne se contentaient pas d'être des histoires mais des faits, des histoires qui révélaient des faits certains et incontestables. Des signes qu'il fallait suivre. Si vous jetez une pierre dans l'eau, elle coule. Si vous posez la main sur le ventre rouge du poële, vous vous brûlez. Lorsque vous approchez de votre mort, vous commencez à voir les morts. Elle sentait qu'elle se trouvait dans les prémices d'un grand vent ; il lui sifflait maintenant aux chevilles.

Elle songea à poursuivre Florence, à repartir dans la direction de la rivière en courant dans la neige épaisse qui formait des monticules au pied des grands arbres et ensevelissait les fourrés. Elle songea à poursuivre sa sœur et elle se dit qu'elle pourrait peut-être la rattraper, la saisir par la manche et la ramener. Mais alors que Louise s'évertuait à ne pas perdre Florence de vue, Florence se changea en une chemise déchirée abandonnée par un ouvrier de ranch. Une vieille marque de clôture. Louise se massa le front.

Elle resta longtemps assise au bord de la route, une heure peut-être, avant que Baptiste n'apparaisse et ne s'assoie à côté d'elle. Elle ne sursauta pas à son arrivée. Elle savait qu'il la trouverait, mais elle ignorait d'où il avait surgi. Il était près d'elle. Elle était certaine de sentir la chaleur de son corps. Elle se tint la tête dans les mains, résignée au passé que tous deux partageaient. La femme de Yakima était hors de vue.

« On n'a pas dû faire ce qui fallait », dit-elle dans son manteau, espérant que Baptiste ne discernerait pas l'accablement dans sa voix. Baptiste se contenta de hocher la tête. Pour la première fois, il ne lui renvoya pas ses propos pervertis au visage. Il demeura silencieux, assis près d'elle sur le bas-côté froid de la route. Il était assez proche pour la toucher mais il s'en abstint. Elle commença à se demander s'il était effectivement assis à côté d'elle, si elle ne souhaitait pas seulement qu'il soit assis là. Elle lui jeta un regard furtif, ne tenant guère à le regarder en face et à voir les nouveaux mauvais jours qu'il avait à offrir. Il tenait les mains jointes, mains en prière d'un paresseux. Elle revit son nom gravé dans sa peau à tout jamais.

Personne jamais plus ne l'aimerait comme Baptiste Yellow Knife. Personne ne se soucierait de la poursuivre avec des serpents à sonnette, de regarder par les trous des nœuds dans les planches de la cabane des cabinets pour la trouver, de l'attendre partout, de savoir qui elle aimait, de la pourchasser à travers tout le pays, de la ramener à la maison. Personne ne l'aimerait jamais plus comme Baptiste, de son amour si haïssable qu'il la faisait aspirer à la paix. Elle fit aller et venir le talon de sa botte en caoutchouc dans les graviers. Elle remonta son manteau sur sa tête, bien contente d'avoir chaud à la poitrine.

Elle attendit un instant une réponse de Baptiste. La route était silencieuse. Il lui semblait entendre craquer les flaques de glace. Elle se sentait plus seule qu'elle ne l'avait jamais été, seule et distanciée des racines et des buissons, déconnectée du chemin de la route, séparée des arbres. Montagnes et nuages se confondaient. Elle ressortit la tête de son manteau.

Baptiste n'était plus à côté d'elle. Elle le chercha des yeux. Elle regarda sur la route du côté de la maison de sa mère mais il n'était nulle part. Il avait disparu. Elle se souvint de l'époque où la pensée de Baptiste Yellow Knife lui montait dans la poitrine comme un but à poursuivre. Elle sentit qu'elle se fanait en s'éloignant de lui, que les nœuds dans ses cheveux se desserraient, que ses vêtements déchirés tombaient en poussière. Lorsqu'elle ferma de nouveau les yeux, elle vit le soleil blême.

Louise

C'était Jules. Jules dans son pick-up bleu cloqué, ses phares éclairant la brume. Il l'avait ramassée sur le bord de la route et emportée dans son camion. Il l'avait rendue folle. Elle l'avait giflé pour l'avoir réveillée au moment où les rêves bienfaisants commençaient à peine à arriver. Le pare-brise était givré par son haleine. Le clair de lune était blanc. Jules avait jeté deux couvertures de selle sur elle. Elle flairait l'odeur de sueur des chevaux dans la laine rugueuse et lourde contre son visage. Elle était incapable d'ouvrir les yeux quand bien même elle savait que Jules martelait le tableau de bord de ses poings pour la réveiller. Le chauffage ronronnait. Et elle se recroquevilla vers le sommeil. Il la gifla au visage jusqu'à ce que les racines de ses cheveux soient du feu. « Bon Dieu, chuchotait-il, bon Dieu. » Il y avait un clair de lune blanc. La courbe de la rivière étincelante. Le mouvement somnolent du pick-up négociant les virages. Et Jules qui chuchotait. Chuchotait au son du bourdonnement souple des roues.

Il lui avait ôté ses vêtements, tiré les bras hors de ses manches. Elle ouvrit les yeux et vit qu'il ouvrait son lit. Elle sentit à nouveau le tiraillement lourd du sommeil, les couvertures, la chaleur épaisse des mains de Jules se refermant sur ses fesses, la façon dont ses dents claquaient même en dormant.

« Seigneur, dit-il. Tu aurais pu mourir là-dehors. »

Elle l'entendit quitter la maison au matin mais il ne dit pas au revoir.

Charlie Kicking Woman

Voir

Il n'était pas dans mes habitudes de boire. Le whisky me faisait tousser. Je n'avais pas besoin d'un verre ce soir-là. J'ai bu comme un homme malade absorbe un médicament, un remontant, pour m'aider à trouver le sommeil. Mais je ne pouvais pas dormir. Je ne pouvais chasser les paroles de Louise disant que j'aurais pu aider Yellow Knife. J'étais responsable de sa mort. J'aurais peut-être dû penser que c'était une bonne chose. Je débarrassais le monde d'un danger, un tueur qui aurait fini par passer à l'acte. Je me disais que j'avais sauvé Louise, mais je me l'étais dit si souvent que je n'y croyais plus.

J'ai promené mon regard dans la pièce et n'y ai vu que les biens d'Aida, les affaires que je n'avais pas pensé à mettre de côté. Sa brosse à cheveux se trouvait toujours dans l'armoire de la salle de bains, à côté de mon bol à raser. J'ai regardé cette brosse, caressé les cheveux égarés qui y étaient encore accrochés. Les cheveux d'Aida. Sa tasse à café préférée était suspendue à un crochet dans la cuisine, ordinaire, dépourvue de motif. Simple. Facile, comme la vie que nous avions menée ensemble. Je m'étais trompé. Je me demandais comment je ne m'en étais pas rendu compte avant, pourquoi je m'étais autant acharné à poursuivre Louise en oubliant ma propre femme. Je me suis assis sur la chaise à côté du poêle à bois. La chaleur me rendait triste et somnolent. Je la sentais noyer ma poitrine, un poids qu'il m'était impossible de porter. Je suis monté dans mon pick-up et j'ai démarré.

C'était une nuit chargée de trop de solitude qui me donna l'idée saugrenue d'appeler Aida. J'allais l'appeler et la supplier de me revenir. C'était l'appel d'un homme trop désespéré, un homme sans rien à offrir sinon des regrets. Je me suis arrêté devant chez Malick et me suis planté debout dans la neige craquante, mon haleine embuant le combiné, aussi trempé que les larmes que je n'allais pas verser. J'ai eu sa sœur Arnette au bout du fil. « C'est Charlie », a-t-elle dit à la cantonade, s'adressant à la famille que j'imaginais rassemblée autour de la table de la cuisine. J'ai entendu un bruissement de pas. J'ai entendu le murmure de ma femme. « Dis-lui que je ne suis pas là. » Le besoin de lui parler était si insurmontable que j'ai envisagé de prendre ma voiture de patrouille pour aller la voir, faire tout le trajet jusqu'à Toppenish avec mon gyrophare allumé. Je voulais oublier Louise. Elle était soudain devenue un nœud dur en moi, le pire de mes mauvais choix, une chose belle et désormais enlaidie. Louise m'avait mis face à la terreur qui me tordait les entrailles, m'avait fait voir cette facette de ma personnalité que j'avais tenté de me dissimuler à moi-même. J'aurais dû faire mieux. J'aurais pu faire mieux. J'aurais pu sauver Yellow Knife, mais j'avais choisi de ne pas le faire. La condamnation de Louise faisait remonter les voix de toutes les religieuses que j'avais connues. J'étais immoral. J'étais souillé à tout jamais. Baptiste était le cousin que j'avais abandonné, le frère dont j'avais convoité l'épouse, le frère que j'avais laissé matraquer par deux hommes blancs. J'étais un Indien de la pire sorte, un Indien sans loyauté ni amour-propre, et je voulais qu'Aida recommence à m'aimer, de la façon dont j'imaginais qu'elle m'avait aimé pour ce que j'étais vraiment avec tous mes défauts. « S'il te plaît, j'ai dit à Arnette, s'il te plaît, je veux juste lui dire que je regrette. »

Aida m'a répondu. « Charlie, a-t-elle dit, et sa voix était sûre et ne tremblait pas. Charlie, a-t-elle répété, et je lui

Louise

ai répondu, prêt, au garde-à-vous. Tu cours tout droit au désastre, a-t-elle dit. Je ne peux pas te sauver. »

Je me tenais debout dans le froid nocturne du Montana qui tombait durement. Je sentais mes os souffrir sous la pression d'une perte qui dans mes vieux jours me ferait sombrer. « Rentre, s'il te plaît. » J'avais la poitrine agitée de tremblements mais la voix assurée. « Reviens vivre avec moi », j'ai dit, mais la ligne bourdonnait. C'était à moi-même que je parlais.

Je suis rentré chez moi, le cerveau fourmillant d'idées sur la façon de reconquérir Aida. Si je devais danser lors d'un pow-wow, m'habiller de plumes, et me peindre le visage, je le ferais. Je récupèrerais Aida. J'ai avalé une lampée de whisky et je me suis couché. Je voulais dormir un peu avant d'aller bosser. Dans l'obscurité propice au sommeil, j'ai commencé à voir la lune floue comme un signe d'espoir. Mais au milieu de la nuit je me suis réveillé et Aida était là qui se pressait contre moi. Je sentais la douce rondeur de ses cuisses, sa chaleur. J'ai enfoui mon visage dans le creux délicat de son cou et je l'ai entendue soupirer et soulever ses hanches vers moi. J'ai senti la lente montée, la bouffée brûlante au creux de l'aine, mes yeux tendus à l'extrême dans mes orbites. J'ai senti la sueur liquide de son ventre et je montais, je montais vers elle. Aida m'était revenue. J'avais entendu ses petits pas dans le couloir. J'étais avec Aida. J'ai éprouvé un amour dévastateur pour elle, pour ma femme. Je me suis réveillé en sursaut, en émoi et seul. J'ai allumé la lumière et frotté mes yeux. J'avais seulement rêvé. Je suis sorti dans la nuit et j'ai crié le nom de ma femme mais je n'ai entendu résonner que ma propre voix. Mon jet d'urine a fumé dans la neige poudreuse. Elle était loin, très loin. La lune s'est cachée, les nuages ont défilé au-dessus de ma tête, et j'ai su que j'étais piégé par les choix que j'avais faits. J'ai porté mon regard vers la vallée et vu l'épais tapis de brouillard, fantomatique, planant. J'ai senti son froid vif et humide, l'éclat luisant des routes. J'avais si froid que mes orteils me faisaient mal. Mes pieds nus brûlaient tellement que je suis retourné me coucher en sautillant. Les draps étaient encore tièdes de la chaleur de mon corps. Je sentais le goût de l'alcool dans mes poumons. Je respirais fort. La pièce était tellement silencieuse que j'ai cru entendre le souffle du brouillard siffler sur moi. J'ai eu peur tout à coup. C'était la nuit, la peur d'être seul à tout jamais mais j'avais ce sentiment enfantin que quelqu'un m'observait. Mes yeux ont fait lentement le tour de la chambre obscure et puis je les ai fermés. Je me suis tapi sous mes draps et j'ai inspiré à plein poumons.

J'ai entendu quelqu'un m'appeler par mon nom. Yellow Knife me parlait. Les vieilles histoires de revenants m'ont giflé la poitrine. Plutôt que d'affronter mes terreurs, je me suis enseveli plus profondément encore sous mes draps, les genoux tremblants.

J'ai entendu quelqu'un tâtonner pour trouver la lampe sur ma table de chevet où se trouvait mon revolver rangé dans son étui. J'ai repoussé les couvertures et aperçu un homme en qui je ne pouvais que reconnaître Baptiste Yellow Knife. J'ai eu envie de détaler. J'ai eu envie d'empoigner mon arme pour tirer sur cette apparition mais il se tenait debout devant moi, le sourire aux lèvres. « Cht'ai fait peur ? il a dit. Tu croyais pouvoir te débarrasser aussi facilement de moi ? »

Je me suis redressé. J'avais des hauts-le-cœur douloureux. Je me suis étreint la poitrine et Baptiste a quitté la pièce. « Fais pas ta chochotte », me disait-il. J'avais mal vu, ce n'était pas possible. Je suis resté un instant assis, étourdi, puis j'ai attrapé mon revolver et me suis plaqué au mur. J'ai avancé à pas comptés en direction du salon, regrettant de n'avoir pas de porte derrière laquelle me dissimuler.

« Défends-moi, mon gars », a dit Yellow Knife, comme si nous étions de vieux potes. J'ai allumé la lumière du salon et ajusté mon arme. Baptiste avait reçu des coups si violents que son visage avait doublé de volume. Son œil gauche suintait le pus et roulait, rouge, dans son orbite, comme si les muscles de cet œil ne le retenaient plus. Si je n'avais pas été aussi terrorisé, je lui aurais trouvé l'air pitoyable, et il l'était. Il ne semblait pas avoir peur de moi. Il a traîné les pieds comme un vieil homme jusqu'à la table de la cuisine. J'ai aperçu une plaie noire et suppurante sur sa nuque. Son bras droit dodelinait dans un bandage fait d'une écharpe. Ses jambes tremblaient quand il s'est assis.

Il a tenté de concentrer son attention sur moi mais sa tête semblait trop lourde pour lui.

« Tu tires une gueule pire que moi, a-t-il dit. Si t'as l'intention de te servir de ce flingue, tu ferais mieux de te hâter pour mettre un terme à ma misère. »

Je tenais le revolver à deux mains, les jambes écartées et fermes comme si je me trouvais sur la ligne de tir. Je n'arrivais pas à en croire mes yeux. J'ai abaissé mon arme et me suis avancé prudemment vers la table.

« Assieds-toi, m'a-t-il dit. Je suis pas venu régler des comptes. »

Je me suis assis en me frottant la nuque, me demandant si par hasard je n'étais pas encore en train de rêver, mais Yellow Knife était réel et installé à ma table de cuisine.

« Bon sang, Charlie, t'as l'air d'un type qui a besoin d'un remontant. »

J'avais effectivement besoin d'un remontant. J'ai saisi la bouteille de whisky et sifflé une bonne rasade.

« Comme tu le vois, a-t-il dit, je suis pas en état de faire la chasse à ma femme. J'imagine que tu peux me dire où elle est. Me faire gagner du temps. »

Je ne lui ai pas répondu. Je me disais que s'il était de nouveau en vie et qu'il me parlait, il préparait un mauvais coup.

« Elle va s'attirer des ennuis. Je sais ce qui est en marche », a-t-il dit.

Je n'arrivais pas à me défaire de la sensation de parler à un homme que j'avais tué. Yellow Knife était pareil à Coyote. Il ne cessait de revenir d'entre les morts. « Je ne peux pas t'aider », ai-je dit en me souvenant des paroles de

Louise

Louise. Ma voix s'est brisée. « Je ne sais plus rien. Je ne sais rien.
– Moi je sais pour Stoner, a dit Baptiste. C'est pas à toi que j'en veux de mes malheurs. »
J'étais assis là, le menton dans les mains, une douleur dans la poitrine. Chagrin. Je voulais qu'il s'en aille, reparte en claudiquant sur la route et me laisse tranquille. L'alcool rugissait dans mon ventre et je me demandais comment les gens supportaient de boire ce machin.
Yellow Knife est resté longuement silencieux, des heures me sembla-t-il. Il était plié en deux, se tenant le côté, et il se balançait d'avant en arrière. Il ne ressemblait pas au Yellow Knife que je connaissais. Je savais qu'il avait encaissé des coups qui auraient tué tout autre homme, qui m'auraient tué. J'ai pensé qu'il pouvait encore mourir, et j'étais encore cet infâme salaud dont la seule obsession du moment était qu'il ne meure surtout pas sous mon toit.
Je laçais mes brodequins quand il s'est mis à parler comme s'il s'adressait à quelqu'un d'autre. Mais Baptiste Yellow Knife s'adressait à moi et pour la première fois je n'avais pas mon insigne agrafé sur la poitrine. Je me suis demandé s'il délirait, et je crois bien que oui. Baptiste me contait une histoire, et j'entendais dans sa voix comme un souvenir de l'homme qu'il aurait pu être. Je n'avais pas envie de l'écouter. J'avais ma femme à récupérer. J'ai fait rouler ma tête entre mes mains et j'ai vu la longue nuit de travail qui s'étirait devant moi, et puis je me suis découvert penché légèrement en avant, tendant l'oreille pour entendre ce que Yellow Knife disait. Sa voix était une lumière au-dedans de moi, me hissant au sommet des falaises rocheuses qui se dressaient derrière ma maison, et je pouvais voir, voir au-delà de la vallée, voir au-delà de moi-même.

Louise

Retour à la maison

Elle ne tenait pas à rester chez Jules Bart. Il lui avait sans doute sauvé la vie la veille au soir, mais elle ne pouvait oublier le jour où elle était entrée chez lui sans y être invitée. Elle avait le sentiment de l'avoir trahi alors qu'il avait été bon pour elle à de multiples occasions et sans la moindre raison. Alors que Louise atteignait le bord de la route, elle inspira l'air froid et sentit l'expansion bienfaisante de ses poumons. Elle rentrait chez elle. Elle marchait, elle était heureuse de marcher. Il y avait du brouillard sur les collines basses, une brume sur la route qui lui rafraîchissait délicieusement le visage. Elle vit la voiture au loin, les anneaux stroboscopiques de lumière, la densité lumineuse de l'obscurité. Elle connaissait le bruit de la voiture d'Harvey Stoner, et c'était lui qui venait dans sa direction depuis l'autre versant de la colline.

Elle regarda les champs pris sous la neige de part et d'autre de la route, le tourbillonnement trompeur des collines où elle pouvait plonger jusqu'aux genoux dans des bancs de neige. Elle prit la décision de ne pas fuir devant Harvey Stoner. Elle était plus maligne que lui. Elle ne fuirait devant personne. Il faisait noir sur la route, pourtant par endroits elle traversait l'haleine effilochée de nuages comme si elle se fondait dans une étrange lumière. Peut-être Harvey Stoner ne la verrait-il pas. Elle pouvait être un spectre dans cette lumière nébuleuse. Mais lorsque la voiture perça la brume, elle s'illumina, resplendit telle une apparition. Elle pouvait voir la clarté qui émanait de ses mains. Elle réverbérait la lumière, et Stoner ralentit et se rangea sur l'accotement. Elle ne se trahirait pas. Il ne saurait jamais qu'il la terrifiait.

« Ça alors », dit-elle. Elle s'efforça de lui sourire. La commissure de ses lèvres frémit. Elle tenait ses mains refermées sur ses côtes pour empêcher son estomac de se révulser et elle se pencha juste assez pour le voir. Elle ne fit pas un pas dans sa direction. Elle resta de son côté de la route. Dans la brume filtrée par les phares, elle vit la fine membrane de glace aux teintes d'arc-en-ciel sur la chaussée. Il n'y avait personne d'autre sur la route. Elle sut que Baptiste était mort sans quoi il la sauverait d'Harvey Stoner. Elle ne pouvait compter que sur elle-même.

Elle plissa les yeux dans la lumière. Harvey baissa les yeux comme s'il avait honte d'être vu. Elle vit la fine frange de ses sourcils se froncer. « Tu ne devrais pas te trouver ici dehors, dit-il. Je vais te ramener chez toi. »

La portière du passager s'ouvrit et elle vit Jules Bart, le sourire aux lèvres. Le cœur de Louise n'aurait pas cogné plus fort s'il lui avait sauté dessus. Jules Bart et Harvey Stoner ensemble, voilà qui ne lui disait rien qui vaille. Avant même de le formuler consciemment, elle sut qu'ils lui réservaient quelque chose. Elle ne pensait pas que Jules Bart lui ferait du mal de sa propre initiative, sans quoi il aurait déjà agi à l'heure qu'il était. Mais Jules Bart et Harvey Stoner ensemble engendraient un individu différent. Stoner avait l'argent qu'il fallait pour manipuler un homme dans la situation de Jules Bart.

Harvey Stoner avait ses raisons personnelles pour désirer la réduire au silence. Elle avait toujours pensé qu'il tenait à s'assurer par tous les moyens qu'Emma Stoner ne découvre jamais leur liaison, mais Louise avait commencé à se rendre compte que tous les besoins d'Harvey s'étaient subitement investis en elle. Son désir la mettait en péril. Ces deux hommes voulaient quelque chose d'elle. Elle se sauverait. Elle imagina les longues jambes de Jules Bart passant sur elle comme un cheval piétinant un lapin. Sa seule défense était l'ignorance. L'ignorance la sauverait.

« Deux jolis garçons, dit-elle. Je dois être morte et montée au paradis. »

Jules mit pied à terre et se tint debout à la portière. Elle raffermit ses jambes et se dirigea vers lui. Il pressa son bras sur son épaule pour l'inviter à s'asseoir entre eux sur la banquette. « Où est votre pick-up ? » demanda-t-elle. Jules ne lui répondit pas.

« Il l'a lâché, dit Harvey. C'est la deuxième fois que cette guimbarde lui fait le coup. Je l'ai trouvé sur la route. »

Harvey semblait se répandre un peu trop en explications. Il s'était laissé aller à lui raconter plus qu'elle n'avait besoin d'en savoir. Louise écarta la question en reprenant la parole. « Monte le chauffage », dit-elle, et elle vit les deux hommes se sourire. Elle se frotta les mains et leur sourit à tous les deux, d'abord à l'un puis à l'autre. L'échange de regards entre eux ne lui échappa pas.

« Boire un bon coup, dit-elle. J'ai besoin de boire un bon coup. » Elle serait en sécurité dans un bar, en mesure de les larguer.

Ils dépassèrent le bar de Perma dans le grouillement du brouillard. Ils poursuivirent jusqu'à Paradise, roulant dans un silence assoupi. Louise se tenait raide sur son siège, veillant à ne prendre appui ni sur l'un ni sur l'autre dans les virages. Elle sentait les pneus chasser par moments, leur vif dérapage vers les remblais et leur retour vers le milieu de la route.

À l'Angler Bar de Paradise, tout était prêt pour une nuit de danse. Un panneau CONCERT était apposé à l'entrée. Un groupe de quatre ou cinq femmes était installé au bar, toutes vêtues de robes à imprimé coloré davantage adaptées à l'été. Elles ne rendirent pas son sourire à Louise. Harvey Stoner revint à leur table avec trois verres s'entrechoquant, et une bouteille de bourbon Four Roses à l'intention spéciale de madame. Il leur servit un grand verre à chacun.

Louise porta le sien à ses lèvres et but l'alcool à longues goulées jusqu'à ce qu'elle se mît à tousser.

« Vas-y, bois », dit Harvey. Il sortit un paquet de cigarettes de la poche de son manteau et en alluma une.

Louise but encore, espérant qu'un plan se dessine, qu'une idée lui vienne pour se tirer de ce bar sans Jules et Harvey. Les seuls autres hommes présents semblaient accompagnés eux-mêmes d'une femme, des femmes apparemment soucieuses de se cramponner à leur homme. Le groupe de femmes seules au bar épiaient Louise avec un humour froid. Des femmes aux lèvres pincées qui avaient poursuivi plus d'un homme jusqu'à l'autel, trop empressées à se dégoter un nouveau mâle, et voilà que Louise semblait en avoir deux pour elle toute seule. Elles faisaient la moue et se tamponnaient le coin des lèvres. Louise était la fille, aux Ursulines, qui s'enfilait toujours le dernier sandwich. Elle leva de nouveau son verre. Jules gagna le juke-box. Il mit sa chanson préférée et Louise sentit l'alcool saumâtre dans sa poitrine.

Harvey Stoner se pencha par-dessus la table et lui adressa un clin d'œil « Que sais-tu ? » dit-il. Il semblait la taquiner mais lorsque Louise regarda du côté de Jules, celui-ci attendait sa réponse comme si elle avait quelque chose d'important à dire. Ils attendaient tous deux sa réponse. Jules lui servit un autre verre et elle le siffla cul sec. Il s'en versa un lui-même plus que généreux et l'engloutit d'un trait. Puis il en siffla un autre. Sa façon de boire avait quelque chose de désespéré aux yeux de Louise. Elle voyait le flottement indolent de ses prunelles. Ses propres paupières lui paraissaient bouffies, gonflées, dans la chaleur de la salle de bar. Elle voyait le brouillard fumeux des cigarettes des femmes. Elles croisaient les jambes à présent. Elles souriaient trop.

« Rien, dit-elle. Je ne sais pas. »

Elle se défit de son manteau pour se réveiller. La porte s'ouvrit et deux hommes entrèrent, guitare en main. Ils arrêtèrent le juke-box et se dirigèrent vers un petit coin éclairé. Louise se tourna vers la porte et c'est alors qu'elle aperçut un homme de dos. C'était un Indien de haute stature, maigre et fort. Ses cheveux étaient drus, noirs et raides. Il ne portait qu'une fine chemise blanche, des mocassins. Son pantalon paraissait raide et sale. Elle sentit la chaleur de l'alcool dans sa poitrine. La pièce bougeait légèrement plus vite que sa tête. Elle regardait cet homme mais il se tenait debout au bar, la tête penchée vers son verre. Elle savait que ce n'était pas Baptiste et cependant, elle éprouvait une étrange sensation, un tremblement dans les épaules, le pressentiment que si elle le quittait des yeux, il disparaîtrait. Harvey Stoner l'avait vu lui aussi. « Tu as des nouvelles de ton mari ? » dit-il. Jamais il ne lui avait posé de question sur Baptiste auparavant. Il tira une longue bouffée de sa cigarette et lui sourit mais son regard demeurait fixe. Jules Bart leva la tête, attentif. « Pas grand-chose », dit-elle. Jules Bart remua sur sa chaise et s'envoya une autre rasade. « Et tu ne risques pas d'en avoir », dit-il. Elle vit le mouvement vif des yeux d'Harvey sur lui. Elle vit Harvey pousser du genou la cuisse de Jules. Celui-ci se déroba avec un sursaut, il s'était laissé surprendre. Louise tenta de déchiffrer leur geste mais Harvey Stoner se leva. « C'est l'heure d'y aller », dit-il.

L'air de la nuit était si froid qu'elle sentit sa pression dégrisante sur ses mains et son visage. Ils la poussèrent dans la voiture d'un coup d'épaule. Louise ferma les yeux et reposa sa tête contre le dossier du siège d'Harvey. Elle sentait leurs yeux sur elle. Elle savait qu'ils la croyaient soûle au point de ne pouvoir comprendre leur conversation. Elle les entendit chuchoter entre eux comme des amants. Elle ne put s'empêcher de rire, et son rire résonna, sonore et grinçant dans la voiture comme si ses poumons avaient explosé. « Vous êtes de mèche, tous les deux ? » dit-elle. Elle avait seulement voulu les taquiner, briser la glace. Jules se tourna vers elle. Son visage était du feu près du sien. Alors elle sut. À cet instant précis, elle sut. Elle se tourna vers Harvey et il tenta de lui rendre son sourire comme si lui aussi riait, mais désormais elle savait que tous deux avaient commis un acte terrible ensemble. Ils avaient comploté tous les deux. Elle sentait quelque chose passer entre eux. Le briquet d'Harvey Stoner s'ouvrit soudain et lorsqu'il l'éleva vers son visage, elle vit ses dents virer au rouge.

Elle sentit le bourdonnement tournoyant de l'alcool cerner ses pensées. « Je sais que vous avez tué mon mari », dit-elle. Avant qu'elle les eût prononcés à voix haute, ces mots n'étaient que de folles pensées, mais alors qu'elle s'écoutait, ses mots plurent autour d'elle comme autant de pierres acérées. Les deux hommes s'étaient tournés vers elle, saisis, le regard soudain caverneux. « Louise, dit Harvey, tu as trop bu. » Elle les avait ébranlés. Le brouillard cernait la voiture. Un brouillard si épais qu'il n'y avait plus qu'eux trois et les mots que Louise venait de prononcer. Ils avaient tué son mari.

Harvey arrêta la voiture sur le bas-côté de la route. Louise contracta les muscles de ses jambes.

« Tu fais quoi, Stoner ? demanda Jules.

– Je fais quoi, à ton avis ? » Harvey Stoner tira brutalement sur le frein à main. Jules n'eut pas le temps de parler que Stoner était déjà descendu de voiture.

« Tu vas m'aider avec celle-là aussi », dit-il à Jules. Louise pressa ses mains sur le siège, prête à prendre la fuite dès que l'occasion se présenterait. Jules restait assis à côté d'elle, les yeux écarquillés. Ses yeux passaient du tableau de bord à Louise, à qui il jetait des regards obliques.

« Sortez de là, vous deux », dit Stoner.

Jules ouvrit la portière et Louise glissa le long du siège pour mettre pied à terre Elle marcha vers l'avant de la voiture. Elle entendait les cliquètements du moteur qui refroidissait. Elle tentait de réfléchir à un plan.

« Vous m'avez rendu un fier service, dit-elle aux deux hommes.

– De quoi parles-tu ? » Jules serrait et desserrait les poings comme s'il rassemblait ses forces.

« En tuant Baptiste, dit-elle. Vous nous avez rendu un

fier service à tous. » Elle ramena ses cheveux sur un côté de son visage et se pencha pour remonter ses bas le long de ses cuisses. Elle espérait qu'ils la regardaient et ne voyaient pas que ses mains tremblaient. Elle songea à Baptiste mort, au fait qu'elle se tenait sur une route de campagne, sans la moindre voiture à l'horizon, en compagnie des deux hommes qui l'avaient tué. Elle rabaissa vivement sa jupe et s'efforça de sourire à Harvey. Il regardait Jules. « Tu sais ce qu'on a à faire », dit-il. Ils parlaient un langage codé qu'elle comprenait. Elle leva les yeux et, en voyant la grimace sur le visage de Jules, elle sut qu'il renâclait à l'idée de l'envoyer à la mort.

Jules regarda Louise.

« Que se passe-t-il ? » Elle tenta de mettre une note de légèreté dans sa voix. « Je ne parlerai pas. Je n'irai le raconter à personne. » Elle avait les genoux qui tremblaient. Jules s'appuya contre la voiture et se passa les mains dans les cheveux.

« Finissons-en, dit Stoner.

– Je peux pas, dit Jules. Je le ferai pas. »

Louise savait que leur plan se refermait sur elle. Stoner jeta un coup d'œil du côté de la rivière. Elle chercha des yeux le chemin le plus clair dans l'obscurité, puis elle fonça. Elle n'avait aucune autre idée pour sauver sa vie. Elle donna tout ce qu'elle avait. Elle pria et ses prières fumaient derrière elle dans le vent froid de son passage. Elle décida de choisir la rivière. Elle tenterait sa chance sur la glace. Elle les entendait courir derrière elle. Elle entendit l'un d'eux glisser et tomber et en se retournant elle vit Jules se rattraper et puis se relever en continuant sa course. Elle sauta le fossé et s'enfonça brièvement dans une poche de neige.

Lorsqu'elle atteignit la berge, elle retint sa respiration et s'avança sur la glace. La lune émergea des nuages dont elle avait espéré qu'ils la cacheraient. Elle entendit le craquement puis le gémissement étouffé, vit la toile d'araignée noire sous ses pieds tandis que la rivière gelée cédait, la soudaine flaque d'eau autour de sa cheville. Elle fit un bond pour gagner la glace opaque et puis brusquement elle fut libérée de la rivière. Jules la serrait de près. En se retournant, elle vit la jambe de l'homme plonger dans le tourbillon d'eau noire, la glace se fracturant autour de lui. Il hurla pour appeler Harvey à l'aide mais celui-ci le dépassa en courant. Ils étaient loin derrière elle.

Harvey franchit la glace et il atteignait la rive lorsqu'elle empoigna la touffe épaisse des herbes du bord pour se hisser sur la berge. Harvey soufflait fort. Il ralentissait. Il avait trop vécu une vie de patachon pour courir assez vite et l'attraper. Elle se sentait forte, maligne même. Elle atteignit la colline et prit la piste qui descendait. La neige était profonde, trop profonde, elle lui montait à la poitrine. Elle avait quitté le sentier et mis les pieds dans la poudreuse d'une haute congère. Elle lutta pour se dégager mais elle était piégée. La neige était aussi fine que du sable limoneux. À peine Louise avait-elle dégagé un passage que la neige coulait de nouveau contre sa poitrine.

Elle sentit le choc du poing d'Harvey si fort sur le sommet de sa tête que la lumière bégaya, et elle fut soulevée de la neige, jetée par-dessus son épaule. Elle sentait le sifflement dans les poumons de l'homme. Ses propres côtes lui faisaient mal. Il lui avait coupé le souffle en la frappant. Elle aperçut Jules Bart assis sur la rive, ses vêtements bordés d'eau sombre. Elle vit un cercle scintillant d'étoiles.

« Jules, remonte dans la voiture.

– Que va-t-on faire ? demanda Jules.

– Contente-toi de remonter », répondit Stoner.

Jules suivit Stoner qui la portait comme un sac de grain. Elle les laissa croire que Stoner l'avait mise KO. Elle devait réfléchir. Elle voyait son sang goutter dans la neige et elle avait envie de porter la main à son visage, mais elle ne broncha pas. Jules tomba sur les genoux, ses vêtements fumaient dans le froid.

Harvey se tourna vers lui. « Debout, nom de Dieu. »

La lune émergea des nuages, claire et lumineuse, et Louise ferma les yeux une seconde.

« Debout, répéta Harvey. Aide-moi, je te prie. Il faut qu'on l'emmène là-haut à la vieille maison Chefler. C'était une mauvaise idée de toute façon. On va pas tout de même pas rester là au bord de la route.

– Et Charlie Kicking Woman ? » demanda Jules. Louise perçut la note suraigüe dans sa voix. Elle se demanda s'il avait peur.

Jules ouvrit la portière arrière de la voiture, mais Stoner la jeta sur le siège avant. « Elle ne pourra pas nous échapper là-haut.

– Plus maintenant en tout cas », dit Jules.

Elle entendit Stoner ouvrir la boîte à gants et le vit empoigner une lampe-torche. « Je vais voir si j'ai une corde dans le coffre », dit Stoner. Elle savait que Jules la regardait, aussi garda-t-elle les yeux fermés, sa tête appuyée au dossier du siège. Elle demeura parfaitement coite.

« Mon Dieu, dit Jules. Est-ce qu'elle est morte ? Je ne vois pas à quoi ça sert. » Stoner était si affairé dans le coffre qu'elle douta qu'il l'ait entendu.

Jules monta en voiture à côté de Louise et elle s'autorisa à s'affaisser contre son épaule. Elle sentait le froid qu'il dégageait à travers l'épaisseur de son manteau. Il claquait si fort des dents qu'elle dut serrer les mâchoires pour s'empêcher de trembler à côté de lui. Elle sentait le filet de sang qui avait dégouliné de son nez vers son front se contracter, sécher. Elle sentit un linge humide sur son visage et comprit que Jules essuyait le sang qui coulait. Ses mains tremblaient. Le froid de l'angoisse envahissait la poitrine de Louise. Il tendit la main au-dessus d'elle pour tourner la clé de contact.

« Qu'est-ce que tu fais, bordel ? hurla Stoner.

– Je me gèle le cul », répondit Jules sur le même ton. Louise entendit Jules marmonner. Il y avait de la tension entre les deux hommes.

Entendant approcher un véhicule, elle ouvrit les yeux et

aperçut les phares cerclés de brume d'un camion. C'était sa chance. Elle frappa Jules d'un uppercut oblique et tendit la main vers la poignée de la portière.

Elle entendit la voix pressante de Stoner. « Chope-la, nom de Dieu. » Elle sentit le craquement du poing de Jules sur sa mâchoire, et puis il lui pressa le visage avec une telle force dans l'épaule de son manteau qu'elle sentit les bulles de sang engorger son nez, obstruer sa gorge. Elle tenta de le repousser, mais il la tenait étroitement serrée, puis plus étroitement encore. Elle sentit l'étoffe rugueuse de son manteau contre son visage, puis la chaleur soudaine, le vertige du sommeil.

Elle crut entendre la voix d'un autre homme, une voix qu'elle ne reconnut pas.

« Aucun problème, disait Harvey. On dirait qu'ils se sont rabibochés. »

Elle entendit un crissement de pas près de la portière de la voiture, et Jules Bart lui referma la main sur la nuque et la maintint dans une rigidité absolue.

« Dispute d'amoureux », dit Harvey.

Louise entendit le véhicule les doubler. Jules relâcha son étreinte. Elle sentit la portière du conducteur s'ouvrir, la dépression dans le siège lorsque Harvey monta. Elle avait la langue qui enflait et envie de cracher. « Tiens-la bien cette fois », dit Harvey. Elle sentit Jules se pencher vers elle. Elle ne broncha pas, reniflant son sang.

« Elle est dans les vapes », dit Jules.

Elle les avait bernés deux fois. Elle commença à croire qu'elle aurait une troisième chance.

Le pied d'Harvey enfonça la pédale. Ils entrèrent dans la chaleur dense qui montait de la rivière. Louise entendait le bruit humide des pneus sur la glace. Elle rassembla ses forces, elle connaissait la levée de terre abrupte qui s'élevait sur la gauche, puis sur la droite, les virages qui faisaient crisser les pneus, les endroits où la route fonçait au cœur des ténèbres. Elle lutta pour se réveiller, mais tout semblait tourbillonner autour d'elle. Elle leva la tête et ouvrit les yeux. Elle vit le visage sinistre d'Harvey. Elle sentit la voiture partir en tête-à-queue sur la route mais Harvey accéléra. Il semblait à Louise qu'il cherchait à rattraper le brouillard. Elle tâcha de se concentrer.

Jules se tourna vers Harvey. « Qu'allons-nous faire ? dit-il, la voix tremblante. Qu'allons-nous faire, nom de Dieu ? » Il ne regardait pas Louise. Il se penchait vers Stoner. Il se frappait l'intérieur de la paume avec les doigts repliés de son autre main mais il ne regardait pas de son côté. Elle bondit sur la poignée et avant que Jules ait pu faire un geste pour la retenir, elle avait ouvert la portière de son côté. « Merde », dit-il. Elle entendit le mugissement sonore et caverneux du vent tandis qu'elle le poussait vers le vide. Il se cramponna au tableau de bord pour tenir bon. La voiture zigzagua sur la route et elle sentit l'attraction de la portière ouverte. Le vent la réveilla. Harvey lui assena un violent coup de coude dans la gorge et elle toussa. Elle s'agrippa au volant et tenta de trouver le frein. Elle giflait la tête d'Harvey. Elle lui griffait les yeux de ses ongles. Jules tentait de lui attraper les mains pour l'arrêter, mais elle était résolue à sortir de la voiture. Le brouillard épais s'enroula autour du capot puis se leva de nouveau pour les rendre à la nuit. Harvey hurla. Jules plaqua ses mains sur son visage. De la glace si lisse qu'ils semblèrent s'envoler, et puis oui, la voiture s'envola. Ils volaient. Un souffle de vent vogua devant des étoiles clignotantes dans une seconde d'éternité.

Charlie Kicking Woman

Mauvaises routes
borne kilométrique 104

J'ai fait ce qu'il me semblait qu'un homme de bien aurait fait. J'ai ramené Baptiste Yellow Knife chez lui, à sa mère. Il ne m'a pas laissé l'aider à entrer dans la maison alors qu'il avait besoin de mon aide. Il m'a retiré son bras avec force et j'ai repensé au petit garçon qu'il avait été, obstiné, sale caractère, et j'ai su qu'une partie de sa nature serait toujours digne de confiance. Battu à mort et refusant néanmoins toute assistance, mon assistance. J'ai klaxonné et attendu que Dirty Swallow aide son fils à entrer dans la maison. Après tout ce que j'avais fait, je souhaitais faire davantage. L'aide d'une vieille femme était tout ce que j'avais à lui offrir.

J'ai repensé aux propos de Louise disant que je ne connaissais pas Baptiste. J'ai appris ce soir-là qu'elle avait raison. Je ne connaissais pas l'homme et je devinais que je ne le connaîtrais jamais, mais j'avais découvert quelque chose sur moi-même. J'avais découvert que je m'étais trompé sur quantité de choses. Voir Yellow Knife en homme battu et s'accrochant à la vie a changé ma façon de voir le monde ce soir-là.

On approchait de Noël. Les jours qui suivaient cette fête étaient toujours ma période de travail la plus éprouvante. Le rêve de Noël était envolé. Les gens se découvraient menacés d'ensevelissement par la dernière poussée de l'hiver. Ils buvaient trop, ils se battaient. Des hommes tuaient

305

leur épouse et parlaient de suicide. Trop d'entre eux étaient partis à la guerre et en étaient revenus brisés d'une façon ou d'une autre, ou ils ne supportaient tout simplement plus d'être mariés, ou ils voulaient écarter les femmes de leur chemin.

Deux jours avant Noël et tout au bout de la route je voyais une guirlande d'ampoules rouges entourant une petite fenêtre, et chaque fois que je regardais dans cette direction, je me souvenais que Yellow Knife était en vie, et que j'avais des raisons d'espérer. Il m'avait fait promettre de retrouver Louise. J'avais hâte de lui apporter la bonne nouvelle, hâte de laisser le passé derrière moi. Une sensation de légèreté enveloppait ma poitrine, un optimisme impossible à nier. Je me suis dit que je prendrais quelques jours de congé à partir de Noël. Je prendrais le bus jusqu'à Yakima s'il le fallait, mais je regagnerais mon Aida. Je serais un homme meilleur. J'enterrerais mon orgueil et poursuivrais les rêves qui me feraient la vie facile. J'avais encore une chance.

J'ai d'abord roulé jusqu'à la maison de Grandma Magpie avec mon gyrophare à bloc. Même le brouillard ne me dissuadait pas. En tournant le dernier virage, je l'ai éteint. Je ne tenais pas à affoler la grand-mère de Louise. J'ai eu un choc lorsque mes phares ont trembloté entre les troncs des arbres et éclairé Grandma Magpie debout sur la route devant sa maison. J'ai ouvert la vitre et une brise froide, glacée, m'a soufflé au visage. Je ne voulais pas voir la vieille femme dehors en mocassins dans la neige épaisse, avec rien qu'un mince foulard pour lui couvrir la tête. J'ai baissé ma vitre et elle est venue à ma rencontre. « Tu m'apportes des nouvelles de Louise ? » Son haleine projetait des nuages moites.

J'ai dû la ramener à l'intérieur. Elle a regardé par les vitres obscures et sans rideaux et m'a dit qu'elle avait entendu Louise l'appeler. Elle n'arrivait pas à dormir. Elle s'était levée pour aller faire du café et attendre Louise. Elle avait entendu sa voix aussi clairement que le son d'une cloche, m'a-t-elle dit. « Quelque chose est arrivé à ma petite-fille ». J'ai eu beau essayer, je n'ai pu lui ôter cette idée de la tête. J'ai suggéré qu'elle était encore en train de rêver. Cela aurait pu arriver. Elle n'a rien voulu entendre de mes conceptions d'homme de peu de foi. J'ai fait ce que j'ai pu pour elle. J'ai fendu du bois et ai allumé le poêle, mais même le feu n'y put grand-chose. Elle frissonnait tellement que j'entendais ses os s'entrechoquer. Je l'ai enveloppée dans une couverture et lui ai dit de s'asseoir près du fourneau. Je lui ramènerais Louise. Mais au moment de quitter la maison, je n'ai pu empêcher mon ventre de trembler. Mes nerfs tressautaient dans mes jambes et j'ai dû calmer ma respiration. Je me suis cramponné au volant. Peut-être était-ce la dérive de la nuit dans le brouillard, le malaise aveugle des nuages bas. Peut-être était-ce l'histoire que Yellow Knife m'avait contée, les vieilles histoires douloureuses dans mes mains roides, mais je sentais une sombre prémonition m'envahir, et je refusais de renoncer à l'espoir que j'avais trouvé.

J'ai mis les pleins phares, mauvaise idée. Ils brassaient le brouillard, formaient un tourbillon surnaturel qui me rappelait du sang obstruant la vidange d'un lavabo. La glace sur la route était grise, couleur de poisson écaillé, et si glissante que la morsure des chaînes ne prévenait pas les glissades soudaines. Je me suis surpris à prier pour apercevoir une borne kilométrique, prier pour arriver à bon port parmi les tête-à-queue, prier pour la prudence. La nuit apporterait son lot d'accidents, je le savais. Retrouver Louise était un point lumineux dans le programme de ma longue nuit. Dès que je l'aurais trouvée, me rassurais-je, la nuit se déroulerait sans encombre, quoi qu'il arrive d'autre.

Mon esprit bouillonnait d'histoires que je pensais avoir oubliées depuis longtemps. Alors que j'entrais dans Dixon, je me suis souvenu de cette histoire de revenant, l'histoire de cette petite fille qui s'était figée de terreur quand le fantôme de Dixon l'avait suivie. C'est l'histoire d'une gamine qui voyage à l'arrière de la voiture de ses grands-parents, et au moment où ils passent sur le pont enjambant la Jocko River, le fantôme du vieil homme blanc sort de la rivière et les suit. J'étais comme un gosse, paniqué à l'idée de jeter un œil du côté de la vitre, craignant que le vieil homme blanc ne cherche à capter mon attention, un spectre toquant à mes vitres givrées pour m'appeler. Je me suis souvenu de l'histoire du fantôme de Mission dont on disait qu'il hantait l'église, celui d'une femme apparaissant aux fidèles qui venaient prier très tôt le matin, apparition vêtue de noir qui se plaisait à allumer le poêle de l'église pour les bonnes âmes pieuses, allumer un feu qui ne prodiguait jamais de chaleur. Qui se contentait de craquer et de siffler et de terrifier tout un chacun. Je me souvenais de la tombe qui pleure sur laquelle on m'avait si souvent appelé, où j'avais moi-même entendu les pleurs et les vagissements aigus d'un enfant. Et il me fallait dire à ces gens qu'ils entendaient une voix lointaine portée jusqu'à la tombe par le vent, alors que je ne croyais pas moi-même à cette explication. Cette pensée me hérissa la nuque. J'étais en train de me flanquer la trouille et je sus que je devais me calmer.

J'ai entendu avec soulagement crépiter les parasites de ma radio, un lien avec la réalité palpable, même s'il s'agissait d'une sombre réalité. La voix de Railer avait une inflexion aiguë, une octave d'enfant de chœur. Il y avait eu un accident, un accident grave impliquant Harvey Stoner à la sortie de Perma, et je devais rebrousser chemin. Il m'est venu à l'esprit qu'il y avait toujours un juste retour des choses mais le malheur de Stoner ne m'a nullement réconforté. J'étais seulement agacé d'être appelé à son secours alors que j'aurais dû chercher Louise. Je ne tenais pas à y aller mais j'avais indiqué ma position à Railer. J'étais cuit. Il se trouvait juste à la sortie de Polson et, par un temps pareil, il ne serait pas sur les lieux de si tôt. J'étais l'homme de la situation. Je me suis mordu l'intérieur de la joue. Je ne tenais à voir Stoner sous aucune condition mais ces circonstances étaient les pires.

J'ai allumé mon gyrophare. Je ne pouvais m'empêcher de penser à la belle voiture couchée dans le fossé ou cul par-dessus tête sur la route. La Buick jaune de Stoner remorquée jusqu'à la casse de Ravalli pour y être déposée sur des cales comme un monument. Le brouillard embuait la route. Je fouillais du regard le bas-côté obscur pour repérer le véhicule. Mes phares étaient incapables de déchirer les ténèbres blanches. Mes yeux larmoyaient. J'ai baissé mes lumières et roulé au pas. Je priais qu'Aida soit endormie au chaud dans la maison de ma belle-mère. Je distinguais seulement les bancs de brouillard, puis les ténèbres. Je me souciais peu de l'infortune de Stoner. Il avait ce qu'il méritait. Même dans mon angoisse, il y avait de la paresse dans mes recherches, un calme surnaturel qui me venait de cette conduite si lente, si appliquée, comme si rien n'était arrivé.

Le premier appel d'urgence avait été passé depuis le Perma Bar. La police de Sanders County serait également contactée. Railer avait été appelé car il était le renfort le plus proche mais je regrettais qu'il n'ait pas été laissé en dehors. Tout le monde se tiendrait le doigt sur la couture du pantalon car le pouvoir de Stoner ici ne connaissait aucune limite. Mais il n'allait pas tarder à avoir ce qu'il méritait. Yellow Knife était vivant et en voie de guérison.

Mes phares touillaient la brume. Je distinguais encore les lumières de la maison de Grandma Magpie et j'éprouvais de la contrariété à abandonner ma quête de Louise pour porter secours à Stoner et ses semblables. Vite après la maison des White Elk, le brouillard est devenu si épais que j'ai baissé ma vitre et senti l'humidité glaciale sur mon visage. Je craignais de percuter l'épave ou pire. J'ai passé la tête à la fenêtre, cherchant désespérément un indice et soudain j'ai vu les traces, la traînée distincte que la voiture avait laissée avant de tomber en contrebas. J'ai aperçu un homme crapahutant pour remonter sur l'accotement. Il avait le visage si atrocement tuméfié que j'ai cru qu'il s'agissait de Stoner mais je me trompais. Je me suis rangé.

« Monsieur, j'ai lancé. Je suis l'agent Kicking Woman. J'ai été dépêché sur les lieux.

– Je sais, a-t-il dit. C'est moi qui ai téléphoné.

– Monsieur. Restez où vous êtes. J'arrive », j'ai dit. L'homme continuait de marcher dans ma direction. Il a voulu essuyer sa figure sur son manteau. J'ai vu que la blessure qu'il avait au nez était si profonde qu'il avait besoin d'une compression. Il a titubé un peu en venant vers moi et j'ai reconnu Jules Bart. La pensée m'est venue que sa belle gueule le serait un peu moins maintenant.

« Je peux rien faire, a-t-il dit. Je suis désolé. » Il a hoché la tête vers les rails en contrebas. J'ai attrapé ma trousse de premiers secours sous le siège et des couvertures dans le coffre. J'ai lancé une couverture à Bart et je me suis dirigé vers le remblai escarpé. Et c'est là que je suis tombé. J'ai senti la morsure aiguë déchirer ma jambe de pantalon, la meurtrissure d'une pierre. J'ai lâché un juron avant de me relever. La voiture était renversée sur le toit, sur la voie de chemin de fer, et moi je m'en faisais pour une simple égratignure à la jambe.

J'ai consulté ma montre. Il faudrait que j'annule le train en provenance de Pend d'Oreille. Un des phares de la voiture projetait sa longue lumière sur les rails. J'apercevais la clarté du tableau de bord, rose et verte, presque belle. J'ai entendu de la musique, le son en sourdine de la radio diffusant une mélodie que je ne connaissais pas. J'ai eu envie de m'arrêter, d'écouter, le temps de reconnaître la chanson. Stoner gisait près de la Buick. Il se tenait les oreilles pour les protéger du froid. J'ai entouré ses épaules d'une couverture. Ses joues étaient rouge cramoisi et cerclées de blanc. Il risquait l'engelure. « Remontez-la sur votre tête », je lui ai dit. Je voyais que la voiture était en équilibre instable à côté de lui, inclinée sur le flanc sur le bord du rail.

« Elle est par là, a-t-il dit avec une grimace telle qu'il parut sourire.

– Je dois passer un appel, lui ai-je dit. Le train arrive. Je dois l'arrêter. » Stoner a tenté de se soulever pour quitter la voie comme si j'avais annoncé que le train arrivait dans l'instant. Il a regardé d'un côté et de l'autre.

« Je suis content que ce soit vous », a-t-il dit. Je n'ai rien ajouté. Je savais que sa déclaration était la voix de l'insinuation, non de la flatterie. Je suis remonté en crapahutant jusqu'à ma voiture pour passer un appel radio et arrêter le train. Il n'était pas loin d'une heure du matin. Puis je suis retourné auprès de Stoner pour mesurer l'étendue des dégâts. « Elle est là-bas », a-t-il dit. Il m'a saisi le bras. « Laissez-la mourir, a-t-il dit. Elle en sait trop. » J'ai dirigé le faisceau de ma lampe-torche sur une silhouette. Ils l'avaient recouverte d'une couverture bleue à bordure rouge. J'ai dirigé le faisceau de ma lampe sur la femme, calmement, avec précaution, car les morts récents recèlent de fragiles informations.

J'ai vu ce que je ne m'attendais pas à voir. J'ai vu le mouvement d'un bras sous la couverture. J'ai vu le frémissement de ses doigts. Puis j'ai vu un souffle. Le halo d'une respiration douloureuse montant de la couverture. Des perles de respiration givrée accumulées sur le tissage bleu, de minuscules gouttes argentées. J'ai réfléchi. Ou peut-être n'ai-je pas réfléchi. Ils l'avaient abandonnée dans la neige brutale pour la laisser mourir. La femme gisait parallèlement aux rails de la voie ferrée. J'ai regardé Stoner. Il m'avait tourné le dos. Je ne pouvais distinguer son visage mais dans l'obscurité je l'ai entendu se fendre d'un sourire.

« C'est magnifique, non ? » il a dit.

Je n'ai rien pu voir tout d'abord. Je voyais le cercle rouge de mon sang palpitant sur fond de ciel nocturne. J'ai dû regarder plusieurs fois le fond des ténèbres derrière moi avant d'apercevoir la lumière. Je devais la sortir de la neige au plus vite, mais je me demandais s'il restait une chance quelconque à cette femme. Il faisait si froid que les étoiles paraissaient cassantes. La neige était si compacte qu'elle crissait sous mes bottes. J'étais certain de voir la vapeur de son haleine. J'ai écarté la couverture du visage de la femme tandis qu'elle se défendait. J'ai senti la poussée de sa main.

311

Sa tête s'est renversée en arrière et un instant ses yeux se sont ouverts devant mon visage, mais tant de sang ruisselait de son cuir chevelu que je n'ai pas pu la distinguer. Je n'aurais su dire de quelle couleur étaient ses cheveux maculés de sang. Et tout à coup mes dents se sont mises à claquer et à me lancer. Je n'arrivais pas à contenir ma panique.

« Charlie », m'a dit Stoner sur un ton de commandement mais je n'ai pas entendu les mots qui suivirent.

J'ai soulevé sa tête d'une main tremblante. Ma paume s'est réchauffée au contact de son sang. Le souffle de son sang montait autour de nous.

« Elle sait tout, a-t-il dit.

– De quoi diable parlez-vous ? » j'ai hurlé. Mon cœur explosait. Je sentais le tonnerre de mon pouls déchaîné. Ils avaient laissé mourir Louise par méprise. « Espèce d'enfoirés de fils de putes, j'ai dit. Elle ne sait rien. »

La nausée m'a secoué. Mes mains tremblaient violemment. Ma pire crainte avait frappé. Des années de paroles cruelles distillées par les religieuses bourdonnaient au-dedans de moi tels des frelons dans les côtes d'un cerf. J'apprendrais une chose, m'avaient-elles dit, je n'étais bon à rien. J'ai senti la boule de mon cœur couler à pic. La dernière chose que verrait Louise, ai-je pensé, serait ma défaite. Le travail de toute une vie réduit à cet instant. Dans la neige, ma peau se tendait tellement sur mes os qu'ils se soudaient entre eux. Je me suis agenouillé près de Louise, j'ai retiré mon blouson et l'ai refermé sur ses épaules frêles. Il n'y avait aucun vent, aucun son hormis sa respiration laborieuse, le craquement de ses poumons. L'étreinte du froid se refermant sur elle. Ses yeux étaient incolores dans l'obscurité, ses pupilles s'ouvrant, palpitant, se rouvrant encore. Mais je me souvenais de la couleur de ses yeux en plein soleil, comment, quand elle se tournait vers moi, ses yeux pouvaient passer du brun au vert. Sa respiration laborieuse montait en nuages. J'ai surpris un bref instant le miroitement de la rivière, l'attraction noire du courant à proximité de notre sinistre veille. Les secondes s'égrenaient en moi.

Elle mourait.

Je ne laisserais pas une chose pareille arriver, pas à Louise. Elle ne mourrait pas au bord de la route. J'ai refermé mes doigts sur son poignet pour contrôler son pouls. J'ai senti la puissante volonté de battre de son cœur. « Tiens bon, Louise », lui ai-je murmuré et elle a pressé ma main.

J'ai entendu le grincement de la voiture glissant progressivement et Stoner m'a gueulé : « Sortez-moi de là, putain. » J'ai détecté de l'hystérie dans sa voix et en ai retiré un sentiment de satisfaction, une sensation de pouvoir. Je n'avais pas le temps de me porter au secours de ce salopard. Je devais me sauver moi-même. Je devais sauver Louise. Je l'ai ramenée contre ma poitrine, et son corps était frêle et léger dans mes bras. Je me suis souvenu que j'avais soulevé sa mère de son lit de mort, et j'ai fermé les yeux. « Donne-moi une chance », ai-je dit en espérant que ces mots suffiraient en guise de prière. J'ai prié en la transportant jusqu'au sommet du remblai escarpé, j'ai prié pour ne pas tomber, pour que nous ayons de la force tous les deux. J'entendais l'essence siffler en s'échappant du réservoir percé, de l'essence gargouiller en coulant le long de la carcasse fracturée de la Buick. Je devais me hâter.

J'ai entendu le cow-boy renifler et j'ai su que l'homme pleurait. J'ai étendu Louise tout contre lui. « Aidez-moi je vous prie », j'ai dit. Je devais lui faire confiance. Jules Bart a ouvert les bras pour abriter Louise dans les plis de sa couverture. « Je suis désolé », disait-il, et j'ai compris qu'il lui parlait à elle. « Je suis désolé pour tout. »

« Il faut que je retourne aider l'autre type, ai-je dit, me refusant à prononcer le nom de Stoner. Les secours arrivent », j'ai ajouté mais j'ai compris que je ne cherchais pas à être rassurant. Je savais que c'était de mon propre réveil en urgence dont je parlais. Si je devais agir, c'était maintenant ou jamais. Je suis redescendu en décrivant une courbe, je sentais l'œdème durci de ma propre blessure. L'odeur d'essence me faisait défaillir. Je discernais son doux éclat ruisselant vers Harvey Stoner, imbibant les manches de son moelleux blouson de peau.

« Il serait temps, merde », a dit Stoner. Je me suis rapproché de lui et l'essence me faisait siffler la poitrine. Il m'a saisi la jambe à cet instant et j'ai été stupéfait par sa poigne. J'ai reconnu l'étreinte d'un homme désespéré. « Tout ira bien, j'ai dit. Détendez-vous. Je ne peux pas vous aider si vous me tenez comme ça.

– C'est bien, mon gars, a dit Stoner. C'est bien, mon gars », a-t-il répété, me cajolant, m'incitant à agir. Je me suis vu crapahuter pour escalader le remblai avec lui dans les bras, attendre impatiemment au bord de la route et voir Railer s'amener avec son sourire narquois. Le cœur me manquait. Je n'avais pas les tripes. Je me suis accroupi à côté de lui, assurant mon équilibre pour le soulever. Je prêtais main forte à l'ennemi. J'avais ma joue contre la sienne et je commençais à le soulever, j'étais prêt à l'amener contre mon épaule et à le hisser en sécurité quand j'ai senti la morsure de ses paroles tout contre mon oreille. « La salope est déjà morte ? » Je savais que j'avais bien entendu et je ne tenais pas à entendre ces mots une seconde fois, mais je me suis figé. Je le tenais enlacé. « Quoi ? j'ai dit.

– Vous m'avez entendu, a-t-il dit. Est-elle déjà morte, cette salope ? »

Je l'ai lâché alors et je me suis reculé suffisamment loin pour qu'il ne puisse, même en rampant, m'attraper à nouveau.

« Pensez-vous pouvoir marcher seul ? » j'ai dit. Je n'étais pas vraiment certain qu'il soit trop blessé pour se déplacer.

J'ai ôté ma lampe-torche de son étui fixé à mon passant de ceinture et même si mes mains étaient calmes, la lumière a bafouillé en se promenant sur le corps de Stoner. Du sang jaillissait de l'ourlet de son pantalon, la fracture de sa jambe gauche était si sévère que l'os avait transpercé l'étoffe.

« Est-ce que j'ai l'air de pouvoir marcher ? a-t-il dit, le ton radouci.

– Non », fut ma seule réponse. Un calme m'a envahi. Mon cœur était figé. « Je peux sauver mon peuple tout entier », ai-je dit pour moi seul mais Stoner m'a répondu : « Vous avez juste à me sauver moi » et il y avait du soulagement dans sa voix.

J'ai braqué la lampe sur son visage et je l'ai regardé pour la première fois sans ciller. Je dirigeais la lampe vers ses yeux bleus et je savais qu'il était l'ennemi. J'ai vu sur ses mâchoires tombantes ses bajoues jaunies par la couardise, et à cet instant précis j'ai vu le visage sordide de sœur Simon, même en clignant des yeux. Stupide Indien, disait-elle, stupide, stupide Indien. Et la réponse était simple. Il n'y avait plus de choix possible. Il n'y avait plus devant moi que ce seul devoir, cette seule responsabilité.

« Attendez là », j'ai dit à Stoner. J'ai tapoté mes poches à la recherche d'allumettes que je savais ne pas avoir. Je suis revenu vers lui et me suis de nouveau accroupi. J'ai commencé à tapoter les poches de son blouson et il m'a saisi les poignets. Il avait les yeux fous et assassins. « À quoi vous jouez, bordel ? J'ai pas besoin de réconfort. » Sa voix était perçante. J'ai élevé son briquet en argent froid au creux de ma paume et l'ai tenu au-dessus de sa tête. Il savait à présent. Il n'y avait pas le moindre doute. Il a tendu le bras pour me choper mais j'ai réussi à l'esquiver, hors de son atteinte à tout jamais.

La première étincelle a explosé dans mon cœur. Une flamme de lumière bleue aveuglante a été la première et la dernière lumière que je devais jamais apercevoir. Un flot me bousculant, explosant, et puis plus un bruit. Le silence. Un souffle de vent féroce qui m'était inaudible. La voix de Stoner s'embrasant, puis disparaissant. La rivière flamboyant d'un rouge de purgatoire, l'été, soudain. Je savais sans le savoir que la chaleur avait fait fondre ma boucle d'uniforme. Mes manches brûlaient, le devant de ma chemise clignotait de lumière et se désagrégeait devant moi. Je reniflais la fumée dense de mes cheveux roussis. Mes yeux palpitaient de lumière. C'était fini. Stoner n'était plus. Le feu rugissant se consumait, fournaise commençant à s'apaiser. La Buick crépitait dans la chaleur mourante. J'ai senti la morsure du froid, ma peau encaissant le coup.

« Nom de Dieu, ai-je entendu le cow-boy dire au-dessus de moi. Nom de Dieu.

– Ça a sauté, me suis-je entendu dire, hébété et sans ciller.

– C'est bien ce qui me semblait, a dit le cow-boy.

– Louise, j'ai dit. Comment va Louise ?

– Elle est costaud, elle tient bon. »

J'entendais les sirènes. Le remblai au-dessus de moi s'est illuminé de rouge avec l'arrivée des secours. Les lumières étaient frénétiques. J'ai distingué le fracas familier des portières de l'ambulance, des hommes attelés à leur tâche. Il m'a semblé entendre Railer m'appeler et je me suis retourné pour voir. Les hommes dévalaient la colline avec des lampes et des torches. Leurs lampes frontales brillaient au-dessus de ma tête. J'avais les yeux secs. Lorsque j'ai porté le bout de mes doigts à mes paupières, j'ai senti les cloques suintantes.

« Nous avons un policier blessé ici en bas, a hurlé une voix.

– Par ici », a dit un homme. Il se tenait debout près du corps de Stoner. « Il nous faut la housse. »

Quelqu'un a dirigé le faisceau d'une lampe sur mon visage puis la lumière a parcouru mes bras, mon torse. Je me suis rendu compte que j'avais une cloque aussi grosse qu'un ventre de femme enceinte. « Ça alors, a dit Railer aux autres. On dirait bien que nous avons là un héros. »

J'ai reconnu une autre voix dans l'obscurité, la voix du shérif de Lake County. « Vous avez fait ce que vous pouviez,

collègue, disait-il. Nous allons vous sortir de là maintenant. » Il ne m'avait jamais parlé avec un tel respect.

Ils m'ont déposé délicatement sur la civière et emporté
sans à-coups jusqu'à l'ambulance. J'ai entendu Jules Bart
livrer sa déposition à Railer. « Tout ce que je sais, a-t-il dit,
c'est que l'agent Kicking Woman a risqué sa vie en tentant
de sauver Mr Stoner. »

Ils ont glissé ma civière dans l'ambulance à côté de
Louise. Je l'ai regardée. Je ne pouvais détacher mon regard
de son visage immobile. Et j'ai regardé jusqu'à ce que je
vois sa poitrine se dilater pour prendre de l'air. Le brouillard avait fini par se lever. Le ciel nocturne était si clair
que la fumée montait de l'épave comme une poussière
étincelante, si haut, tellement haut, pour ensuite se perdre
à la vue. J'ai entendu les tout petits grelots d'argent des
chaînes mordant la route tandis que nous roulions vers
l'hôpital. J'ai fermé les yeux. Sauf.

Baptiste Yellow Knife

Dons

La douleur flambait jusque dans les plus petits os de ses mains et de ses pieds. Il dut se cramponner à sa mère pour gagner le lit. Des étoiles se ruaient dans sa tête, des étoiles brûlantes crépitaient dans sa colonne vertébrale. Il n'arrivait pas à recouvrer ses esprits. Il flageolait sur ses jambes.

Sa mère avait brûlé de l'herbe douce dans sa chambre et déposé de la sauge sur ses couvertures. Elle voulait rester assise à son chevet, s'occuper de lui, mais même ses yeux attentionnés étaient lourds sur lui, douloureux. Il voulait rester seul. Il lui demanda de le laisser. Elle laissa un pot de tisane de mousse noire et de baies de genévrier près de son lit. La fièvre faisait trépider ses tempes et il trouva ses cheveux trempés en se réveillant. Il goûta la croûte de sel sur ses lèvres sèches. Sa colonne vertébrale enflait dans le lit affaissé et il devait se bercer plusieurs fois pour se retourner sur le flanc. Le sommeil se refusait à lui, seuls des fragments de rêves de nuit blanche s'imposaient. Il avala quelques gorgées de la tisane laissée par sa mère et la trouva froide et épaisse. Son ventre trembla. Un brouillard sombre oppressa sa poitrine et il lutta pour respirer. L'envers de ses oreilles était brûlant et il sentait quelque chose respirer derrière lui. Il prit appui des deux bras sur le lit et poussa de toutes ses forces pour se mettre debout.

La chambre paraissait se refermer sur lui. Il avait besoin d'ouvrir la fenêtre. Il pressa le bout de ses doigts sous l'en-

cadrement de bois. Rien ne bougea. Il poussa fort et entendit le craquement de la vieille peinture. Et puis la fine
fenêtre vola en éclats, ses paumes tendres offertes aux fragments de verre. Le froid le réveilla dans un sursaut. Sa
mère l'appela et il répondit qu'il avait seulement cassé une
vitre, qu'il n'avait rien. Il contourna les éclats de verre pour
tirer une cigarette de sa chemise. La pièce retenait une
étrange lumière rougeoyante. Il aspira la fumée profondément dans sa poitrine brisée et vit son sang dans les dents
de scie du verre étincelant sur le sol. Dans son sang il vit
une salamandre écarlate. Il pressa son pouce sur son œil
valide et regarda mieux. Son sang sur le sol avait pris la
forme d'une salamandre. Il revit l'arrière-grand-mère de
Louise, le bref coup de langue de la salamandre dans
l'herbe d'août, la soudaine et bruissante queue rouge.

La mort approchait. La mort venait le prévenir par le
biais de fragments d'événements qu'il ne pouvait comprendre. Il voulait occulter ces choses qu'il était en train de
voir. Il emporta les couvertures de son lit dans la pièce
principale. Il voulait dormir sur le sol en terre battue, il
voulait sentir la poussière endormie, entendre le bruit
sourd de son cœur battant contre la terre, ne pas voir ce
que la mort était venue lui montrer.

*Le revoilà debout dans les champs givrés de neige. Le vent cré-
pite dans les herbes folles. Il voit les hommes assener leurs poings
dans sa poitrine, dans son ventre. Il entend son bras se briser. Des
pointes de bottes argentées et acérées lui fracturent les côtes. Ses
poumons s'emplissent d'eau brillante. Dans le froid cassant, il est
du verre.*

La mort ébranlait les carreaux de la maison de sa mère,
heurtait, puis cognait la porte à l'attention de Baptiste, car
Baptiste connaissait la mort. La mort montait au-dessus de
l'aire de pow-wow au plus brûlant de l'été. La mort attendait à la lisière de la route vibrante de lumière d'argent.
La mort pouvait pénétrer le cercle de danse avec la même

élégance qu'un cerf argenté. Les os de la mort s'entrechoquaient dans les mains des participants au jeu de bâtons
quand ils commençaient à projeter de dépenser leur dernière pièce d'argent. La mort était la lumière flamboyante
que suivaient les chasseurs, celle qu'avait suivie Annie
White Elk. La mort était l'odeur craintive tapie dans les
buissons sucrés de myrtilles. La mort était le sourire d'argent sur la berge de la rivière qui avait appelé la sœur de
Louise. Elle était lumière limpide, la pellicule de la nuit
s'estompant. Cette nuit-là, Baptiste sut que la mort était la
lumière bleue sombrant sur la vallée, la lumière sainte de
l'hiver. Il ferma les yeux et vit la Flathead River fumer. Le
brouillard murmurait sur le sol de la vallée. Il distinguait
clairement les flaques de glace immaculée sur la route, le
givre le plus blanc sur les minces branches d'arbres argentés. Les routes, les empreintes des bêtes illuminées de nuages bas. Le miroitement de l'hiver l'appelait. Il sentit la
douleur du sommeil palpiter derrière ses yeux. Il se couvrit
la tête et murmura une prière.

*C'est l'été. Le soleil est si sec et brûlant qu'il entend le vert mur-
mure des feuilles. Baptiste court vers Louise. Il la soulève en la
serrant fort dans ses bras, si fort que l'arrière de sa jupe remonte
jusqu'à sa culotte. Il la fait tourbillonner. Ils rient.*

*« Je ne pensais pas que tu me trouverais », dit-elle. Tandis qu'ils
s'embrassent, Baptiste caresse les cheveux de Louise et les dégage
de son visage. Le vent souffle fort.*

*Il voit la voiture jaune pâle s'arrêter. La voiture s'arrête pour
Louise. Elle lève la main vers Baptiste mais il ne lui rend pas son
salut. « Ne t'en va pas, Louise, crie-t-il. S'il te plaît », hurle-t-il.
Il supplie. « Ne pars pas, Louise. » Il la voit baisser la tête pour
entrer dans la voiture. Il sait que si elle le quitte, elle ne reviendra
jamais. « S'il te plaît, non », dit-il. Il entend le froissement sec du
vent dans l'herbe et quand il se retourne, il découvre que Louise
se tient toujours debout près de lui.*

*Louise entre dans le cercle. Ses cheveux sont ceints de peaux de
loutre et elle commence à danser. Elle tourne en dansant. Elle se*

tourne vers Baptiste. Le battement du tambour est le bruit de son cœur frivole, mais elle danse lentement, lentement vers lui. Et elle est si belle que le soleil s'empourpre derrière elle, effleure le dôme de ses lisses cheveux nattés. Des perles bleues scintillent sur ses épaules. Danse, lui murmure-t-il, ne t'arrête pas de danser.

La lumière était une présence. La lumière filtrait à travers les couvertures en crin de cheval qui couvraient son visage. La lumière effleurait ses paupières mais il n'ouvrit pas tout de suite les yeux. Il sentait une chaleur dans ses poumons, une chaleur insistante. Son cœur était lent. Un instant Baptiste songea qu'il était peut-être en train de mourir. Il ouvrit les yeux pour observer la pièce s'illuminer lentement, devenir ciel, s'altérer comme une bâche s'obscurcit lentement en touchant l'eau, une lumière entrant dans la pièce telle une ombre fraîche. Baptiste ne pouvait comparer cela qu'avec l'obscurité, les choses se fondant dans l'ombre, les choses rendant leur lumière, pour comprendre la lueur blanche qui pénétrait la pièce.

Il tenta de réunir des pensées mais rien ne vint, rien sinon plus de lumière, encore plus, toujours plus, jusqu'à ce que s'étire dans ses poumons un moment très long telle une respiration nouvelle qui annonça à Baptiste qu'il pouvait s'élever et quitter la pièce. Il ouvrit les yeux et éprouva de la paix, et pour la première fois il identifia cette paix. Il entendit le vent ébranler la porte et celle-ci s'ouvrit soudain. La nuit était une vision de prière, une vision de beauté pour lui, quasi douloureuse à contempler. Il cligna des yeux. Un écrin de neige fumait sur le sol et Louise se détachait sur fond de lumière. Elle leva la main vers Baptiste et il voulut se lever du sol, mais il était incapable de bouger et il sut qu'il ne faisait que rêver. Il retint la pensée que Louise lui était revenue. Il vit un éclair radieux de lumière, un feu qui l'apaisa. Cette pensée était une lumière si chaude que Baptiste s'endormit. La mort chatoya un instant au-dessus des pierres lisses. La mort miroita sur les collines de Perma.

Baptiste dormit.

Il avait conscience que ses couvertures se soulevaient et retombaient lourdement sur son visage. Il n'arrivait pas à chasser le sentiment que quelqu'un les soulevait et les laisser retomber sur lui. Il tenta de se retourner. Il berça sa hanche meurtrie sur le sol en terre battue et les couvertures recommencèrent à se soulever. Il songea que sa mère le taquinait mais c'était idiot. « Arrête », gueula-t-il. Il entendit le rire saccadé de sa mère. Après une ou deux respirations, il sentit de nouveau le soulèvement familier de ses couvertures, quelqu'un ou quelque chose qui les tiraillait. Baptiste se souleva graduellement et là, dans la claire lumière du matin, se tenait un cheval, un grand cheval, un cheval qui s'ébrouait et piaffait sur le sol en terre battue. Sa mère se tenait sur le seuil. « Il essayait de te réveiller, dit-elle. Ça fait un bon moment qu'il t'asticote. »

Baptiste se redressa. L'aurore rosissait le ciel. Il frotta ses yeux endoloris et cligna en regardant le cheval qu'il ne reconnaissait pas. L'animal aux sabots crevassés n'était rien d'autre qu'un vieux sac d'os et paraissait plus mal en point que lui. Il claqua la langue pour apaiser le cheval qui s'ébrouait. « Comment es-tu entré ici ? » demanda-t-il. Baptiste vit que la porte était grande ouverte sur le jour froid.

« Je l'avais fermée, dit Dirty Swallow, mais j'étouffe ici. »

Baptiste se mit debout avec effort. Il se sentait faible et endolori mais mieux qu'il ne s'était senti depuis son passage à tabac. Le cheval battit l'air de sa queue. « Tout doux », dit Baptiste. Il resserra la couverture autour de ses épaules et tendit la main vers les naseaux de l'animal. Il lui brossa le dos de la paume de sa main. Sa robe était si piquetée de bardanes qu'il ne parvenait pas à distinguer sa couleur. Ses côtes saillaient à travers son pelage pitoyable. Il avait été blessé par du fil barbelé. Un morceau de chair lui pendait du garrot. Sa crinière était si emmêlée et si ravagée par les puces qu'elle se détachait par plaques. Baptiste

Louise

regarda de plus près. L'œil gauche du cheval était gonflé de pus, mais le droit rendait à Baptiste un regard craintif mais insistant. Il n'était pas sûr de bien voir mais il reconnut ce cheval. « Champagne », dit-il, et l'animal frémit et encensa. Dirty Swallow lui toucha le chanfrein et Champagne ne se déroba pas.

Baptiste se tenait debout là, sidéré par la vue de son cheval. Il avait renoncé à le retrouver. Il se souvint de la vision de la dépouille pendue à la clôture de son corral. Il avait tout d'abord cru que c'était Champagne, mais il connaissait trop bien son cheval. Il connaissait la nuance délicate de sa robe, la petite cicatrice au-dessus de sa queue. Il avait embrassé ce cheval et frotté de ses mains le moindre centimètre de son corps. Il pensait que le cow-boy l'avait abattu. Mais voilà que Champagne s'était relevé d'entre les morts.

« On dirait que toi et moi avons beaucoup en commun », chuchota Baptiste.

La nuit passée semblait très loin, un brouillard qu'il ne parvenait pas à se rappeler. Il informa sa mère qu'il allait soigner son cheval dans la maison et elle acquiesça d'un signe de tête. « Il devait vraiment tenir à te retrouver », dit-elle. Dirty Swallow alluma le feu dans la cuisinière et mit une bouilloire à chauffer. Baptiste avait de l'avoine dans l'écurie. Il mit son manteau, descendit du perron, posa le pied dans trente bons centimètres de neige et se laissa tomber en arrière dans la couche épaisse. Il vit des rubans de poudreuse dériver au-dessus du corral. La neige était un berceau pour son dos et le froid agissait sur lui comme un calmant. Il cligna des yeux dans le soleil étincelant et brusquement se souvint. Il épousseta ses fesses et revint vers la porte de la maison. Louise était venue à lui pendant la nuit. Il en était certain et cette pensée le troubla. Il aperçut les traces de sabots. Elles surgissaient du néant, à quelques pas du perron. Il passa la main sur la neige durcie, cherchant un banc de neige qui les dissimulerait, mais il n'y avait aucune dépression au-delà du périmètre de la galerie. Il sut dès lors que quelque chose clochait mais il n'aurait

323

su dire ce que cela signifiait. Il n'y avait pas trace des empreintes de Louise.

Lorsqu'il entra dans la maison, il vit sa mère éponger les plaies de Champagne à l'aide d'un linge fumant mais le cheval ne bronchait pas. Il l'informa qu'il devait se rendre en ville, mais elle était trop occupée par sa tâche pour lui répondre.

Il sortit dans le champ où le vieux pick-up était resté abandonné depuis le mois de septembre. Il se demanda s'il démarrerait. Il dirigea son attention sur les petits détails de la vie, la sensation du volant froid lui brûlant les mains, la concentration du regard dans le soleil aveuglant. Il entendit le craquement étouffé des vitesses, le vrombissement aigu du premier tour du moteur, puis des tours suivants. Il n'ôta pas la neige accumulée sur le pare-brise. Il se rendait à Perma. Le soleil illuminait les champs blancs d'un éclat tel qu'il devait plisser les yeux pour y voir à travers le pare-brise étincelant de givre. Il roulait aussi vite que le pick-up le lui permettait, plongeant sur des routes abîmées par la glace, labourant les nids-de-poule. Il dut gratter avec l'ongle un petit trou pour y voir mais il ne ralentit pas. Il était résolu à revoir Louise mais le jour entamait sa résolution. Il avait éprouvé le désir désespéré de la voir et maintenant voilà que le jour le trouvait faible et pitoyable, honteux. Le ciel bleu-argent lui apprit que Louise était vivante et bien portante. Il voulait la voir et il la verrait, se dit-il. Il la trouverait à Dixon s'il attendait au bar. Il savait que c'était le genre d'histoire que se raconte un buveur pour justifier son besoin de boire, mais il avait envie d'un verre. Il en avait besoin. S'il s'accordait un seul verre, alors il pourrait affronter Louise. Il la trouverait en bonne santé et encore furieuse contre lui sans doute. Il pouvait avoir une autre chance s'il ne la bousculait pas. Il roula jusqu'à Dixon, aveuglé par l'idée qu'il pourrait trouver un semblant de force dans un verre, un seul. Il roulait si vite sur la glace ronflante qu'il dut pomper à plusieurs reprises sur la pédale de frein pour s'arrêter.

Il entra dans la pénombre du bar et découvrit qu'il devait prendre la mesure de la pièce lentement, laisser à ses yeux le temps d'accommoder. Il flairait le désinfectant et l'urine. Il se rendait compte qu'Eddie Taylor avait mis ses mains sur ses hanches et le détaillait. Tout semblait identique. Il avait la conviction que le familier pouvait le faire tenir en place, l'immobiliser. Il désirait ardemment que tout reste identique, mais il savait que le monde changeait constamment. Il aurait voulu pouvoir se raconter à lui-même les histoires qu'il racontait aux autres, il aurait voulu pouvoir trouver la paix dans son cœur comme il l'avait trouvée la nuit précédente. Baptiste cala ses genoux sous le bar et refusa de renvoyer à Eddie son regard. S'il était assez obstiné, il savait qu'un verre apparaîtrait mais il fut tout de même surpris quand Eddie Taylor plaça devant lui un double scotch sans qu'il lui ait rien demandé.

« Ma tournée », dit Eddie.

Baptiste avala une gorgée d'alcool mais le trait brûlant ne lui apporta aucun réconfort.

« Tu dois être au courant pour l'accident », disait Eddie tout en essuyant le comptoir derrière le bar. Baptiste fit la sourde oreille. Eddie Taylor parlait toujours trop. « Putain d'explosion, poursuivit Eddie. T'es forcément au courant », dit-il, puis il se tut. Il jeta un coup d'œil à Baptiste mais celui-ci ne le regarda pas.

Baptiste se voyait dans la glace au-dessus des bouteilles d'alcool et des bocaux de pieds de porc. Il ne s'était pas regardé après le tabassage. Il n'avait jamais eu une belle gueule mais à présent son visage était zébré d'une balafre gonflée qui en cicatrisant semblait sur le point de lui fermer l'œil gauche. Sa lèvre inférieure était encore fendue. Il passa la langue sur la coupure et goûta le sang. Son œil droit l'évaluait d'un regard fixe et menaçant. Il ne pouvait regarder en face l'homme qu'il savait que les autres voyaient.

Il regarda par la fenêtre et vit un petit groupe de personnes former une queue, un rassemblement disparate de gens qu'il identifiait et connaissait pour la plupart. Il observa des gens sortir de l'épicerie et de la poste. Les gens se massaient le long de la route comme pour le passage d'un défilé. Le caissier de l'épicerie attendait en se tordant le cou, les yeux écarquillés. Eddie Taylor retirait son tablier et se dirigeait vers la porte.

« Baptiste, dit Eddie, c'est peut-être un truc que tu seras content de voir. » Et avant que Baptiste ait pu lui répondre, il était sorti. Baptiste siffla son verre et fit claquer sa monnaie sur le bar. Il ne voulait pas de la charité d'Eddie Taylor. Il voulait voir à quoi rimait ce remue-ménage. Il avait envie de cette distraction. Il plissa les yeux dans la lumière. Il vit un cow-boy de l'autre côté de la route retirer son chapeau et tourner le regard dans la même direction. Et Baptiste regarda lui aussi. Il regarda au bout de la longue route et comprit subitement ce qu'il était en train d'attendre et cette vision fit bondir son cœur. La lente procession mouvante apparut au détour du virage. Le shérif de Lake County précédait le corbillard et tandis qu'ils traversaient Dixon, le gyrophare rouge de la voiture tournait en silence. Un shérif de Sanders County flanquait l'arrière du corbillard.

Le petit groupe fit silence. Le caissier retira sa casquette et la pressa contre sa poitrine. Une femme blanche que Baptiste connaissait sous le nom de Mrs Wing porta sa main à son cœur. Même sous le soleil étincelant, un souffle froid de solennité s'était posé. La route luisait de glace fondue. Les yeux de Baptiste larmoyaient. Il vit Eddie Taylor mettre ses deux mains en visière sur son front mais il ne cessa pas de regarder le corbillard. Baptiste avait déjà vu des corbillards, mais celui-ci était éblouissant. Des chromes brillant et étincelant comme des miroirs. Le corbillard noir était si lustré qu'il vit la ville et ses habitants défiler dans son reflet.

Baptiste entendit une femme qu'il ne connaissait pas chuchoter à côté de lui, mais il ne se retourna pas. « Un homme important », disait-elle.

« Harvey Stoner », répondit une autre femme. Elle épongea ses yeux à l'aide d'un mouchoir.

Baptiste sentit ses jambes faiblir. Il avait l'impression d'avoir été engagé dans une bataille pendant des années et d'être parvenu à l'emporter au cours d'une escarmouche, mais en lieu et place de la victoire il ressentait le poids terrible de tout ça, de la longue lutte du combat. Une faiblesse irradiait dans ses côtes. Il était aussi maigre que son cheval si longtemps perdu, tellement mince et transparent que si quiconque s'était avisé de le regarder, ils auraient vu son cœur verser les larmes de soulagement que lui-même ne pouvait s'autoriser à pleurer. Il était secoué par l'émotion qu'il ressentait. La mort d'Harvey Stoner signifiait quantité de choses, mais pour Baptiste Yellow Knife elle signifiait que Louise serait libérée de l'influence de cet homme, que la chance pourrait enfin lui être donnée de réparer les maux qu'il avait causés, une autre chance de sauver le mariage qu'il était convaincu d'avoir perdu. Cela paraissait tout à coup facile, trop facile. Il baissa la tête, et ses yeux se posèrent sur le corbillard qui passait, avec ses lourds rideaux de velours tirés.

« Pauvre bougre », lui chuchota Eddie et Baptiste saisit le bras d'Eddie. « Tu me dis que c'est Harvey Stoner ? » demanda-t-il. Il était étrangement abasourdi.

« Sa femme fait envoyer le corps dans l'Est pour l'enterrement. Même mort, le type est tellement important qu'il a droit à une escorte de la police jusqu'à la frontière du comté. » Eddie sifflait à mi-voix. « Première classe jusqu'à six pieds sous terre. »

Baptiste sentait le goût du whisky sur sa langue. Ses poumons étaient aigres. Les badauds le reniflaient. Il resta debout un instant près de son pick-up et sut qu'il aurait dû partir chercher Louise. Il avait sa chance à présent, mais il était faible. Il entendait le moteur refroidir en cliquetant mais il ne put grimper au volant. Il retourna dans le bar, déposa un billet de vingt dollars sur le comptoir, le seul argent qu'il avait. « Donne-moi une bouteille, dit-il. N'importe laquelle. »

Eddie se contenta de prendre appui sur le comptoir en se croisant les bras. Baptiste se demanda s'il allait lui filer l'alcool qu'il avait demandé. Baptiste repoussa le comptoir à deux mains et remonta les épaules, prêt à se battre s'il le fallait.

« La voilà », dit Eddie en attrapant d'un geste rapide une bouteille bon marché sur la plus haute étagère, mais lorsqu'il la plaça devant Baptiste il ne retira pas sa main. Il le regarda dans les yeux, ce que bien peu d'hommes s'avisaient de faire, encore moins les Blancs. « Il faut que je te le dise », dit Eddie, et Baptiste referma la main sur la bouteille en attendant le sermon. « Pourquoi diable es-tu ici, Baptiste, alors que Louise est amochée à l'hôpital ? » lui demanda Eddie.

Cette nouvelle fit tanguer Baptiste sur ses jambes. Il sentit l'alcool se retourner dans son estomac vide. « Donne-moi cette bouteille », dit-il. Il n'était pas question qu'il laisse Eddie se douter qu'il ne savait rien pour Louise. La caisse-enregistreuse tinta tandis que Baptiste quittait le Dixon Bar.

Il savait que Louise avait besoin de lui, qu'il aurait dû être à ses côtés, mais il était incapable d'affronter cette difficulté, pas maintenant. Il avait besoin d'un temps de réflexion, se dit-il. Il projeta plutôt de passer la journée à boire. Il projeta d'oublier ses ennuis, de se trouver un coin où boire en paix. Il marcha vers la rivière, entendit l'eau lente lutter dans le chenal. Il songea aux poissons, froids et doux sous l'eau verte. Il vit une pie, blanche et noire sur fond de ciel bleu, et se souvint de l'arrière-grand-père de Louise coiffé de sa parure de plumes de pie. Il se fraya un sentier en tapant des pieds dans la neige épaisse et dégagea un espace pour s'asseoir. Il oublierait, se dit-il. Il oublierait tout. Mais il n'oubliait pas.

Baptiste sentit la brûlure de la neige. Il sentit une vieille colère monter dans sa gorge, une colère envers lui-même.

La colère grésillait dans son ventre. Il resta assis longtemps, seul, et la neige était si froide que ses mains tremblaient. Il regarda la bouteille de whisky et songea aux Indiens qui ne buvaient pas. Lui buvait parce que les Blancs lui avaient dit qu'il ne pouvait pas boire. Il s'était convaincu lui-même qu'il était en train de remporter la bataille, mais même avec Harvey Stoner mort et enterré, il continuait à perdre sa vie à la boire. Il avait déjà perdu la part de lui-même qui lui donnait la volonté de se battre. Il souleva la bouteille et renversa le feu ambré. La boisson l'appelait, mais il ne répondrait pas cette fois. Il lança la bouteille de toute la force de son bras, la lança si loin de lui qu'il ne l'entendit pas heurter le sol. Et alors Baptiste Yellow Knife se leva. Il savait ce qu'il avait à faire et cependant il se sentait petit et privé de pouvoir. Son visage ruisselait de larmes.

Le ciel entier s'illumina. Il tourna son visage vers le soleil et ferma les yeux. Il écouta et attendit. Il distinguait la pulsation rouge de son sang. Il percevait sa respiration lente et légère. Il attendit ce qui allait se présenter à lui.

Quand venait la mort venait le saint homme, l'homme aux longs cheveux ceints de soie blanche. Baptiste le voyait arriver monté sur son cheval. Baptiste sentait la chaleur pure qui chantait en lui. Et il sut pour qui l'homme était venu. Il était venu pour Louise. Le vent soufflait si fort qu'il souleva les cheveux de Baptiste sur son crâne. Il flairait l'odeur du cercle sucré des peupliers carolins, l'odeur de la menthe montant des collines basses. Baptiste se rappela comment sa mère lui avait appris à prier, les mains ouvertes et les bras en croix, les mains vides tournées vers le ciel car il ne possédait rien en ce monde. Il se redressa pour ouvrir ses paumes à l'esprit et il pria. « Rends-moi ma vie », pria-t-il, sachant qu'il implorait pour la vie de Louise.

Un grand vent s'éleva derrière lui et siffla à travers son mince manteau, et la rivière lisse se couvrit de rides avant de virer au blanc. Et c'était cela qu'il savait, cela qui avait toujours été devant lui, une guérison à portée de sa main.

Louise

Et il vit la grande lumière, un simple don, c'était toute la lumière qu'il eût jamais vue, du plus infime reflet de lune sur une rivière noire jusqu'au miroitement d'un long brin d'herbe par un jour de vent.

Louise Yellow Knife

Revenir

Elle était dans les vapes. Une faiblesse s'était emparée de ses muscles, et ses lèvres étaient sèches et enflées. Sa grand-mère avait ouvert la fenêtre de la chambre et la brise était fraîche et Louise eut le désir de s'asseoir dehors sur les marches. Elle s'arracha aux lourdes couvertures et s'assit. Elle remarqua qu'elle avait dormi dans un lit, un vrai lit, pas un nid de roseaux. Elle pressa ses mains contre le matelas pour éprouver son élasticité. Elle demeura assise un moment et cela faisait un bien fou de se tenir droite, de ne pas sentir la pression de l'oreiller contre son crâne. Elle se sentait éblouie par la lumière. Elle plissa les yeux et les toucha. Elle suivit le contour de son nez et de ses lèvres. Elle découvrit une cicatrice à la racine de ses cheveux, une cicatrice insensible, aux bords durs, qui ne réagissait pas au toucher. Elle passa ses doigts dans sa chevelure et accrocha le nœud emmêlé qui s'était formé sur sa nuque.

Louise avait le sentiment d'avoir dormi une vie entière, une vie qui avait changé autour d'elle. Elle était vaguement consciente d'un passé récent : des piqûres d'aiguilles, de ses mains froides et fourmillantes, d'une poche de liquide s'égouttant par un tuyau, de son cœur lourd puis battant faiblement. Des moments étincelaient : quelqu'un la soulevant, quelqu'un la portant dans un escalier, quelqu'un posant une main tiède sur son front. Il y avait le cercle de lumière d'une lampe à pétrole crachotant dans le noir, un

331

noir si profond qu'elle avait geint, le vent malmenant la maison, une fenêtre s'ouvrant puis se fermant, un souffle de neige passant sur elle. Au cours de longues nuits, elle avait entendu la voix d'un homme dont elle savait que c'était son arrière-grand-père, depuis longtemps défunt. Nuit après nuit, tandis que le vent faisait tourbillonner la neige en grandes nappes au-dessus de la maison, elle l'avait entendu prier. Sa voix frissonnait dans les coins de la chambre, puis passait comme la lumière passe de l'aube au matin quand elle l'entendait dehors cerner la maison de prières. Elle avait entendu sa sœur chuchoter au creux de son oreille, l'écho d'un rire. Une fois, sa mère lui avait tenu la main. Une fois, Baptiste avait placé sa main sur son cœur faible et avait baissé la tête. Et elle savait qu'elle avait dû rêver car elle savait que sa sœur s'était noyée, que Baptiste était mort. La chambre s'était emplie de mille visages, puis vidée, et elle ignorait si ceux qui lui avaient rendu visite étaient vivants ou morts.

Elle avait traversé un champ si bleu de neige que son âme avait brillé d'un éclat argenté. Elle avait trouvé un cheval blessé dans ce champ et l'avait ramené à Baptiste. Elle avait dansé à l'intérieur du cercle avec Baptiste et le soleil avait couronné sa tête. Mais la majeure partie du temps, la nuit avait été une enclume pesant sur elle de tout son poids, incolore, des nuits où elle n'avait conscience que d'inspirer, de respirer, de s'épuiser à respirer. Des oiseaux toquaient aux fenêtres, de la glace noire grignotait les bords de la mare, au-dessus d'elle des chouettes au vol vif lui subtilisaient son souffle, son souffle.

Ses pensées s'ébrouèrent puis s'immobilisèrent, collées à elle comme une robe malseyante qui plissait au niveau de la poitrine et pinçait sous les bras. Souvenirs qui n'étaient pas des souvenirs : de la soupe lui dégoulinant dans le cou. Doigts froids se refermant sur ses poignets, doigts boudinés heurtant sa poitrine engourdie. Une fine et brûlante piqûre à la hanche lui faisant tourner la tête comme le pot de chambre giclant, lui éclaboussant les cuisses, l'arrière des jambes.

Elle regarda par la fenêtre et le soleil était haut et paisible au-dessus de la maison. Elle songea que c'était l'hiver. C'était l'hiver hier, se souvint-elle, mais rien d'autre ne lui revenait. Elle entendit sa grand-mère dans la cuisine et eut envie d'être près d'elle. Elle fit un effort pour se lever. Ses pieds étaient tendres sur le plancher de bois brut, mais l'étirement de son corps la vivifia. Elle ôta une couverture du lit et se dirigea lentement vers la cuisine. Elle se crispa à la vue du châle de Florence accroché au mur de la cuisine, à côté de la cuisinière. Elle se souvint brusquement et trop clairement de sa grand-mère brodant délicatement de perles chacune des roses rouges, nouant chacune des franges, et lorsque sa sœur était morte, accrochant le châle là où il serait toujours vu et où il demeurerait à jamais, splendide et inachevé.

Sa grand-mère se tenait à la paillasse, pétrissant le pain frit. La vieille femme fit volte-face comme si elle avait été surprise et adressa un large sourire à Louise.

« Petite-fille, dit-elle, tu m'as manqué. » Et Louise se rendit compte qu'elle était restée absente longtemps, très longtemps. Sa grand-mère s'essuya les mains sur sa longue jupe et saisit Louise pour l'aider à tenir debout. « Assieds-toi là », dit-elle, et Louise sentit ses jambes si faibles qu'elle se laissa choir sur la chaise que la vieille femme plaça devant elle. Louise regarda le visage de sa grand-mère, aperçut la peau tendre et gonflée de ses paupières. Elle tendit ses mains pour prendre celles de son aïeule et la vit se détourner pour effleurer du bout de ses doigts le coin de ses yeux.

Elle avait envie de lui poser des tas de questions mais elle savait que sa grand-mère ne tenait pas à parler de ce qui était arrivé. Louise regarda par la fenêtre ouverte. Elle vit la volute de fumée épaisse, respira l'odeur du tamarack se consumant. Sa grand-mère tannait. Elle s'était attelée à ses tâches comme toujours. La vieille femme avait connu des temps difficiles. Elle avait connu la famine, la maladie.

Louise

Elle avait vêtu et nourri deux filles et les avait perdues. La mère de Louise emportée par la pneumonie, Rosalie par la tuberculose. Toutes deux étaient mortes autour de leurs vingt ans. La vieille dame conservait leur photo cachée à l'étage. Le cadre en verre soufflé n'avait pas réussi à sauvegarder leur image. Elles fanaient chaque année davantage comme si elles se résorbaient dans une lumière blanche. Grandma n'avait jamais accroché la photo. Elle était trop particulière à ses yeux, disait-elle. Et Louise comprenait que son chagrin était une chose intime. Elle savait qu'il était des choses que sa grand-mère ne lui conterait jamais.

Elle voulait surtout l'interroger au sujet de Baptiste, car elle était certaine de l'avoir entendu dans son sommeil. Lorsqu'elle avait entrouvert les paupières, elle avait eu des visions fugitives de lui, couvert de cicatrices et sobre, différent envers elle, attentif et tendre. Elle voulait demander à sa grand-mère si par hasard Baptiste était venu la voir, mais elle savait que ce serait comme demander si Florence s'était tenue à ses côtés, si sa mère était revenue d'entre les morts. Il lui était apparu en vie mais seulement peut-être de la façon dont les morts peuvent apparaître en rêve.

Elle songea à Baptiste, combien il pouvait être timide, combien sa voix avait été douce, comment il avait naguère été là pour elle. Elle se sentait faible et affligée, hésitante sur ce que lui réservait désormais la vie. Elle voyait cette belle journée s'annoncer interminable, impitoyable, mais elle était éveillée et vivante. Elle eut envie de s'asseoir un moment dehors pour y trouver un peu de paix. « J'aimerais m'asseoir dehors sur le perron, dit-elle, si tu penses que je peux ? »

Sa grand-mère hocha la tête et s'essuya de nouveau les mains sur sa jupe. Elle plaça sa main sous le bras de sa petite-fille et Louise fut emmenée par la force ferme de la vieille femme. Elles avançaient ensemble lentement. Louise serrait la couverture contre sa poitrine et se mordait la lèvre. Elle devait se concentrer de toutes ses forces pour faire bouger ses jambes, mais lorsqu'elles atteignirent le

334

perron, elle inspira l'air doux et frais à pleins poumons et ressentit une énergie neuve. Sa grand-mère lui tint le bras pendant que Louise s'asseyait avec effort. «Je vais bien maintenant, dit-elle. Ça va aller.

– Je suis à l'intérieur, lui cria sa grand-mère. Tu m'appelles si tu as besoin de moi. »

La route s'étirait devant Louise mais Louise n'avait plus de fourmis dans les jambes désormais. Elle n'avait aucun désir d'arpenter cette route en quête de bon temps ou de galère. Elle joignit ses mains sur ses genoux et appela de ses vœux le retour de son passé. Elle se souvint de Mrs Finger mais ne parvint pas à se rappeler le prénom de la fille. C'est bien comme ça, se surprit-elle à penser, elle n'avait pas envie de le savoir. Elle songea à ses chevauchées avec Baptiste, à sa chevelure fouettant l'air, au ciel clair ourlant le sommet des Mission Mountains et fusionnant avec le ciel. Mais le souvenir de Baptiste était aussi évanescent que l'homme lui-même l'avait été. Les religieuses avaient voulu l'enfermer dans un placard parce qu'il avait refusé de parler anglais, se souvint Louise. Elle tourna son regard vers le champ d'un vert éblouissant en ce début de printemps, des touffes de rudbeckias à cœur noir et de callistèjes rouges incendiaient les collines basses. Quand les religieuses étaient venues le délivrer, il avait disparu. Elles avaient tapé sur les murs et les planchers, persuadées qu'il avait trouvé un endroit où se cacher. Mais Louise savait que Baptiste possédait une chose pour laquelle elles avaient prié. Il ne pouvait être contenu par des murs ni des serrures. Les religieuses ne pouvaient libérer Baptiste parce que Baptiste avait toujours été libre.

Elle tenta de reprendre le compte des jours qu'elle avait perdus mais c'était comme tenter d'emprisonner l'eau dans le creux d'une main qu'on referme. Elle voulait revivre l'histoire qu'elle avait entendue, mais que seul Baptiste pouvait lui avoir contée. C'était la voix de Baptiste, claire et basse, qui lui avait parlé, mais quand lui avait-il conté cette histoire ? Elle pressa la chaleur de ses paumes contre ses paupières et prononça son nom avec la conviction qu'il l'avait aimée naguère, et qu'elle l'avait aimé. Elle se souvint du creux de son cou, de la forme de ses mains voletant autour d'elle lorsqu'il lui avait conté des histoires. Elle entendit le murmure d'eau de la mare, le vent effleurant les roseaux. Sa grand-mère lui avait appris à se souvenir des morts avec respect, à pardonner.

Elle prit une profonde inspiration. La maison était silencieuse. Elle se sentit soudain glacée et ramena la couverture autour d'elle. Elle allait se lever, se dit-elle. Elle allait retourner à l'intérieur sans l'aide de sa grand-mère.

Elle posa ses mains à plat à côté d'elle et poussa pour se mettre debout. « Ce n'était pas si difficile », dit-elle tout haut, mais l'effort l'avait essoufflée. « Cela deviendra chaque jour plus facile », se rassura-t-elle. Telles étaient les pensées qu'elle entretenait tout en tendant les bras en avant pour se retenir, la promesse qu'elle se faisait lorsqu'elle entendit le petit tintement de grelots dans le lointain, leur musique s'amplifiant, le claquement distinct des sabots d'un cheval sur la chaussée. Ce bruit l'emplit de panique. Elle ne tenait à être vue de personne là, maintenant, faible et aveuglée de soleil, clignant douloureusement des yeux dans la lumière, les cheveux emmêlés et pas lavés. Elle était puérile, se dit-elle, d'entretenir de telles pensées, mais elle voulait un nouveau départ, un recommencement à zéro, pas cela. Elle voulut se mouvoir promptement mais ses muscles refusèrent de coopérer.

Elle ramena la couverture sur sa tête et glissa un œil par en dessous. Elle se frotta les yeux. Elle rêvait, son esprit était plus confus qu'elle ne l'avait tout d'abord cru. Elle cligna plusieurs fois des yeux, mais la vision demeura la même. Ce n'était pas un rêve.

Louise

Du sommet de la colline elle le vit venir vers elle. Baptiste Yellow Knife était vivant. Il chevauchait droit et fier. Il portait sa plus belle chemise en soie. Des grelots d'argent tremblaient autour de l'encolure de son cheval. Le harnais perlé de Champagne étincelait au soleil. Louise laissa la couverture glisser de ses épaules. Elle descendit les marches du perron et dut se contenir. Elle se moquait que ses cheveux fussent sales et emmêlés ; son époux était beau. Elle avait envie de courir vers lui. Elle fit un pas en avant.

NOTE DE LA TRADUCTRICE

Bien que les noms américains des personnages indiens soient eux-mêmes des traductions, nous avons tenu à les conserver d'autant qu'ils sont devenus des noms patronymiques.

En voici cependant une traduction littérale :

Yellow Knife : Couteau Jaune
White Elk : Élan Blanc
Dirty Swallow : Hirondelle Sale
Good Mark : Belle Cicatrice
Kicking Woman : Femme-qui-donne-des-coups-de-pied
Big Beaver : Grand Castor
Three Dresses : Trois Robes
Small Salmon : Petit Saumon
Old Horn : Vieille Corne
Chief Spear : Chef Javelot
Two Teeth : Deux Dents
Garlic : Ail
Pretty Feather : Belle Plume
Good Wolf : Bon Loup
Bad Road : Mauvaise Route
Top Crow : Corbeau au sommet

REMERCIEMENTS

Je dois nombre de remerciements à nombre d'amis qui m'ont aidée au fil des ans à faire de ce livre une réalité. Je remercie James Welch d'avoir été mon professeur, ma source constante d'inspiration, une lumière solaire. Amy Crewdson pour ses conseils et sa détermination. William Kittredge, Annick Smith et James Crumley pour leurs indéfectibles encouragements. Greg Glazner et Jon Davis pour ces longues années de gentillesse et de soutien. Je remercie tous mes amis. Laura Stearns dont la foi me rappelle l'émerveillement de mon enfance. Andrea Opitz qui me garde saine d'esprit. Larry Brown pour tous ses chants. Melissa Kwasny qui embellit ma vie. Mark Medvetz mon frère de sang. Ledoux Hansen mon âme sœur. Anne Appleby, Steve Eby, Fiona Cheong, Judy Blunt, Sandra Alcosser, Theresa Ferraro, Colleen O'Brien, Terry Ryan, Joy Lewis, Henrietta Mann, Margaret Kingsland, Mary Bentler, Kim Barnes, Mary Sale, Dixie Reynolds, Georgia Porter, Barbara Theroux, Craig Lesley, Susie Castle, Jeffrey Smith, Richard Ford, Emma Jean Rouillier, Judge Louise Burke, Cora Stubblefield. Mes collègues, Deirdre McNamer, Kevin Canty, Katie Kane, Hank Harrington, Bob Baker, Bill Bevis, Bruce Bigley. Je suis reconnaissante envers toute ma famille pour son soutien, mon frère Robert qui vient toujours à ma rescousse, mon frère Dennis qui sait me garder humble, mon frère James Bureau dont le cœur généreux rayonne, mon arrière-grand-mère Cecille Magpie Charlo qui m'aime par-delà la mort, vous tous. Je remercie mon éditeur, Greg Michalson, pour ses intuitions brillantes et son infinie patience. Mon agent Sally Woffort-Girand pour son professionnalisme à toute épreuve et sa sincère amitié. Je remercie mes professeurs Dan McCall, Ken McClane, James McConkey, Henry Louis Gates Jr. et Mary Ann Waters. Je remercie humblement saint Jude pour les prières exaucées. Et je remercie Robert Stubblefield d'être la bénédiction de ma vie.

GRED SARRIS
Les Enfants d'Elba, roman

GERALD SHAPIRO
Les Mauvais Juifs, nouvelles
Un schmok à Babylone, nouvelles

LESLIE MARMON SILKO
Cérémonie, roman

MARLY SWICK
Dernière Saison avant l'amour, nouvelles

DAVID TREUER
Little, roman
Comme un frère, roman

BRADY UDALL
Lâchons les chiens, nouvelles
Le Destin miraculeux d'Edgar Mint, roman

JAMES WELCH
L'Hiver dans le sang, roman
La Mort de Jim Loney, roman
Comme des ombres sur la terre, roman
L'Avocat indien, roman
À la grâce de Marseille, roman
Il y a des légendes silencieuses, poèmes

Composition Nord-Compo
et impression Bussière Camedan Imprimeries
en mars 2004.
N° d'édition : 22396. – N° d'impression : 041251/4.
Dépôt légal : avril 2004.
Imprimé en France.